La noche que paramos el mundo

Alexandra Roma

La noche que paramos el mundo

Planeta

Av. Diagonal, 662-664, 08034 Barcelona
www.editorial.planeta.es
www.planetadelibros.com

Diseño de la colección: © Compañía

Primera edición: mayo de 2022
Depósito legal: B. 6.732-2022
ISBN: 978-84-08-25739-4
Composición: Realización Planeta
Impresión y encuadernación: Black Print CPI
Printed in Spain - Impreso en España

Certificado PEFC
Este libro procede de bosques gestionados de forma sostenible y fuentes controladas
PEFC
PEFC/14-38-00305
www.pefc.es

El papel utilizado para la impresión de este libro está calificado como **papel ecológico** y procede de bosques gestionados de manera **sostenible**.

Para ti, mamá, lo conseguimos

Arriesgarse es otra forma de decir «te quiero».

REDRY-DAVID GALÁN

DISCO 1

LA NOCHE QUE PARAMOS EL MUNDO

CANCIÓN 1

—

LA PRIMERA VEZ QUE TÚ Y YO NOS VIMOS

Verso 1

MARINA

Llevaba dos gotas de perfume en el cuello y una bata de seda que resbaló suave por mi cuerpo hasta caer hecha un ovillo en el suelo.

—Joder, eres una delicia. —Álvaro tragó saliva y se acercó.

Hacía un año que estábamos juntos, justo un año desde aquella mañana en la que andaba ensimismada por el patio central de la Universidad Rey Juan Carlos, en Vicálvaro, cuando rompió a llover de repente y un estudiante de segundo de Derecho de pelo rubio rizado ataviado con mocasines corrió a toda prisa con un paraguas rojo para salvarme de la tormenta.

El mismo chico de pelo rubio rizado que tenía enfrente y que deslizó la mano por mi espalda desnuda trazando un sendero de piel erizada a su paso que finalizaba con sus dedos deshaciéndose sutilmente del enganche de mi sujetador.

—Dios... —Se santiguó.

—¿Qué haces?

—Tu cuerpo es un templo y tus pechos, Marina, podría mirarlos hasta que me muriera. Es más, me moriría para verlos.

—Deja de decir tonterías. —Le di un codazo y fue entonces cuando me di cuenta de que estaba temblando. Él también tembló y me abrazó.

—Nada puede salir mal, te quiero. Va a ir mejor —asintió, y por fin alcé la mirada para encontrarme con sus ojos verdes de largas pestañas.

Iba a suceder. Así lo había decidido yo. Nuestra primera vez sería durante nuestro aniversario. El instante perfecto y memorable que merecía después de perder la virginidad en el verano de mis diecisiete años con un chico de mi instituto, en el asiento trasero del Audi de sus padres aparcado en el garaje, para que nunca más volviese a llamarme.

Habíamos alquilado una habitación en un hotel con vistas al casco antiguo de Madrid. La cama era enorme, olía a suavizante y nos habían dejado un jarrón con flores frescas. Relajé la respiración. No quería que me viera nerviosa. En general, no me gustaba mostrar esa clase de falta de control.

Era recta, ordenada y reflexiva.

Pensaba mucho.

Demasiado.

Tanto que cuando Álvaro me besó y le devolví la caricia seguí planificando lo que vendría hasta casi el orgasmo para que nada me pillase por sorpresa, y no me detuve ni siquiera cuando me dejó sobre el colchón y me arrancó las braguitas con delicadeza.

Lo vi quitarse los calzoncillos y observé su desnudez con curiosidad inocente, infantil. Él se inclinó hacia delante y, apoyándose en los codos, chocó sus labios con los míos y no paró de devorarme hasta que la urgencia lo obligó a separarse, rasgó el paquete que contenía el preservativo con los dientes y se lo puso.

Recuerdo contener el aliento como si realmente fuera mi primera vez y arquearme cuando me penetró.

Recuerdo la sensación de mi pecho al hincharse y cómo retorcí las sábanas entre los dedos.

Recuerdo que me apartó el pelo sudado que me caía en la cara con dulzura porque necesitaba ver mi «cara de ángel» y notar una por una cómo las barreras del miedo se derrumbaban.

—Álvaro...

—¿Sí?

—Yo... yo... —titubeé ardiendo en deseo al ritmo de sus caderas, que se movían y me empujaban hundiéndose más y más en mí— yo también te quiero. Siento haber tardado tanto en decírtelo.

—¿Tanto? El tiempo no nos mide. Ratona, tú y yo somos para siempre.

Cerré los ojos y, por fin, logré que mi mente se quedase en blanco.

Me dediqué a sentirlo, acariciarlo y explorarlo con mis manos inexpertas preguntándome si lo estaría haciendo bien mientras permitía que jadeos roncos brotasen de mi garganta. Y entonces ocurrió, un fogonazo que me partió en dos y la agradable humedad entre mis muslos. Tuve un orgasmo y fui feliz mientras nos duchábamos juntos. También conforme caí rendida sobre las sábanas blancas que olían a sexo.

Fui feliz hasta las tres y diecisiete minutos.

Y lo sé porque miré el reloj al despertarme en mitad de la noche y comprobar que Álvaro no estaba a mi lado en la cama. Parpadeé confusa, para habituarme a la oscuridad, y advertí que había luz en el cuarto de baño. La puerta estaba entornada, así que avancé en su dirección y...

—Boba, no te pongas celosa. Ha sido... ¿follar con una muñeca hinchable? Peor. Tenía menos vida. —Lo oí reírse y mis rodillas flojearon ante el impacto. Tuve que apoyarme en la pared—. Sí, joder, claro que se ha corrido, soy un amante excelente, pero a su estilo, como todo en ella, contenida, ni punto de comparación contigo, Malena.

No sé qué me afectó más. Los insultos, la humillación, el desengaño, mi seguridad resquebrajada o que el nombre que pronunciase mi novio fuese el de una de mis mejores amigas (de mis pocas amigas, para ser exacta). El caso es que respiré hondo, recobré el equilibrio y, con los ojos anegados en lágrimas y una presión infinita en las costillas, me vestí sin hacer ruido y me marché del hotel con la barbilla en alto, bien tiesa y digna.

No lloré hasta llegar a un callejón estrecho sin salida y comprobar que estaba vacío. Nadie a la vista. Entonces sí, entonces me doblé por la mitad y me ahogué en mi propio llanto repleto de impotencia mientras mis venas bullían de rabia y, en pleno ojo del huracán, cuando peor me encontraba y me faltaba más oxígeno, la puerta lateral de un garito se abrió y salió un chico alto, muy alto, de pelo castaño desordenado que le caía sobre los ojos color chocolate.

—No puedes estar aquí, princesa.

Verso 2

NOAH

La banda de rock Al Borde del Abismo tenía una maldición. Las solistas nos duraban un chasquido de dedos, una semana la última, la mayoría gracias a Leo y a su solidaria bragueta dispuesta a abrirse a la menor ocasión y jodernos.

Fui detrás de la última cantante después de que le gritase no sé qué mierdas de una prima lejana que había resultado no serlo, pero llegué tarde. Al otro lado no estaba Estrella. En su lugar había una morena con una blusa blanca, zapatos de tacón de aguja y un pañuelo rojo de lunares anudado al cuello.

—No puedes estar aquí, princesa. —Levantó el rostro y se irguió. Tenía los labios carnosos, piel blanquecina, y el pelo liso con flequillo recto le tapaba parte de la cara.

—¿Quién lo dice?

—El cartel de propiedad privada. —Se lo señalé con la barbilla y me apoyé contra la pared con los brazos cruzados a la altura del pecho para estar cómodo durante el entretenimiento, que se preveía largo.

Tal y como sospechaba, la desconocida no confió en mi palabra y tuvo que comprobarlo por sí misma. Aproveché para sacar del bolsillo uno de los chupachups que me apaciguaban el mono por dejar de fumar, quitarle el plástico y metérmelo en la boca. Era de cereza.

Permanecí en la misma postura relajada hasta que ella me devolvió la atención con los humos rebajados.

Era una niña bien, pijita y orgullosa.

Mona.

—¿Qué es este sitio?

—La exclusiva terraza del *backstage* de los músicos en Ruido —aclaré sin dar más explicaciones.

—Parece un simple callejón. —Arrugó la nariz y chupé el caramelo estudiándola fijamente.

Sus ojos persiguieron el movimiento del chupachups por mi boca a lo largo de la mandíbula cuadrada y, al darse cuenta de que la estaba observando, las mejillas se le tiñeron de un rosáceo terriblemente adorable.

—¿Querías algo?

—No, ya me iba para dejarte en tu... ¿reservado al aire libre estaría bien?

—Perfecto. —En ese instante clavó sus ojos verdes en los míos, sosteniéndome la mirada, y advertí que estaban enrojecidos e hinchados.

—¿Todo bien, princesa?

—La alergia, por la noche, se dispara. Un horror —le restó importancia y, sin más, se despidió con la mano y dio media vuelta para marcharse.

Antes de salir a la luz, se alisó la falda y se peinó la camisa con los dedos. Pensé que era guapa, estirada y lo opuesto a mí, sí, pero bonita. Leo no habría terminado aquella conversación sin su teléfono. Sin embargo, yo no era el capullo de mi mejor amigo y la olvidé en cuanto dobló la esquina y se perdió entre la gente.

Esperé diez minutos fuera hasta que fue evidente que Estrella no volvería.

Dentro aguardaba el resto de la banda.

Enzo, nuestro dulce guitarrista de pelo infinito negro, amante del cuero, los tirantes y la plata, fue el primero en hablar.

—¿No ha habido suerte con Lucía?

—Estrella —lo corrigió Victoria, su melliza, mientras jugueteaba con las baquetas de la batería. Tenía el pelo alborotado, castaño claro, y un maquillaje ahumado que le otorgaba un aspecto endemoniadamente angelical—. Lucía fue la del mes pasado, la que se largó después de la actuación a la que vinieron tres personas.

—¿Veis? —Nuestro solista, Leo, se benefició de la información tirado en el sofá como si nada—. No siempre es por mí.

—El noventa y nueve por ciento de las veces... —refunfuñó Enzo en voz baja—. ¿Cómo lo arreglamos? Hijos de una Hiena está a punto de acabar. Somos los siguientes en salir al escenario.

Antes de que lo hicieran sabía que todos me mirarían suplicantes.

—No.

—Vamos, tío, eres nuestra única esperanza. —Leo se puso en pie de un salto y me dedicó su sonrisa infalible.

—Conmigo no funciona.

—Hagamos un trato. Prometo no tirarme a la próxima solista si a cambio hoy, solo esta noche, tú cantas. —El muy cabrón me conocía mejor que nadie y sabía que lo mío era el bajo, componer y muy de vez en cuando hacer la segunda voz. Nada de aferrarme al micro.

Pero llevaba razón. Teníamos poco margen de maniobra, ningún contacto en la agenda al que llamar para situaciones urgentes, y la oportunidad de tocar en aquel garito pendiendo de un hilo que se cortaría si los dejábamos tirados un jueves universitario con la sala a reventar de personas a la hora en la que más caja hacían.

En realidad, no tenía opción.

—Vale. —Me rodeó los hombros con el brazo para celebrarlo mientras trataba de despeinarme con la mano—. Como nos la vuelvas a liar, te la corto.

Verso 3

MARINA

El sonido de mis tacones rebotando contra el asfalto cesó al frenar en seco.

Lo lógico habría sido respirar hondo, enderezar la espalda y continuar hasta Príncipe Pío, donde habría aguardado rodeada de borrachos en la parada a que asomase el bus que me llevaría de vuelta a Villaviciosa de Odón. Pero no lo hice. Esa noche no actuaba como Marina Roig.

Esa noche no era yo.

A cada paso que daba me rompía, y eso dolía, vaya si lo hacía.

Apreté los puños a ambos lados de mi cuerpo molesta por mi actitud. Solo había una cosa que odiaba más que sentirme frágil y vulnerable: compadecerme, y era exactamente lo que estaba haciendo. Inspiré profundamente y espiré. Álvaro me había hecho daño, de eso no había ninguna duda. Además, era una herida interna, en mi propia autoestima, de las que más lastiman. Podía llegar a casa, encerrarme en mi habitación y seguir llorando como un bebé hasta que amaneciera o hacer algo totalmente impropio en mí.

Me recogí el pelo en una coleta alta y desenfundé el móvil.

Tenía veintitrés llamadas perdidas de mi ex. Supuse que ya había leído la nota que amablemente le había dejado reposando en mi lado de la almohada y que decía:

«Eres un impresentable.»

Sonreí al imaginarlo desesperado buscándome, y acto seguido me pregunté por qué iba a estarlo, por qué tanto esfuerzo durante meses fingiendo quererme para estar conmigo si por sus palabras quedaba claro que no le gustaba. Era incomprensible. Era... Mis divagaciones se vieron interrumpidas por un pinchazo que me aguijoneaba el bazo, aparté los pensamientos y proseguí con mi plan.

Solo había una persona de mi agenda que con total seguridad estaba despierta a esas horas. Bendita casualidad que se tratase de la única que vendría quemando ruedas al fin del mundo si se lo pedía, mi mejor amiga y mi alma gemela desde el instituto: Emma.

La llamé.

—¿Marina? —vaciló.

—Hola.

—¿A estas horas no te dabas el baño de formol para mantener tu belleza intacta? ¿Qué te pasa?

—Necesito verte.

—¿Ahora?

—Lo que tardes en vestirte.

—Son más de las tres y tú nunca te vas a dormir después de las dos.

—Es importante.

—Eso espero —concedió—. Estoy en plena batalla con las hadas y las muy hijas de puta ganan terreno. —Emma era una friki de los videojuegos, tanto que siempre afirmaba que tenía dos vidas, la real (con ojitos de corderillo degollado) y la ficticia (dando saltitos entusiasmada).

—Álvaro y yo hemos roto.

—¿Te ha dejado él?

—Creo que yo.

—¿Crees?

—Le he dejado una nota llamándolo «impresentable», espero que pille la indirecta.

—Ay, nena, estas cosas se avisan. Se me acaban de poner los pelillos como escarpias. Qué orgullosa estoy de ti.

—¿Álvaro no te gustaba?

—Era demasiado perfecto... y tú te mereces alguien alucinante. —Se hizo un silencio cómodo, confortable, caliente—. Doy las órdenes precisas a mi clan para exterminar a las jodidas hadas de la faz de la Tierra y voy. Manda ubicación.

—Gracias por acudir a mi llamada de emergencia.

—Marina..., no te me pongas ñoña, que me da repelús. Además, pienso beberme hasta el agua de los floreros y correrá de tu cuenta.

Colgamos.

Tuve que leer el letrero de la calle para saber dónde estaba. Ni idea. Le envié la ubicación. Después, fingí ojear el móvil mientras esperaba, aunque la realidad es que no me atreví a desbloquearlo por temor a encontrarme con un mensaje suyo o con una imagen nuestra que me lanzara de lleno al agujero negro que se estaba formando en la boca de mi estómago y que no hacía otra cosa que expandirse.

En algún momento tendría que volver a casa, lo sabía, igual que sabía que entonces sería inevitable chocar con mi mirada triste mientras me desmaquillaba en el espejo y repasar los puntos de presión en mi cuerpo en los que el recuerdo de su roce quemaba al ponerme el pijama. Pero antes... antes tenía la posibilidad de distraerme. Podía estirar la burbuja de *shock* que me envolvía y mantener las emociones fuera un rato. Y eso era exactamente lo que planeaba hacer. Colocar un ligero velo, una tirita por encima de la herida.

Emma bajó de un taxi al rato. Apareció con una mochila pequeña a la espalda, falda vaquera, zapatillas y los cascos de hormiga atómica en el cuello con el cable colgando porque la muy desastre se había olvidado de quitárselos.

Me saludó con un abrazo y me estrechó contra su pecho. Yo era poco dada al contacto humano, incluso los dos besos cordiales me chirriaban, pero ese abrazo lo agradecí y, aunque no supe muy bien cómo reaccionar y lo hice de un modo torpe, recuerdo que al separarnos me sentí más entera y que esa sensación, en apariencia efímera, perduró con el paso del tiempo y aún hoy puedo rememorarla.

—¿Compramos Coca-Cola y vinacho en el chino, nos agenciamos un banco bonito y despotricamos contra el género masculino durante horas? Es mi plan favorito —sugirió entusiasmada.

—También podemos entrar ahí a tomar algo. Hay música en directo. —Señalé el garito en el que varias personas fumaban en la puerta.

—Rock —puntualizó mi amiga—, lo que suena es rock.

—Lo sé. —Me encogí de hombros y ella abrió los ojos como platos para acto seguido achicarlos y observarme suspicaz como si fuese un extraterrestre.

—Marina proponiendo internarnos en las fauces de un garito de mala muerte. Esto es más grave de lo que parece.

—He ido a muchos conciertos...

—De los Jonas Brothers y con el nombre de Nick escrito en la frente. No es precisamente lo mismo...

—Fue Joe, y no veo la necesidad de que saques todos mis trapos sucios a relucir, solo era una propuesta. —Apreté los labios y Emma me acarició el dorso de la mano.

—Nena, es coña. Entramos donde tú quieras y hacemos lo que dicte esa cabecita —suavizó el tono—. ¿Estás bien?

No. No lo estaba. Para nada. Mi novio y Malena habían resultado ser un fraude, la noche que debía tornarse inolvidable fue un golpe para mi autoestima y confianza, y, mierda, me notaba la piel sucia, con sus palabras sobre mis nulas capacidades sexuales rebotando contra ella para contaminarla.

Mi primer impulso fue mentir a Emma. Dibujar una sonrisa convincente y restarle hierro a la situación, pero no pude y opté por una verdad a medias.

—Lo estaré.

—Bien dicho.

No tuvimos que esperar en la cola. Dentro, el pub tampoco estaba tan mal y...

Vale, me horrorizó. Era oscuro, las personas sudadas como pollos no respetaban mi amado círculo de espacio personal y el sonido atronador de la banda que tocaba en el escenario casi me revienta los tímpanos.

Alcé la barbilla para ver de puntillas al grupo culpable de aquel tremendo despropósito para los oídos y me topé con el chico alto del callejón bajo un cartel en el que se leía Al Borde del Abismo. Tocaba el bajo concentrado en primera línea con un insolente chupachups en la boca mientras un tío con el pelo rubio ceniza casi rapado cantaba aferrado al micrófono con voz provocativa, una chica atizaba la batería y un tipo de pelo largo arrancaba notas a una guitarra por encima de su cabeza como si fuera un juego y él un genio.

¿Dónde me había metido?

Me fijé otra vez en el bajista, en sus brazos torneados, el modo en que los mechones desordenados le caían por la frente y cómo lamía el dulce con un movimiento lento y seductor.

Hipnótico.

Objetivamente estaba muy bueno, como diría Emma. Subjetivamente, representaba aquello que no me atraía en un hombre. Desorden, caos, improvisación.

Carraspeé para hacerme oír por encima del ruido.

—¿Pedimos?

—¿Malibú con piña para ti y ron cola para mí?

—Sí —acompañé la palabra con un asentimiento firme— y dos chupitos de tequila.

—¿Estás segura? Nena —dijo con tono comprensivo en medio de aquellos cánticos satánicos—, que tú hueles por encima el tequila y vuelves a casa gateando.

—Lo estoy.

Por supuesto que no lo estaba. Era irónico que yo, que siempre me había llenado la boca diciendo que emborracharse por una ruptura era inmaduro y patético, fuese de frente y sin frenos a chocarme con lo que tantas veces había criticado.

—Vale, ¿qué coño te ha hecho el puto de Álvaro?

—Me engañaba con Malena.

«Y piensa que follar conmigo es peor que hacerlo con una muñeca hinchable», omití.

—¿Con tu *superamigui*? —No ocultó el desagrado que le producía mi compañera de universidad, aunque eso venía de antes. Desde que había entrado en Relaciones Internacionales, mi relación con Emma se había enfriado, distanciado, mientras que con Malena, a la que conocí el primer día de clase, se estrechaba. Digamos que estaba un pelín celosa y no la soportaba en absoluto.

—Con Malena, sí.

—A estos me los cargo. Asco de gente, joder.

—Oye, Emma, ¿te puedo hacer una pregunta? ¿Tú dirías que soy una persona... contenida? Con sinceridad, por favor. —No me podía sacar de la mente el maldito comentario de «claro que se ha corrido, pero a su estilo, como todo en ella, contenida».

—Eres prudente, sensata, una tía formal con buen juicio, y que no me entere yo de que un mierda seca te hace sentir que eso está mal, que termino detenida.

—La cuestión es que nunca he hecho nada espontáneo, así, tipo arrebato...

—Pues hazlo esta noche. Algo que no te pegue en absoluto.

—¿Como qué?

—¡Ni idea! Dejémoslo en manos del alcohol y de su magnífica capacidad de inspiración. —Se abrió paso entre el gentío hasta la barra y pidió no dos, sino cuatro chupitos de tequila al camarero—. ¡Por las locuras de las que nos arrepentiremos mañana!

—No sé... —El miedo me paralizó y por eso mismo agarré el vaso y lo levanté con determinación—. ¡Por las locuras de las que nos arrepentiremos mañana!

Fue mi perdición.

Verso 4

NOAH

Cerrábamos todos nuestros conciertos con una *cover* de *What's Up*, de 4 Non Blondes, a dos voces.

Manteníamos el ritual desde que tocábamos en bares cutres a cambio de cerveza fría hasta entonces, cuando lo hacíamos en un local medio decente con gente que realmente disfrutaba con nuestra música. Era nuestro talismán y, gracias a que Leo la había jodido con la solista, me veía en la encrucijada de tener que cantar.

Empezaría él, como siempre, yo me uniría en «And I say, hey-ey-ey-ey», me cedería el mando en «And I try, oh my God do I try» y nos juntaríamos de nuevo en el estribillo.

A diferencia de la traca final, este tema nos gustaba interpretarlo de un modo íntimo, como si le estuviéramos haciendo el amor a la letra y prolongásemos el orgasmo en la garganta. Enzo paraba de hacer llamativos malabares con la guitarra y Victoria entornaba los ojos extasiada mientras la voz de Leo, más irreverente y vibrante que nunca, empastaba con la mía rota.

Lo teníamos dominado. Al cabo de cinco minutos estaríamos despidiéndonos.

El mellizo y yo arrancamos al unísono las primeras notas a las cuerdas y Leo se incorporó justo a tiempo. Sostenía el micrófono con ambas manos pegado a la boca y ladeaba la cabeza de un lado a otro mirando fijamente hacia abajo, como si viese a las personas que se agolpaban enfrente del escenario en lugar de estar cegado por los focos. Cada movimiento estaba medido, pero el tío lograba que pareciese natural.

Deshacía al público, no hay otra manera de decirlo.

Todo iba sobre ruedas cuando desencajó el micro del trípode para acercarse a mí. Los asistentes bailaban mecidos en un mar en calma y nos estaba quedando una canción cojonuda para que cayese el telón. Me saqué el chupachups de la boca e iba a empezar a entonar cuando algo inesperado entró en escena para perturbar nuestra paz.

Parpadeé un par de veces confundido mientras seguía el rumbo que me marcaba el gesto disimulado de mi amigo, y es que allí, bajo las tablas, estaba ella, la princesa.

Se aproximaba como una apisonadora tambaleándose como si se hubiera bebido todas las botellas de ese bar y hubiese atracado el siguiente. El pelo liso, que en algún momento de la noche debía de haber estado recogido para evitar el sofocante calor, parecía una bola de paja enmarañada de las que cruzan el desierto, tenía el rímel corrido y había perdido el sentido del oído, porque era imposible que no escuchase las quejas de la gente a la que apartaba para llegar a la primera fila.

—Dámelo. —Levantó su mano exigente.

Leo y yo nos miramos sin saber muy bien qué hacer.

—¡Que me lo des...! —Saltó e intentó atraparlo. No era la primera vez que un espontáneo quería que le dejásemos el micrófono a toda costa. Normalmente cedíamos, salvo en dos excepciones: que la persona en cuestión fuese pasadísima o que el tema que estuviésemos tocando en ese momento se tratase de *What's Up*. Ella cumplía las dos. Era un no rotundo—. ¡Tengo que cantar! —Balbuceó no sé qué rollo de hacer locuras y arrepentirse—. Venga, chico, no puedes estar aquí —me imitó y se partió de risa sola—. Vaya, así, de cerca, tus labios son tan bonitos... —Hipó ida y sus dedos se desplazaron hacia ellos—. Seguro que besas bien, seguro que...

—Le enchufé el micrófono antes de que el resto de los asistentes, que ya la abucheaban sin piedad, la echasen a patadas a la calle, y me preparé para ser testigo de cómo destrozaban una de mis canciones favoritas—. ¡Por los tíos que engañan a sus novias y los pillan! —chilló.

La oí carraspear y entorné los ojos con resignación.

Al terminar, cumplió su amenaza de echarse a cantar.

Estoy seguro de que todos en ese pub nos sorprendimos.

Hostias con la voz que se gastaba la princesa, mataba del gusto.

Despegué los párpados poco a poco porque necesitaba verlo para creerlo. Ese timbre, su inexperta afinación, la musicalidad, el ritmo... Joder, cubría agudos inalcanzables como si se tratase de un maldito juego en lugar de una genialidad.

Era impactante.

Sublime.

En aquel momento la distinguí a través de su voz, y ella... ella perdió el equilibrio.

CANCIÓN 2

DOS MUNDOS DESTINADOS A COLISIONAR

Verso 1

MARINA

Me despertó la claridad que se colaba por la ventana que, en mi penoso estado, había olvidado cerrar. Rodé sobre mí misma lamentándome. Tenía un asqueroso hilillo de baba colgando y la boca pastosa y seca en lo que ya podía denominar la primera resaca oficial de mi existencia.

Había oído hablar mucho de sus síntomas, el fatal dolor de cabeza, las terribles náuseas, caca, sed y, la más inquietante, las famosas lagunas en blanco. Ojalá las hubiera sufrido. Ojalá parte de la noche anterior se hubiera borrado de mi mente. Pero no, lo recordaba todo, desde ponerme ciega hasta...

«¿Llegué a mandarle la foto del calvo con la peineta a Álvaro? —pensé—. Por favor, por la poca dignidad que me queda, que Emma me lo impidiera.»

Me tapé la cara con la almohada como si fuera a servir de algo y la aparté al segundo. Puaj. Apestaba a alcohol, toda la habitación lo hacía, incluida yo. Di una arcada del asco, porque mi borrachera no me ofrecía amnesia selectiva, pero malestar, un rato. Me puse en pie de un salto y corrí a abrir de par en par las ventanas de mi habitación para poder respirar.

En ese momento, aprecié otro de los efectos colaterales de los chupitos del demonio. Seguía llevando la misma ropa de la noche anterior. Eso sí, como si me hubiera pasado un camión por encima y, por el dolor de mi cuerpo, tampoco podía descartarlo del todo. Tanteé mi cuello para quitarme el pañuelo agradeciendo no haberme ahorcado con él y aprecié que no lo llevaba. ¿Dónde estaba? En el perchero o en la silla, no. Estaba en... Traté de bloquear el recuerdo que me ofrecía la pista definitiva al mismo tiempo que observé una cadena de plata que no me pertenecía encima del tocador.

Si hubiera tenido una pistola cargada, me habría disparado allí mismo.

Ya no era solo que la noche anterior me hubiese pillado la borrachera padre, era que me había caído de culo en medio de un pub de mala muerte, tras robarle el micrófono a uno de los cantantes y decirle que sus labios eran bonitos y, para más inri, en pleno intento de mantenerme sobre las dos piernas le había arrancado la cadena del cuello.

Aquel desastre no lo solucionaba cambiándome de ciudad. Como mínimo tendría que mudarme de continente.

Chasqueé la lengua y cogí el fijo para llamar a Emma.

—¿Anoche evitaste mi suicidio social?

—Sí, te salvé el culete. —Vale, bien, por lo menos me había quitado el teléfono antes de que cometiese el error de enviarle a Álvaro la fotografía de mis posaderas y el dedo corazón.

—Gracias a Dios.

—No, gracias a mi habilidad para robarte el móvil. Eras un saquito de malas ideas. Estabas pletórica, nena —pronunció con orgullo.

Apoyé la espalda en la pared y suspiré avergonzada.

—Me quiero morir.

—Toma paracetamol.

—No necesito medicarme. Necesito una lobotomía para olvidar lo que ha pasado en las últimas veinticuatro horas. Qué ridículo más horrible.

—Marina, te enteraste de que tu novio te la pegaba con

tu *amigui* y se te fue un poco de las manos, ¿y? —«¿Y?, dice la tía, cómo se nota que no es a ella a la que Lindsay Lohan poseyó ayer durante unas horas», pensé—. Cariño, relativiza, no es por desilusionarte, pero lo que hiciste no fue nada novedoso, se repite cada *juernes* en distintos puntos de la geografía española.

Estaba claro que Emma no era capaz de valorar la gravedad de la situación.

Me vi en el deber de refrescarle la memoria.

—Pagué más de diez chupitos y la mayoría me los tiré por encima.

—Cuestión de puntería, así estabas más fresquita.

—Abracé a una desconocida en la cola del baño y le conté mis problemas.

—Confraternizar entre nosotras es un básico mientras esperamos para hacer pis.

—Era rusa. No me entendía.

—Mejor, no se lo contará a nadie y tus secretos están a salvo.

Cogí una bocanada de aire. Llegaba la munición pesada.

—Canté.

—Y eres cojonuda, nena, una diosa.

—Casi le toco la boca al cantante.

—El único delito en esa frase es que no te lanzases a comérsela entera con patatas. Estaba para humedecerte las bragas hasta que te convirtieses en una respetable ancianita adorable. —Negué con la cabeza y puse los ojos en blanco antes de contratacar.

—Mientras volvía a casa le pedí al taxista que frenase para... —miré a ambos lados del cuarto y hablé bajito, entre susurros, confesando mi crimen— vomitar. —Emma no esperó ni el segundo de rigor para estallar en carcajadas.

Apreté los labios ofendida.

—Tía, eres educada hasta cuando vas para el arrastre. En tus circunstancias, otra, yo por ejemplo, lo habría hecho en una bolsa, por la ventanilla o encima. —Arrugué la nariz al imaginarlo—. Si este es todo el material que tienes, podemos manejarlo sin clínicas ilegales y lobotomía.

—No sé...

—Confía en mí. —Hubo un instante de silencio—. ¿Vas a la uni hoy?

—Tengo clase.

—Él también.

—Podemos no encontrarnos —dije manteniendo la compostura, aunque mi cuerpo entero se tensó ante la posibilidad—. La facultad es grande y no estudiamos lo mismo.

—¿Qué pasa si los astros se alinean y ocurre? —El estómago se me encogió.

«Pasará que sin mirarlo a los ojos el corazón ya se me habrá puesto del revés y desearé con toda mi alma despertarme y que todo esto sea una pesadilla, que Álvaro vuelva a susurrarme Ratona muy cerca de la oreja y que todo esté bien entre nosotros.»

—Seré consecuente con mi decisión y seguiré mi camino.

—Marina..., las personas sentimos y tú eres humana, aunque a veces aparentes lo contrario. Ahora tienes que pasar un duelo y no está mal ponerte triste, cabrearte o echarlo de menos... —Noté un nudo en la garganta que se estrechaba conforme hablaba—. Y tampoco está mal que busques una excusa razonable para patearle las pelotas.

Sonreí.

—Lo tendré en cuenta.

—Por cierto, te escondí el móvil en el bolsillo interior del bolso en silencio para que no hicieras tonterías sin mí. Puedes recuperarlo.

—¿Hablamos para el finde?

—*Yes.*

Nos despedimos y puse el móvil a cargar. Evité encenderlo para ver el número (si es que había) de llamadas perdidas, whatsapps o mensajes en las redes sociales que Álvaro me hubiera dejado desde mi huida de la habitación del hotel.

Fui directa al baño, me lavé los dientes, me enjuagué la boca con flúor, me pasé el hilo dental y volví a lavármelos. Admito que es posible que estuviese un pelín paranoica con el aroma de mi aliento putrefacto. Con la higiene en general.

Me di una reparadora ducha calentita para después mimarme el cuerpo a base de crema hidratante con olor a almendras. Masajeé con delicadeza mis piernas extendiendo el cosmético, los muslos, los brazos, el vientre, y al llegar a los pechos me quedé congelada. Evoqué su boca cerrándose alrededor, el tacto de su lengua al lamerlos, y quise vomitar y llorar. En ese orden.

Temblé.

Era una estúpida por no haberme dado cuenta de que no significaba nada para él. Una debe enterarse de esas cosas y no estar dispersa, intuirlo en la saliva, en el modo en que te besan. Si hubiera estado atenta, tal vez... Neutralicé la avalancha de pensamientos dañinos agarrándome al lavabo para no caerme.

Cerré los ojos y aspiré y espiré rítmicamente hasta que las pulsaciones se relajaron y pude moverme.

Elegí la camisa de raso blanca con un lazo negro a un lado del cuello, pitillos oscuros y tacones bajitos del mismo color para ir a la universidad. Y disimulé los signos de cansancio de mi rostro con un maquillaje sutil al que le añadí un toque de alegre colorete para despertar mi *look*.

Revisé mi aspecto en el espejo de cuerpo entero y le di el visto bueno antes de bajar la escalera del chalet de mis padres rumbo a mi refugio. La cocina. Allí me sentía cómoda, protegida y menos pesada. Además, era el único sitio en el que el cerebro aflojaba. Una especie de paraíso.

Dentro solo estaba Anna, Nana para mí, quien, junto con su marido, Giuseppe, hacían las tareas y cuidaban la casa. Ambos eran italianos, de Nápoles, pero llevaban toda la vida en España, con mi familia, y lo único que les quedaba de su tierra era el acento, cierta tendencia a la teatralidad al gesticular y un amor loco por la comida que me habían contagiado.

Mis sentidos explotaron nada más entrar gracias al olor del guiso de verduras que Nana estaba preparando, el color del frutero, con las manzanas, naranjas, peras y cerezas perfectamente distribuidas, y unas zanahorias peladas que esperaban en la tabla a que las cortaran.

Sabía que no debía. Al menos, en casa y arreglada, no. Sin embargo, no pude resistirme, cogí el cuchillo y comencé a trocearlas en perfectos tacos redondos.

Nana echó una ojeada primero a la puerta y luego me miró.

—Entre dos, mejor. —Sonreí agradecida por que me dejase ayudarla a pesar de conocer la ceja inquisidora que mi madre enarcaría si nos pillaba. Cómo no iba a hacerlo si Nana prácticamente la había criado igual que a mí y estaba al tanto de las reticencias que mostró cuando le sugerí con la boca pequeña estudiar Cocina en lugar de Relaciones Internacionales.

No gané la guerra, prueba de ello era mi inminente visita a la Rey Juan Carlos, pero sí una batalla, y en septiembre de ese mismo año iba a hacer un curso intensivo de cocina durante un mes en Roma. Podía peligrar si me pillaba troceando una zanahoria. Pero no pude frenar el impulso. Necesitaba calmar los nervios y así lo conseguiría.

—Listo.

—Niña, en esas manos espolvorearon magia. Hazme caso, que soy medio bruja. —Nana echó los trozos al agua hirviendo.

—¿Siguiente paso?

—Mira a ver si hay que salarlo más. Esta —se señaló la lengua— pierde facultades. —Cogí una cucharada y me la llevé de la cazuela a la boca sin soplar. Ella se santiguó y dijo algo en italiano—. Santo Dios, muchacha, capaz serías de beberte la lava del Vesubio.

—No me quema. —Me encogí de hombros—. Está perfecto, Nana. ¿Ahora, qué?

—Ahora hay que esperar. La cocina es un cincuenta por ciento buenos ingredientes, un veinte habilidad y un treinta...

—Paciencia —repetí el dicho que tantas veces le había escuchado y ella asintió complacida de que se me hubiese grabado a fuego. Era mi mentora, una mujer pequeñita de tez morena, con una media melena gris y ojos saltones que contrastaban con sus labios finos y te radiografiaban por dentro.

—¿Algo que quieras contarme, pequeña?

—No. —Negué con la cabeza y me senté de un salto en la encimera—. Podríamos hacer una tarta alguna tarde.

—Tenemos limones y galletas y en la nevera hay...

—¿¡Tarta de limón con leche condensada!? —adiviné, y Nana sonrió al ver mi entusiasmo. Era mi favorita. Fácil y rápida de hornear, solo había que poner en un bol leche condensada, nata y leche líquida, remover añadiéndole zumo de limón hasta que se espesase y alternar una capa de galletas y otra de crema antes de meterla seis horas en el congelador.

—¿Te apetece?

—Me comería el bote a cucharadas.

—El bote no, pero una... —Lo sacó de la nevera y me lo ofreció. Vacilé y lo atrapé. Abrí la tapa y... mamá.

—Doscientas treinta calorías, mucho más de lo que ganarías bebiendo una cerveza. Espero que tengas previsto un plan de choque o nuestra constitución te colocará la grasa en los lugares más inoportunos.

Cerré de nuevo el bote y me bajé de la encimera sin probarlo.

De pequeña había sido una niña más bien rellenita, de esas a las que las abuelas saludaban calibrando si estaban más o menos gordas que la última vez. El comentario de mi madre no era inocente. Ella sabía mejor que nadie que no quería regresar a aquella época en la que vestía con camisetas anchas de los One Direction y Robert Pattinson para que no se me marcase la carne y evitaba quedarme en biquini delante de mis amigos, y lo utilizaba a su favor.

—Desayunaré un café solo en la facultad. —Curvó los labios satisfecha y Nana me miró con tristeza.

—Estoy organizando el *sitting* para el cumpleaños de tu padre este fin de semana. —Me mostró el folio con el plano de nuestro jardín en el que salía dibujada la distribución de las mesas que el *catering* colocaría ese mismo sábado a primera hora de la mañana—. Álvaro y tú estáis sentados en la mesa presidencial al lado de la fuente, en un entorno privilegiado.

Mi madre adoraba a Álvaro, o más bien lo que representaba: clase, posición y un futuro asegurado. Supongo que esperaba un agradecimiento, pero en su lugar dije:

—Iré sola.

—¿Sin pareja? —Asentí y frunció el ceño poco convencida. Me apresuré a exponerle la situación sin dar demasiadas explicaciones.

—Atravesamos un mal momento. Estamos distanciados.

—Distanciados...

—Exacto.

—La distancia se soluciona si uno de los dos da su brazo a torcer y toma la iniciativa para acortar espacio —apreció y, aunque sonaba a bondadoso consejo maternal, era una orden.

—Mamá, no —la contradije, y parpadeó confundida por mi reacción. Los eventos sociales (organizarlos, asistir y hablar de ellos ininterrumpidamente durante horas mientras comíamos) eran su vida. Mantener una intensa agenda con las mujeres de los compañeros de papá y competir por cuál tenía una familia más perfecta. Lo habitual era que la respetase y recrease la estampa que ella adoraba simular una y otra vez en distintos escenarios sin rechistar. En esta ocasión fue superior a mis fuerzas.

—No puedo justificar la ausencia de tu novio delante de nuestros invitados. Hablarán.

—Yo me encargo.

—La gente es mala, Marina.

—La disculpa no admitirá críticas. —Le sostuve la mirada hasta que se rindió.

—Recuerda que es el día de tu padre. No hagas que una inmadura rabieta de enamorados le robe el protagonismo.

Prometí que así sería y lavé una reluciente manzana roja para llevármela conmigo a la universidad.

No me pasó desapercibida la mirada preocupada que me dedicaba Nana mientras me colgaba a la espalda la pequeña mochila negra con un cuaderno de tapas duras y bolígrafos para tomar apuntes y salía de casa.

Fuera, el barrio residencial se hallaba en calma y la temperatura era perfecta. Estábamos a principios de abril, el aire corría suave y los discretos rayos de sol acariciaban mi cara. A la mayoría de las personas que conocía les gustaba el verano o el invierno, pero yo era de primavera y otoño, las sosas estaciones de segunda. Supongo que nunca me sentí atraída por los extremos desbordantes, al menos hasta entonces.

Dejé que los impacientes subieran cuando el bus abrió sus puertas y después lo hice yo pausadamente. No tenía hueco en ventanilla, así que me senté al lado de una señora mayor que olía a avellanas y me dediqué a observar a las personas que me rodeaban. La mujer que iba a trabajar y se maquillaba en marcha, el chico que pasaba canciones desganado en su móvil y la pareja que se besaba.

La pareja que se besaba...

Suspiré.

Él la agarraba por la nuca para atraerla y ella chocaba los labios con fiereza sin importarles que otros ojos, los míos, los vieran. Al separarse tenían la boca hinchada y ningún rastro de pudor. Me pregunté si yo sería capaz de hacer algo así en público y la respuesta inmediata fue no. Como mucho, Álvaro me había tirado del labio inferior después de un pico largo si no estábamos solos. A lo mejor era el motivo de que me hubiese engañado, lo que le daba Malena. Pasión. La chispa que yo no tenía.

Muñeca hinchable rebotó en mi cerebro como si fuese la pared de una pista de frontón.

No pude sacarme la maldita expresión de encima durante los trasbordos, y no fue hasta llegar a la parada de metro de Vicálvaro y reconocer algunas caras cuando reuní la fuerza suficiente para neutralizarla a la vez que me bajaba del vagón.

Mi primera y única clase de ese día comenzaba a las once de la mañana, así que no habría demasiada gente en la entrada.

Adelanté a un par de compañeras en la escalera y justo iba a coronar la última cuando lo distinguí. El corazón me dio un vuelco. Álvaro me esperaba más guapo que nunca con un precioso ramo de rosas rojas en la mano. Rizos bien engominados, pantalones caquis y la camisa de topos que le regalé para nuestro aniversario y nunca le había visto puesta. Al percatarse de mi presencia sonrió y se le formaron los dos dulces hoyuelos en las mejillas que me propulsaron directa al vacío.

¿Por qué no los había tocado cuando podía?

¿Por qué hay que estar a punto de perder algo para echarlo de menos?

—Sea en lo que sea en lo que la cagué, perdóname. —Parecía sincero, compungido, y si *muñeca hinchable* no llega a darme la punzante estocada final, quizá lo habría hecho, perdonarlo y fingir que aquella conversación escuchada a hurtadillas había sido fruto de mi imaginación.

—Deja que pase.

—Ratona —balbuceó al borde del llanto—, merezco saberlo, ¿en qué no he cumplido tus expectativas? ¿En qué...?

—Sé lo tuyo con Malena —lo interrumpí con una determinación que en absoluto sentía. Él se quedó petrificado. Abrió la boca y la cerró. Boqueó como un pececillo incapaz de decir algo—. Ahora, si me permites, tengo que ir a clase.

Álvaro permaneció quieto, fosilizado, y pasé de largo conteniendo las lágrimas. Hasta para romper era insípida. Otra le habría recriminado, gritado, puesto en evidencia... Otra habría encontrado la magnífica oportunidad para patearle las pelotas que había sugerido Emma, pero yo no, cualquiera que nos hubiera visto ni siquiera se habría dado cuenta de que estábamos discutiendo, porque era inexpresiva y no sabía exteriorizar, porque no me entregaba por completo.

Pedí un café solo en la cafetería y me uní a un par de conocidas para escapar de allí antes de salivar por el aroma de las famosas (y grasientas) bravas de la facultad.

A partir de ahí todo se suponía sencillo. Ponerme en primera fila, atender, tomar notas y marcharme. No contaba con el drama de Malena, con su malicia, con que tendría los santos ovarios de pararme en mitad del pasillo y victimizarse.

—No me puedo creer que hagas esto, Marina —irrumpió como un tornado, y habló alto para hacerse oír, para que el resto prestase atención.

—¿Qué?

—Fiarte de la primera persona que te cuenta una mentira. Fallarme como amiga. —Alzó los brazos al aire indignada—. Te meten mierda sobre Álvaro y sobre mí, ¿y tú qué haces? ¿Consultarnos? ¿Razonar con nosotros como adultos? ¿Darnos el beneficio de la duda? No, tú das por hecho que algo tan inverosímil es verdad y nos dejas al pobre Álvaro y a mí destrozados. —Admito que su capacidad de reacción para dejarme como una novia celosa, posesiva y la peor de las amigas era impresionante y, por si fuera poco, tuvo las narices de ir un paso más allá—: Si pasa algo a partir de este momento será tu culpa. ¿Me oyes? Tú eres quien nos está empujando a apoyarnos para superar tanto dolor... La traición.

—Malena...

—¿Sí?

—Apestas como persona —pronuncié con tranquilidad, y ella se llevó la mano a la boca y se le escapó un gritito completamente horrorizada. La escenita continuó, pero no la vi. Di media vuelta mientras unas compañeras la consolaban y cambié el rumbo de mi día.

En lugar de entrar en clase falté por primera vez y me subí al metro de nuevo dispuesta a emplear esas dos horas en visitar el pub de la noche anterior para preguntar por mi pañuelo y devolver la cadena que había guardado en la cartera antes de salir de casa.

Inicié el sendero invisible de miguitas de pan que me conducían a mi destino.

A él y a nuestros mundos destinados a colisionar una y otra vez.

Verso 2

NOAH

Hundí las manos en los bolsillos del vaquero y chasqueé la lengua.

—¿Tienes un chupachups?

—¿Chuches, Noah? ¿A tu edad? —Alejandro, socio y camarero de Ruido, dibujó un mohín burlón.

—Es por el puto mono, que hoy lo tengo por las nubes.

—Tendrás que conformarte con un chicle de menta —ofreció desde el otro lado de la barra. Arranqué el plástico con los dientes y me lo metí en la boca.

—Gracias.

—¿Qué te trae por aquí tan pronto? —Dejó de pulir la superficie y se echó el trapo encima del hombro.

Podría haberle hecho la misma pregunta, con la salvedad de que en mi caso no habría tenido ningún sentido. Primero, porque era su garito y segundo, porque un efecto colateral irreversible de montar un negocio es que daba igual cuándo y cómo acabase la fiesta, a ti te tocaba pringar al día siguiente desde primera hora de la mañana para atender a los proveedores y asegurarte de que la maquinaria estaba lista para ponerla en marcha cuando diesen de nuevo las doce. ¿Qué justificaba mi presencia después de tocar la noche anterior hasta las mil?

—Necesito pedirte un favor.

—¿Otro *casting*? Joder, a este paso os recordarán por ser el grupo que tuvo más solistas que canciones.

Encontrar a la nueva solista era urgente, ya no solo por las actuaciones en Ruido; también teníamos apalabrados con nuestro *manager* varios bolos en festivales a partir de la primera semana de junio, lo que nos daba un margen de dos irrisorios meses para tropezar con la voz perfecta, hacerla encajar en nuestro grupo y, lo más complicado, lograr mantenerla por lo menos hasta que terminase el verano.

En resumen, el abandono de Estrella nos tenía con la soga al cuello. De ahí que estuviese recorriendo los pubs, discotecas y demás locales amigos para colocar carteles anunciando el *casting* mientras Victoria y Enzo hacían lo propio en conservatorios y Leo lo intentaba en internet.

—Vale, tío, pero intentad, yo qué sé, que a esta le lleguemos a coger cariño.

—Dependerá de la polla de Leo.

—Entonces estáis perdidos. Anda, ponlo. Nuestro tablón de anuncios es vuestro tablón de anuncios. —Asentí agradecido e iba a darme la vuelta cuando recordé algo.

—¿Algún rastro de mi colgante?

—Nada.

—Si alguien lo trae... —Era un regalo de Carlota. Un regalo importante.

—Te aviso, pero no te hagas demasiadas ilusiones. Mi experiencia me dice que es más fácil que te caiga un rayo que una buena persona venga a devolverlo. —Le di la razón y me fui a colgar el cartel sin darme cuenta de que justo en ese momento la puerta del local se abría.

Verso 3

MARINA

Tan solo tuve que empujar el sólido acero suave para entrar. De día, el local cambiaba, parecía otro. Uno menos mugriento, más pequeño y con olor a limpio. La luz se colaba por la puerta lateral arrancando destellos al reluciente suelo. Arrugué confundida la nariz, ¿era la banda sonora de *Dirty Dancing* lo que sonaba bajito por los altavoces? Admití que quizá lo había juzgado a la ligera por una errática mala primera impresión.

Había un chico joven detrás de la barra, que no se percató de mi presencia enfrascado como estaba en unos papeles que repasaba al tiempo que roía el bolígrafo. Me acerqué a él. Tenía el pelo castaño cubierto con unas horteras mechas rubias anchas, tatuajes salpicando cada centímetro de su piel y un anillo en forma de calavera que me produjo un escalofrío.

Carraspeé y alzó la mirada.

En el momento en que sus ojos se posaron en los míos me arrepentí de no haberme puesto unas gafas de sol o cualquier complemento que disimulase mi identidad. Contuve el aliento y... la indiferencia que mostró me relajó. Estaba claro que no me reconocía como la borracha que la había liado la noche anterior.

Al final, Emma llevaba razón y mi proeza no era tan épica.

—Perdona, ¿trabajas aquí?

—Estoy perpetrando un atraco. —Apoyó los codos encima de la tarima y sonrió—. Soy Álex, uno de los dueños, dime.

—Me preguntaba si tendríais un pañuelo de lunares en objetos perdidos. —Había perdido muchas cosas en las últimas horas. Mi dignidad, entre otras. Pero mi pañuelo de seda parisino no pasaría a engordar la lista si podía evitarlo.

—¿Objetos perdidos? —Reprimió una carcajada por educación—. Miraré a ver si está en la caja de birras vacía donde dejamos los trastos que encontramos. —Se metió en la trastienda y regresó al rato agarrando un trozo de tela desmadejado con dos dedos—. ¿Este?

—Antes era bonito —fue mi manera de confirmárselo.

—Prueba en la tintorería. Hay una en el barrio. A lo mejor pueden resucitarlo. —Se encogió de hombros. Lo cogí de un lateral y se me escapó un gemido ahogado de la impresión. Estaba sucio, repleto de cubatas y pisadas, y su tacto era diferente, rudo, lo opuesto a la suavidad que desprendía cuando Álvaro tiró de él durante nuestro viaje a París para besarme lento a los pies de la torre Eiffel protagonizando la primera y única vez que lo sentí en el temblor de mis huesos. Aparté el pensamiento y saqué la cartera—. Ey, no hace falta que me pagues por devolvértelo. Que creas que somos tan ruines es un tanto insultante.

—Toma —le tendí la cadena plateada—, estaba en el suelo ayer.

—Hostias, el rayo de Noah.

—¿El qué? —inquirí sin comprender.

—Nada, tonterías mías.

—¿Lo guardas en la caja de cervezas vacía por si el dueño viene a reclamarlo?

—Mejor se lo das tú misma. Está ahí detrás colgando un cartel.

Le localicé de espaldas en la otra punta del pub y experimenté una ligera sacudida que atribuí a los nervios por el hecho de que él, sí o sí, sabría quién era. Mi primer impulso fue largarme; total, había recuperado el pañuelo y Álex estaba de nuevo enfrascado en sus quehaceres y no se daría cuenta. Sin embargo, hubo algo que tiró de mí y quise pensar que se trataba de valentía, de enfrentarme a mis problemas de cara, y no que una porción muy diminuta de mí en el fondo deseaba volver a verlo por algún motivo sin identificar.

Apreté los puños, levanté la barbilla y anduve.

Verso 4

NOAH

Era un puto maniático del equilibrio, de que las cosas quedasen rectas y ordenadas, y en esas estaba, alineando el cartel, cuando alguien me dio dos golpes flojos en el hombro izquierdo y al girarme me topé con la persona que menos esperaba ver. Ella. Con las mismas pintas de niña buena que acaba de escaparse de un colegio de monjas, su flequillo y unos ojos verde musgo que, por lo que sea, me atraparon durante los segundos que tardé en reponerme del aturdimiento. Después no pude evitar cruzarme de brazos y decirle:

—¿Ya me echabas de menos, princesa?

Verso 5

MARINA

«¿Ya me echabas de menos, princesa?»

¿Perdona? ¿Podía ser aquel musicucho más impresentable?

Sí.

—Antes de que sigas, me veo en la obligación de confesarte que mis labios no están interesados en ninguna proposición indecente.

Si hubiese acompañado su desafortunada intervención con un guiño socarrón, chulesco, habría tenido un pase. En plan este tío es un cretino y punto. Pero no. Con Noah no funcionaba así. Él mantenía un gesto serio, inescrutable, con la boca recta y el reflejo de una ligera curvatura de labios que tan solo pude intuir y que me pareció toda una provocación dadas las circunstancias.

El muy maldito no solo recordaba la noche anterior con todo lujo de detalles, lo peor era que no tenía ningún reparo en restregármelo por toda la cara. Debía reponerme al embiste, y pronto.

—¡Serás...! —Ardí de rabia con los morritos fruncidos, lo que no fue mi mejor estrategia, ya que no solo no le afectó, sino que dejó de lado lo que estaba haciendo para aguardar curioso con el rostro ladeado un insulto a la altura de las expectativas que el tono rojizo de mis mejillas había creado. Sin embargo (minipunto para mí), me mantuve serena, no sé cómo lo logré, pero me templé—. Fue una apreciación puramente objetiva, como cuando valoras arte. No te hagas demasiadas ilusiones.

—Entre tú y yo, si quieres que alguien no se haga demasiadas ilusiones, deberías probar a no compararlo con una puñetera obra de arte.

El pelo mojado le caía por encima de la frente delatando que no hacía mucho que había salido de la ducha y masticaba chicle con un movimiento contundente de mandíbula que me pareció insultantemente sugerente, enmarcando el contorno de su incuestionable expresión masculina.

Para más inri, empezó a sonar *Cry to me*, la única canción del universo musical que, por lo que sea, desde siempre me había parecido que tenía un toque picante, sexual, que te invitaba a desear contonear las caderas con la cadencia de la sedosa voz del cantante.

Parpadeé para escapar del embrujo.

—¿Siempre eres tan odioso?

—Solo los viernes.

—Venía a devolverte la cadena, pero ahora no estoy del todo convencida de que me apetezca.

Le mostré la joya artesanal plateada con una esfera en la que se podía leer CARLOTA y me la arrebató de las manos. Recuerdo sus ojos chocolate observándola como si fuera el mayor tesoro de la humanidad, la nuez de su garganta subir y bajar al tragar saliva aliviado, y sentir el absurdo deseo de que ojalá alguna vez alguien me mirase a mí como él a esa chatarra.

—Mi cadena.

—Dile a tu novia que la compadezco.

Noah se apresuró a abrochársela alrededor del cuello y aproveché el paréntesis para echar un vistazo detrás de él al cartel que estaba colgando antes de mi interrupción. Daba la sensación de que lo había hecho un niño de ocho años que acababa de aprender a usar Paint. Emma, estudiante de Diseño Gráfico, se habría arrancado los ojos de cuajo. Anunciaba dos días de *casting* para ser vocalista de Al Borde del Abismo ese mismo fin de semana.

—Parecéis desesperados.

—Podrías presentarte a la audición. Pagamos bien y anoche lo hiciste medio decente. —Sonreí con sarcasmo y, al darme cuenta de que no lo proponía de coña, mi sonrisa se transformó en una carcajada.

—En serio, mi respuesta a cualquier cosa que suponga que tú y yo volvamos a coincidir en el universo es una rotunda negativa. —Me di la vuelta coqueta negando divertida con la cabeza y él me llamó.

—Princesa.

—¿Sí?

—Tus labios también son bonitos, de un modo puramente objetivo, claro.

Tuvo que darse cuenta del escalofrío que trepó por mi columna vertebral y el respingo que di, pero no hizo ningún comentario al respecto. Volvió a lo suyo y los dos pensamos que aquello era una despedida definitiva.

Qué equivocados estábamos...

Verso 6

MARINA

El fin de semana llegó inexorable y, con él, la fiesta de cumpleaños de papá.

—¿Falta mucho? —preguntó Nana con impaciencia infantil.

Todo estaba listo para el que prometía convertirse en el gran acontecimiento de la temporada. El *catering* llevaba trabajando con mimo en el jardín desde primera hora de la mañana para instalar las mesas redondas cubiertas con impolutos manteles blancos y rodeadas de sillas de madera; Anette, nuestra florista de confianza, había colocado ramilletes de lavanda y centros de mesas de peonías combinadas con ramas verdes en jarrones altos de cristal; y el trío clásico de viento y cuerda ensayaba un hilo musical tranquilo y tan reconfortante como un abrazo.

El día había amanecido encapotado, pero se había ido despejando, dando paso a una tarde estupenda. El viento corría en calma y un sol enorme se ocultaba en el infinito arrancando destellos anaranjados y amarillos al cielo. Podría haber llegado a la falsa conclusión de que ese era el motivo de que mi estado de ánimo hubiese mejorado, el hallazgo de cierta paz en mitad de la tormenta; sin embargo, la razón por la que la opresión en mi pecho menguaba se llamaba Giuseppe y Anna, Nana.

Nada más terminar con mi atuendo había acudido a la casa secundaria anexa donde vivían para ayudar a Nana con el maquillaje de la fiesta de papá, a la que, como no podía ser de otra manera, los habían invitado.

Entre esas cuatro paredes repletas de fotografías en blanco y negro de Italia y coloridos cuadros de paisajes firmados por Giuseppe me sentía a salvo y con las uñas guardadas. Supongo que aquel espacio impregnado permanentemente con olor a pan recién hecho se sentía más hogar que el de verdad.

El párpado de Nana vibró mientras le aplicaba la máscara de pestañas por el repelús que le daba a la pobre que le tocasen los ojos.

—La tortura ha terminado —anuncié, y me aparté para que pudiese ver el resultado en el pequeño espejo circular que descansaba encima de la mesa.

Ella abrió poco a poco los ojos, cauta, y el modo en que se le iluminó la mirada al atisbar su reflejo me llenó de un modo indescriptible.

—*Mio Dio, sono molto carina.* —Ladeó el rostro para observarse desde todos los ángulos—. Niña, tenemos que asegurar esas manos. Son un prodigio.

—Bah —le resté importancia. Nunca he sido muy amiga de los halagos—. El mérito es todo de la modelo, ¿verdad, Giuseppe? —Aproveché que escuchaba sus pasos a mi espalda para cambiar el centro de atención.

—*La mia ragazza è sempre carina,* solo que ahora parece una *bambina* de *venti anni* como cuando la vi en la playa con aquel bañador blanco y supe que sería mi esposa. La más guapa de Capri, Marina, *la più bella del mondo.*

—¿Se puede saber de qué vas disfrazado? —fue la respuesta de su mujer a la romántica declaración.

—¿Disfrazado? Es un traje muy elegante —era un dos piezas de rayas blancas y negras con el que me recordó al mítico Bitelchús—, lo suyo me costó cuando me lo compré.

—Te lo compraste en los setenta, *amore.*

—Y fue cuando te saqué a bailar y te robé nuestro primer

beso, ¿recuerdas? —Tiró de su mano sin avisar y Nana se puso de pie para mecerse al son de la melodía que silbaba su marido.

En cierta manera, me sentí una intrusa presenciando su momento y, de nuevo, experimenté ese vacío en la boca del estómago que me gritaba que yo jamás tendría algo así, tan sencillo y grande a la vez, tan real y permanente a lo largo del tiempo.

Me alejé unos pasos hasta el espejo de cuerpo entero para revisar mi indumentaria. Al final, me había decantado por un vestido por encima de la rodilla en tonos dorados y marrones brillantes que se sujetaba a un hombro con un discreto lazo negro, flequillo echado a ambos lados de mi cara y un moño bajo.

La tela no se ceñía demasiado. Aun así, mientras me contemplaba no pude evitar que la imagen se distorsionara y mis curvas se ensancharan. Tuve que separar los brazos del torso con efecto inmediato para que la carne no se apretara y parecieran más finos. Menos gruesos.

Cerré los ojos y respiré hondo.

«Esto ya lo hemos pasado. Esto ya lo hemos superado», me repetí hasta que reuní las fuerzas suficientes para mirarme de nuevo y me encontré con Nana y Giuseppe observándome apenados.

—*Cara,* si tan solo pudieses verte a través de nuestros ojos un segundo...

—Giuseppe, deja a la niña, ella sabe deshacer sus nudos —Nana sonrió dándome lo único que siempre necesitaba recargar, confianza—, nosotros veníamos a otra cosa. Nos gustaría darte algo, no es gran cosa, pero perteneció a la madre de Giuseppe, luego a mí y hemos pensado que deberían ser tuyos. —Colocó una caja abierta en mis manos que contenía unos pendientes.

Dos delicadas lágrimas de oro blanco y oro amarillo cuyo brillo era un diamante posado en el centro.

—¿Por qué en este momento? No es ninguna fecha señalada —alcancé a pronunciar a la par que notaba la emoción ascendiendo por mi garganta.

—¿Por qué mañana? —dijo Nana—. Te haces mayor, nosotros viejos, y queríamos dártelos los dos. Ya sabes, para evitar contratiempos.

Los abracé, así, de un modo irracional y contrario a mis reacciones habituales. Deseé que no se murieran nunca, que ojalá el mundo tuviese reservadas dos plazas para hacer a dos personas eternas y que fuesen ellos.

Al separarnos, le pedí a Nana que me quitase los pendientes que llevaba y los sustituyese por los suyos y fingí no darme cuenta de la lágrima que Giuseppe se limpiaba con el dedo pequeño.

—Oye, ¿no hay sesión de chapa y pintura para mí? Podrías quitarme algunas arruguitas y que las señoras me tiren los trastos —disimuló.

Le puse una sutil capa de polvos, a pesar de que no paró de insistir en que lo dejase muy moreno, tanto como si llevase un mes tirado en una barca en el mar de Nápoles tomando el sol.

Al terminar, les dije que tenía que irme por si Emma, mi acompañante oficial en sustitución de Álvaro, se adelantaba, pero Nana me cogió del brazo.

—¿Puedes hacerme un favor?

—Sí, claro.

—Revisa la papelera de la cocina antes de que la vacíen en el cubo grande de la calle. Ayer llegó mucha propaganda y la tiré casi sin mirar. Miedo me da que se pierda algo importante.

—Vale. Echaré una ojeada. No te preocupes.

Pensé que Nana me mandaba a mí para no ver lo que le estaban haciendo a su cocina, aunque me apuesto lo que sea a que si hubiera ido a mirar le habría parecido extraordinario.

Había leído mucho sobre los grandes chefs y la mayoría coincidían en que, si querías ser bueno y estar a la vanguardia, debías ofrecer tu sabiduría y experiencia, sí, pero también tomarte en serio el nuevo talento y dejar que te sorprendiera. Construir una cadena que se retroalimentase. La teoría estaba bien, pero verlo en directo fue... una sacudida que avivó mi deseo de abandonar el palco y entrar en aquella partitura en la que todos eran notas creando una melodía.

Allí dentro, el ritmo era frenético. Había ruido, ajetreo y vida. Cocineros elaborando los canapés y emplatando, y camareros cargando la bandeja preparados para el pistoletazo de salida. Avancé empapándome de los distintos contrastes de los tentempiés mientras mentalmente proponía nuevas combinaciones para reinventarlos.

«Septiembre. Roma. Ya está a la vuelta de la esquina», me dije para aplacar el inesperado chute de adrenalina. Cada vez quedaba menos para cumplir ese pedacito de sueño concentrado en un mes.

Destapé la basura y recogí la correspondencia. Tal y como había apuntado Nana, casi todos los sobres eran de publicidad. Los fui pasando rápido hasta llegar a uno con el llamativo símbolo de Rómulo y Remo en un sello de *le poste italiane*. Fruncí el ceño y lo abrí. Hablaba del pago pendiente de la matrícula del curso de cocina y del plazo de dos semanas que nos daban para abonarlo; si no lo hacía, me retirarían la plaza.

—Menos mal que te encuentro. El fotógrafo nos está esperando fuera. —Mamá apareció con un exquisito vestido blanco de firma que contrastaba con su tez morena y cuya caída suave de raso era impresionante. Sería la más elegante del evento, no tenía ninguna duda, aunque en ese momento poco me importase. Apoyó sus huesudos dedos en mi brazo y me olisqueó disimuladamente—. Has tenido suerte. El olor a fritanga no se te ha impregnado. Vámonos antes de que lo haga.

—Mamá —no me moví del sitio—, en la escuela de Roma dicen que no hemos pagado. —Le mostré la carta y ella me dedicó una mirada de fastidio.

—¿En lugar de dejarme disfrutar de la recepción de mis invitados me tienes buscándote por todas partes como una loca y me sales con estas? Tu desfachatez no tiene nombre, Marina. El banco lo habrá devuelto por error. Una llamada de tu padre autorizándolo y solucionado.

—¿Podría hacer esa llamada el lunes?

—O ahora. Lo arrancamos de su fiesta y que lo gestione, ¿no? Porque no hay nada más importante que tu capricho...

—El lunes está bien. —Sonreí agradecida. Mamá bufó y agaché la cabeza para hablar en voz baja como una niña a la que acaban de regañar—. Solo quiero asegurarme de que no se le olvida, lo siento.

No contestó. Chasqueó la lengua desencantada y emprendió la marcha.

La seguí hasta el jardín. El velo del atardecer cubriéndolo hacía que estuviese más bonito que la última vez que lo había visto de camino a la casa de Nana y Giuseppe. Algunas luces se habían encendido por la llegada de la oscuridad y parpadeaban como luciérnagas, las velas de las mesas resplandecían y las guirnaldas de bombillas parecían constelaciones entre las que podías nadar.

Habían montado un pequeño set para hacer la fotografía familiar al fondo. Papá ya estaba allí, esperando sentado a que mamá y yo nos situásemos cada una a un lado e inmortalizásemos el instante a golpe de clic. Ignacio, mi padre, era más menudo que ella, bajito, y siempre estaba serio, con unos inescrutables ojos claros que rehuían las miradas directas y sin hablar, mudo excepto en las contadas ocasiones en las que era estrictamente necesario pronunciarse.

No nos dirigimos la palabra.

El fotógrafo me situó en el extremo derecho con la mano

rozándole el hombro y fue con mamá para colocarla a la izquierda.

Manteniendo la postura, alcé la barbilla y aprecié la primera tanda de invitados haciendo su aparición y...

—¿Qué hace él aquí?

Era Álvaro.

—Lo he invitado yo —susurró mamá entre dientes para que papá no nos escuchase. Como si eso fuera posible, como si existiese algún universo paralelo en el que él nos prestase atención.

—Te pedí expresamente que...

—Marina, no es el momento —advirtió, y el fotógrafo se desplazó a su posición detrás de la cámara, desde donde nos pidió que nos juntásemos más.

Lo correcto habría sido guardar la compostura hasta que terminase y resolverlo en la más estricta intimidad. Pero Álvaro me saludó con su falsa sonrisa tímida y no pude dejarlo pasar.

Me mordí el labio y estallé.

—¡Me engañó! ¿Vale? Me fue infiel con una amiga. —Creí que mi madre haría algo. Pedir a seguridad que lo echasen a patadas no habría estado mal. En lugar de eso, enderezó la espalda y ladeó el cuerpo hasta esbozar su mejor pose.

—Sonríe, cariño, van a hacer la foto.

—¿Acaso no me has oído? —repuse dolida y enfadada por su fría indiferencia.

—Mañana desaparecerá para siempre de nuestras vidas, pero esta noche compórtate. Mete tripa, que seguro que has picado algo en la cocina.

Entonces lo supe. Con esa frase. Como una revelación. La carta no había acabado en la papelera por casualidad. Ella la había tirado. Nunca había querido que fuese a Roma y su supuesta aceptación hacía unos meses tan solo había sido un truco para despistarme y actuar, del mismo modo que no quería que estuviese en la fiesta sin acompañante y había manipulado la situación para que tal cosa no sucediese. Al pedirme el favor, Nana me estaba avisando. Algo se quebró dentro de mí y fue uno de esos pedazos rotos el que al pincharme me hizo despertar y tomar una decisión precipitada y arriesgada mientras los fogonazos del flash me cegaban y Álvaro seguía sonriéndome bobamente como si nada.

CANCIÓN 3

—

EL CASTING

Verso 1

LEO

Contaba la leyenda que hubo un día en que mi hermano mayor y yo nos llevábamos bien, la época en la que me enseñó a montar en bicicleta sin ruedines por la plaza Roja y terminé comiéndome el suelo, la misma en la que nos colamos en la «casa maldita de Vallecas» para demostrar que allí no existía ningún *poltergeist* y salimos por patas cuando unos cabrones que se habían metido antes para fumar canutos decidieron darnos un susto de muerte.

Sin embargo, poco quedaba de esos días aquel domingo en el que lo gozábamos con el mítico cocido de mi padre. Íñigo, el gran Íñigo que desde que había logrado sacarse Medicina nos miraba a todos por encima del puto hombro, no toleraba mi estilo de vida, mis tatuajes, a mí. Tampoco a papá, a quien observaba tras sus gafas redondas desde el otro lado de la mesa con la prepotencia de quien se siente superior a ti, mejor, más listo. Y eso, eso me tocaba los cojones a dos manos.

Mi padre distaba mucho de ser perfecto, al menos como mi hermano entendía la perfección. No conocía mundo más allá de los límites del barrio, usaba el *Quijote* para equilibrar la mesa coja y hablaba rápido y mal el castellano, con lengua de trapo, como para sugerirle que se pusiese con el francés o el inglés. «Los idiomas son para la gente inteligente como tú», le decía, y el muy capullo no lo contradecía porque no lo consideraba tan digno de admiración como sus tutores de la universidad y del MIR, a pesar de que gracias a ese viejo obrero inculto y medio cojo había comido, tenido ropa y podido estudiar la jodida carrera.

—¿Cómo va la residencia? —le consultó dando vueltas con la cucharilla a la taza marrón de duralex llena hasta el borde de café.

—Bien.

—¿Cansado de curar a gente todos los días?

—Es mi trabajo —contestó tajante. Papá siempre se interesaba por sus progresos, pero a don Íñigo «ahora vivo con mi novia en un ático en Pacífico y soy mejor que vosotros» no le gustaba hablar de temas laborales con él y cuando lo hacía le explicaba las cosas como si fuese un crío de tres años con una nuez por cerebro. A veces me preguntaba por qué seguía acudiendo religiosamente domingo tras domingo a comer un plato de sopa y garbanzos si nuestra presencia le resultaba tan insultante.

—La semana pasada estuve con el Carlos en el hogar del jubilado echando unas manos de mus y me contó que su mujer está perdiendo el traste. Le preocupaba que le diese la demencia esa de doña Manolita, la de Pont de Molins, que salía a la calle medio desnuda y tenía a los hijos corriendo detrás.

Íñigo asintió avergonzado, como si tuviese una especie de trauma por una pobre mujer cuyo mayor delito era no saber quién era ni dónde estaba.

—¿La que me pellizcaba el culo porque me confundía con su marido?

—Esa, esa. Muy bien, Leo. —Descansó la espalda en el respaldo de la silla y sonrió con orgullo—. Le dije que podía estar tranquilo, que mi muchacho iba camino de convertirse en una eminencia de la medicina y los ayudaría.

—Mi especialidad es la oncología.

—Pero los médicos sabéis de todo, ¿no?

Mi hermano puso los ojos en blanco, irritado. Reprimí las ganas de atizarle un puñetazo y abrí la ventana para encenderme un cigarro.

—¿Y qué dices de mí por ahí, viejo?

—¿De ti? Que eres un caso perdido y que me saqueas la nevera.

—Joder, papá, véndeme con un poco más de cariño, así no voy a sentar la cabeza nunca con sus hijas.

—¿Tú? ¿Sentar la cabeza? —Se santiguó—. El día que te enamores, las estrellas se encenderán a plena luz del sol.

Sonreí. Estaba en lo cierto. Di gas al mechero y fumé la primera calada. Íñigo me dedicó una mirada reprobatoria. El médico odiaba el humo del tabaco y en otras circunstancias, quizá si no hubiese acabado de actuar como un auténtico gilipollas con nuestro padre, me habría planteado apagarlo.

—Estrella del rock, esa es la manera correcta de venderme. —El viejo abrió la boca para hablar, pero mi hermano se adelantó.

—Este teatro es insoportable.

No añadió nada más, arrastró las patas de la silla y se retiró a la cocina con su plato vacío.

Lo perseguí sin vacilar.

—¿Se puede saber qué coño te pasa?

—¿A mí? ¿¡A mí!? Esto es de coña. —Soltó furioso el plato en el fregadero—. ¡A vosotros y vuestra depurada técnica para ignorar los problemas, aunque lleven años estallándonos en la cara!

—¿De qué hablas?

—De que hay facturas que pagar, estamos asfixiados, hasta el cuello, y mientras jugáis a los cantantes de rock and roll.

—Colaboro con...

—¡Con una cantidad irrisoria después de...! —Se calló de golpe y apretó los labios.

Deshice la distancia que nos separaba y me situé enfrente, con la barbilla alzada y los ojos grises desbordando reproche clavados en los suyos, que eran negros.

—Dilo. Ten cojones y hazlo.

—¿Crees que no me atrevo? —escupió sin pestañear. Acto seguido, habló con lentitud para que cada palabra calase—. Después de ser el maldito borracho agresivo al que se le fue la pinza y arruinó a su familia.

Me estremecí.

Durante un segundo me tragó un agujero negro que me llevó de vuelta a aquel pub, al sonido descarado de su risa atravesando el ambiente, a mis puños crujiendo y a la violencia desenfrenada que me reventó el pecho astillándome los huesos hasta convertirme en un animal desatado.

Sentí el sabor de mi propia sangre y el tacto de la suya al salpicarme. Los gritos. Manos agarrándome para separarme y el frío de las esposas rodeando mis muñecas.

—Eres un miserable, Íñigo, un puto miserable.

—Al menos yo duermo por las noches con la conciencia limpia. ¿Puedes decir tú lo mismo?

—Sí.

—Eso es porque no has cambiado. Eres un egoísta, siempre lo has sido, tan centrado en tu propio ombligo que ni siquiera te has parado a pensar en por qué hace años que papá no habla del viaje que quería hacer para conocer las Canarias. Era su único sueño y tú se lo robaste. Nos lo quitaste todo. Eres lo peor que le ha pasado a esta familia.

Nuestro padre vino en aquel momento para poner paz y me mordí la lengua. No pude responderle, no pude decirle que claro que pensaba en el viaje a las Canarias que le arrebaté por una pelea, la fianza, los juicios y la puñetera indemnización. Joder, lo hacía no solo al dormir, también al despertarme, al andar con aparente indiferencia por la calle y debajo de la ducha.

A todas horas.

Lo hacía incluso ese mismo día por la tarde, después de irme de casa mientras hacíamos el *casting* para la nueva solista de Al Borde del Abismo en el conservatorio. Lanzarote era el fondo de pantalla de mi móvil, un recordatorio constante de lo que le robé por no poder controlarme al escuchar aquella risa y de lo que pretendía devolverle. Así que no hacía falta que me diese putas clases de moral y me lo recordase. Mis fantasmas estaban bien instalados en un ático con vistas a mis entrañas. Pesaban. Llevaban tanto tiempo conmigo que había aprendido a convivir con ellos y a saludarlos cada mañana en el reflejo del espejo.

Había aprendido a disimular.

Por ejemplo, en ese mismo instante, cuando Noah me increpó diciéndome «¿puedes prestar atención a las candidatas y guardar el móvil?» y tuve la capacidad de sonreír, colocar los pies cruzados encima de la fila de delante y pronunciar con socarronería:

—Más te vale que merezca la pena, la rubia de las fotos que estoy viendo tiene unas tetas de infarto. —Y bloqueé el teléfono en el que estaba observando las imágenes de una isla que me fundía por dentro.

Verso 2

NOAH

—... tetas de infarto. —Leo guardó el móvil, estiró las piernas y las cruzó encima del asiento de delante a la vez que elevaba las comisuras de los labios desafiante—. ¿Contento, papi?

El *casting* no estaba saliendo según lo planeado. Llevábamos dos días y nada. Ella, «la voz», no daba señales de vida. Estaba convencido de que lo que buscábamos se hallaba allí mismo, en Madrid, tocando en la calle con la funda de una guitarra abierta por algunas monedas o encerrada en casa tarareando bajito para no molestar a sus vecinos. En cualquier caso, no había visto ninguno de nuestros cutres carteles.

Por el escenario del conservatorio que nos habían cedido unas horas gracias a la condición de exalumnos de Victoria y Enzo (y los generosos donativos anuales de sus padres) había circulado una veintena de chicas. La última fue Teresa, *Bloody Mary*, y era buena, pero no, no me erizaba la piel y entonar bien no era suficiente.

No podía serlo.

Tenía la corazonada de que esta sería la definitiva y quería sentirla en la carne, que lograse manipularla a su antojo y me dejase descolocado y con puto vértigo, joder. La mediocridad no estaba hecha para la música. La mataba. Bastante que la aceptábamos en todo lo demás, en nuestras existencias a medio gas girando en torno a cosas que nos hacían infelices. Escuchar un disco en la intimidad o ir a un concierto tenía que propulsarnos como un cohete al espacio.

No más.

Tampoco menos.

La solista terminó con un agudo de infarto y me saqué el chupachups de naranja de la boca. Prefería el de cereza.

—Gracias, Teresa.

—Bloody Mary —corrigió.

—Gracias, Bloody. Le daremos una vuelta y te llamamos esta semana tanto si sí como si no.

La acompañé a la puerta. De camino pude ver la lista con las candidatas que habíamos impreso para ir apuntando nuestras impresiones al lado del nombre. La de Leo estaba vacía, Victoria había dibujado corazones en todas y Enzo un aspa de asistencia sin ninguna anotación adicional. Como suponía, el peso de la inclinación de la balanza recaería en mí y no estaba del todo convencido con ninguna.

—¿Hay más?

—Inscritas, no —contestó Vic.

—Voy a la puerta por si quedase alguna rezagada.

—Yo sé de una que se pondrá de lo más feliz —profirió burlón Leo. Y, sin que nadie le preguntase, añadió—: Isa, la recepcionista, y su pobre tanga de hilo humedeciéndose en tu presencia. Deberías ponerle remedio. Ser compasivo.

Lo ignoré. Era lo mejor que se podía hacer cuando se ponía en plan imbécil.

Fui a la entrada. Casi no quedaba gente a esas horas y el sonido de mis pisadas rebotaba contra las paredes blancas repletas de amplios ventanales. Isabel me recibió con una sonrisa radiante inclinándose hacia delante para dejarme una buena perspectiva de su escote apoyando sus enormes pechos encima del mostrador. Era guapa. Rubia, pelo liso y largo, pómulos marcados, labios finos y un acento andaluz capaz de enloquecer al más cuerdo. Me gustaban su frescura y su descaro, lástima que no pudiese darle el buen polvo sin compromisos que buscaba.

—¿Qué pasa, guapo?

—Dime que hay una candidata escondida y sálvame la vida.

—Tus deseos son órdenes —ronroneó, y se acercó para susurrarme al oído—. No sabría si llamarla candidata, pero detrás de ti hay una chica muy rara acompañada de otra todavía más extraña que han venido preguntando por el *casting*, aunque, entre tú y yo, no me fiaría del todo de ella, parece una acosadora con gafas de sol y gabardina. —Su voz tenía una cadencia aterciopelada, de canto de sirena, y... sacudí la cabeza contrariado al ladear el rostro para ver a la última cantante.

Reconocía ese pelo negro.

Reconocía el flequillo.

Y ya.

Enarqué una ceja.

—¿De qué va disfrazada la princesa?

Verso 3

MARINA

—Joder, joder, joder, vas a hacerlo, nena.

—Te lo dije en la fiesta.

—Pero pensé que estabas rabiosa por haber tenido que compartir mesa con el picha floja de Álvaro y, yo qué sé, sufrías enajenación mental transitoria. Algo pasajero, como cuando mis compañeros de piso desconectan internet en mitad de la noche porque estoy gritando y amenazo con mudarme. Todo el mundo sabe que es mentira.

Rememoré la cena con la presencia de mi ex al lado, las conversaciones educadas que este mantenía con mamá y como mi cerebro salió de mi cuerpo para viajar lejos, a la búsqueda de los mil quinientos euros que costaba la matrícula del curso de cocina en Roma.

No llegué al conservatorio por casualidad ni para ver el fascinante movimiento del palo de chupachups de un lado a otro en la boca de Noah. Lo hice porque necesitaba dinero y rápido, de forma urgente, y fue la única opción que me pareció medio razonable. Siempre había dependido económicamente de papá y mamá, no tenía ahorros y conseguir trabajo sin ninguna experiencia se me antojaba difícil, más con los apretados plazos de los que disponía. Dos semanas o adiós.

Por otro lado, él me había propuesto que participase. Tenía que significar algo. Un enchufe, ¿no?

—Esto... esto es muy fuerte, Marina.

—Voy a hacer un *casting* como cantante —traté de restarle hierro—, tú insinuaste que le clavase un tenedor en el muslo disimuladamente durante los postres.

—No lo insinué, te lo dije. Y sigo creyendo que habría sido la mejor opción para desquitarte. ¿Sabes las consecuencias que puede tener que te cojan los Hijos del Abismo o como se llamen?

—Inscribirme en el curso de cocina. —Emma apretó los morritos escéptica. Comencé a ponerme nerviosa. ¿Qué diablos hacía yo allí? Probablemente era la peor idea que había tenido en mi vida. Dejándome guiar por la desesperación, espontánea, cuando mi naturaleza era la planificación enfermiza y tenía alergia a los cambios, las alteraciones y los imprevistos, a ceder el timón—. Cantaré igual que en la ducha, pero con tres o cuatro borrachos como público. No es para tanto.

—Nena... ¡Serás roquera! Sexo, drogas, giras, orgías a lo bestia en habitaciones de hotel...

—Al Borde del Abismo no tiene tanto caché. —Solo de imaginarlo tuve ganas de echar la pota por segunda vez consecutiva en una misma semana.

—¿Y si lo tiene? ¿Y si despunta? —«Me bajaré de ese carro y huiré a un rincón perdido de la España profunda sin cobertura»—. Ay, Dios, ¡podrías hacerte famosa y salir en la portada de la *Súper Pop*, *Bravo* o *Vale*! ¡En la *Vale*, madre mía!

—Emma, esas revistas ya no existen...

—Las reeditarán. Creo que necesito una tila para asimilarlo. —Se abanicó—. Enséñame los brazos.

—¿Cómo?

—Tengo que cerciorarme de que no te estás drogando antes de que entres a la audición.

—¿Va en serio?

—Completamente. Es mi deber de amiga responsable.

Enderezó la espalda y acto seguido estiró la mano en mi dirección. Aguardé unos segundos a la espera de que se echase a reír y me dijese que estaba de coña. Tal cosa no sucedió. Tenderle un antebrazo y después el otro en aquella recepción para que los examinase fue muy humillante.

—¿Todo bien?

—Eso parece. —Arrugó la nariz desconfiada.

—¿Quieres una prueba de orina? —refunfuñé—. Y yo que creía que te sentirías orgullosa de mí por salir de, ¿cómo lo sueles llamar? Ah, sí, mi monótona y soporífera zona de confort.

—Y lo estoy, lo estoy, tanto que he cortocircuitado. Lo siento. —Dibujó un mohín lastimero y no me quedó más remedio que perdonarla—. Marina, roquera. Guau.

—Marina va a hacer una prueba.

—De esta te cargas a tu madre cuando te vea con los dos tíos buenorros encima del escenario...

—No.

—A ver, nena, deja de tomártelo todo al pie de la letra. Lo de mandarla para el otro barrio es en sentido figurado.

—Me refería a que discrepo en los dos —entrecomillé con los dedos— tíos buenorros. El rubio, bah, venga, un aprobado raspado —aseguré sin acordarme siquiera de su cara. Los ojos de cervatillo de Emma se abrieron como platos y sufrió una especie de tic nervioso. O eso interpreté, ingenua de mí, de lo contrario habría cerrado la bocaza que Dios me había dado a tiempo—. El otro se lo tiene tan subido que pierde el atractivo.

—Pero te gustan sus labios.

—Es por el chupachups. Lo lame de un modo tan... —Un segundo, aquella voz no había sido la de Emma. Roté sobre mis talones maldiciendo mi suerte y me encontré a Noah y la impertinente sonrisa que bailaba en su boca.

—Por favor, no te detengas por mí. Estoy muy interesado en saber cómo termina esa frase, princesa.

Quise chillar.

La luz del atardecer me regaló nuevos detalles de su rostro, como la marca de varicela en la mejilla derecha, el aro oscuro que llevaba en la oreja al lado de la patilla y el hoyuelo que se le marcaba en la barbilla mientras aguardaba expectante. Definitivamente, no era un guapo común, sino uno de esos tíos que tienen un *no sé qué que qué sé yo* capaz de conectar todas las células del cuerpo humano y dinamitarlas.

—Me temo que tendrás que quedarte con las ganas. He venido a hacer la audición, no quiero tratos de favor.

—Dirás a la audición que rechazaste porque tu respuesta a cualquier cosa que suponga que tú y yo coincidamos en el universo es una rotunda negativa. —Puto Noah.

—He cambiado de opinión, ¿acaso es delito?

—No, aunque vestirse como Olivia Newton-John en la escena final de *Grease* quizá sí. Tendría que consultarlo con mis abogados.

Mierda, me había pillado. Me arrepentí de haber seguido el consejo de Emma de disfrazarme como Sandy para lucir más cañera. Al menos, me consolaba que mi amiga se hubiese solidarizado vistiéndose igual que las Pink Ladies. Compartiríamos cuarto en el psiquiátrico.

—En el anuncio no mencionabais código de vestimenta. Es un *look* muy común.

—El cuero es muy común.

—Tendencia en las mejores pasarelas del mundo. ¿Hemos acabado con el interrogatorio? Se me va a irritar la garganta antes de empezar a cantar.

Noah me observó con atención. Fue ahí donde descubrí que si se lo proponía sería capaz de leer mi código de barras interno y que bajo ningún concepto debía adentrarme en su mirada o terminaría atrapada.

—Está bien, pasa conmigo —cedió. Emma me lanzó un beso para desearme «mucha mierda» y le seguí. Sujetó la puerta para que entrase y, antes de hacerlo, se agachó para susurrarme al oído—: Cuando estés allí arriba, tranquila... No tengo intención de desconcentrarte con mis labios lamiendo un chupachups.

No lo iba a dejar pasar.

Puto Noah al cuadrado.

Verso 4

LEO

La manera en la que la miraba Noah y su mal disimulada sonrisa, eso fue lo que despertó mi interés por Marina la primera vez que la vi.

No tenía nada especial. Es decir, era morena, delgada y de estatura media, sin ningún rasgo que destacase por encima del resto y me picase la curiosidad. Mona. Común. Aburrida. En un banco de peces habría sido uno más, la estrella de brillo normal que nadie señalaba alucinado en el firmamento. Con todo, él estaba ligeramente más inclinado hacia delante desde que la había dejado en el escenario para sentarse de nuevo con nosotros, y puede que a ninguno más del grupo le llamase la atención la postura y la expresión de mi amigo, pero a mí sí.

Mucho, joder.

Hacía mucho tiempo que nada impresionaba a Noah hasta el punto de trastocarle los esquemas, de divertirlo. Durante años había sido testigo de cómo su bombilla perdía fuerza, fuelle. Sin apagarse. Sin brillar igual que cuando se pavoneaba por el instituto como si fuera el jodido rey del mundo porque de hecho lo era. Y, de repente, ¡bum!, bomba detonada, volvía a parpadear emitiendo débiles ráfagas luminosas de lo que un día fue.

Solo por eso bajé las piernas del respaldo de la silla y la observé.

Al principio creí que se trataba de una broma.

El cachondo de Noah gastándonos una puta cámara oculta.

¿Qué otra explicación podía tener que la chica en cuestión, a la que no reconocí como la borracha que casi se había abierto la cabeza a nuestros pies esa misma semana, llevase una absurda gabardina abierta como la del Inspector Gadget?

Vic tomó las riendas de la situación.

—¡Hola! Muchas gracias por presentarte a pesar de la vergüenza ajena que daba nuestro cartel. No tenemos tu ficha, así que si te parece la rellenamos y vamos al lío. Es rápido e indoloro. —La aspirante de los labios gruesos y el flequillo asintió—. Puedes quitarte la chaqueta si te resulta más cómodo.

Saltaba a la vista que estaba aterrada mientras se desprendía de la prenda, con el cuerpo entumecido.

Mantuvo la barbilla alzada, pero a mí no me engañó. La pobre temblaba como un dulce cachorrito de dos meses que pisa la calle por primera vez después de ponerse todas las vacunas. Nuestra intuitiva batería también se percató e intervino para que se relajase antes de desmayarse. Le sonrió para infundirle seguridad y... casi lo logra. Lástima que yo también estuviese presente en la sala para revertir su efecto.

En mi defensa diré que la tía iba de la mismísima Sandy Olsson, joder, uno de mis mitos eróticos adolescentes.

No pude reprimir el silbido.

Tampoco la carcajada.

Y me palmeé el muslo.

Creo que lo último colmó su paciencia. Marina me fulminó con la mirada y entreabrió la boca para ladrar, descubriéndome uno de los muchos rasgos que, en un futuro no muy lejano, en ella, solo en ella, me parecerían originales. Tan suyos que no concebiría que nadie más pudiese tenerlos. Sus dientes incisivos grandes como los de un conejo.

—¿Cómo te llamas? —le preguntó Vic. Ella, orgullosa, no

contestó hasta que levanté las manos en son de paz—. ¿Tienes nombre?

—Sí, perdona —aclaró la garganta—, Marina.

Podría haberlo apuntado como el resto de mis compañeros para no olvidarlo. En su lugar, mientras los demás escribían la observé y me pregunté por qué estiraba la tela de la camiseta para que no se ciñera a su vientre. Si se trataba de mera casualidad o si también tenía fantasmas dentro instalados en un ático con vistas a sus entrañas, que le pesaban.

Si era como yo.

Verso 5

MARINA

Aquel rubio insolente pasó a formar parte de mi cada vez más extensa lista de personas no gratas.

Tiré con fuerza del bajo de la ceñida camiseta negra para ensancharla y que diese un poco de sí. Quitarme la gabardina había sido mala idea, sobre todo después de malcomer a toda pastilla una ración de nachos con queso y chorizo en el Vips de camino con Emma. Aquel lujo en mi estricta dieta me estaba pasando factura. La angustiosa tela oprimía demasiado mi vientre y creaba cascadas de carne que solo se podían percibir desde mi distorsionada realidad.

«Ahora no es el momento. Compensarás con la cena. Por favor, haz que pare.»

Activé mi mantra y el regusto amargo de culpabilidad aflojó. Relajé los hombros y alcé la barbilla. Los miembros de la banda tomaban anotaciones concentrados, anotaciones sobre mí. ¿En qué lío me estaba metiendo? No tendría que haberles confesado que me llamaba Marina. Si le hubiera dado alguna que otra vuelta al plan, a mi existencia en general y al rumbo que estaba tomando, habría utilizado el puntito justo de inteligencia para inventarme una doble vida por si esta locura sin sentido salía bien. Evitar que nadie me pudiese relacionar con aquel grupo de rock, ¿no?

—¿Algún seudónimo artístico que debamos conocer? —preguntó Lilith recién salida del infierno sosteniendo un bolígrafo con una pluma rosa, y mi cerebro no estuvo a la altura.

—No.

—¿Formación?

—Autodidacta.

—¿Experiencia previa?

¿En la ducha, en el coche y sufriendo una intoxicación de alcohol contaba?

—Nada relevante. Ya sabes, cantar aquí y allá donde se presente la oportunidad.

No esperaba un *casting* tan profesional. Los cuatro músicos —el rubio de los ojos grises, la dulce mujer de Lucifer, una fiel representación de Jesucristo sin barba y con los ojos pintados de negro y Noah— permanecían sentados en la segunda fila de butacas de la diáfana sala de paredes blancas y reluciente suelo de madera con las bandejas de las sillas extraídas y un montón de folios que intuí que pertenecían a las anotaciones de las aspirantes previas.

No tenía ni una posibilidad.

Ni una.

Menos cien.

¿Qué me había creído? ¿Que sería llegar y deslumbrarlos con mi no talento? Lo más triste era que sí. Y eso, teniendo en cuenta que la única vez que era consciente de haber entonado medio decente llevaba un pedo de colores, decía bastante sobre la sangría de neuronas que el alcohol había aniquilado.

Aquel maldito *juernes* había sido un eclipse de sol único que no se repetiría hasta dentro de cien años, que era el tiempo que estimaba que tardaría en volver a tener pareja para que me engañase con mi amiga.

Lo más sencillo, lógico y sensato era tirar la toalla antes de pisotear mi dignidad en público. Pero mis pies no respondieron con sencillez, lógica o cordura. Permanecieron clavados. Era mi cuerpo y no mi mente el que, consciente de que lo iba a hacer fatal, me obligaba a intentarlo a través de una especie de necesidad física que rechazaba cualquier posibilidad que no fuese comprar un boleto de esa lotería y contener la respiración hasta saber si anunciaban mi número.

No se trataba de un simple curso de cocina, se trataba de luchar por algo que me importaba por primera vez y con todo en contra.

—¿Qué canciones de las propuestas has seleccionado?

¿Había propuestas?

—He traído mi propio repertorio.

—¿De cuántas se compone? No estamos dejando que nadie cante más de cinco.

—¿Una? —dudé y, al darme cuenta de la mala impresión que generaría la inseguridad que transmitía, sonreí con una determinación más que fingida—: Una, *My Heart Will Go On*, de Céline Dion.

La elección había sido práctica, era la única de la que me sabía toda la letra. Emma la había llamado «apuesta suicida» y «estrepitoso fracaso». Por eso, me sorprendí cuando ellos no parecieron decepcionados, sino más bien expectantes, supongo que aguardando que los deleitase con una versión propia a lo Nirvana.

—Cuando quieras, Marina.

Preparé el espacio. La cantante anterior era más bajita que yo y había dejado el micrófono a la altura de mi pecho. Intenté ajustar su tamaño presionando con brusquedad botones aleatorios hasta que admití que no sabía modular el palo y de seguir así terminaría por cargármelo. Tendría que cantar encorvada y lo agradecía. Me liberaba de tener que mirar fijamente al tribunal de la Santa Inquisición.

Sin más excusas, llené mis pulmones de aire y... la voz se me atrancó.

Enmudecí.

Un enjambre enfurecido de abejas aguijoneaba mi estómago y sudaba en sitios donde juro que no sabía que podía hacerlo. Me repetí que no era para tanto, la gente cantaba cada noche en los karaokes, y a mí el ridículo me saldría gratis. El agobio provenía de ellos. De la banda. Podía sentir sus ojos clavados en mí y, lejos de ayudar, me paralizaba como si acabasen de inyectarme veneno. Me planteé pedirles que los cerrasen. Inventar cualquier rollo bohemio del tipo «quiero que vuestros oídos se empapen sin distracciones».

Eran artistas, los rollos profundos eran su debilidad.

—¿Te encuentras bien? Estás pálida. —La chica se preocupó por mi estado de salud.

—Sí, sí, repasaba la letra.

No iba a conseguir arrancar.

Luego, regresaría a casa arrastrando los pies, me encerraría en mi habitación y pasaría horas mortificada frente al espejo del tocador dándole vueltas, porque eso es lo que hacía. Pensar, pensar y pensar. Quieta y en silencio.

Me mordí el labio con fuerza. La única alternativa, la rendija de luz que se colaba por la persiana cerrada, era probar la táctica que utilizaba para meterme en el agua en la playa o en la piscina cuando me cubría por encima del ombligo y pegaba saltitos con los brazos en alto evitando mojarme. Cuenta atrás desde diez y chapuzón de cabeza.

Cuenta atrás desde diez y empezar con la maldita canción.

La tripa se me encogió por los nervios y por el contraste al escucharme a través de los amplificadores. Parecía la amiga que nadie elige para los dúos del *Sing Star* porque no solo no tiene ritmo, sino que engulle el de los demás con un hilo débil, tembloroso y desafinado que te saca de contexto. Pese al desastre, la defendí casi hasta el final y, no conforme con mi tremendo acto de valentía, reuní el coraje suficiente para levantar la vista y encontrarme con... las caras de estupefacción de todos, excepto la de Noah, quien mantenía los ojos clavados en el bolígrafo que apretaba contra el folio en blanco sin escribir.

—Vic... —Jesucristo, consciente de la densidad del incómodo silencio, le dio un codazo mal disimulado a la chica.

—Eh..., sí, sí, la valoración. Esto..., Marina, ha sido distinto de lo que estamos acostumbrados, pero bien, bien. La idea es verlo entre nosotros y deciros algo lo más pronto posible.

—Vale.

—¿Tienes algún ruego, queja o pregunta? —bromeó.

Debí morderme la lengua. Dar las gracias y salir de allí escopetada. Sin embargo, aquel despropósito que acababa de protagonizar tenía un motivo y el interrogante salió despedido de mi boca antes de que pudiese detenerlo.

—Lo cierto es que sí. Me gustaría saber si se contempla la posibilidad de un adelanto en el caso de que se acceda al puesto.

—Un adelanto —repitió Noah en voz alta y, por fin, dejó caer el bolígrafo y me observó.

Lo hizo con gesto neutro, indescifrable, y cometí el error de confiarme. Si hubiera mirado a su lado, al rubio que entrelazaba las manos en la nuca y se recostaba para disfrutar del espectáculo, habría advertido las señales que presagiaban la tragedia que se avecinaba.

—Sí, un adelanto.

—¿De cuánto estamos hablando?

—Mil quinientos euros.

—¿Con IVA o sin? —Dudé. ¿El precio de la matrícula lo incluía?

—Mejor con.

—Basta, Marina, deja ya de insultarnos —me llamó por mi nombre—. ¿Qué se supone que tenemos que hacer? ¿Reírnos? ¿Aplaudirte por la broma? ¿Por la apuesta? ¿Así os divertís los niños ricos?

—¿Cómo? No.

—Pues es lo que parece.

—Estás confundido, muy confundido.

—Por favor, corrígeme. Explícame el episodio que acabamos de vivir todos. Porque desde mi perspectiva está bastante claro y no te deja en buen lugar.

—¿Dónde me deja exactamente?

—En la posición de una vulgar niña bien caprichosa incapaz de tomarse nada en serio.

—Tú no me conoces, no me conoces en absoluto.

—Dime quién eres.

¿Quién era? Era la chica sin cimientos decepcionada con todo su entorno, lo cual era mucho peor que un visceral y pasajero enfado. Era algo en construcción bastante más complejo que la «vulgar niña bien caprichosa incapaz de tomarse nada en serio» que se presenta a un *casting* para llevar a cabo una actuación penosa. Pero esas cosas no se veían, y no pensaba sacarlo de su error para borrar la expresión de resentimiento de su rostro descubriendo mis cartas.

Mejor así. Mamá no se oponía al curso por placer. Ella atisbaba con lucidez la realidad sobre la que yo había colocado un velo repleto de purpurina y estrellitas. Un mes en Roma, ¿y después? Ambas sabíamos que no me atrevería a abandonar el firme de Relaciones Internacionales por las arenas movedizas de la cocina. Guiarme por la pasión no era lo mío. Salía mal. Siempre. Había chocado tantas veces con la misma piedra que esta ganaría el juicio por daños y perjuicios si me denunciaba, maldita sea.

Era hora de que empezase a actuar en consecuencia.

Me aparté el pelo de la cara y cogí impulso para pronunciar una disculpa sincera.

—Necesitaba dinero y... —Él enarcó una ceja y me arrepentí de mi decisión. Negué con la cabeza. Jamás lo entendería. Noah y yo pertenecíamos a constelaciones situadas a años luz en la galaxia. Pensaría: «Pobre, no le ha suplicado suficiente a papi», y yo no entraría en la disección de mi propia vida. Lo más efectivo era ir directa al grano. Desaparecer—. Presentarme ha sido un error que no se repetirá. Lo siento. Mucha suerte con la vocalista.

Sin más, me fui.

Verso 6

NOAH

Sin más, se fue.

—Tampoco ha sido tan espantoso —apuntó Vic a la vez que dibujaba un corazón al lado del nombre de Marina—. Le ponía ganas y ha conseguido no potarnos encima. Una pena que se haya ido tan rápido, le iba a preguntar dónde ha comprado esos pantalones. Eran brutales para Enzo.

Deslicé la mirada hasta la puerta por la que se había esfumado sin dejar rastro y mis ojos permanecieron allí anclados. Por alguna razón, no lograba apartar la vista de ese punto en concreto.

—Ve tras ella. —Leo rompió su silencio.

—¿Qué dices?

—Corre detrás de la chica como si estuvieses en el puto Disneyland en pleno desfile de princesas. —Fruncí el ceño y él resopló soberbio, como si le agotase la paciencia tener que explicarme siempre las cosas—. Te resumiré lo que va a ocurrir. Es ella. La chica. La musa. Como quieras llamarla. El rollo profundo te lo cedo a ti. Has distinguido la chispa que al resto nos ha pasado desapercibida y no podrás dejarlo pasar. Solo por eso, vas a tirarte una hora intentando convencernos y al final accederemos por puro agotamiento mental, así que ahórranos tiempo y energía y ve tras ella. Por si no te has dado cuenta, a Vic se le ha olvidado pedirle el teléfono y creo que hablo en nombre de todos cuando te aseguro que nos negamos a empapelar Madrid con su cara para que la encuentres.

La prueba había sido un desastre desde todos los ángulos. No había nada, absolutamente nada, rescatable. Hasta el tema seleccionado era un disparate. *¿Titanic?* Por no hablar de su actitud al micrófono. El rock era carácter, fuerza y personalidad, todas las cualidades que no había mostrado. Ella no estaba hecha para nosotros, nosotros no estábamos hechos para ella y... vacilé. Su voz llevaba serpenteando en mi pulso desde el jueves. Esa noche, justo antes de caerse de culo, había escuchado las cascadas que era capaz de formar cuando su presa desbordaba.

Las demás chicas no habían encajado en el *casting* porque ninguna de ellas era Marina, mierda.

Una vez admitido, lo profesional habría sido mantener un intenso debate antes de tomar la decisión. Pero no había tiempo. Se iba, y tampoco éramos tan buenos como para ponernos exquisitos. Tres preguntas deberían bastar para resolverlo.

—¿Enzo?

—Siempre estoy en tu equipo. Si tú saltas, yo salto.

—¿Vic?

—¿No podemos quedárnoslas a todas?

—¿Leo?

—Dale la mala noticia de que le quedan meses compartiendo espacio vital conmigo sin que podamos intimar porque me lo habéis prohibido.

Así lo decidimos.

Fui a buscarla antes de que se desvaneciera. La localicé pronto. Estaba en el baño de mujeres del conservatorio con la puerta abierta y la cara hundida en el lavabo mientras se frotaba obstinada la mejilla con jabón de manos. El agua del grifo corría y se aclaró con los ojos apretados. Al terminar, alzó la barbilla y advirtió el resultado.

En lugar de acabar con el maquillaje, había provocado

que ganase terreno y se extendiese por todo su rostro a través de ríos negros que nacían en las pestañas. Además, el pintalabios se le había corrido por encima y por debajo de los labios.

Ella agarró el mármol y bufó como un gato.

Yo me pregunté si ese sería su aspecto cuando alguien la besaba hasta dejarla sin aliento mientras le gemía en la boca.

—Bien, Marina, bien, lo has rematado —habló sola—. Estás igualita que Amy Winehouse puesta de coca hasta las cejas. Auch, maldito karma.

El pendiente de aro se le había enganchado en la camiseta como castigo.

—¿Te ayudo con el aparatoso incidente?

Avancé y ella pegó un respingo y me miró con el cuello doblado.

—Puedo yo mis... ¿A quién pretendo engañar? Lo más probable es que me raje la oreja para ponerle un lacito a la racha de mala suerte.

Se hizo a un lado y me situé detrás de ella. Fue la primera vez que estuve tan cerca de su piel. Era blanca, muy blanca, con una delicada curva en el cuello y cinco lunares salpicándola. Aquella tarde olía a melocotón y mis sospechas acerca de su suavidad se confirmaron al rozarla. Era como tocar algo único y frágil como el batir de las alas de una mariposa.

Acaricié su lóbulo y percibí como el estómago se le encogía debajo de la tela. Contuvo la respiración. Mis dedos se enrollaron en su sedoso cabello para deshacer el nudo y la contemplé a través del espejo. Estaba alterada, nerviosa, con la boca entreabierta y a punto de echarse a temblar. Su reacción me desconcertó por completo. ¿Cómo podía impresionarla un contacto tan insignificante? Cualquier tío moriría por hacer de cada centímetro de ella su memoria palpándola hasta quemarse las jodidas huellas dactilares.

«Menos tú, cualquier tío menos tú», me aparté.

—Listo.

—Gracias. —Esbozó una sonrisa pequeña evitando mirarme—. Si venías para asegurarte de que me voy, dame unos minutos para que arregle este estropicio.

Puso un buen pegote de jabón en la palma de la mano mientras yo me apoyaba en la encimera del baño.

—Has dicho que necesitabas dinero, ¿para qué?

—¿Acaso importa?

—Importa cuando estamos valorando tu candidatura. Podrías ser problemática, tener deudas, no queremos ese tipo de movidas en la banda.

—Lo que me faltaba. Lo siguiente, ¿qué es? ¿Pedirme los antecedentes penales o un informe que confirme que no me unen lazos de sangre con Pablo Escobar? El dinero no es para usarlo en nada ilegal. —Puso los ojos en blanco—. Lo necesito para la matrícula de un curso de cocina.

¿Ese era el gran misterio? Reconozco que esperaba algo más impactante, menos mundano y sin una solución tan fácil.

—¿No te lo pueden prestar tus padres?

—Poder, sí. Querer, no.

—¿De cuánto tiempo estaríamos hablando? Tenemos algún bolo programado en junio y festivales en julio y agosto.

—Sería un mes, septiembre.

—¿Cómo podemos estar seguros de que no nos dejarás tirados si consigues la pasta de otro modo?

—Sin ánimo de ofender, ¿en serio crees que erais mi primera opción? No. Sois una especie de salvavidas al que aferrarme a la desesperada, tal y como he demostrado, Noah. Si después de todo todavía os quedasen ganas de confiar en mí, no os podría fallar, aunque ambos sabemos que tal cosa no va a suceder. Y en el fondo me hacéis un favor, porque lo del curso es una locura, una locura irresponsable. —Dibujó una expresión derrotada que derribó todos mis prejuicios.

—Eres tú.

—¿Perdón?

—Eres la quinta integrante. Bienvenida a Al Borde del Abismo, princesa.

Marina me miró perpleja y pensé que aquellos ojos podían transformar el dióxido de carbono en oxígeno y que, de continuar abriéndolos tanto, se tragaría el mundo y desintegraría el puto universo.

CANCIÓN 4

—

AQUEL ENSAYO EN LA SIERRA DE MADRID

Verso 1

MARINA

La siguiente actuación en Ruido era al cabo de una semana. Sin presión.

En realidad, siendo justa, tampoco me exigían tanto para mi primera puesta de largo: dos canciones a dúo con Leo y hacer los coros en las demás.

Lo que viene siendo caminar sobre ascuas para una novata.

Con el fin de alcanzar tal proeza, los cinco nos iríamos cuatro días de encierro a la sierra de Madrid para ensayar en la segunda residencia de los mellizos. ¿Yuju...? No. Imaginarme allí, rodeada de extraños y fingiendo saber lo que hacía se me antojaba una prueba del destino para calibrar mi amor por la cocina.

El día del *casting*, antes de abandonar el conservatorio, me habían dado una carpeta con todo el material que necesitaba: el repertorio, las maquetas de las canciones propias y de sus *covers* más populares, y la transcripción de la letra para que me familiarizase con el contenido y el tono de los temas.

Una vía de acceso, atajo que me habría sido útil para experimentar en mi habitación y no partir de cero si me hubiese dignado abrirlo, claro. Y es que, dos horas antes de embarcarme en la que sería la gran aventura de mi vida, seguía esperando que mi madre entrase en mi cuarto agobiada por el despiste para pedirme la carta, hacer el ingreso de la matrícula y evitarme así la increíble locura que venía al girar la curva. Sin embargo, tal cosa no sucedió y me vi arrastrada a pasar al plan B: convencerla para que me diese permiso para la escapada.

Por supuesto, la verdad nunca fue una opción. En el mejor de los casos, me mandaría directa a un internado y en el peor, a un convento.

La farsa que había ideado, en cambio...

Podía resultar, aunque de estar en lo cierto mi pálpito terminaría por partirme el alma en dos.

Pospuse la consulta hasta casi el final, cuando las manecillas del reloj empezaron a presionar y repté hasta la puerta de su habitación, respiré hondo y golpeé dos veces la madera.

—Adelante —concedió mamá.

Entré. Como suponía, estaba sola. Papá rara vez se encontraba en casa y aún menos en el cuarto común que compartían. Consumía su tiempo entre la oficina y el despacho de nuestro chalet, en el que se encerraba a cal y canto como si nuestra presencia lo incomodara, como si vernos le recordase algo molesto y demasiado triste.

Mientras, como esa tarde, mi madre, que se llama Eloísa, permanecía horas sentada frente al tocador blanco con el pelo recogido con un turbante y la vista clavada en el espejo repasando las líneas de la cara que le nacían en el contorno de los ojos y encima del labio. Le tenía declarada la guerra a envejecer y utilizaba el bisturí, un arsenal de cremas y ejercicios varios para combatir su propagación. Pero no lo lograba. La edad ganaba terreno y eso la asfixiaba.

Siempre que me situaba detrás de ella me quemaban las ganas de decirle que detuviese ese sufrimiento continuo, que estaba guapa, que era guapa, y que cuando miraba las rayas que la atormentaban no veía un cúmulo de años, veía raíces expandiéndose en la arena. Historia viva creciendo como un árbol. Algo completo y fascinante.

Lamentablemente, esas palabras se quedaban encajadas entre mi garganta y mi propia realidad. ¿Cómo iba a darle consejos yo, precisamente yo, cuando las trincheras de mi pasado, aquellas estrías y surcos marcándome, escocían a la vista y al tacto?

Desvié la mirada y hablé.

—Álvaro me ha llamado esta tarde.

—Hija, al creer que no tengo nada mejor que hacer que conspirar para solucionar tu vida sentimental menosprecias el valor de mi tiempo.

—Sé que no has sido tú —aclaré. «Más que nada porque me lo estoy inventando»—. Quería darme una sorpresa. Quiere... —callé. En el momento en el que lo dijera en voz alta no habría marcha atrás. En el momento en el que lo pronunciase, mi corazón se paralizaría a la espera de su respuesta—. Quiere que vayamos cuatro días de viaje los dos solos. Nada ostentoso, a París. Pretende arreglar las cosas. Recordar viejos tiempos. Intentarlo, vamos.

—¿Y qué quieres tú? —«Que me lo impidas, mamá. Que me ordenes que me valore y me quiera por encima de un chico que no merece la pena.»

—No lo sé, perdería tres días de universidad...

—Las clases no son lo más importante. —Noté la primera contusión en las costillas.

—Supongo que lo justo sería darle una oportunidad. Comprobar de primera mano si está arrepentido.

Mamá dejó de lado su reflejo y se giró para agarrarme las manos. Deposité toda mi esperanza en ese arranque de cariño y en la manera en la que la miraba. Era imposible que no se diese cuenta de mi súplica, de mi llanto ahogado. Acarició mis nudillos, movió la boca y...

—Estoy muy orgullosa de ti, mucho. El amor es sacrificio y perdón. Aguantar y superar. Álvaro es un buen partido, de lo mejorcito que queda en este siglo. Puedes ir. Hablaré con tu padre.

—Gracias, mamá —murmuré con el corazón deshecho—. Sabía que no me fallarías en esto.

—Solo quiero que seas feliz. —Sonrió—. Y no olvides que los *crêpes* frente a la torre Eiffel son una delicia..., una delicia que trae muchas alegrías a las cartucheras y dolores de cabeza.

Si mi madre me hubiese frenado, nuestra historia no habría tenido más recorrido. De hecho, si hubiese podido ver por un agujerito lo que se avecinaba, nos habríamos mudado de planeta esa misma noche. Pero no era vidente y lanzándome a los brazos de Álvaro consiguió que una parte de mí se desprendiese y se quedase entre esas cuatro paredes. La que salió, la parte que era libre, iba dispuesta a todo, incluso a poner su propia piel del revés si hacía falta.

—Amor no es allí donde se sufre —dijo Nana apenada cuando salí, sin ocultar que nos había escuchado. No podía hablar del ensayo, la pondría en una situación delicada y, a la vez, no quería dejarla mal, así que me pegué mucho a ella, me agaché y le susurré un críptico:

—Nana, no me voy a Francia. Me voy a volar.

Verso 2

LEO

Subí la manga de la cazadora de cuero cuanto pude. La maldita tinta aún palpitaba en mi piel.

La noche anterior se me había ido un poco (mucho) de las manos, tanto que había terminado en un local clandestino de tatuajes en las tripas de Malasaña con un tío clavando su aguja en mi antebrazo izquierdo mientras tiraba la ceniza de su cigarro en una lata de cerveza hasta trazar el «I'm not like them but I can pretend» de *Dumb*, una de las jodidas maravillas de Nirvana.

El aire me azotó de frente y encendí un piti.

Me gustaría decir que se trataba de la primera ocasión en la que una pirada de pinza desembocaba en esa clase de final a horas intempestivas, pero los múltiples grabados que recorrían mi anatomía se encargarían de ponerme en evidencia.

Detrás de cada tatuaje había una historia y no todas serían aptas para una película infantil. Digamos, suavizando, que habría que adaptarlas y la mayoría comenzarían así: érase una vez un chico de veintiún años al que a veces las barreras instaladas alrededor de su cerebro se le derrumbaban, los sudores fríos le cubrían la frente, el pulso se le precipitaba a punto de reventarle las venas y el único sonido que percibía del exterior era el de una voz que decía: «Eres una criatura tan bella, mi Lucero del Alba..., nadie te amará nunca como yo...», con el calor de un aliento de menta extendiéndose por su nuca.

Entonces todo sucedía de manera automática. Levantarse. Arrancarse la ropa. El espejo. Los mensajes que atravesaban su cuerpo desnudo se convertían en el único escudo protector para que aquella podredumbre no se propagara por el resto de sus articulaciones. Leía cada línea como si se metiese una pastilla en la boca, palpaba las letras torcidas y las pequeñas marcas invisibles se diluían en la carne.

Pero el rito no era infalible, a veces fallaba, y eran esas veces cuando el susurro de «Lucero del Alba» venía acompañado de un tacto áspero, y entonces, pues eso, él (yo) acababa en lugares de lo más turbios con personajes sacados de una novela de terror añadiendo a su piel una nueva defensa.

Solían ser letras de canciones con las que me identificaba. Nada especialmente original. Ni siquiera tenían que apasionarme ni ser propias. Escribir estaba ligado a la víscera, a sentir, y eso no se me daba demasiado bien. Me exponía a riesgos inasumibles. Abrir las compuertas de la oscuridad y dejar que el infierno campara a sus anchas.

Él sí podía. Era uno de los motivos por los que envidiaba y admiraba a Noah, su capacidad de recorrer el puñetero averno para escribir letras con fuego y salir ileso.

No necesitaba tatuajes.

No tenía miedo al tipo de cosas que a mí me destruirían por segunda vez.

Di una calada profunda y lo observé disimuladamente descansando sobre el asiento de mi moto. Noah estaba apoyado en su Chevrolet Impala estadounidense de decimoquinta mano con los brazos cruzados mientras Enzo y Victoria nos hacían caritas con el rostro pegado a los cristales como unos críos de tres años.

Le inquietaba algo, algo de pelo negro y ojos claros que esperaba ver aparecer de un momento a otro paseando la vista por ambos lados de la acera. Su apuesta personal. Marina. Habíamos quedado con ella hacía media hora y todavía no había dado señales de vida.

Mal asunto.

Pegué una calada más y aplasté la colilla con la suela de mis botas.

—¿Seguro que le dimos la dirección correcta?

—Le dijimos a las ocho en el intercambiador de Moncloa.

—A lo mejor pasa de presentarse. No parecía muy convencida ni hecha a nuestra medida. Para nosotros.

—Vendrá —me cortó y, como si el destino quisiera ponerme un puntito en la boca, un taxi se detuvo a nuestro lado y el proyecto de cantante asomó por la puerta.

—Perdón, perdón, perdón —se disculpó.

Luego, apurada por la impuntualidad, corrió al maletero ante los pitidos del resto de los vehículos en circulación y sacó su pesada maleta mordiéndose el labio antes de que al conductor le diese tiempo a abrir su puerta.

Tenía unos labios gruesos. Jugosos y brillantes, aunque yo me seguía quedando con los dientes de conejo que mostraba cuando dejaba la boca entreabierta.

—¿Alguien ha avisado a la nueva de que son solo cuatro días y de que estaremos la mayor parte del tiempo borrachos en la piscina? —Fruncí el ceño al verla cargar a pulso un maletón color melocotón.

Las ruedas se le encajaron en el asfalto y, obcecada, tiró del asa con tanta fuerza que estuvo a nada de cargárselas. Después, resopló y sacudí la cabeza divertido. Había que reconocer que agobiada era de lo más encantadora. Peculiar. Tan recta, refinada y... desastre, joder. Casi se podía distinguir la electricidad fluyendo por ella al moverse a la velocidad de la luz para pagar con el flequillo disparado, la coleta medio deshecha y un vestido marrón con una camiseta blanca por debajo con el tirante caído.

—¿Estas son horas de llegar, princesa? —Mi amigo se incorporó y la escrutó de cerca.

—He tenido que ir a Barajas y coger otro taxi allí para

que mi coartada se sostuviera y... —Noah enarcó una ceja— y no importa, porque no se va a repetir. La próxima vez seré más puntual que las manecillas del reloj. Palabra. —Levantó el dedo pequeño y tuve que tragarme la carcajada. Era adorable verla jurar por Snoopy como si estuviésemos en un maldito campamento de *boy scouts*.

—Eso espero, o nos veremos obligados a dejarte en tierra. —Marina asintió con los labios apretados y él se hizo a un lado para que pasase. Iba a susurrarle un «eres un puto dictador de cojones» cuando lo vi. La expresión de Noah se relajó y su boca se torció de lado como en aquella época en que la única preocupación de mi amigo era despertarse y continuar siendo el tío que más la metía en el instituto.

La misma época en la que yo era un malote desatado y nos odiábamos.

Antes de que un puente ligase nuestro futuro.

Daba la sensación de que desde entonces habían pasado siglos, pero solo habían transcurrido dos años.

Verso 3

MARINA

Llegamos de noche. La casa de Victoria y Enzo no estaba en el pueblo, sino a las afueras, solitaria en mitad de las montañas rocosas salpicadas de pinos.

Al tomar el desvío de la carretera principal me angustié. El firme de la calzada se tornó inestable. Había muchas curvas y pocos vehículos. Y la vegetación era cada vez más densa, con sus copas entrelazadas tragándose la tenue luz de la luna. Hasta ese momento mis rabietas, mis raras y puntuales rabietas infantiles con mis padres, trascendían como mucho a un portazo en mi cuarto y encerrarme. Nada de irme con un puñado de extraños a un lugar indeterminado del mapa en medio de ninguna parte.

—¿Habrá cobertura? —intervine por primera vez desde que había subido al coche.

—Sí, ¿por? —preguntó la batería desde el asiento del copiloto.

—A Emma, mi mejor amiga —improvisé—, si no conoce mi ubicación en tiempo real le da por llamar a la policía. Es una paranoica.

Enzo me observó con el ceño fruncido y se inclinó hacia delante para susurrar a su hermana:

—Creo que piensa que somos una secta satánica y vamos a zamparnos sus órganos.

—Shhh —le mandó callar. ¿Pensaba eso? Quizá expresado con otras palabras, pero, veamos, mi naturaleza bullía.

Siempre había sido precavida. Muy precavida. Nada de aceptar caramelos en el parque, recoger autostopistas o ir a casas de extraños, menos aún internarme en el oscuro bosque con cuatro desconocidos bajo el ulular de los búhos, arriesgándome a que pudiesen hacerme lo que quisieran mientras yo estaba indefensa—. Puedes darle nuestra dirección a Emma e invitarla a cenar algún día si de ese modo vas a estar más cómoda. Traemos comida suficiente para sobrevivir a una hecatombe zombi. Papá es un exagerado —ofreció Victoria con amabilidad. A Emma le caería bien.

A mí debería caerme bien.

De repente, me sentí estúpida. Tonta. Desagradecida. Una pseudoadulta a la deriva que no paraba de fastidiarla. Siendo poco para Álvaro, mintiendo a mi madre y desconfiando de las únicas personas que se habían fiado de mí sin motivo aparente.

En aquellos instantes deseé tener otra personalidad. Ser más abierta, simpática, saber expresarme en lugar de ser experta en aislarme dentro de mi caparazón. Soltar una gracia distendida con la que todos riéramos y dejar de estar rígida.

Pero no podía relajarme. Estaba demasiado atada.

—Con saber que hay cobertura basta. Gracias —dije, y volví a abstraerme mirando por la ventanilla.

La casa de campo apareció diez minutos después. Estaba construida sobre una base de piedra y madera, con dos plantas, balcón en las habitaciones, porche y jardín. Era preciosa. De cuento. Con el césped cuidado, una pasarela de vigas, la mesa dispuesta al aire libre y lo que me pareció una piscina cubierta.

Una fantasía en un enclave perfecto que olía a paz, en el que se respiraba frescura, las luciérnagas chisporroteaban libres con su luz y los grillos tejían una especie de nana balsámica que me contrajo el pecho al bajar y respirar.

—¿Nos tiramos en las hamacas con un calimocho fresquito mientras los chicos nos alimentan? —Victoria señaló con la barbilla las dos hamacas de algodón blanco que colgaban de los árboles e interpretó mal mi silencio—. Que no te engañen. No sientas compasión por ellos, tienen una especie de lucha egótica masculina interna por ver quién hace las mejores barbacoas de la que podemos beneficiarnos.

No podía ser más maja, de verdad que no. Y yo más rancia tampoco.

—Preferiría que me enseñaseis mi cuarto e irme a descansar un rato.

—¿No vas a cenar con nosotros?

Me mordí la parte interna de la mejilla al atisbar sus ojillos de decepción para mantenerme firme. Había decidido que no intimaría con ellos. Serían un mero trámite para un fin. Nada más. Así no se darían cuenta de que no tenía nada de especial y no me echarían del grupo.

—Tengo que terminar un trabajo de la universidad y me gustaría quitármelo de encima hoy para mañana estar al cien por cien con vosotros. Además, he picado algo antes de salir. —Sonreí y ella cedió.

Victoria me acompañó a la habitación y evité por todos los medios mirar a Noah mientras me alejaba.

Había algo en el bajista..., siempre hubo algo..., sumamente irritante. Compartir techo con él me conducía a pensamientos inapropiados como calcular cuántos pasos separaban nuestras habitaciones mientras la anfitriona me explicaba dónde dormiríamos cada uno, u observar los baños cavilando si coincidiríamos medio desnudos como en las absurdas comedias románticas. La noche anterior había soñado que me acariciaba y había sentido el mismo cosquilleo que experimenté en el baño del conservatorio en la parte baja del vientre, pero más sofocante, ¿vale? Y no tenía permiso para colarse en mis sueños...

Mi cuarto resultó ser el último del pasillo. Las paredes eran de un amarillo rústico muy claro y estaba decorado con muebles blancos y vaporosas cortinas del mismo tono, vigas en el techo y una mecedora de mimbre. Los mellizos habían vaciado el armario y el suavizante floral de la cama impregnaba toda la estancia.

Era acogedor, pequeño y agradable.

Aun así, mi único pensamiento desde que lo pisé, después de avisar a mamá de que habíamos llegado a París sin complicaciones y roer unas tortitas de maíz que llevaba en la maleta, fue el de huir. Podía escucharlos a través de la ventana y mi miedo me gritaba que estar allí era un error, la tremenda equivocación de la que debía escapar antes de que fuera demasiado tarde.

Pero Noah se había comprometido a ingresarme el adelanto, yo ya había escrito a Roma para confirmarles que la semana siguiente lo tendrían y, en fin, no había marcha atrás.

Casi no dormí esa noche dándole vueltas a lo mal que saldría y el peor escenario imaginado se quedó corto frente a la realidad... El primer ensayo al día siguiente fue una tragedia y por la tarde, tras el parón, peor. Si en el de la mañana no logré entonar un verso, en el de la tarde no me salió la voz.

De nada sirvió su paciencia infinita o la propuesta de continuar sin mí y volverlo a intentar cuando estuviese más calmada. A las nueve, cuando me liberaron, salí disparada a la habitación, enterré la cabeza entre los cojines y me quedé en esa posición, compadeciéndome de mí misma, hasta que una voz masculina me sacó de mi estado de letargo cuatro horas después.

—Hola —dijo Leo desde el marco de la puerta con sus pantalones vaqueros desgastados y la curvatura de labios socarrona sin la que no sabía salir a la calle.

—Hola —devolví el saludo recelosa. ¿Qué hacía él allí?

—Tengo hambre. —Puso cara de niño bueno. Sobra decir que no me creía esa mueca ni su gesto amistoso. Me senté a la defensiva.

—¿Avisas de todos tus estados como un Tamagotchi? Qué monada.

—¿Por qué me odias? —Fingió que mis palabras eran dagas que le atravesaban el pecho y avanzó un paso, adentrándose en la estancia.

—Has estado todo el ensayo riéndote de mí, lo mínimo es cogerte un poco de manía.

—¡Para restarle hierro y que pillases confianza! —se defendió. Un segundo después la cagó. Muy típico de Leo—. Es imposible que seas tan mala.

—Si pretendías que esto fuese una bonita reconciliación, te está yendo de pena.

—Para ser exactos, pretendía que dejases de llorarle a la almohada y me acompañases al pueblo a por algo que zampar. Ella no te ha hecho nada.

—¿No te sirve lo que hay en la nevera? ¿Tan delicado es tu estómago?

—En realidad —continuó adentrándose y, al llegar a mi altura, se agachó y me apartó el pelo de la oreja para susurrar—, la estrategia de esto es que te despejes, hablar e intentar que mañana, a poder ser, no parezcas un gallo agonizando delante del micro, que hay que explicártelo todo.

—¿Por qué querrías ayudarme? —No parecía de los que echaban una mano de forma altruista.

—¿No te fías de nadie?

—Ni de mi sombra.

—Veamos, esto no es precisamente ayudarte a ti, sino al conjunto. Me importa el grupo, es lo que me va a hacer condenadamente rico.

—¿De verdad crees que triunfaréis? —Levanté una ceja, escéptica.

—Triunfaremos —rectificó, y le seguí la corriente.

—¿De verdad crees que triunfaremos?

—No hay nada de lo que haya estado más seguro en mi vida. Y ahora, segundo intento, tengo hambre.

Estiró la mano en mi dirección, la miré y no sé por qué lo hice, pero la agarré.

Enlacé mis dedos con los suyos y salimos.

Verso 4

MARINA

—Aprieta cuanto quieras. Esta cintura es a prueba de viciosas chicas que quieran clavarle sus uñas.

Me subí a horcajadas detrás de él y ajusté la correa del casco negro que me había prestado. Puse los ojos en blanco y lo rodeé con un brazo rozándolo lo mínimo imprescindible para no matarme cuando nos pusiéramos en marcha. Tenía el abdomen firme y duro, trabajado, y de alguna manera supe que reaccionó a mi casto contacto dibujando una sonrisa traviesa en su rostro.

—Venga, puedes hacerlo mejor, hay mujeres que empeñarían su bien más preciado por estar en tu lugar. Aprovéchate.

A Leo se lo veía venir de lejos (o eso te hacía creer). Era un alborotador nato. Adoraba provocar. Y eso era precisamente lo que estaba haciendo conmigo, tratar de divertirse a mi costa buscando que la sangre se concentrase debajo de mis mejillas y ardiesen.

Era guapo, terriblemente guapo. A rabiar. Lo sabía, lo potenciaba y lo utilizaba para desestabilizar. Sin embargo, era algo que no me impresionaba. Me resultaba demasiado sobreactuado, obvio. Estaba acostumbrada a que me rodeasen cosas bonitas, deslumbrantes, y lo que yo buscaba era algo o a alguien que cegase con su alma, a pesar de estar convencida de que tal cosa no existía.

Me enderecé en el asiento.

—¿Siempre eres tan...?

—¿Atractivo? ¿Ocurrente? ¿Encantador? ¿Irresistible?

—Humilde.

—Ser humilde no da de comer.

—¿Y atractivo sí?

—Depende de si te atiende la camarera adecuada.

Ladeó la cabeza y me guiñó un ojo. Sufrí un cortocircuito neuronal. El chico que tenía delante cumplía todos toditos los estereotipos. Jamás pensé encontrarme con alguien así en la vida real, más allá de las barreras de las típicas americanadas repletas de personajes planos. Un animal en peligro de extinción... por el bien de la humanidad.

—Eres... el tío con el ego más subido con el que me he topado.

—Entre tú y yo, no es mi peor defecto.

—¿Impresionas así a las chicas?

—Tengo otras cualidades fisiológicas que surten mayor efecto, pero para que lo entiendas tendría que desnudarme y me han prohibido terminantemente intimar contigo. Te acompaño en el sentimiento. —Antes de que pudiese asimilar lo que acababa de decir para ofrecerle una respuesta a la altura de su tremenda estupidez, Leo se dio la vuelta.

—No debería haberme subido a esta moto.

—Demasiado tarde, pequeña. Sujétate fuerte. —Y, sin añadir nada más, le dio gas.

Leo no conducía demasiado deprisa. Tampoco lento. Iba a una velocidad agradable siguiendo la estética del entorno que nos rodeaba: la carretera en penumbra bañada por la luz plateada de la luna, los brochazos de pecas resplandecientes del firmamento y mi pelo suelto flotando en el viento.

Nunca se lo dije, ni esa noche ni después, pero era la primera vez que montaba en una moto y debería haber ido aterrorizada calculando las probabilidades de salir ilesa en el caso de que sufriéramos un terrible accidente. Ceder ante mis miedos. Y, con todo, en lugar de hacerlo suspiré y enlacé las manos en su vientre sin mutar de postura para saborear el silencio rasgado con el sonido del motor hasta que llegamos al pueblo.

Un placer inesperado.

Aterrizamos en una población pequeña de casitas hechas a base de piedra con la fachada cubierta de hiedra y tejados oscuros a través de los cuales sobresalían las chimeneas.

El único ruido que atraparon nuestros oídos fue el del chorro de la fuente de la plaza cayendo. Había pocas personas en la calle y localizamos dos bares abiertos. Nos metimos en el que estaba más lleno por aquello de que la gente atrae gente. No me pasaron desapercibidas las miradas que recibió mi acompañante desde diferentes flancos, igual que no me pasó por alto el examen al que me sometieron inmediatamente después para evaluar si estaba a su nivel.

Aparté la vista.

Prefería dejar de observar sus caras y no percibir si había superado o no la prueba.

Leo tomó asiento en un taburete al lado de la barra sin dar ninguna importancia al interés que había despertado (debía de estar más que acostumbrado a ese efecto) y yo me dejé caer a su lado. Luego, cogió la carta y la hojeó con curiosidad.

—Un bocata de lomo con queso —pidió a la camarera, que hacía malabarismos de espaldas para reponer las botellas vacías de un estante.

—Acabamos de cerrar la cocina —contestó desganada sin llegar a girarse.

—¿No podrías hacer una excepción para un motero famélico? —El muy descarado puso una seductora voz aterciopelada y, cuando la muchacha se dio la vuelta, esbozó un mohín arrollador que fortaleció con su penetrante mirada gris.

A la chica le fallaron las rodillas.

Titubeó sonrojada.

—Hablaré con el cocinero, la plancha todavía está caliente.

—Gracias...

—Aitana.

—Gracias, Aitana. Que sea también una Coca-Cola y...

—Una botella de agua del tiempo —dije, y lo imité, aunque mi efecto no fue el mismo que el del cantante—. Gracias, Aitana.

—Te lo dije... —susurró insolente en cuanto ella se metió en la cocina—. La belleza llena el estómago. Es un hecho.

—¿Sueles tontear con todas?

—Si no llevan anillos de casadas. Respeto mucho el matrimonio —bromeó, y negué con la cabeza exasperada por su actitud. A él le hizo gracia—. ¿Por qué te molesta tanto mi agitada vida sexual? Podría darte unas lecciones. Y gratis. Abusa de mi dilatada experiencia para el polvo que te hace falta.

—A mí no me hace falta ningún polvo —me puse a la defensiva y me recorrió un escalofrío al son de *muñeca hinchable*.

—A todos nos hace falta un buen polvo con el que los ojos se nos pongan del revés, y si no lo sabes, me temo que es porque no lo has probado, pequeña.

—¿Serías capaz de abandonar la superficialidad durante cinco minutos? Es exasperante.

—Cinco no, tres podría intentarlo. —Fruncí el ceño y levantó los brazos en señal de paz—. Es coña. ¿De qué quieres que hablemos, chica seria? —¿De qué quería? De la pregunta que llevaba varios días revoloteando en mis entrañas.

—¿Por qué yo? ¿Por qué elegir a un «gallo agonizante» como solista? —Él reflexionó unos segundos antes de contestar.

—Por el polvo, supongo.

—¿Habéis montado todo esto para echarme un polvo? —vacilé horrorizada.

—No es por esa clase de polvo —se apresuró a rectificar,

y me miró distinto, como si hablara a través de las grietas de su máscara frívola—. ¿Alguna vez has visto el polvo a contraluz, Marina? —Asentí—. Dime, ¿qué es lo que observas?

—¿Partículas? ¿Y tú?

—¿Yo? Yo no veo nada. Me aburre. —Rio y acto seguido mutó la expresión a una más profunda—. En cambio, Noah..., Noah ve cristales y diamantes nadando, algo especial. —Tragó saliva—. No puedo decirte qué vio en tu polvo porque todavía estoy tratando de averiguar qué vio en el mío, pero mi consejo es que lo aproveches, que aproveches a Noah todo lo que puedas. —Ladeé el rostro, interesada por su cambio de actitud, y las palabras brotaron solas.

—Lo quieres mucho, ¿verdad?

—Sí. —Leo sonrió y en esa ocasión fue una sonrisa limpia, sincera. Con orgullo—. ¿Esperabas que no lo reconociera? Pequeña, no se me caen los huevos por hacerlo.

La intensidad con la que el rubio ceniza hablaba de su amigo me caló hasta los huesos. Temblé y no tuve claro si se debía a la corriente que cruzó la estancia por el tipo que abrió la puerta para salir a fumar o porque intuí su vínculo desdibujado en el ambiente y de alguna manera adiviné que se trataba de algo excepcional.

Dos chicos poco comunes unidos por un lazo que no alcanzaba a imaginar.

—¿Tienes frío? —Leo se quitó la cazadora.

Parpadeé confundida ante su ofrecimiento. Hasta ese gesto no había caído en la cuenta de que había salido de casa con lo puesto, en una manga demasiado fina y corta para las bajas temperaturas de la sierra madrileña.

—Estoy bien.

—Marina, Marina... —chasqueó la lengua a la vez que negaba con la cabeza—, he aprendido algo de ti. Utilizas tus emociones en los momentos inapropiados. Por ejemplo, cuando te pelas de frío y un amable caballero te ofrece una chaqueta, lo suyo es apartar el recelo y aceptarla; o, mejor aún, cuando todo el mundo se está portando de lujo contigo, deberías guardar las uñas y no tratarlos como si fueran apestados. Véase la amable actitud de la mejor banda de rock del país. —Me miró fijamente.

—Así que ese es el punto que nos trae hasta aquí. —La forma de ayudar al conjunto a la que se había referido en mi habitación.

—Sabías que había truco, no te hagas la tonta. ¿Qué problema tienes con nosotros? No somos tan malos... Enzo y Vic, definitivamente no.

La camarera trajo nuestras bebidas y él le dio un sorbo a su refresco sin apartar la vista de mí ni un instante, esperando la respuesta. No se iba a conformar con mi mutismo. No se iba a conformar con menos que la verdad.

Suspiré resignada. Nunca había destacado por ser especialmente extrovertida, cariñosa o abierta. Comunicativa. Me costaba un universo entregarme a los demás a pecho descubierto y confiar en que no dispararían con la ballesta que todas las personas ocultamos a nuestra espalda.

Digamos que en el mundo había gente como Emma, capaz de convertirse en tu mejor amiga durante el tiempo que durase la cola del baño, y personas como yo, que miraban al frente sin hablar hasta que llegaba su turno y contestaban con monosílabos si les preguntaban para evitar entablar una fastidiosa conversación.

Tenía un círculo pequeño de amigos y conocidos, un círculo pequeño y seguro en el que me sentía cómoda y protegida. Pero debía ampliarlo. Si pretendía que aquello funcionase no me quedaba otra opción, a pesar de que supusiese salir de mi zona de confort.

—No se me da bien encajar de forma natural y, cuando lo fuerzo, el resultado es todavía peor —confesé, y Leo se me quedó mirando.

—¿Te cuento un secreto que no puede salir de este bar? No esperamos nada en concreto de ti, joder, después del ensayo nuestras expectativas son mínimas, nos basta con lo que tengas y quieras darnos.

—¿Sabes que no hay quien te supere dando ánimos? —Sonreí y el nudo que luchaba por abrirse paso y enredarse en mi garganta aflojó.

—Marina, hazlo a tu ritmo, pero no te quedes quieta. Avanza siempre. Corre más rápido que el miedo. —Se inclinó hacia delante—. Las casas perfectas no existen, todos estamos en reforma.

—Gracias.

—No me las des —volvió a recostarse en el taburete—, es la letra de una de las canciones de Noah, un plagio, cosa que sabrías si hubieses tenido la poca vergüenza de escucharlas todas. —Tornó a su actitud chulesca, pero no me engañó.

Fue en aquel bar del que no recuerdo el nombre donde Leo dejó de ser artificial y pude observar un mínimo porcentaje de todo lo que mi futuro mejor amigo podía ofrecer cuando se mostraba; su valor era incalculable.

Verso 5

MARINA

La segunda noche dormí de manera intermitente, cambiando de postura (boca arriba, abajo, de lado y vuelta a empezar), con las sábanas revueltas y sin descansar.

La salida con Leo me había desvelado. Al final, cesé en mi empeño, me quité el antifaz negro con lunares blancos (a juego con mi pijama dos piezas con el mismo estampado en los pantalones y una ligera camiseta de tirantes de seda blanca) y me puse la bata, que quedó por encima de las rodillas al anudarla en la cintura.

Hundí los pies en las zapatillas de andar por casa con un danzarín pompón en el empeine y salí de la habitación. Anduve sigilosa por el pasillo, con el modo ninja activado. La claridad azulada de la luna había sido sustituida por la de los rayos de un amanecer tímido. El resto de los integrantes de la banda estaban dormidos como troncos, en coma si se atendía a los ronquidos de Enzo, con todas las puertas abiertas a excepción de la del rubio.

Descendí los escalones y fui directa a la cocina.

No tenía ningún plan; simplemente, antes de que me quisiera dar cuenta, estaba revisando la nevera y los armarios de puntillas en busca de los ingredientes para preparar un suculento bizcocho casero de yogur de limón para el desayuno. El bizcocho de la paz.

Nana siempre decía: «Un amigo no te da sus sobras, un amigo te da lo que lo hace feliz», y esa era la idea.

No se trataba de la primera vez que recurría a sus consejos para limar asperezas, aunque esperaba que el resultado distase (y mucho) del de la experiencia anterior.

Sucedió en la playa, cuando tenía once años y me encontraba en plena transición de niña a adolescente. A mamá le gustaba que fuéramos en verano a uno de esos resorts con animación en los que me mantenían entretenida mientras ella gravitaba sobre la tumbona, practicaba aquagym y se ponía guapa para el espectáculo que tocaba cada noche.

Aquel mes de agosto llevaba el pelo corto por encima del hombro, a la altura de la barbilla, enmarcando mi rostro ovalado, y discutía mucho con ella porque solo quería ponerme la parte de abajo del biquini, como los años anteriores.

—El sujetador es femenino, Marina —argumentaba.

—Aprieta —replicaba yo.

Un bucle incesante que se zanjó cuando escuchamos a dos desconocidas debatiendo sin disimulo mi sexualidad mientras me examinaban.

—¿Es chica o chico?

—Niña, ¿no? Tiene tetas, aunque pueden ser por el sobrepeso.

—¿Ves? —dijo Eloísa enfadada.

A la mañana siguiente me presenté puntual en el extremo de la piscina donde anunciaban por megafonía que iba a empezar el campeonato de baloncesto con una tira fina que tan solo me cubría los pezones y me cortaba la circulación porque mi madre se empeñó en que mi talla era la M y no había nada más que hablar.

Me acerqué como siempre, animada y alegre, contenta por estar de vacaciones y poder jugar a todas horas.

—¿Cómo te llamas? —preguntó la monitora para inscribirme.

—Mari...

—Marimacho —completó un niño a mi espalda, y se oyó un eco de risas.

—La masa.

—Porky. —La instructora detuvo la sesión de insultos y regañó a los participantes.

Aquello los fastidió. Razonar con ellos no fue buena idea. Me cogieron tirria. Dibujaron mi cara en el centro de la diana donde querían afinar la puntería del veneno que les recorría la punta de la lengua. Bastó con que les dijese que estaba mal y no podía repetirse para que les atrajese llevarle la contraria. Un imán hacia lo prohibido. La broma que podía haberse quedado en un comentario pasajero se perpetuó.

Fueron días duros. Días de vacío y palabras malsonantes a mi paso. Pero no tiré la toalla y le pedí a la monitora ayuda para que me dejasen utilizar la cocina. Prepararía la tarta de galletas y chocolate. Les daría lo que me hacía feliz, como decía Nana, y nos reconciliaríamos. La desagradable sensación que se acumulaba detrás de mi ombligo se desvanecería. Sería como siempre.

Elaboré la receta con mimo sin la supervisión de la italiana, igual que con mimo la presenté en una bandeja rodeada de conguitos y M&M's. Luego, la llevé sosteniéndola entre los dos brazos porque pesaba mucho.

Al verla, los niños abrieron la boca y...

—¿La has hecho tú sola?

—Sí —corroboré con cierto orgullo. Alegre y...

—No me extraña que estés como una ballena, Sansón. —No pude reponerme del inesperado golpe y la bandeja se me cayó al suelo.

Sansón gustó.

Demasiado.

Caló.

Fue como me llamaron a coro durante el resto de las vacaciones mientras me encogía sobre mí misma como un animal herido, sollozando, descubriendo por las malas que los escudos infalibles no existen y que hay palabras que se cuelan para envenenarte.

Palabras ensordecedoras que hacen daño y llevan a que el dolor se extienda por tus articulaciones.

Palabras que arrebatan tu inocencia y provocan que con su partida nazca la creciente necesidad de tapar tu cuerpo, de cambiarlo...

—¿Por qué se meten conmigo, mamá?

—Porque estás gorda, pero no llores, cariño, es reversible.

Negué con la cabeza para apartar los recuerdos y retorné al presente. Tenía los dedos apretando mi vientre como si fueran garras y había lágrimas rodando por mis mejillas.

Tuve que repetirme varias veces que ya no estaba en la playa para recuperar el control, aflojar la sujeción y que el aire inundase de nuevo mis pulmones. El pasado no se iba a repetir. Éramos adultos y nadie me conocía como Sansón ni por todos los apodos que lo siguieron. Era Marina. Solo eso. La distante y fría Marina.

Recogí mi cabello en una coleta y dispuse los ingredientes para cerciorarme de que contaba con lo imprescindible para hacer un esponjoso bizcocho: yogur de limón, aceite de girasol, azúcar, huevos, levadura en polvo, mantequilla y la ralladura de limón que le añadiría un toque delicioso.

Me puse manos a la obra.

Dejé el horno precalentando mientras batía los huevos y añadía ingrediente a ingrediente hasta volcar la masa fina resultante en un molde untado previamente con mantequilla y harina espolvoreada para que luego resultase más fácil sacarlo. Al terminar, olí el aroma que desprendía y satisfecha metí la bandeja. Una vez dentro, restaba esperar cuchillo en mano hasta que su punta saliese limpia al pincharlo, desmoldar y dejarlo enfriar.

Me apoyé contra la vitrocerámica con los brazos cruzados y suspiré. La paciencia nunca ha sido mi fuerte. Entonces percibí una presencia a mi lado, una sombra proyectada en el suelo que me hizo pegar un respingo..., esto..., ejem..., armada.

—Ey, soy yo, Noah. —Era el bajista y estaba arrebatador hasta decir basta, tanto que durante un instante se me secó la garganta y no pude tragar.

Llevaba el pelo completamente desordenado y caminaba descalzo, con unos pantalones de pijama gris claro caídos y una camiseta de tirantes ancha que dejaba al descubierto sus moldeados brazos y a través de la cual se le entreveía el pecho.

—Baja eso antes de que uno de los dos salga herido, princesa.

—Lo... —balbuceé, y me regañé a mí misma por hacerlo. Ni que fuera el primer chico atractivo con el que me cruzaba, aunque tal vez sí que era el primero catalogable como «atractivo a morir». Noah tenía algo superior, que hipnotizaba... Noah tenía novia. Carlota. Información que no venía mal recordar de vez en cuando. Me recompuse y solté el cuchillo—. Lo siento, no esperaba compañía.

Él pasó de largo medio adormilado rumbo a la nevera.

—Te has manchado la mejilla de harina. —Froté la zona con el puño mientras se agachaba para sacar un cartón de leche. Desvié la mirada de su trasero firme, redondito y duro como una roca. «Carlota. Carlota. Carlota», me repetí. «No hay que mezclar lo personal con lo profesional, y menos aún cuando lo primero se te da de pena»—. Te queda bien.

—¿Eh?

—La harina. —Se sirvió un vaso—. Los ojos rojos, no tanto.

—Ya sabes, la maldita alergia nocturna.

Reí nerviosa.

Noah fingió que me creía.

—¿Qué haces? —Se sentó de un salto en la encimera a mi lado y clavé los ojos al frente, demasiado consciente de la proximidad de su pierna.

—Un bizcocho para desayunar.

—¿A las siete de la mañana?

—No podía dormir. ¿Y tú?

—Un sueño condenadamente productivo del que no recuerdo nada, solo la vaga sensación de que ahí estaba la canción que nos falta y que me atormenta. Nos queda una. Solo una.

—¿Y si pruebas a cerrar los ojos?

—La inspiración no funciona así.

—¿Cómo lo hace?

—Cuarenta por ciento de frustración, otro cuarenta de esto es una mierda y un veinte, siendo generosos, de esto es digno de componer, de inmortalizar. La canción que querrías escuchar en tu graduación, tu boda o tu puto entierro.

Me mordí el labio y ladeé el rostro para contemplarlo. Sus ojos chocolate repararon en los míos y me fijé en el hoyuelo que se le formaba en la barbilla, la punta disparada del mechón que rozaba el aro del pendiente y la marquita de varicela que quise acariciar.

—Parece... intenso.

—Qué va. En realidad, nos pasamos la mayor parte del tiempo bebiendo, fumando y quejándonos.

—Pero tú ya no fumas.

—Trato de reducir el número de vicios.

—¿Y lo estás consiguiendo?

—Conservo más de los que me puedo permitir. —Se encogió de hombros y bebió otro trago de leche—. ¿Qué pasa contigo? ¿Qué haces cuando no estás robando micrófonos o presentándote a *castings* con —frunció el ceño dibujando una mueca de disgusto— *My Heart Will Go On*?

—Oye, la elección no sería tan mala cuando conseguí el puesto —me defendí, y añadí—: Estudio Relaciones Internacionales en la Rey Juan Carlos.

—¿Te gusta?

—Me gusta la perspectiva de trabajar fuera algún día, aprender idiomas y viajar.

—¿Qué espacio deja esa perspectiva a la cocina?

—Uno... reducido —admití—. Más o menos de un mes en Roma y algún que otro bizcocho a primera hora de la mañana para mis compañeros de banda. —Noah se me quedó mirando.

—¿Será suficiente?

—Deberá serlo. —En esa ocasión fui yo la que se encogió de hombros. No era una persona idealista, nunca lo había sido. Era práctica. Realista. Sabía diferenciar las fantasías, los *hobbies*, del sendero correcto hacia la estabilidad laboral, ¿verdad?—. ¿Qué hay de ti? ¿Conoces a Carlota desde hace mucho tiempo? —procuré no sonar demasiado interesada porque, de hecho, no lo estaba. No, no y no. Un no tan rotundo como el tamaño del Atlántico.

—Somos uña y carne desde siempre y para siempre. Ella es... increíble. Una locura de ser humano.

—¿No viene a los retiros?

—Digamos que en estos momentos no soy la persona favorita de sus padres. No están de acuerdo con muchas de mis decisiones, con mi estilo de vida y demás, y no los culpo. —Agarró la cadena con delicadeza y la apretó entre los dedos antes de volver a dirigirme la atención desviando el tema—. ¿Es necesario vigilarlo mientras se hace? —Señaló el bizcocho.

—Durante media hora no hay peligro de incendio.

—¿Vamos fuera?

Salimos juntos al jardín. La quietud del amanecer nos absorbió. Aproveché para deshacerme de las zapatillas de andar por casa, aparcarlas a un lado y sumergir los pies en el césped todavía bañado por el rocío de la noche. Después moví los dedos entre las briznas de hierba y los labios se me curvaron de puro placer por su reconfortante frescor.

Iba a decírselo a Noah cuando lo observé detenerse y estirarse grácil para desentumecer el cuerpo tensionando los músculos de la espalda. Tragué saliva con dificultad. Hasta ese instante nunca me había planteado, ni siquiera se me había pasado por la cabeza, que un omóplato (un omóplato, por el amor de Dios) podía ser sexi, que la distancia entre hombro y hombro te podía hacer implosionar.

Contemplé su cuerpo mientras se desperezaba como un gato y fue inevitable compararlo con el de Álvaro. La anatomía de mi ex era más fina, hermosura de buen gusto, como apuntaría mamá. Angelical. De cincel, piedra y exposición de museo. El *David* de Miguel Ángel. La fisiología de Noah, por el contrario, era brutal, grande en cualquier sentido imaginable. Fiera. Salvaje. Con una belleza casi cruel.

Debí retirar la vista. Pero mi curiosidad me lo impidió. Observé el halo de fuerza que desprendía y pensé que podría sostenerme sin problemas si enrollaba mis piernas alrededor de su cintura de un brinco. En el acto, noté un novedoso y desconcertante sofoco ascender y, si él no llega a hablar, estoy segura de que me habría tirado a la piscina vestida para que desapareciese.

—Sé lo que te paraliza. —Noah terminó el ritual crujiendo el cuello y se giró.

Fruncí el ceño.

¿Sabía que me ponía cachonda?

Ah, no, hablaba del *casting*.

—¿Es un complot? ¿Vas a ponerte en plan psicólogo, como Leo?

—Voy a probar una teoría. —Ladeó misterioso el rostro y me miró fijamente—. ¿Confías en mí, Marina?

—No —pronuncié recelosa, y me forcé a recoger las uñas, aunque no del todo. Nunca del todo—. Pero puedo participar en tu experimento. Sin garantías, ¿vale?

—Está bien. Desbloqueemos tu voz —anunció serio.

Sonreí por si se trataba de una broma, pero él continuó con la misma expresión.

Ja. Esa sí que era buena, de lo mejorcito que había escuchado en todas las infructuosas horas que llevaba allí sin poder emitir sonido alguno. ¿Acaso no había tenido suficiente dosis de frustración? Definitivamente, Noah era masoquista.

—¿Cómo planeas obrar tal milagro?

—Dime una canción que te motive, princesa, una canción que se te meta en la médula y te reviente el pecho.

—¿Que se metiese dónde y reventase qué? El bajista me hablaba en un idioma desconocido.

—¿La *Macarena*? —Traté de parecer simpática.

—Marina...

—¿Qué? No hay ninguna con esas características, yo no siento tan fuerte, de ese modo que describes.

Omití añadir que era palabrería, palabrería barata de ficción de la que los creativos abusaban para poner unas expectativas tan altas a la vida que forjaban una generación de insatisfechos emocionales, personas desesperadas buscando un concepto ambiguo que jamás alcanzarían.

No es que el libro siempre superase a la película, es que el libro, la canción o la película le daban veinte patadas en el trasero a la propia existencia. Una canción jamás sería una bomba de relojería capaz de volarte los sesos y elevarte por encima de las nubes, del mismo modo que el amor no tenía el poder de sacar un planeta de su eje y suspender unos segundos el universo.

—¿Cuál es el tema que te hace subir el volumen cuando suena en la radio mientras conduces? —insistió el muy cabezón, y..., espera, había uno.

—*Total Eclipse of the Heart* —dije, y yo misma me sorprendí al tenerlo tan claro.

—Bonnie Tyler —saboreó.

—¿Y ahora qué?

—Ahora voy a vendarme los ojos.

—¿Esa es la genialidad que se te ha ocurrido? —vacilé. No parecía más efectiva que el resto de los inútiles intentos. Además, me confundía—. ¿Por qué va a ayudarme que te los tapes?

—Porque a ti, Marina —pronunció con cautela—, a ti te da pánico que te vean.

Abrí la boca para contestarle y la cerré. En el fondo era posible que llevase razón, que los nervios se me pinzasen al saberme el centro de atención y que me entumeciese.

—¿Se puede saber qué haces?

El bajista se arrancó la camiseta sin avisar y sufrí un micro infarto inesperado.

—Necesito una cinta. Hay pocas opciones. ¿Algún problema?

—Ninguno —mentí irguiéndome con fingida indiferencia mientras Noah se anudaba la camiseta a la nuca, quedando, ejem, muy expuesto, con el torso desnudo.

Observé su clavícula, el modo en el que su contorno se estrechaba en la cintura y la uve que marcaba el fin de su vientre plano cubierto por una fina mata de vello oscuro. Desconocía qué vendría a continuación y el estómago se me contrajo cuando avanzó en mi dirección. No me moví hasta que estuvo tan cerca que era capaz de percibir su aliento al entreabrir la boca y contuve la respiración entrecortada cuando estiró la mano.

Al agarrar la mía con determinación, me pareció que el corazón me iba a estallar.

Sin embargo, mi pulso disparado no lo detuvo, tomó mis dedos y los guio a mi cabeza, a mi garganta y a mis tripas.

—Saca lo que llevas dentro, haz que se derrame.

—No te entiendo cuando hablas así.

—Canta, joder, canta como aquella noche, princesa. Asesíname.

Noah me enseñó que hay muchas cosas inexplicables, como el poder del olor de la lluvia, como la necesidad que tuve de no defraudarlo y matarlo allí mismo con mi voz como suplicaba.

Separé los labios y lo intenté, juro que lo hice, pero no podía. Estaba afónica. Muda. Atragantada. Entonces él metió un mechón de pelo que se me había escapado de la coleta detrás de mi oreja, sus manos resbalaron a ambos lados de mi cuerpo, emitió un gemido de dolor y cantó.

Apreté los ojos con fuerza.

Nunca en mi vida había escuchado algo parecido. Algo capaz de derribar todos mis prejuicios acerca del poder transformador del arte. Un sonido ronco procedente de las entrañas capaz de arrancarte el alma.

—Noah, tú... —titubeé— tú deberías ser el cantante principal.

—Cantar es un lujo que no me puedo permitir. No es el peor. El segundo quizá.

—¿Y el primero...? ¿Cuál es el primero?

—No te distraigas y sígueme... Puedes hacerlo. Sígueme, Marina, ven conmigo... Canta.

Retomó la canción y me oprimió la necesidad de seguirlo a cualquier parte, a donde fuera.

Cometí la imprudencia de pegarme a él. A su piel. Mi cuerpo entero reaccionó por la temeridad y expulsé un sonido involuntario similar al último aliento. En aquel momento, cuando pensaba que la maldición se repetiría, me oí a mí misma muy bajito. Noah sonrió y aquel gesto fue suficiente para impulsarme, para que despegase, para que apretase los dientes y fuese aumentando poco a poco las revoluciones hasta propulsarme al espacio, orbitando alrededor del bajista durante los casi cinco minutos que me dejaron exhausta. Al terminar estaba agotada, también pletórica y liberada. Noah se desanudó la camiseta y dijo:

—Marina, con esa voz dividirás el mar en dos. Joder, pondrás de rodillas a un estadio entero. —Y entonces deseé que se callase de una maldita vez y me besara hasta hacerme perder la conciencia.

Verso 6

NOAH

Reduje la velocidad y dejé que Marina pasase delante deliberadamente.

En el interior del salón ya estaban todos. Enzo agonizaba por la resaca de la noche anterior (y su farragoso tránsito intestinal fuera de casa, del que siempre nos hacía partícipes) tumbado con las piernas estiradas encima de las de su hermana, que le dibujaba mariposas con un bolígrafo en la rodilla canturreando «café y cigarro, muñequito de barro» mientras Leo descansaba en el sillón individual ojeando uno de los libros de la amplia biblioteca de los padres de los mellizos.

El rubio fue el primero en levantar la vista de las páginas.

Reparó en la princesa intrigado y cerró el volumen.

—Vaya, vaya, ¿a qué debemos el placer de tu presencia?

No era habitual que la solista nos acompañase a desayunar. Tampoco era habitual verla en pijama y con la coleta despeinada con la que «la chica del colegio de monjas» ofrecía un aspecto demencialmente delicioso.

El nudo de la bata se le había deshecho de camino y se podían entrever sus pantalones cortos y la fina camiseta tras la que se adivinaban sus pechos pequeños y firmes desprovistos de sujetador.

La estampa era una tortura. Pensé que, de existir, el infierno se debía de parecer mucho a tener a Marina delante con las defensas bajadas y saber que era del todo inalcanzable, porque eso era, lo había descubierto escasos minutos atrás, un peligro del que me tenía que alejar si no quería que... Joder, recordar su tacto al chocar de improviso en el jardín me quemaba, sentía putas llamas flameantes bajo la piel.

Apreté la mandíbula y ella inspiró profundamente a la vez que mostraba la bandeja que hasta entonces estrujaba contra su pecho.

—He preparado algo para desayunar.

—¿Comida? ¿He oído comida? —Enzo resurgió de entre los muertos. Olisqueó el aire como un perro hambriento y aulló.

—Bizcocho de yogur casero. —Marina se encogió de hombros y avanzó. Reconocí su esfuerzo por integrarse. El enorme paso que estaba dando. También reconocí la chispa en la mirada cómplice que Leo le dedicaba y, por un instante, experimenté una punzada de celos hacia mi mejor amigo que me descolocó por completo. Nosotros no nos enfangábamos por esos temas. Estábamos por encima. Pero, mierda, había un millón de cosas que él podría hacer con ella y yo no, y me molestaba—. Espero que os guste.

Marina continuó su camino y colocó el recipiente encima de la mesa.

—Nos alimentamos a base de conservas y platos precocinados de Mercadona. Es lo mejor que va a caer en nuestro estómago desde que nos independizamos —le sonrió Vic.

—Dale, pequeña —se unió Leo, y ella sirvió las porciones en servilletas.

—Cojonudo —dictaminó con la boca llena Enzo, quien no pudo esperar a que todos tuviésemos nuestra ración para hincarle el diente—. Oye, que dicen mis papilas gustativas que dónde llevas metida toda la vida —bromeó justo cuando me estaba dando mi parte.

—¿Tú no comes? —le pregunté al coger el pedazo.

Había partido cuatro trozos y éramos cinco. Fue un interrogante inofensivo para salir al paso y apartar de mi mente la tormentosa idea de que, si movía la punta de mis dedos, si las estiraba todo lo que daban de sí, podía rozarla de nuevo; provocar que hiciese algo con sus labios y dejar así de sostener mi mirada en ellos como si concentrasen toda la jodida fuerza gravitacional del universo. Pero vaciló y en su zarandeo vislumbré que, como yo, sus profundidades más tenebrosas estaban repletas de demonios ocultos, de demonios escondidos. Quise saber qué llevaba a alguien a tener miedo de un dulce.

Quise saberlo todo de ella, joder.

—Un cachito pequeño... —se concedió a sí misma.

La observé alejarse, cortar un nuevo fragmento muy fino y llevárselo a la boca.

«¿Estás seguro de que no hay nada que pueda hacerte cambiar de opinión, Noah?», el eco de un recuerdo de mi horrible secreto repiqueteó en mi memoria. Presioné los párpados con fuerza para ahuyentarlo y al abrirlos Marina se sentaba al lado de Vic con la espalda bien recta para convertirse en una más. Mi pecho se hinchó y las costillas se me separaron de lo mucho que me gustaba la escena. Bastante más de lo admisible, dadas mis circunstancias. Había un lujo que no me podía permitir, un vicio imposible de conservar: dejar que alguien se me metiese en las venas.

Ladeé la cabeza y eché un vistazo hacia la ventana para entretenerme con cualquier cosa que no fuese la princesa. Si lo hubiera hecho en otra dirección..., en la del sillón..., lo habría visto. A él. A Leo. Habría reparado en cómo nos estudiaba a ambos con descaro y la forma en que sus ojos se abrían de golpe fraguando el peor de todos sus planes descabellados. Si lo hubiera hecho, quizá, solo quizá, lo habría detenido antes de que decidiese que ella era lo que estábamos esperando. Mi salvación.

O tal vez no.

Tal vez lo hubiese dejado hacer.

CANCIÓN 5

—

NUESTRA ACTUACIÓN EN RUIDO

Verso 1

LEO

«En la herida está la solución» fue el primer verso que Noah compuso para mí.

Nuestra relación tenía una periodicidad intermitente de dos años. Con trece, comenzamos a compartir aula en el instituto concertado. Él pertenecía al grupo de los «capullos integrales populares» y yo al de los «capullos integrales malotes», lo que viene a ser lo mismo que decir que ninguno de los dos era precisamente un ejemplo a seguir.

Nos repelíamos, nos detestábamos y cuando chocábamos no existía otro final posible que no fuese el de ambos sentados en el despacho de la directora mirando en direcciones opuestas. Ocurría a menudo, no como los acontecimientos importantes, para estos la Tierra tenía que dar dos vueltas al Sol.

Ni una más.

Ni una menos.

A las pruebas me remito.

Con quince años, Noah se sentaba en la última fila de cualquier espacio en el que estuviese porque existía una regla no escrita que rezaba que para ser guay tenías que ocupar esa selecta posición. Él y la panda de babuinos huele bragas que lo acompañaban armaban barullo y la liaban. A mí me producían un terrible dolor de cabeza. Sus exageradas bromas no hacían gracia. Eran ridículos y cobardes.

Si yo quería montar un pollo, lo montaba. No necesitaba estar medio escondido en manada, lo ejecutaba desde la primera fila a la que siempre me veía relegado, siempre con el mentón alzado y desafiante. La misma expresión con la que lo observé durante nuestro trayecto de vuelta en el bus después de la excursión a las ruinas romanas de Segóbriga. Quería dormir y sus irritantes graznidos no me dejaban.

Él se percató y, en lugar de cerrar la cremallera de su enorme bocaza y respetar el descanso ajeno, elevó la voz por encima de las cabezas de nuestros compañeros y me dijo:

—¿Tú qué miras?

—A Darwin dándose de cabezazos por habernos situado en el pico de la pirámide de la evolución, gilipollas.

A la salida, nos pegamos por primera vez. Noah me reventó la nariz a puñetazos y yo le regalé un bonito ojo morado a juego con la expulsión de un día que nos ganamos.

El segundo encuentro memorable fue con diecisiete. En la parte delantera del instituto, justo después de cruzar el parque y unos bloques de edificios, estaba el mirador donde nos juntábamos a fumar maría. Aquel día yo iba colocado, muy muy muy puesto. Hacía rato que mis amigos se habían echado colirio para disimular la rojez de sus ojos y se habían ido a sus casas, pero yo no podía parar. Necesitaba más y más droga para calmar la ansiedad. La sensación de evasión y desconexión de mi propia mente era todo lo que le pedía a esta vida.

Y Noah salió de baloncesto.

Y tenía que bajar por la escalera que estaba al lado del muro en el que yo me sostenía de pie a duras penas.

Caminaba con los cascos puestos y la bolsa de deporte colgada al hombro. Era la estrella del equipo. Marcaba los tantos decisivos en los partidos y... Chasqueé la lengua, al muy maldito lo rodeaba un halo de buena suerte. «¿Qué había hecho para merecerlo y yo no?», pensé, y, como si mis amargas reflexiones se materializasen en voz alta, me vio.

—¿Tú qué miras? —lo imité a la defensiva.

En lugar de soltar algún comentario y continuar, detuvo la música y frenó.

—Estás muy pasado, Leo. Deberías aflojar. Te va a dar un amarillo —fue amable. Quizá sin público no era tan mal tipo o mi estampa daba la pena suficiente para que decidiese aparcar nuestras diferencias.

—¿A ti qué te importa?

—A mí nada. El trapo a las siete de la tarde eres tú.

—¿Cómo me has llamado? Repítelo —repuse con tono amenazante, y crují los nudillos guiado por la rabia de que tuviese razón. Avancé en su dirección y... me doblé en dos para echar la pota.

—Joder, qué puto asco —profirió conteniendo una arcada. Sin embargo, no me abandonó a mi suerte como probablemente yo habría hecho. Fue al chino de la esquina, compró una Coca-Cola y un dónut de azúcar y me los tiró—. Come antes de que tenga que llamar a una ambulancia.

—Un dónut no cambia las cosas entre nosotros —recalqué al llevármelo a la boca.

Nunca he llevado muy bien aceptar ayuda, depender.

—No te preocupes. Soy el primero que no está interesado en que esta amistad salga adelante.

Noah se sentó en el muro y aguardó en silencio mientras engullía el dulce y la sensación de mareo poco a poco se desvanecía.

—Leo... —dijo antes de irse.

—¿Sí?

—Ya eres lo suficientemente imbécil, no necesitas drogas que lo potencien.

Luego se puso de nuevo los cascos y se fue. A la mañana siguiente los dos actuamos con normalidad, como si la tarde anterior nunca hubiese sucedido. Pero ocurrió. Firmamos una especie de tregua. Cumplirla no fue complicado. Repetí, él pasó de curso y durante el último año apenas pisé el instituto.

Supuse que Noah se había marchado a colonizar la universidad y a esparcir su legado hinchándose a follar y que no volveríamos a vernos.

Me equivocaba.

A los diecinueve la maldición sucedió de nuevo. Nuestra inexorable relación intermitente que nos reunía cada dos años reclamó nuestra presencia en aquel puente justo después de mi primer juicio por la paliza que todo el mundo pensó que me había arruinado la vida, aunque la realidad es que la había mejorado considerablemente, dado que esta llevaba hecha pedazos desde los ocho años. Verlo ahí, a un paso de detonar, fue de las cosas más surrealistas que me habían pasado, tan solo superada por el hecho de que cuatro meses más tarde el «capullo integral popular» y yo nos mudásemos a compartir piso.

Fuimos a la casa de su abuela, un tercero sin ascensor en Miguel Hernández con un alquiler que sus padres nos dejaron a buen precio. Olía a señora mayor y los muebles no se habían cambiado desde la guerra civil como mínimo. Además, el suelo levantado crujía, las tuberías emitían sonidos cacofónicos y los muelles del colchón eran una trampa mortal para las cervicales. De haber tenido pasta, la habríamos remodelado por completo, pero como no era el caso, nos centramos en la galería acristalada con magníficas vistas al patio de luces.

Ese mismo fin de semana emprendimos una excursión a Ikea. Yo quería un sofá *chill out* y él me dio el capricho por no aguantar mi rabieta infantil, del mismo modo que cedió a que lo probásemos al menos una hora por mi absurda teoría de que solo así nos podíamos asegurar de que era cómodo. Y allí nos hallábamos, tirados en un magnífico ejemplar de madera con cojines blancos en la zona de muebles de jardín, cuando me lanzó la libreta que contenía el tema en el que estaba trabajando.

El primero de todos.

Nuestro tercer momento significativo.

«En la herida está la solución», ponía al inicio.

Levanté la vista del trozo de papel y lo miré.

—¿Me has compuesto una canción, Noah? Es el paso previo a hincar rodilla.

—Cállate y léela.

—Tranquilo, tranquilo, la respuesta habría sido sí.

—Que te calles.

—Lo que digas, caramelito mío.

Todavía con una sonrisa burlona en la boca me puse a leerla y, joder. Joder. Joder. Cada verso escocía, te hacía sangrar y, cuando parecía que iba a matarte, te insuflaba vida, esperanza.

Hablaba de sufrir y de resurgir transformado en la propia herida con alas de ceniza.

La emoción se agolpó en mi garganta.

Sabía que no tenía el monopolio del dolor, que podía ser una canción para cualquiera, pero me sentía tan identificado que no tuve ninguna duda de que la había compuesto para mí, para obligarme a sanarme en cada puto concierto.

Lo odié y lo quise por ello.

—¿Crees que la podrás cantar?

—Haré el esfuerzo de intentarlo. —Carraspeé y anuncié—: Es este. No hay duda, es nuestro sofá.

—¿Estás seguro? Solo lo hemos probado veinte minutos. Según tu teoría...

—Cien por cien. —Me removí incómodo en el asiento. Tenía los sentimientos a flor de piel, expuestos, y la vulnerabilidad me hacía caminar sobre arenas movedizas. Urgía regresar a mi terreno—. ¿Te hacen unas birras? Invito.

—Leo —insistió—, con nuestra economía no nos podremos permitir otro.

—Es que no puede ser otro, joder —repuse de manera abrupta, y me levanté de golpe. No podía ser otro porque allí..., sobre él..., encima..., sentados... juntos... Me había emocionado, mierda, me había emocionado—. Es nuestro puto sofá y no hay más que debatir.

—Está bien —accedió—. Nuestro puto sofá... y nuestra puta canción.

«Mi canción... —planeó en mi mente—. Gracias.»

Sin embargo, lo que pronuncié con tono de gilipollas y un mohín fue:

—¿No vas a decirme que estoy excesivamente mono cuando me pongo terco?

Él negó con la cabeza y puso los ojos en blanco, y yo, yo sentí algo en el pecho, sin nombre. Una punzada frágil y a la vez inmensa que me llevó a pensar que no solo hay flechazos en el amor romántico, también surgen en otros tipos de amor y su efecto es igual de devastador. Un torbellino imparable.

—¿Sombra negra? —Vic me devolvió al presente.

—Haz conmigo lo que quieras, nena —dejé el papel con la letra de las canciones que íbamos a interpretar descansando en la mesa y sonreí. Habían pasado dos años desde la composición del verso con el que haríamos la apertura. Dos. La superstición indicaba que estábamos en año de cambio y yo deseaba con toda mi alma que todo siguiese igual. Mantener mi burbuja intacta e impoluta.

Inspiré profundamente y cerré los ojos concentrándome en lo que teníamos por delante. Esa noche tocábamos en Ruido, nuestra primera actuación en vivo con Marina, y Vic afianzaba su faceta de estilista y maquilladora conmigo. Minutos antes me había hecho la raya en el ojo y llegaba el turno de los párpados. Estaba entusiasmada sentada sobre mi regazo, en el muslo izquierdo, canturreando una canción de nuestros competidores más directos, con los que nos llevábamos a matar.

Era la caña.

Los pelos de la brocha con la que extendía los polvos me hicieron cosquillas.

—Quieto, Leo —me reprendió—. Falta poco. Tres, dos, uno, ya. —La miré y se llevó una mano a la boca—. Guau, estás tan guapo que pareces irreal.

Con cualquier otra persona mi ego habría estado insufrible al menos durante un par de semanas. Con Vic, no. Ella no adulaba ni piropeaba, ella apreciaba y su inocente y aplastante sinceridad a veces te beneficiaba, otras te hundía en la más absoluta miseria y había ocasiones, como esa, en las que te confundía y tardabas en determinar si lo que había dicho era bueno, malo o indiferente.

La batería solía encontrar la belleza en las cosas que a otros les resultaban feas y retorcidas, desagradables. Por ejemplo, cada vez que veía un cuervo en un cementerio, en lugar de espantarlo le hablaba, y una vez se encaramó a la espalda de un tipo desconocido en el paseo marítimo de Benicasim para evitar que pisara a una cucaracha a la que después dijo: «Perdónalo. Envidia tu poder. Sobrevivirías a una bomba atómica mientras que él se abriría la cabeza en dos como un melón solo con que se cayese por la escalera. Superas su insignificante existencia».

Era gótica, un tanto siniestra y dulce a rabiar. Alguien que me veía..., que veía mi oscuridad y la abrazaba.

—Oye, Vic, cásate conmigo.

—No puedo, si me enamorase de ti, me romperías el corazón. Además, no creo en la monogamia.

—¿Y una boda *in extremis* cuando cumplamos los ochenta y nos quiten el respirador? La luna de miel sería épica.

—Le daré una vuelta, aunque prefiero un polvo esporádico sin compromiso. —Se llevó la mano al mentón reflexiva—. A lo mejor te lo propongo durante la gira —soltó en serio, como si nada, como si no acabase de proponer que follásemos. Lo dicho, la caña.

—Eres un caso. Te adoro.

—Lo sé. —Repasó su obra de arte—. Definitivamente, los chicos deberíais maquillaros más a menudo. —Se puso de pie y su móvil sonó un par de veces—. Es Enzo, dos toques, tengo que socorrerlo. Hacerse un *piercing* en el pezón antes de salir al escenario para matar los nervios no ha sido buena idea. —Su hermano había llamado a un colega para que le perforase la tetilla antes de actuar y, por los gritos que nos llegaron en ese instante, dolía más de lo esperado.

Cada uno teníamos nuestras manías, rarezas previas al desfogue de actuar. Noah desaparecía, Victoria veía fotos de gatitos, Enzo se metía en algún lío y yo me echaba una siesta. Faltaba por conocer la de nuestra nueva cantante y estaba a un paso, una frase, de averiguarlo.

—¿Puedes asegurarte de que Marina sigue teniendo constantes vitales? Creo que me la he cargado al encresparle el pelo.

—Déjalo en mis manos.

—Eres el mejor.

—Dime algo que no sepa. —Curvé los labios y Vic salió pitando en busca de su hermano herido por el ataque mortal de una aguja.

Su «¿puedes asegurarte de que Marina sigue teniendo constantes vitales?» podía resultar algo exagerado si no habías visto la cara de pánico con la que la cantante se había encerrado con la batería en la sala donde nos cambiábamos para después no volver a dar señales de vida. Se encontraba al fondo, al otro lado de la cortina que dividía la estancia para regalarnos la simulación de dos espacios independientes, el de relax, compuesto por cajas, sofás y una nevera, y el que tenía un burro, silla, mesa y un espejo encima para aparentar ser un camerino de prestigio.

Anduve directo y me detuve al lado de la ondulante tela.

Sonreí. Siempre que me acercaba a ella sucedía. No sabía muy bien por qué. Supongo que me hacía gracia, que nuestros encuentros eran como chocar con una brisa de aire fresco y renovado que te cambia la expresión sin que tú puedas dirigir el rumbo, solo dejarte hacer, y, en mi caso, era la boca la que se rendía ante el inminente «efecto Marina».

—Voy a entrar. Si estás en una posición indecente, pienso grabar la imagen en mi cerebro, preciosa —anuncié y aparté la cortina.

Tal y como esperaba, Marina se hallaba al otro lado. Y respiraba. Ese era un buen dato.

Permanecía con el cuerpo completamente inclinado sobre la mesa y un bolígrafo entre los labios haciendo algo que no alcanzaba a distinguir. Avancé y me acomodé cerca de los folios extendidos. Ella ni se inmutó. No me molestó. A aquellas alturas estaba bastante claro quién de Al Borde del Abismo le interesaba y quién no.

Sí sentí curiosidad por saber qué la tenía tan atareada los minutos previos a su «desvirgue» público oficial sobre las tablas. Agarré uno de los pintalabios por tener algo en las manos.

—¿Echando la quiniela en horario laboral, pequeña? Se rumorea que son dos días de empleo y sueldo.

Marina alzó la barbilla y... Me cago en la puta, joder. Qué ojos tenía; acentuados con la sombra negra difuminada eran dinamita. Explosivo. Gas. Pólvora. Tuve que tragar saliva y a mí había pocas cosas que me resecasen la garganta.

—Estudio.

—Shhh, baja la voz de inmediato. Estudiar es incluso peor. Despido fulminante y sin indemnización.

—Necesitaba recuperar el control en alguna faceta de mi vida después de este despropósito. —Hizo un movimiento con el que abarcó toda su cara.

—¿Te refieres a que parece que has metido los dedos en un enchufe?

—Vaya, te pediría que lo expresases de otra manera, pero creo que no existe mejor definición de la situación. —Resopló y se miró vacilante en el espejo. Sus dedos viajaron a la camiseta que le había prestado Vic—. Estas rejillas son un infierno. Voy a tener que amputarme los pechos después del concierto.

—Al menos habrás enseñado un sujetador de sobresaliente alto —bromeé, y ella permaneció tan horrorizada con su reflejo que no tuvo fuerzas suficientes para replicar. Fruncí el ceño, confundido—. ¿Por qué lo has permitido?

—¿Qué?

—El despropósito —la imité—. Que te transformen en una burda imitación de la Marina que ha entrado por la puerta con su vestido mostaza, el cinturón rosa, un pañuelo atado al cuello y tacones.

—Tú lo has dicho, Leo: vestido mostaza, cinturón rosa, pañuelo... Vic me ha auxiliado. La ropa no era la adecuada. Me habrían tirado tomates.

—Nadie trae tomates a un concierto. Es una leyenda urbana.

—Reconoce que no encajaba con vuestro estilo. Parecía una marciana...

—Pequeña, te lo repito, nuestras expectativas contigo son mínimas. Están bajo cero. —Me puse serio y ladeé la cabeza para formular una duda importante—: ¿Siempre intentas agradar a todo el mundo, Marina?

—¿Qué clase de pregunta es esa?

—De las incómodas. Desembucha. De lo contrario, pensaré que tienes miedo.

—Intento dar la talla.

—¿A cambio de qué?

—¿Qué quieres decir?

—Sencillo. Ahora estás guapa, correcta, antes eras tú.

Ella me observó con detenimiento.

—Para ti es fácil. Estarías irresistible hasta con un saco de patatas y nadie repararía en lo que llevas puesto.

—¿Eso es lo que quieres? ¿Estar irresistible? —tanteé a la vez que silenciaba el coro de góspel que atravesaba mi pecho al son de «Lucero del Alba, ángel...».

—¿Qué? No, por supuesto que no —aclaró de inmediato—. Lo que quiero es ser un camaleón. Mimetizarme con el entorno. Evitar destacar por encima del resto.

—Tú no eres un camaleón. Tú no eliges hacia dónde mira el de enfrente...

—Pero sí cómo me afecta, ¿verdad?

—No, desde luego que no. —Me di cuenta de que me disponía a hablarle desde las profundidades, desde los pedazos fragmentados que siempre trataba de esconder. Y, aun así, no pude detenerme abrumado por una repentina intensidad incontenible—. Tú no eliges cómo te afectan las cosas. Tú no eliges estar bien o quererte arrancar la piel a tiras. Simplemente lo sabes, simplemente lo notas.

—Entonces me estás dando la razón. No hay solución y lo inteligente es mitigar su impacto.

—Entonces te estoy diciendo que habrá tormentas donde seas tú misma o vayas disfrazada. Siempre llueve, Marina, siempre. Y no cae en la superficie, cae por dentro, y estás preparada para soportarlo.

—¿Cómo lo sabes?

—Porque te miro, porque te veo.

—¿Qué ves?

—A una persona real, y tengo la teoría de que solo las personas reales son capaces de enfrentarse al mundo desde su complejidad. —Hice una pausa y añadí—: Sea cuando sea, puedas cuando puedas, estaría encantado de compartir escenario contigo, con quien eres y no con quien pretendes ser.

Supe que había llegado el momento de irme en el preciso instante en que deseé extender la mano y acariciarle la mejilla.

—¿La última frase también es de Noah?

—Qué va, esta vez se trata de cosecha propia. Tengo mis momentos, pocos pero míos, pequeña.

Le dediqué una última sonrisa y, mientras sus pulsaciones se relajaban y se levantaba para acariciar el vestido amarillo, justo cuando estaba de espaldas, desenfundé el pintalabios sin tener ni puta idea de lo que estaba haciendo.

Verso 2

MARINA

Leo había desaparecido cuando me giré con el vestido entre las manos. En su lugar encontré un mensaje pintado de color rojo en el espejo: «¿Quién quiere ser un camaleón cuando es un puto unicornio?».

Me acerqué y lo rocé con las puntas de los dedos.

El corazón se me encogió.

Verso 3

MARINA

Salí a la calle a buscar a Emma.

Fuera las personas se agolpaban en la cola. La entrada en Ruido era gratuita hasta la una de la madrugada y la gente había apurado las manecillas del reloj en el botellón. En resumen, la mayoría iban «animados», por decirlo finamente, muchos fumaban y otros tantos daban sorbos a escondidas de la copa que traían de contrabando en vasos de plástico.

Desprendían la clase de alegría invisible que se te adhiere a la piel al estar rodeada de tus amigos un jueves por la noche.

O eso suponía.

Sobre estos temas solo podía teorizar. Mi círculo social no era muy amplio, al contrario, más bien estrecho, todavía más reducido desde que Álvaro y Malena habían salido por la puerta trasera. De dos. Selectivo, como aseguraba Emma, y con una de las componentes alérgica a la fiesta.

Y, hablando de ella, ¿dónde estaba?

Me puse de puntillas. Al final me había vuelto a cambiar. Mi vestido mostaza, el cinturón rosa, mi pañuelo... combinado con las zapatillas, unas Converse de talón alto negras. Se trataba de una fusión extraña de dos mundos. No sabía si combinaba o no, probablemente no, la cuestión es que me sentía cómoda. Un poco más yo... Una yo desconocida que se estaba moldeando y a la que empezaba a saludar.

Observé la fila. No se extendía más allá de donde alcanzaba mi vista. Aun así, eran muchos. Demasiados. Público. Preferí no pensarlo y reconozco que Emma me ayudó al verme y venir corriendo con los brazos abiertos dispuesta a beneficiarse del privilegio de conocer a la solista.

Conforme llegó a mi lado quise estrangularla.

—¿Qué es «eso», Emma?

—Mis tetas embutidas en un Wonderbra. ¿Quieres tocarlas? Vas a flipar...

—Lo que hay por encima.

—Ah, eso, una camiseta. —¿Una camiseta? ¿¡Una camiseta!? ¿De verdad había tenido la desfachatez de decirlo y quedarse tan tranquila?

—Yo a ti te mato y te entierro junto a una especie protegida para que no puedan recuperar tus huesos. ¿De dónde la has...? ¿Lo que estoy haciendo es...?

—Sacarte un moco, nena, sí, hurgar en busca de petróleo. Te pillé el día de tu épica borrachera y tuve que inmortalizarlo.

Genial, a la vergüenza de que llevase una camiseta personalizada con mi cara había que sumarle que saliese haciendo algo tan poco honorable como meterme el dedo en la nariz sonriendo como una lela. El asesinato estaba justificado.

—¿Lo inmortalizaste para algún fin en particular?

—Tener una prueba irrefutable si los de la NASA dudaban de tu condición humana.

—¿Y lo exhibes en el concierto por...?

—Porque mola, Marina, mola un huevo. Ya puedo ver todos los puestos de *groupies* inundados con este diseño a la salida de los conciertos... Serás la estrella, y no los chicos que siempre se llevan el protagonismo...

—Emma..., tienes que destruir esa foto.

—¡Por encima de mi cadáver! —Enarqué una ceja, tratando de amedrentarla, y ella se rio—. ¿Pasamos?

—Va, en serio.

—Estoy seca.

—Te lo repito. Esa cosa no puede sobrevivir a esta noche.

—Que sí, que sí, sargento Roig... —me ignoró y saludó pizpireta con toda su desfachatez a José, el portero todoterreno del pub, como si lo conociese desde la escuela infantil, para que se hiciese a un lado y nos dejase entrar. Lo peor es que la tía lo consiguió.

Me disponía a seguirla de morros (el debate no estaba zanjado) cuando reconocí una voz masculina a mi espalda que me hizo enderezarme.

—¿Marina? ¿Eres tú?

Álvaro estaba allí, lo cual no solo era improbable, era imposible.

Ruido se ubicaba en las antípodas de lo que mi ex podía considerar aceptable para invertir su valioso tiempo. A él le gustaban los bares de copas y las discotecas exclusivos, y en todos ellos me prohibirían la entrada en aquellos instantes por acudir en zapatillas. Con servicio de aparcacoches incluido y selectos (y caros) reservados, aunque luego él y sus amigos se pasasen la mitad de la noche mirando a la gente que estaba en la pista de baile.

Pisar semejante suburbio debía de producirle, como mínimo, urticaria, desde luego que sí. Y lo que estaba a punto de pensar, de sentir, iba en contra de mis principios y de todo lo que defendía en voz alta. Durante un lapso ínfimo de tiempo deseé que su presencia se debiese a que estaba arrepentido por lo que había hecho, que viniese con las orejas agachadas a darme tantos argumentos como necesitase para replantearme la ruptura, argumentos que se tradujesen en sólidos hechos.

Entonces él adelantó unos pasos a sus dos amigos y torció la boca.

Reconocí ese gesto. Lo ponía cuando algo le disgustaba, pero no podía perder las formas.

—Esta crisis ha llegado demasiado lejos. Vámonos antes de que el daño sea irreversible —pronunció con condescendencia, usando un irritante tono paternalista que me sacó del torbellino de confusión inicial.

Ja.

Álvaro no era un padre abnegado, ni siquiera un buen amigo aconsejando. Álvaro era el tío capaz de prometerme amor eterno mientras se acostaba con mi amiga, el mismo que odiaba no tener la última palabra. Por eso había acudido. No por mí. No por nosotros. Por él. Para recuperarme y, conmigo, recuperar su orgullo, y no porque me quisiera.

—¿De qué hablas?

—Hablo de que te miro y no doy crédito, Ratona, de verdad que no te reconozco. Tú no eres así... —Estiró el brazo para acoger mi mano entre la suya y la aparté.

—Hace semanas que perdiste el derecho a opinar sobre mi vida y llamarme Ratona. Te ruego que no repitas ninguna de las dos cosas.

—Rato... Marina —aceptó a regañadientes—, ¿es que no te das cuenta de lo que están haciendo contigo?

—¿Quién?

—Cualquiera que te aprecie tan poco como para permitir este... Dios, ¿has visto las pintas que llevas?

Pretendía herirme, pero no se lo iba a consentir.

Respiré profundamente para contestarle calmada.

Zen.

—Este es un buen ejemplo del tipo de explicaciones que no me da la gana darte.

—¿Y a tu madre? —jugó sucio. El muy impresentable se arremangó para lanzarme al fango sin mutar su expresión compungida—. ¿Sabe tu madre en lo que te estás convirtiendo? Cuando me llegó el rumor en la universidad no me lo creía...

—A ti no te importa.

—Claro que me importa, joder, claro que me importa, porque te conozco y tienes un problema, una tara..., un trauma infantil. Vas de dura y de fría por la vida, de independiente, pero necesitas a alguien que te guíe, que te marque el camino. Por ti misma estás perdida. No sabes qué hacer, qué decir ni hacia dónde ir. Eliges una persona y te amoldas. Marina, eres el resultado de toda la gente a la que imitas y no voy a permitir que la persona a la que te estás aferrando para sustituirme se aproveche de ti...

Paré de escucharlo.

Sus palabras dolieron. Vaya si lo hicieron. Se clavaron como afiladas agujas en mis intestinos.

Llevaba razón en una cosa. Me conocía. Sabía cuáles eran mis límites infranqueables, las líneas rojas que me harían estallar por los aires y desintegrarme, y no había dudado en cruzarlos y pisotear mis fragilidades con tal de quedar por encima y manipularme. La sinceridad no lo justificaba todo. Tal vez yo necesitaba perseguirme, encontrarme, verme en profundidad y construirme, pero él requería dosis inmensas de empatía, con la «pequeña» diferencia de que yo sabía de mis imperfecciones y Álvaro era demasiado soberbio como para admitirlo y plantearse cambiar, evolucionar. Crecer.

En el fondo, tuve que darle las gracias; que se comportase como el cretino insensible que era facilitó la tarea de olvidarlo. Cortó el vínculo. Mató la magia que mantiene vivas las pulsaciones de una relación agonizante.

Volví a atenderlo al reparar en la forma en que se tensaba de repente, apretando la mandíbula y con sus ojos enrojecidos destilando una rabia desconocida.

—¿Es por él? ¿Te has convertido en su zorrita, Marina? —Parpadeé confundida y lo oí...

Oí a la persona que menos quería que estuviese allí en esos momentos.

—Y tú eres...

—Su novio.

—Ex —puntualicé antes de que Noah se situase a mi altura. Fue entonces cuando me di cuenta de que Álvaro y yo copábamos toda la atención de la fila.

A nuestro alrededor reinaba un silencio denso, curioso, en el que la gente se zambullía y nos observaba con descaro. No me extrañó que Noah, desde el callejón donde se refugiaba antes de la actuación en la que nos conocimos, nos hubiese escuchado.

Al principio, me dio vergüenza mirarlo y me embargó una injusta y punzante sensación de culpabilidad por la escenita que mi ex estaba montando.

—¿Qué? ¿Vas a pegarme para impresionarla? —dijo Álvaro, y el bochorno inicial fue sustituido por unas ganas horribles de graparle la boca.

Por si fuera poco, mi ex hinchó el pecho cual gallo de pelea y crujió los nudillos como si tuviese alguna oportunidad contra el bajista, obviando el hecho de que, si el músico se lo proponía, tan solo tenía que soplar medio fuerte para derribarlo.

Suspiré.

Lejos de halagarme, aquella actitud, aquella exhibición cutre de testosterona, me hizo desear tener una lámpara mágica a mano que frotar para desaparecer.

Dejé de posponer lo inevitable y lo miré. Esperaba encontrarme a un Noah con la mandíbula apretada y los músculos tensos, listo para comportarse como un alumno de primaria y meterse en una bronca absurda. Un predecible y común Noah sucumbiendo a la provocación.

Pero Noah no era normal.

Tenía muchísima más clase.

Ladeó el rostro sin mutar de expresión con los labios todavía enrojecidos por el chupachups que descansaba entre sus dedos y repasó a mi ex de arriba abajo para acabar reparando en mí, solo en mí, como si Álvaro fuese un ser tan intrascendente que no mereciese ni un segundo más de nuestro tiempo.

—¿Podemos hablar en privado, princesa?

—Sí.

Lo seguí con Emma pisándonos los talones y José cortándole el paso a Álvaro, que continuó berreando al otro lado de la enorme barrera humana.

Recuerdo perfectamente el instante en el que el bajista se detuvo debajo de la farola y se giró. Pensé que estaba más arrebatador que nunca si es que eso era posible, que Noah no era humano. Llevaba el pelo como de costumbre, desordenado, con las puntas disparadas, unos pantalones ceñidos negros rotos en las rodillas, camiseta blanca y una camisa de cuadros rojos y negros abierta por encima.

Tragué saliva disimuladamente. No era solo que su altura, su contorno y sus rasgos impusiesen, maldita sea, era que desprendía energía, pura energía, y te zarandeaba de un modo incomprensible con el que deseabas enlazar tus manos en la nuca, pegar la frente a la suya y asentir dándole permiso para que traspasase todas las capas de tu piel como un rayo.

A Noah no querías memorizarlo.

A Noah no querías besarlo.

Con Noah era otra cosa distinta de la voluntad. Eran el cuerpo y las sensaciones que no tienen nombre las que te pedían más y más, como el estremecimiento en la parte baja del vientre que me hizo apretar los muslos cuando sus ojos chocolate se quedaron fijos en los míos.

—¿Estás bien, Marina?

—Avergonzada y cabreada. Descubriendo nuevas facetas de mi ex. Es toda una caja de sorpresas, ¿sabes? La de Pandora. —Asintió y después se tomó su tiempo en examinarme antes de hablar.

—Desde mi punto de vista tenemos dos opciones: podemos darle la importancia que no se merece y pedir amablemente a José que le prohíba la entrada, o hacer gala de nuestra enorme compasión.

—¿Compasión?

—Exacto, compasión.

—¿Para qué iba a necesitar Álvaro nuestra compasión?

—¿Te haces una idea de lo duro que tiene que estar

siendo para él? —Arrugué la nariz. Definitivamente, Noah y yo habitábamos en realidades paralelas. Otra explicación no era posible—. Princesa..., siempre has sido demasiado para él, siempre, y ahora te has dado cuenta. ¿Acaso eres consciente de la dimensión de la putada? Se siente amenazado y gilipollas, sobre todo lo segundo, porque probablemente lo es. No deberíamos regodearnos en su miseria. No es de buenas personas. ¿Qué me dices? ¿Pase con una birra a nuestra salud o un dolor de cabeza más para el pobre José?

Recapacité. Lo que menos me apetecía era que mi ex estuviese presente durante mi primera actuación, pero tampoco quería ponerme a su altura. ¿Cómo era el refrán? El mayor desprecio es la falta de aprecio. Pues bien, Álvaro había acumulado méritos suficientes para ganarse mi indiferencia.

—Pase. A poder ser con escupitajo en la cerveza para que tenga más sustancia. —Me encogí de hombros y las comisuras de sus labios se elevaron, lo que me removió de nuevo por dentro.

—Esta es mi chica —dijo..., y lo soltó así, sin más, sin valorar los posibles efectos secundarios. Además, por si eso fuese poco, antes de encaminarse a hablar con el portero añadió—: Bonito complemento.

—¿Cuál? —Revisé mi atuendo y él colocó un dedo en mi mentón y lo alzó.

—La sonrisa, princesa. Deberías ponértela todos los días. Cada mañana al despertarte.

Experimenté un potente escalofrío y la curvatura de labios que no sabía que tenía en la cara continuó extendiéndose sin control incluso cuando Noah dejó de mirarme y se marchó.

Estoy segura de que aquella noche mis pulsaciones se oyeron hasta en Siberia.

Era inaceptable.

Me di la vuelta con la esperanza de que mi amiga colaborase y me ayudase a salir del embrujo del bajista.

—Vamos, Emma. —No se movió—. ¿Emma? ¿Te encuentras bien?

—Acabo de infartar. Si me pinchas, no sangro... —repuso petrificada. Con otra persona me habría alarmado, pero ella era de naturaleza exagerada—. He conocido al futuro padre de mis hijos... Lo que sería una buena noticia si no te me hubieses adelantado, cerda. —Me señaló con un dedo acusador—. ¿Cómo has podido ligarte a semejante semental?

—¿De qué hablas?

—De Noah «no estoy más bueno porque sería ilegal y provocaría orgasmos cuando hablo». Es un jodido perforador de bragas. Y le gustas. Te odio demasiado.

—No le gusto.

—Señor, a estas alturas de la vida la niña se me vuelve terraplanista. ¿Tú has visto cómo te mira? Casi me ruborizo. Yo. ¡Yo! Esto es muy fuerte. Megafuerte. ¿Y lo que dice? Con la mitad ya estoy enrollando mis piernas alrededor de su cintura para que me embista en cualquier rincón oscuro.

—¡Emma!

—¡Marina!

—¡Eres una burra!

—Ay, amiga, no, soy sincera... Y estoy salida, como tú. Conmigo no finjas que tu chichi no da palmas emocionado.

—Noah no está interesado en mí. Tiene novia, Carlota.

—No me gustaría estar en la piel de esa chica... La tensión que tenéis..., el cúmulo de electricidad..., solo se resuelve de una forma.

—No va a suceder.

—Nena, hay cosas que tu mente fría no puede manejar. Por ejemplo, vuestra química. —Me echó el brazo por encima de los hombros—. Lo que hay entre vosotros es una bomba de relojería. Tictac.

Me mordí el labio.

Deseé que Emma se equivocase... y que llevase razón.

Verso 4

NOAH

Habría sido un concierto más de Al Borde del Abismo en Ruido si no fuese porque... La notaba a cada golpe de guitarra, joder. Cuando arañaba las cuerdas, incrustada en las yemas, bajo mi piel. No era agradable. Me descentraba y si no perdía el ritmo era porque tenía las canciones automatizadas, no porque les prestase atención.

La veía.

Veía a Marina.

Normalmente la música tenía el poder de abstraerme, de elevarme a otra dimensión. Cerraba los ojos y el mundo y sus problemas dejaban de existir. Pero aquella noche no. Aquella noche los problemas se habían trasladado a mi espacio seguro en forma de apetecible boca. Sus labios entreabiertos al rozarla se proyectaban en mitad de la oscuridad y, mierda, provocaban que lo único que desease fuese retroceder en el tiempo y devorarla durante lo que tardase la Tierra en consumir todos sus recursos naturales.

Marina se sentía como lava. Puta lava despertando un volcán dormido.

Y la cosa no mejoró al abrir los ojos, porque ella estaba allí, aguardando en un lateral a que Leo finalizase el tema de apertura y la invitase a subir con nosotros después de presentarla «formalmente».

Soplé para apartarme el pelo de la frente y me concentré en los últimos acordes.

El rubio siguió el plan establecido. Reventó el escenario comportándose como el animal mediático que era, anunció que teníamos una sorpresa y le dio paso al compás de...

—¡Dadle la bienvenida a la puñetera Marina Dinamita!

Uno de los poderes de mi amigo era su capacidad de poner frenética a la gente, impregnarlos de adrenalina, de delirio y de ganas de gritar, a veces incluso de aullar. Fuera de sí. Como si se metiesen droga de la dura. Así pues, el público la recibió con aplausos, entregado, queriéndola antes de que Marina cogiese el micrófono. Y todo ello por el simple hecho de que, a su paso, Leo había fingido caerse al suelo de rodillas de la impresión víctima de una taquicardia mientras Vic y Enzo le seguían el rollo tocando.

Sin cantar, les parecía la caña. Hay personas que solo necesitan decir que algo es sublime para que el resto lo crea y Leo era de ese tipo de personas. Se lo había puesto fácil. Una puñetera alfombra roja a sus pies.

La princesa sonrió agradecida, miró al frente con los focos deslumbrándola y...

Supe que iba a salir corriendo en dirección contraria un segundo antes de que lo hiciera.

Verso 5

LEO

El público comenzó a abuchearnos a lo bestia... Bah, ¿a quién pretendo engañar? Nadie lo hizo. Esas cosas solo suceden en las películas cutres. Sí que permanecieron expectantes, tratando de discernir si se trataba de un truco, de una escenografía intencionada, o si era cierto que nuestra nueva cantante había huido como alma que lleva el diablo superando el récord de abandonarnos antes de llegar a la quincena sin que mis gloriosos atributos masculinos interviniesen. Una lástima, por otra parte... El caso es que disponíamos de poco margen de tiempo si no queríamos que esa panda se desenganchase de nosotros. El espectáculo debía continuar.

Apagué el sonido y me acerqué a Noah para hablarle sin borrar la sonrisa de seguridad que veían los asistentes.

—Puedo llevar el peso de la canción solo. —Esperaba que diese vía libre y empezar, pero me sorprendió con una pregunta.

—¿El micrófono es inalámbrico?

—Sí, ¿por? —Fruncí el ceño y él asintió con los labios apretados.

El bajista nunca, jamás, en ninguna circunstancia, había abandonado el escenario sin terminar un concierto dejándonos con el culo al aire. Era algo inaudito. Inimaginable. Hasta que ocurrió. Hasta que aquella noche dejó caer la guitarra a un lado de su cuerpo sujeta por la correa y apretó la mandíbula para anunciar con determinación:

—Seguid sin mí con el resto del repertorio menos sus temas. Para esos esperad a mi señal.

Ni siquiera esperó a que afirmase con la cabeza. Noah simplemente se marchó sin dar más explicaciones y yo miré confuso a Vic y a Enzo.

—¿De qué señal habla? —Los mellizos vacilaron. Ellos tampoco lo sabían. Me encogí de hombros y activé de nuevo el sonido. Ya nos enteraríamos. Ahora era el momento de tocar. Para eso estábamos allí. Podíamos hacerlo sin él. Habíamos ensayado—. A la de tres. Un, dos, tres...

Verso 6

NOAH

Marina no huyó a nuestro «camerino». La parte del almacén en la que se ocultó estaba prácticamente a oscuras, alumbrada tan solo por el hilo de luz parpadeante de la bombilla que pendía del techo sujeta por un cable.

—Cuando pienso que no puedo caer más bajo voy y me escondo entre botellas de whisky. —Enterró la cara entre las manos.

—Creo que son de ron.

Me dejé caer a su lado encima de una torre de cajas de cartón que parecía estable. Los cristales de las botellas tintinearon al chocar entre sí por mi peso. Permanecimos un rato en la misma postura, ojos cerrados y vista clavada al frente, sin hablar, sumergidos en un silencio interrumpido por el sonido del directo de Al Borde del Abismo que se colaba por las grietas de la puerta cerrada.

—Están tocando —dijo.

—Eso parece.

—Sin ti.

—Lo sé.

—No deberías haberlos dejado tirados.

—Son mayorcitos, se las apañarán.

—¿Por qué lo has hecho?

—¿Qué?

—Venir a por mí.

—No tengo ni idea.

—No cuela. Tú siempre lo sabes todo.

—Ya ves que no. —Marina descubrió de nuevo su rostro y me observó con curiosidad a través de aquellos ojos verdes que parecían espejos.

—Esto tiene que acabarse, Noah. La broma ha durado bastante.

—Vale.

—No insis... —Detuvo la frase a medio hacer en su boca al procesar mis palabras y yo, que seguía colgado de su mirada, pude distinguir en ella agradecimiento y también decepción.

¿Qué pretendía yendo detrás? La primera vez estaba claro, hacerme con su talento, que entrase en el grupo. Esa, no tanto. La estudié mientras se apartaba el pelo de la cara. Su piel blanquecina, el ligero rubor que cubría sus mejillas como si estuviese en un mercadillo navideño alemán y el frío las tiñese, y las líneas invisibles que se le formaban a ambos lados de la cara delimitando su boca para dibujar tres sonrisas cuando sus labios se curvaban.

Sus labios...

La silueta de un corazón vivía en el pico superior, en el de abajo la marca de cuando apoyaba los dientes, y si descendías un poco más, a la altura de la curva del cuello, llegabas a la meta de los cinco lunares.

Tragué saliva.

Durante mi adolescencia había sido un chico que ligaba con facilidad y que se había liado con tías en el instituto, de botellón en el parque de las Siete Tetas y en el cine de la séptima planta de Kapital, donde se hacía de todo menos ver la película. Sin embargo, nunca había observado a una chica de ese modo antes, como si tuviera que decirle adiós..., como si debiera hacerlo.

—No he venido a convencerte de que te quedes. He venido a despedirme... con una canción.

—Empiezo a pensar que lo de que no cantabas era mentira.

—Empiezo a pensar que te han enviado para romper todas mis reglas, princesa.

Saqué el micrófono del bolsillo trasero de los pantalones con los labios apretados y esperé a que hubiese una pausa en el escenario para encenderlo y decirles a mis compañeros:

—Entro.

Verso 7

MARINA

¿Te gustaba Educación Física, Noah?

Yo la detestaba. No me habrías reconocido. Solía llevar un uniforme dos tallas inferiores a la mía que me apretaba porque mi madre compraba la que quería que usase y no la que me hacía falta, y siempre, siempre de siempre, tenía miedo de que se me rajase por el culo cuando hacía la voltereta. Y durante el pino... Mientras estaba boca abajo con toda la sangre acumulándose en la cabeza solo podía pensar que mis brazos, frágiles y fofos, no soportarían el peso y se partirían como enclenques bastoncillos de caramelo. Por no hablar del potro... de tortura. Había que saltar y apoyar simultáneamente ambas manos. ¡Ambas manos! Todo ello con público, sin coordinación y con altas probabilidades de que el resultado fuese nefasto, es decir, de que me quedase petrificada con ambos pies pegados y no hacerlo.

¿Pasamos a mi nula capacidad pulmonar? Corría mal, destartalada, y sudaba como un cerdo a pocos metros de la salida. Surcos de tela mojada invadían mi camiseta y me caían gotitas saladas por la frente y el bigote que provocaban muchas carcajadas, quizá las de todos menos la mía.

Pero lo que peor llevaba, lo que me dejaba sin dormir la noche anterior y con retortijones durante la clase previa, eran los deportes de equipo. Había que elegir, ¿sabes? Nos ponían en fila, bien expuestos, y dos compañeros se plantaban delante e iban seleccionando a los mejores, determinando quién era válido y quién un lastre. Quería que no me importase y fingía que no lo hacía, pero en cada turno de palabra cruzaba los dedos en la espalda deseando oír mi nombre, anhelando escucharlo por encima de los de las otras dos chicas que siempre me acompañaban en las últimas posiciones, porque si te quedabas el último, si eras el que nadie quiere, ni siquiera se dignaban a pronunciar «Marina», no te llamaban, te convertías en un paquete de carga.

Todo eso quise decirle a Noah...

Para explicarle que no me había echado atrás por la presencia de Álvaro o por un previsible ataque de pánico escénico. Al enfrentarme a los focos me había transportado a la clase de Educación Física, años atrás, y había comprendido que el hecho de estar allí, en Ruido, con ellos, significaba que por una vez me habían elegido la primera, que Al Borde del Abismo había sido como saltar un monumental charco sin salpicarme de barro.

Y, en plena reflexión, me había dado cuenta de algo en lo que no había reparado antes. No solo las cosas malas dan miedo, las buenas también, y más. Porque el ser humano tiene mecanismos de protección y de defensa ante lo que le aterra, pero está desnudo y vulnerable ante lo que le hace disfrutar, y nace el miedo a perderlo. El miedo a subir para volver a bajar.

«¿Conoces ese sentimiento que surge cuando algo parece demasiado bueno para ser verdad y entonces te resulta sospechoso y sientes que no durará? Por eso tengo que irme.»

Lo habría entendido.

Me habría entendido.

Pero, en lugar de abrirme, me puse de pie, desanudé el pañuelo que llevaba atado al cuello y de puntillas lo enrollé alrededor de la tintineante bombilla.

Regresé casi a ciegas a su lado.

—¿A qué se debe el cambio de ambiente? —Lo imaginé con el ceño fruncido.

—A que estoy improvisando.

—¿Cuándo fue la última vez que...?

—¿Hice algo sin pensar? Descansaba plácidamente en el vientre materno.

Solté una risa nerviosa.

—¿Vas a...? —vaciló.

—Voy a intentarlo. Dale. Si puedo, te sigo.

Pasaron unos segundos hasta que Noah se acomodó con una postura relajada. Fui consciente de nuestra proximidad cuando su rodilla rozó mi muslo. Contuve la respiración. No me moví. Él tampoco. Nos quedamos quietos y en silencio. La banda había empezado a tocar a su señal y existía algo íntimo, privado, nuestro, durante la breve espera de toma de aliento para que el bajista transformado en solista se incorporase al tema.

Lo hizo sin titubear y estuve segura de que nadie en el público había escapado al violento latigazo entre las costillas que se producía al escucharlo. Oírlo era... sentir la tierra abriéndose bajo tus pies, que el suelo desapareciese y tú siguieses flotando.

Desvié la vista y lo observé a través de la nueva perspectiva que me ofrecía la penumbra. Noah se entregaba a lo que hacía. Cerraba los ojos, abría mucho la boca y los músculos de las mejillas, y la frente se le tensaba creando ondas.

Era imposible apartar la vista de él...

De su renovado perfil envuelto en sombras...

Pero lo hice para unirme a la canción. El sonido brotó por sí solo al acercarme al micrófono, más débil que el suyo, con menos torrente de voz, la boca a medio abrir y fluctuaciones rotas que no traté de ocultar. En mi entonación se podía intuir el miedo, la ansiedad, el esfuerzo, la asfixia... Todas las emociones sobre las que normalmente colocaba un trapo hasta convertirme en una habitación hecha solo de paredes.

Y quise que Noah me viera por completo como nadie lo había hecho antes.

Quise que viera mis fragilidades.

Ni siquiera supe el motivo. Solo que era una necesidad. Le arrebaté el micrófono, volví a incorporarme y continué cantando sin parar hasta situarme de nuevo bajo la bombilla del almacén. Estiré la mano y...

Arrancar la tela que envolvía el faro fue como dejar que las sábanas cayesen arremolinadas a mis pies sabiendo que debajo no llevaba ropa, una de esas cosas que me aterraban. Pero no fue pánico lo que experimenté al encontrarme con sus ojos color chocolate... Fue... un vuelco en el estómago, el jadeo que me acompañó durante las últimas notas y los destellos a mi alrededor con la respiración aumentando de frecuencia al ponerle fin. Un orgasmo. Uno con el que descubrí que llevaba años confundida; superar algunos capítulos de mi niñez y de mi adolescencia no era aprender a decir adiós a la gente como había supuesto hasta entonces, soltar. Era saber decir hola, agarrar.

—No quiero irme, Noah.

Lo agarré.

Verso 8

NOAH

—Quédate.

—Es complicado. Yo... solo puedo cantar contigo, Noah.

«Joder, Marina, voy a besarte.»

—Cantaremos juntos.

—Tú no cantas.

—Contigo sí.

Verso 9

LEO

Siempre he creído que hay algo fascinante en las cosas que escapan del molde y se derraman.

No sé, tampoco pretendo hacerme el interesante o fingir que en aquella época (o en la actual) era un tipo especialmente profundo, sensible por encima de la media, que entendía el arte. Simplemente lo que yo sentía, cuando yo lo sentía, era porque estaba vivo, porque bullía en mis venas, porque tenía un jodido latido tan potente que se confundía con el mío.

Y eso fue exactamente lo que ocurrió en aquel concierto.

Noah y Marina vibraron en pulsos ajenos.

Desbordaron.

Individualmente, eran buenos. Juntos, algo superior. Vic lo supo. Enzo lo supo. Yo lo supe. Y el vecino del segundo que siempre se quejaba del ruido también. Lo supieron hasta en la NASA, y el papa en Roma se despertó de madrugada para inscribirlo en los archivos secretos del Vaticano. Fueron imparables, joder. Una ola que arrasaba la sala y dejaba a la gente extasiada. Sedujeron al público tanto que les perdonaron que tuvieran la desfachatez de no mostrarse durante el concierto ni después, mientras los ovacionaban.

Los muy capullos me hicieron invisible. Me borraron del mapa. Dejé de existir.

Distinguí las miradas que me acechaban desde las primeras filas, miradas que venían a decir: «Joder, ¿no te sientes amenazado? Es mejor que tú». Y la respuesta era «no». Veamos, tendría que haber sido idiota (bastante más idiota de lo que era) para no reconocer que el talento de Noah era superior al mío, que él era el genio y yo una cara bonita que sabía poner morritos seductores. Nunca le tuve envidia. Jamás. Para mí cantar... era una fiesta, una fiesta que no había hecho nada más que empezar.

Por eso, en cuanto terminó el concierto fui directo a buscarlo para felicitarlo y exigirle unas birras por los minutos que me había hecho pasar en el escenario con cara de lerdo mientras él se cubría de gloria. No contaba con que la batería me interceptaría en mitad del pasillo.

Vic surgió de la nada y se plantó delante de mí con semblante serio.

Frené.

—¿No irás a hacerme la proposición indecente ahora? —Curvé los labios y crucé los brazos a la altura del pecho mientras dibujaba un mohín adorable—. Ten en cuenta que acabo de llegar al clímax. Necesito un margen de tiempo razonable para recuperar fuerzas.

—Leo...

—Está bien, está bien, utilizaré la energía de mi fuente de libido inagotable. ¿Dónde sugieres que lo hagamos? ¿Baño, el despacho de Alejandro...?

—¡Leonardo! —me hizo callar, y alcé una ceja. ¿Acababa de decir Leonardo? ¿Perdón?—. Óyeme bien, ni se te ocurra.

—¿Qué?

—Lo que estás pensando o vas a pensar en algún momento. Es un error, un error terrible.

—¿Podrías concretar? A lo largo del día hago muchas cosas catalogables como «error terrible» y por la noche, con copas ilimitadas de por medio, más.

—Hablo de Marina.

—¿Qué pasa con ella?

—Pasa que no puedes colocar el peso de esa responsabilidad sobre ella. No es justo. —Me puse rígido. Sabía por dónde iba, el terrible error al que se refería había sido mi único pensamiento mientras mi amigo y ella cantaban, desde la escapada a la sierra de Madrid en realidad, aunque no lo iba a admitir—. Hundiría a cualquiera y, dicho sea de paso, te convertiría en una persona horrible. Odiaría verte transformado en alguien así, Leo, tocarías fondo. —Inspiré hondo.

—Vic...

—Prométemelo. Prométeme que te sacarás esa crueldad de la cabeza antes de hacer algo de lo que te arrepentirás para siempre.

«Ojalá me pidieses una cosa que pudiese cumplir.»

—Te doy mi palabra —mentí. Durante un segundo me sentí culpable, al siguiente llegué a la conclusión de que un pecado más para la colección no era tan grave.

Verso 10

MARINA

Emma derrapó y me estrujó con fuerza entre sus brazos a la salida.

—Nena, ahora mismo no sé si quiero plantarte un beso en los morros, pedirte que me hagas un hijo o que me firmes «Marina Dinamita» en la teta izquierda. —Se apartó y me guiñó un ojo orgullosa—. Casi me hago pis encima cuando te he oído, ya sabes que controlo mal los esfínteres si me emociono... En fin, deberíamos pasar por una farmacia antes de irnos de fiesta, a por compresas o pañales para adultos, para prevenir por si le has cogido el gustillo, te da por repetir tamaña brutalidad y rompo aguas...

—¿Antes de irnos de fiesta?

—También conocido como «rito de celebración universal» con ligeras posibilidades de apareamiento. —Rio traviesa por su ocurrencia y me removí incómoda—. Entrar en un garito con toda la dignidad del mundo y abandonarlo con cara de mapache y agujetas de tanto menear las caderas es lo mínimo que merece tu *body* después de desbloquear una pantalla de proporciones épicas. Nena, que... ¡has cantado! ¡Que eres oficialmente roquera! —exclamó con el mismo entusiasmo que mostraría si me hubiese abierto un perfil en el *World of Warcraft.*

Eché un vistazo a mi alrededor. Estábamos al lado de la puerta que comunicaba la pista con los camerinos. La zona parecía despejada. La mayoría de la gente se concentraba frente al escenario o en la barra. La siguiente banda iba a empezar en breve y no había ni rastro de Vic, Enzo, Leo o, tragué saliva para deshacer el nudo que me aprisionaba la garganta desde hacía un buen rato, Noah. Era el instante perfecto para marcharme y mandarles un mensaje en el taxi de camino a casa poniendo cualquier excusa razonable para mi partida que ya inventaría. Por el momento, la prioridad absoluta era abandonar Ruido a la mayor brevedad posible.

—No voy a salir, Emma.

—¿Disculpa? Creo que he escuchado mal a esa boquita de piñón.

—Me voy a casa —intenté sortearla y me lo impidió cortándome el paso con los brazos en jarras.

—No, señorita, desde luego que no. Hay límites deranciedad que ni tú, querida, puedes sobrepasar si deseas mantener tu condición de amiga. —Me mordí el labio y... lo admití.

—Me gusta.

—¿El vino, el queso, las mujeres...?

—Noah, maldita sea, Noah. Me gusta mucho.

A la confesión la acompañó un potente golpe en el pecho y una sensación de vértigo, cantidades ingentes de vértigo. Mi rostro debió de reflejar mi desesperación, porque mi amiga suavizó la expresión.

—Vámonos antes de que den las doce y pierdas una zapatilla —bromeó. No sonreí. Mi mente solo podía asimilar que me estaba metiendo..., que estaba dentro de un lío enorme.

Noah no era como Álvaro o el resto de los chicos que me habían atraído.

Con Noah la atracción no era cabal, meditada y conveniente.

La atracción que sentía hacia él daba vueltas y mareaba. Era real.

CANCIÓN 6

EN LO ALTO DE MADRID...

Verso 1

MARINA

Las actuaciones después de Ruido fueron relativamente más sencillas, como cuando retiras un tapón que bloquea el paso y el agua comienza a fluir. Al principio, es un chorro pequeño que poco a poco va ganando fuerza por las tuberías oxidadas y aumenta su potencia.

Reconozco que el hecho de que el noventa y nueve por ciento de los conciertos fuesen en el mismo local ayudaba..., igual que ayudaba compartir escenario con él.

Solo podía cantar con Noah.

Era un hecho empírico.

Demostrable en una probeta de laboratorio.

Solía tratar de engañarme y convencerme de que la tranquilidad cada vez se abría paso con mayor facilidad estando en la sala porque había pasado a formar parte de mi zona de confort, que la novedad se había convertido en algo cotidiano y me había acostumbrado, pero la realidad es que a lo que me había habituado era al chico del pelo castaño y ojos color chocolate.

A ensayar a su lado.

A girarme en el escenario y tropezar con su postura inclinada acariciando las cuerdas de la guitarra.

A gestos que en otros me parecían rutinarios y en él excepcionales, como cuando se rascaba la nuca frustrado, crujía el cuello de un lado a otro para desentumecer los músculos o comía jugosa fruta y se le quedaba una gota resbaladiza sobre el labio.

En el bajista, todo, absolutamente todo, me resultaba extraordinario, y no hablo solo de su físico, hablo de Noah como ser humano. Del interior. Por ejemplo, durante los primeros espectáculos innovó para echarme un cable y que pudiese cantar pidiéndole a Alejandro que apagase las luces y vendiéndoles a los asistentes que aquel «tinieblas improvisado» en realidad era una prueba artística. Otra noche hizo que toda la sala se vendase los ojos en una canción menos yo y, cuando por fin estuve preparada y dejé que me vieran, no separó su mirada de la mía para que no me perdiera mientras cantábamos juntos. Fue mi faro en una habitación oscura.

Iba a implosionar.

Eso también era un hecho demostrable en probeta de laboratorio.

Prefería mi etapa reprimida. Ser asexual y actuar en consecuencia daba menos dolor de cabeza. ¿Quién podía decidir conscientemente desear? Nadie. Desear... quemaba y retorcía las entrañas. Descontrolaba el pulso. Era encender una hoguera y meterte en las llamas risueñas. De esa clase de fuego no se salía ilesa. No se salía y punto. A veces quería... ¡morderlo! ¡MORDERLO! Y era la señal inequívoca de alarma que me avisaba de que tenía que huir y, sobre todo, evitar que nos quedásemos a solas si no quería que las fantasías que me llevaban a despertarme sofocada en mitad de la noche se materializasen. Al menos, las mías. Él tenía novia.

En resumen, con Noah bien, mal, todo lo contrario.

Caos.

En cuanto a mi ordenada vida previa, no se me estaba dando nada mal acoplar el papel de estudiante de día y roquera de noche sin que me pillaran. Ventajas de tener un padre ausente, una madre levitando por la supuesta reconciliación de su hija con su ex infiel y, bueno, luego estaban Nana, Giuseppe y mi puñado de remordimientos por mentirles.

—No te culpes, nena. Tómatelo como que eres un agente secreto. Los espías engañan a sus familias para preservar su seguridad —me consolaba Emma.

—Es por un curso de cocina. La seguridad de mi familia no peligra.

—Marina..., ¿en serio crees que Nana no sospecha que algo huele raro? Te ha criado, sabe cómo eres y, si no te pregunta, es porque confía en ti, en que haces lo correcto y en que se lo contarás en el momento indicado. Demuéstrale que está en lo cierto.

Y eso hacía, intentar trabajar con la mente y el corazón alineados durante la época más enredada de toda mi existencia. Encontrar un equilibrio en el que nadie saliese herido, principalmente yo, que era la que estaba en la mesa de apuestas con un futuro incierto y un presente destartalado.

A veces mi mitad racional me gritaba que estaba loca.

Otras una vocecilla susurraba que más cuerda que nunca.

El caso es que el siguiente punto de inflexión llegó a las pocas semanas, a finales de mayo, con el estresante período de exámenes semestrales asomando tras la esquina. Prefería estudiar en casa. En la quietud de mi habitación encontraba la paz necesaria para concentrarme sin las distracciones de la biblioteca. A la lista de pros se sumaba el hecho de poder ponerme a la hora y en la postura en que me apeteciese: de pie recitando en voz alta lo memorizado, en modo contorsionista sobre la silla o tumbada en la cama con las piernas cruzadas. Asimismo, si me quedaba dormida babeando los apuntes (cosa que ocurría con demasiada frecuencia por mi exigente ritmo), no corría el riesgo de que me hiciesen una foto comprometida.

Lo tenía todo organizado. Estudiado al dedillo. Una programación minuciosa que ríete tú de las mentes más cuadriculadas de la historia. Además, ya que me ponía lo hice bonito, con un planificador cuqui y pósits de colores como herramientas para mi disciplina estudiantil cuasi militar. Se podría decir que era mi peor y más severo juez. Gracias a mi nula vida privada durante los años anteriores, había centrado todos mis esfuerzos en la faceta académica para conseguir que brillase. Pero había cosas que se escapaban de mi dominio, como que don Santiago de las Heras, ilustre profesor de Relaciones Internacionales, Sociedad y Globalización, me citase un miércoles a una tutoría a las siete y media de la tarde en su despacho partiendo en dos mi *planning*.

Jugué a alisar los pliegues de mi falda marrón combinada con una camiseta de manga larga de rayas horizontales blancas y negras y unos botines. La paciencia era superior a mis fuerzas y me había presentado veinte minutos antes. Tocaba aguardar a que el reloj de pared avanzase y, como llevaba fatal las salas de espera y la incertidumbre, había cometido la fatal temeridad de llamar a Emma.

—Cambia esa cara, Marina.

—¿Cuál?

—La de delincuente internacional.

—No tengo cara de fugitiva en busca y captura.

—Oh, sí, la tienes. —¿La tenía? La muy cabrita me hizo dudar. Revisé el móvil para asegurarme de que no había activado la cámara sin querer y sonreí con suficiencia. No lo había hecho.

—¿Tú qué sabes? No estás aquí.

—Nena, las pocas veces que nos ha parado la Guardia Civil en la carretera has actuado como si escondieses un kilo de coca en la guantera. No te lo tomes a mal, te quiero y eso, pero bajo presión das vergüencita ajena. —¿Merecía tal acusación? Puede que sí.

—Son dos circunstancias totalmente opuestas —me defendí—. Los cuerpos de seguridad imponen.

—Y que te convoquen sin saber por qué también. Ten el valor de negar que desde entonces no has barajado todos los escenarios posibles haciendo especial hincapié en los peores y más catastróficos.

Odiaba que mi amiga fuese tan lista.

El asistente del claustro de profesores se había puesto en contacto conmigo hacía dos días. Dos. Cuarenta y ocho horas. Y sí, la cabeza me echaba humo de las vueltas que le había dado.

—Los segundos pasan muy lentos, Emma...

—Ay, qué adorable eres cuando te pones en plan dramático. Ojalá estuviera allí para darte... ¡un par de collejas y que espabilases! Sea lo que sea, es bueno, tonta. Nunca has robado exámenes, copiado o plagiado trabajos. Tu foto debería salir al lado de la definición de «irritante estudiante modelo». Relaja la raja.

Elevé la comisura de los labios.

—Gracias por el comentario soez.

—Para eso estamos. Para ser todo lo vulgar que a ti te gustaría... Y ayudarte con la autoestima, boba. Eres genial. La tía más preparada y con mejores notas de toda la facultad sin recurrir a las inadmisibles rodilleras.

Justo en ese momento sonó el teléfono del asistente, quien me hizo un gesto indicando que pasase al despacho.

—Tengo que colgarte. Entro.

—Mucha mierda, nena.

Anduve hasta la puerta hecha un flan, tanto que casi me choco con el compañero que salía en esos momentos del despacho. Evalué su gesto. Parecía tranquilo, contento. Bien, aunque no me confié del todo por si las moscas.

Caminé.

Al otro lado había un hombrecillo encorvado, don Santiago de las Heras, preparando un café de cápsula en su máquina Nespresso.

Cerré tras de mí y me quedé quieta.

—Siéntese, siéntese. ¿Quiere uno? —me ofreció. ¿Cuál era la respuesta adecuada? ¿Sí? ¿No?

«Para de pensar.»

—Solo sin azúcar, por favor.

Tomé asiento y eché un vistazo a mi alrededor.

Lo primero que me llamó la atención de aquel lugar fue que, a diferencia de otros docentes, el profesor de Relaciones Internacionales, Sociedad y Globalización se había decantado por una mesa circular, al estilo del rey Arturo y los caballeros de la Mesa Redonda, y la verdad es que, si pretendía eliminar barreras y que se respirase cierta sensación de igualdad entre el alumno y la eminencia, funcionaba.

La segunda cosa que me resultó curiosa fue la decoración. Tal y como cabría esperar, de las paredes pendían cuadros con todos sus títulos académicos (muchos y variados), las estanterías estaban abarrotadas de reconocimientos y tenía fotografías estrechándose la mano con altas personalidades de todo el mundo. Pero no era lo único, no. Si te fijabas bien, apreciabas imágenes en otros entornos, con gente anónima, riéndose en un pub cualquiera sin traje ni corbata.

En los pocos segundos que duró la espera me di cuenta de que tenía una costumbre muy mala que debía corregir. Etiquetaba a los demás por sus apariencias o por lo que debían ser. Y me gustó que sin saberlo el profesor pusiese un puntito en la boca a mis prejuicios dejándome ver su dimensión más allá de las líneas que yo misma le había dibujado.

—Tenga cuidado. Abrasa. —Colocó el vaso en la mesa delante de mí y le di las gracias mientras se acomodaba a mi lado—. ¿Puedo tutearla, Marina?

—Eh, sí, claro, sin problema.

—Bien, así no pareceré más viejo de lo que soy. —Sonrió para infundirme calma y cogió una carpeta. Luego, se chupó la yema de los dedos y comenzó a pasar las hojas. Me fijé en que su barba canosa era más espesa de lo que se atisbaba desde el pupitre y sus ojos azules tenían un toque vidrioso—. Doña Marina Roig —localizó lo que supuse que era mi expediente y levantó la vista de los folios—, eres toda una estudiante sobresaliente. Háblame de ti. ¿Cuáles son tus aspiraciones?

Solté el aire que había contenido hasta entonces en mis pulmones. Entrábamos en terreno conocido. Sencillo. Sabía lo que tenía que decir para venderme y cómo hacerlo ensalzando mis cualidades sin parecer presuntuosa. Era un discurso que tenía elaborado y perfectamente ensayado, así que solo tuve que ponerlo en práctica y recitarlo.

—Vaya, vaya, nadie puede poner en duda tu capacidad de expresión, asombrosa para alguien tan joven. —No ocultó que estaba impresionado y curvé los labios con una sonrisa pequeñita repleta de humildad que, por supuesto, también había repetido cientos de veces frente al espejo por si llegaba el caso—. Verás, todos los años por estas fechas mis colegas de Bruselas descuelgan el teléfono y me llaman para pedirme nombres..., nombres que opten a las prestigiosas becas de la Unión Europea que se otorgan cada verano para alumnos que por su dedicación y esfuerzo destacan por encima de la media, e indudablemente tu nombre ha surgido. No te mentiré, hay más candidatos, excelentes candidatos, y será un proceso duro, transparente y con una competencia voraz para lograr una de las pocas plazas. La entrega durante el proceso debe ser máxima, deberás dejarte la piel. Pero estoy convencido de que, si te lo propones, si pones toda la carne en el asador, este agosto estarás paseando por la Grand Place con un gofre en la mano. Ahora me falta conocer tu opinión, saber si te interesa.

Lo lógico era decir «sí». S e Í. Tampoco era tan complicado. Sin embargo, yo... yo...

—¿Este verano?

—Sí, el período comprende de julio a septiembre. ¿Supone algún problema?

La gira.

Roma.

El curso.

—No..., digo sí. Sí, no... —Me aturrullé y lo único que quería era echarme a llorar.

Conocía la beca de la que hablaba, no era una oportunidad cualquiera, era la OPORTUNIDAD con mayúsculas. Me daría conocimiento, experiencia y contactos. La mejor opción si quería trabajar de lo mío... De lo mío..., ¿qué era lo mío? Mi mente, fría y resolutiva como ella sola, me exigía que dejase de ponernos en evidencia y volviese a mostrarme locuaz, inteligente y responsable, digna de tamaño honor.

Y la culpa de que no obedeciese de inmediato la tenía el cuerpo. Mi maldito cuerpo rígido tratando de enviarme mensajes que no sabía descifrar. Todavía no había aprendido a escucharlo.

—Será todo un honor intentarlo.

—Maravilloso. Dentro de un par de semanas se pondrán en contacto contigo.

Me ahogué.

Don Santiago de las Heras siguió hablando durante un rato y me avergüenza reconocer que desconecté centrada en el sentimiento de culpa que me aprisionaba el pecho y lo aplastaba. Sentía que con aquella decisión traicionaba a la banda y me traicionaba a mí misma, y daba igual las veces que me repitiera que las palabras por sí mismas no significan nada, que no había firmado un contrato y en cualquier momento podía cambiar de opinión, que solo había actuado con la urgencia que requería la situación para no cerrarme una puerta sin estar segura... La sensación de que había elegido bando no se desprendía de mi piel, ni al marcharme del despacho ni al salir del campus y encaminarme al metro.

Era fácil decirle a una persona que abandonase la gris y aburrida racionalidad y luchase por sus sueños de colores y serpentinas. Todos somos expertos consejeros ajenos. ¿La realidad? La realidad era que los sueños se cimentaban en ilusiones que en la mayoría de las ocasiones terminaban por desvanecerse.

Me mordí el labio.

El universo podía ayudarme, ¿no? Enviar una señal, como ocurría siempre en las películas, para que arriesgarse dejase de parecer la opción visceral de la que más adelante me arrepentiría. Y, a decir verdad, puede que a su modo lo hiciera, con una señal de bajo presupuesto alta y rubia que me sorprendió plantada en la boca de metro de Vicálvaro.

¿Leo?

El solista principal de Al Borde del Abismo permanecía recostado sobre la carrocería de su moto en actitud despreocupada ataviado con una cazadora de cuero y gafas de sol. Las estudiantes que pasaban por su lado lo miraban. Los estudiantes también. Incluso los coquetos perritos con un quiqui en la cabeza ladraban y tiraban de la correa para acercarse. En fin, era un imán. Y tenía ese halo de belleza casi enfermizo, devastador como las tragedias naturales, con el que bien podía confundirse con el próximo modelo de Calvin Klein.

Avancé hacia él. Al verme, levantó las cejas, las gafas le resbalaron por el arco de la nariz y silbó. Negué con la cabeza. Era tan condenadamente estereotipo que en el fondo me hacía gracia.

—Dinamita, Dinamita, qué calladito te lo tenías.

—No tengo muy claro si quiero saber de lo que estás hablando...

—Hablo de lo mucho que te favorecen las faldas cortas y marrones. —Mi respuesta instintiva fue poner los ojos en blanco, gesto que tendía a salirme de forma automática cuando Leo pululaba a mi alrededor, pero ocurrió algo. Algo que me llevó a observarlo fijamente. Una extraña sombra cruzó su inescrutable mirada gris y fue como si, durante unos segundos, la desbloquease y pudiese ver sus demonios. Fruncí el ceño. La sonrisa ladeada que tenía a medio esbozar se le congeló en el rostro y la expresión se le desencajó un poco. Iba a preguntar qué estaba pasando y entonces dijo en voz alta—: ¿Violeta?

Verso 2

LEO

Reencontrarme con Violeta a las puertas de la Rey Juan Carlos fue como darme cuenta de que un tren venía hacia mí a toda velocidad sin tiempo para apartarme de las vías. Podía cerrar los ojos o abrirlos hipnotizado por el resplandor de los faros y tomar una última bocanada de aire fresco antes de que me arrollase.

Fue lo que hice.

Respirar el pasado.

Violeta era lo más parecido a una relación seria que había tenido hasta ese momento. Nos conocimos en una etapa en la que ambos estábamos hechos polvo y encajamos. Siempre había pensado que, si nos volvíamos a encontrar por las calles de Madrid, recordaría la primera vez que la vi.

Sobrevivía en la pista de la Space puesto hasta las cejas de una mierda muy barata y mala de pelotas cuando una chica preciosa se puso delante de mí. Era morena, delgada, y tenía un lunar enorme en el centro exacto de la mejilla. No en un lateral, en el maldito centro, y eso me fascinó. Aquel detalle del que sus amigos se burlaban diciéndole que tenía un gramo de costo en la cara me resultó terriblemente sexi, casi tanto como tiempo después los dientes de conejo de Marina cuando dejaba la boca entreabierta.

—Eh, tú, rubio cañón, ¿cómo te llamas? —se hizo oír entre la música a la vez que se recogía el pelo en un moño deshecho.

—Tú misma lo has dicho, preciosa. Cañón.

—Eres un arrogante.

—Lo soy. Por eso te he gustado.

—Cierto. —Sonrió con descaro—. Verás, llevo un buen rato mirándote y creo que la noche de ambos mejoraría considerablemente si nos liáramos, pero...

—Siempre hay un pero.

—Los preliminares me dan pereza. Minutos eternos empleando la boca en contar mentiras cuando lo único que quieres es que te metan la lengua hasta la campanilla.

—¿Qué propones?

—Pasar del rollo «estudias o trabajas» e ir directamente al beso.

—Me parece muy razonable. —La escudriñé para tantear si se trataba de un vacile y ella me sostuvo la mirada.

—Vale. ¿Me lanzo o te lanzas, cañón?

—Mi nombre es Leo.

—Violeta. Y no te molestes en contestar, ya lo hago yo. —Antes de que pudiese reaccionar chocó sus labios con los míos.

Nos dimos el lote durante horas frotándonos contra la pared de la discoteca y terminamos follando a lo bestia en el estrecho cubículo del baño femenino. A ambos nos gustó, quedamos al día siguiente para repetir y así durante meses. Sexo. Solo sexo. Sin ataduras.

Tampoco me habría molestado rememorar uno por uno esos encuentros.

El delicioso modo en que sus pechos pequeños y firmes botaban cuando me cabalgaba en el asiento trasero de su coche, la mamada que me hizo en la «sesión guarra» del cine o la madrugada que enterré mi cabeza entre sus piernas e hizo partícipe a todo el barrio del instante en el que se corrió gritando a pleno pulmón tumbada en el césped.

Nunca fuimos una bonita relación de amor eterno.

Fuimos una bonita relación basada en el corto plazo.

Vivamos hoy, mañana todavía no existe.

No hablábamos de temas profundos. Personales. ¿Para

qué? Nuestra mierda no sanaba por abrirnos en canal. Escocía. Éramos la mercromina del otro sobre una herida infectada. No curaba, pero aliviaba. Nos ayudábamos a desconectar de nosotros mismos y cuando estábamos mal nos besábamos con rabia hasta que la presión, la puta ansiedad, menguaba.

Nos lo pasamos bien.

Fue breve.

Más espectacular si cabe por su corta duración y la intensidad concentrada.

Lástima que Violeta desapareciese la noche del fin del mundo, del fin de mi mundo, y lástima que, en lugar de un recuerdo en el que se mezclase la saliva, mi caprichosa mente eligiese ese, el final, para sobrevenirme a modo de potentes fogonazos al encontrarla en Vicálvaro, años después, caminando feliz entre los demás universitarios.

Las escenas que se sucedían sacudieron mis cimientos como violentos latigazos. Un bar en las entrañas de Vallecas, la chica del lunar en la mejilla pasándome su tanga por debajo de la mesa y yo cachondo abriendo los ojos como platos sin conocer lo que me deparaba el destino.

—¿Es lo que creo, Violeta?

—Pareces impresionado, Leo.

—Puede que lo esté.

—Para corroborarlo solo tienes que meter la mano por debajo de la falda y tocarme.

Mis dedos serpenteando por su rodilla y entonces aquella risa capaz de helar la sangre. La inconfundible carcajada que tenía él cruzando la estancia. El eco de «Lucero del Alba» ensordeciéndome y después, después solo niebla densa hasta que regresaban las imágenes de la gente tratando de quitarme de encima de una cara maltrecha y ensangrentada, los gritos desesperados de la chica suplicando y mi ira manando a borbotones por mis puños.

—¡Para! ¡Joder, Leo, vas a matarlo! —fue lo último que Violeta me dijo.

No volvió a llamarme ni a contestar mis mensajes tras la pelea, y en el juicio me evitó.

Apreté los párpados con fuerza para regresar al presente. Al desplegarlos, frente a mí surgió una silueta difuminada que chasqueaba los dedos para traerme de vuelta.

—¿Te encuentras bien?

—Violeta...

—No, Marina. —Enfoqué con cierta dificultad y allí estaba nuestra cantante preocupada.

—Lo sé, lo sé. Violeta es... —tenía la boca seca, mierda— parte del pasado, del pasado íntimo. Tuvimos... fuimos... nos liábamos.

Estaba noqueado como un boxeador que acaba de recibir un puñetazo decisivo y da bandazos antes de caer fuera de combate en el cuadrilátero. Detestaba esa sensación de tambaleo, de aparente fragilidad, y sobre todo detestaba que esta se mostrase ante alguien distinto de Noah y que mis debilidades se hiciesen públicas.

Marina clavó sus enormes ojos verdes en los míos.

Sentí como me traspasaba.

Temblé.

Ella se creía torpe en las relaciones personales, pero lo cierto es que yo fui su excepción desde el inicio. A mí me leyó. Quizá porque teníamos demasiadas similitudes y ambos llamábamos vulnerabilidades a las aristas que nos daban profundidad y nos hacían humanos.

Si hubiera tratado de ahondar o consolarme con gesto compungido, habría encontrado la fórmula para largarme. Agradecí que Dinamita no tomase ese camino, relajase la expresión y me diese una tregua.

Agradecí que me entendiera sin tener que explicárselo.

—¿Te has enrollado con todo Madrid?

—Y parte de la periferia, no me gusta cerrar fronteras —carraspeé y recuperé la compostura—, pequeña.

Busqué a Violeta disimuladamente. Ya no estaba. Se había ido sin verme. Mejor. Habría sido demasiado embarazoso tener que confirmarle que seguía en el mismo punto que cuando me dejó, con la salvedad de que había aprendido a disimularlo, máxime cuando era indiscutible que ella sí había evolucionado.

O, peor, que se diese cuenta sin siquiera tener que decírselo.

—¿Y bien? —Marina volvió a rescatarme de mis divagaciones.

—Bien, ¿qué?

—¿A qué se debe tu inesperada visita? —Debí corregirla como respuesta con un «dirás mi agradable visita» socarrón u otra estupidez con mi sello. De hecho, las palabras ascendieron hasta la punta de mi lengua, pero en el último instante me eché atrás y cerré la boca. No me salía ser artificial. No me nacía. No con ella. En aquella ocasión y sin que sentase precedentes, no.

—Nuestro representante ha llamado a Vic con noticias intuyo que buenas que solo revelará, y cito textualmente, con el estómago lleno de algo rico, grasiento y bañado en kétchup. En resumen, he venido a por ti. Tenemos una romántica cita grupal.

—¿Hoy?

—Sí.

—¿Ahora?

—Lo que tardes en ponerte el casco y aferrarte a mis caderas. —Marina palideció—. ¿Te va bien? —Desvió nerviosa la vista y me puse alerta. Estaba inquieta, revuelta, y balbuceaba a toda pastilla.

—Hoy me he saltado el *planning* de estudio. Estoy hasta arriba de trabajos...

—Oye...

—Tampoco he repasado el temario que me sabía...

—Escucha...

—Ni he hecho los esquemas de...

—Ey. —Me levanté de la moto y coloqué mis manos en sus hombros para obligarla a mirarme. Nadie me había advertido que la piel de la morena era un jodido sol. Quemaba—. Coge aire, respira.

Era evidente que escondía algo. Un secreto acontecido entre el último ensayo y este momento que la ponía histérica. Si por algo destacaba la chica que tenía enfrente era por sus férreos principios. Contraria a hacer cualquier cosa que pudiese considerar poco ético, incorrecto. Lo opuesto a mí, vamos. Por ahí iban los tiros. Estaba seguro.

Sin embargo, en aquel segundo, mientras me ardían las yemas, no me importaba lo que ocultaba, me importaba borrar el gesto de remordimiento que dominaba su cara al precio que fuese.

—¿Te encuentras bien? —Cambiamos los papeles.

—No lo sé —confesó, y, al darse cuenta de lo que había hecho, se puso rígida.

Me incliné hacia delante y ascendí lentamente con las manos hasta acariciarle suavemente la mejilla. Dejé los dedos descansando ahí y hablé bajito, entre susurros, solo para ella y nadie más.

—Marina..., no saber todas las respuestas y tener que averiguarlas no es malo. —Me quedé ensimismado en su cara, su jodida cara con los gloriosos incisivos, y tuve la sensación de que me estaba mirando en un espejo—. Tienes que tomarte un descanso, cuidarte, darte un baño de burbujas, masturbarte, lo que sea que te haga feliz. Estudiar no puede ser todo. Nada, en realidad, puede ser tu todo, pequeña. Nunca te la juegues a una sola carta.

Aparté las manos y le devolví el favor que me había hecho minutos atrás aparentando que nuestro segundo de complicidad y los motivos que fuesen que nos habían conducido a él jamás habían existido.

—¿Vamos? —Le tendí el casco y ella lo cogió.

—¿Qué? —preguntó al ver que mis labios se curvaban.

—Dinamita, Dinamita, con esa faldita tan corta me vas a causar más de un problema en la carretera.

—¿Ah, sí?

—Un reguero de cuellos rotos. Se te subirá por el muslo y...

—No tienes remedio. —Puso los ojos en blanco. Ahí estaba mi chica. Había merecido la pena hacerse pasar por un auténtico gilipollas para recuperarla—. ¿Has pensado en hacértelo mirar? Eres un inmaduro.

—Soy el inmaduro que te hace reír.

—No.

—Sí.

—¡He dicho que no!

—Y yo que sí. —Aguardé y... lo logré. Algo trepó por mi garganta cuando escuché su risa, algo que tardé meses en identificar.

«El inmaduro que te hace reír...»

Verso 3

MARINA

Me pinté los labios de rosa palo en el espejo lateral de un coche mientras el semáforo pasaba de rojo a verde.

Leo me había dejado enfrente del local donde íbamos a cenar con la única indicación de «baja la escalera» antes de irse a aparcar. El parking estaba lejos y aprovecharía el trayecto para devolver una llamada a su padre y hacer la lista de los ingredientes que faltaban para el cocido de ese domingo, o algo así me pareció entenderle a través del casco con el ruido del motor en marcha.

No tenía muy claro el punto exacto de Madrid en el que me hallaba. Una zona pegada al centro quizá, de calles anchas y edificios de poca altura revestidos de los colores del otoño.

Crucé el paso de peatones y una corriente de aire me revolvió el pelo. Al otro lado, el paseo estaba delimitado por árboles con frondosas copas que agitaban sus hojas con lentitud. Aparté los mechones que me tapaban los ojos y ajusté las correas de la mochila a la vez que iniciaba el descenso.

En menos de dos peldaños visualicé el local escondido.

En menos de dos segundos también visualicé a Noah en la puerta.

Él, por el contrario, no me vio. Revisaba el móvil en la puerta debajo del cartel que anunciaba el nombre del sitio. Pum. Distinguirlo activó el inoportuno pellizco. La especie de vacío de montaña rusa en forma de burbuja Freixenet bailando una ranchera que nacía en mi estómago. En los libros lo definían como el bello aleteo de unas alas de mariposa alzando el vuelo. Ja. No era tan agradable. Era un agujero formándose en mitad de tus intestinos por el que caías sin que al cerebro le diese tiempo a procesar lo que sucedía.

Enderecé los hombros.

«Tú puedes.»

Iba a bajar, saludarlo, hacer una entrada triunfal en el restaurante y pedir al primer camarero con el que me encontrase un chupito de cicuta que atacase mi sistema nervioso central y lo paralizase.

Sí, señor, en ese orden.

Tenía todos los cabos atados.

Nada podía salir mal en ese plan perfecto. Nada excepto olvidar algo tan fundamental como mirar el suelo, tropezar a un mísero palmo de superar a Noah y acabar en la poco honrosa postura de estar de rodillas con las manos aferradas a la cinturilla de sus vaqueros y la cabeza a la altura de, ejem, su entrepierna.

Parecía que de un momento a otro le bajaría la bragueta para chupársela.

En la ficción, este tipo de situaciones tienen su gracia. En la vida real alzas la vista y clamas al cielo para que te mande el meteorito que extinguió a los dinosaurios.

Quise morir.

—Qué saludo tan inesperado. Eres muy cariñosa, princesa.

—Ni se te ocurra mofarte. Quiero morirme. Dime que no es la primera vez que te sucede.

—No es la primera vez que me sucede.

«Miente.»

—Mientes.

—Depende. —Lo miré con el rabillo del ojo. Exteriormente no se estaba riendo, pero sabía que por dentro sí. «Te odio, Noah»—. Me la juego a que si te levantas mejora.

—Tiró de mí y me ayudó a ponerme en pie—. ¿Te has hecho daño?

No estaba en disposición de contestar a esa pregunta.

El golpe a mi dignidad había eclipsado cualquier dolor.

—Anda, siéntate y le echamos un vistazo.

Me dejé caer en el muro que delimitaba el pequeño jardín repleto de lucecitas a ambos lados de la entrada del restaurante. Noah se agachó, con una pierna apoyada en el suelo y la otra flexionada. Llevaba unos pantalones vaqueros, la camiseta negra de The Smiths y una cazadora de cuero negra con el cuello doblado. Había sustituido el pendiente de aro por un punto oscuro en su oreja y lucía una sombra oscura por no haberse afeitado puntualmente, casi imperceptible, que enmarcaba su mandíbula cuadrada y sus jugosos labios.

Alzó la mirada para pedirme un silencioso permiso antes de seguir y asentí.

Si sus manos me parecían grandes de por sí, cuando se pasearon por mis piernas en dirección ascendente del tobillo a la rodilla me resultaron enormes, capaces de abarcarme por completo, y cálidas, de tacto contundente.

—Un par de rasguños sin sangre, no habrá que dar puntos —diagnosticó.

—Tienes experiencia, eh.

—Jugaba al baloncesto en el instituto. Había entrenamientos en los que nos pasábamos más tiempo comiendo arena en el suelo que pasándonos el balón.

—¿Deportista y músico? Qué polifacético... —solté, y sí, de nuevo los prejuicios atacaron. Para mí ambas disciplinas eran extraescolares, secundarias y excluyentes, de las que hay que elegir. O eras una cosa u otra. ¿Las dos? Inconcebible. Mi madre jamás de los jamases me habría permitido practicar ambas y consumir el valioso tiempo de estudio.

—Se me da razonablemente bien hacer cosas con las manos.

Puede que su tono no fuese sugerente, aterciopelado... O

sí, yo qué sé, el caso es que a todos los efectos sonó de ese modo en el interior de mis oídos y reaccioné tensándome con una piel de gallina que no quería que detectase.

—¿Hemos terminado la consulta, doctor?

—Cuando pasemos pedimos hielo y prevenimos la hinchazón. Una rodilla inflamada es una gran putada, confía en mí. —Se situó a mi lado en el muro y no pude distinguir cuál era la colonia que llevaba, solo que si volvía a olerla la llamaría Noah.

—¿Alguna marca de guerra de tu época Gasol?

—No, aunque de pequeño una niña me atacó con un cúter en la escuela y me dejó una cicatriz.

Sin avisar, se subió la camiseta y la cazadora por el lateral que tenía más pegado a mí dejando a la vista la pequeña huella blanquecina...

Y su vientre encogido...

Y sus costillas...

Y parte de los pectorales...

Contuve el aliento y tragué saliva.

Me apetecía tocarlo y no estaba bien. No estaba bien en absoluto. Me removí incómoda. Conocía la teoría. La teoría llevaba razón. Él y no yo era el que tenía pareja. Él y no yo era el que debía guardar fidelidad. Él y no yo era el culpable si no me estaba montando una película de las gordas y la química de la que hablaba Emma cobraba vida entre nosotros. Pero pensaba en su novia. Pensaba en que no quería hacer lo que no me gustaría que me hicieran. Pensaba que ella era yo unas semanas atrás poniéndome dos gotas de perfume en el cuello con la bata de seda, y, al hacerlo, la descarga que sentía por Noah se transformaba en rabia por que tan solo fuera otro capullo integral en lugar de las sensaciones que despertaba.

Con Álvaro había aprendido lo que no quería.

—Seguro que hiciste algo para provocarla.

—Le pedí que saliéramos con seis años. Se agobió.

—¿Te quedaron ganas de seguir intentándolo en el amor?

—No he vuelto a hacerlo, no en serio.

Arrugué el ceño indignada.

Noah me imitó confundido.

—¿Qué hay de Carlota?

—Eso digo yo. ¿Qué pasa con ella?

—Que es tu novia. Deberías tener un mínimo de decencia y respetarla sin hacer ese tipo de comentarios.

—¿Carlota? ¿Mi novia? Joder, no. Sería turbio de cojones.

—¿Porque a ti no te van las relaciones?

—Porque Carlota, princesa, quien por cierto viene por ahí, es mi hermana pequeña. —Se levantó para saludarla y quise enterrar la cabeza en la arena cual avestruz y, al mismo tiempo, saltar con mis rodillas heridas para celebrarlo.

Esbocé una diminuta sonrisa de Mona Lisa y me erguí para saludar a la «no novia» de Noah.

Verso 4

NOAH

Carlota llevaba el pelo rubio liso muy largo hasta casi rozar la cintura y siempre vestía de colores vivos y llamativos. Igualita que yo y mi amor no confesado por el negro. Gracias a ella me dedicaba a la música. Mi hermana fue quien me dio el toque de atención que merecía para que recordase que lo que te gusta no debería ser el lujo, debería ser la norma.

Ocurrió durante el último año de instituto, cuando apareció con los labios presionados en una línea recta y los puños apretados a ambos lados de su cuerpo en pleno entrenamiento y me sacó de la pista agarrándome de la oreja.

Nadie se habría atrevido a tratarme así. Nadie excepto Carlota.

Ni siquiera la entrenadora tuvo el valor de rechistarle.

Me arrastró por el lóbulo al otro extremo del campo y colocó los brazos en jarras tras liberarme.

—Noah Álvarez Sanz, tenemos que hablar.

—Auch —me quejé llevándome la mano a la oreja mientras desviaba la vista para observar a mis compañeros de equipo.

Tal y como me temía, contenían la risa entre dientes. Eso me molestó. La opinión de aquellos desgraciados me importaba. No tenía muy claro el porqué, pero no quería que me bajasen del pedestal al que me habían subido.

—Ey, tú, estoy aquí.

—Lo sé. Te ignoro conscientemente.

—¿Tendrías la amabilidad de explicarme qué es esto? —Sacó un papel de la bandolera de cuadros rojos y negros que llevaba cruzada a juego con el lazo de su cabeza.

Lo reconocí de inmediato.

—Una solicitud para entrar en la universidad.

—¿Y esto? —Sustituyó el folio por la pantalla de su móvil.

—¿Una foto?

—¿De qué?

—No lo distingo, está borrosa.

Adiviné por dónde iban los tiros y traté de esquivarlos.

—Es tu guitarra, Noah, tu guitarra. En la basura. Nos ganamos la enemistad de medio patio de luces porque la tocabas a todas horas. ¿Qué ha hecho para merecer ese destino?

Chasqueé la lengua. Era un asunto delicado. Salí por la tangente.

—Es el contenedor de donaciones. Objetivamente, la he entregado para que la coja alguien con el tiempo que a mí me va a faltar en la universidad para usarla.

—¿Eso es todo?

—Sí.

—Bien, mi hermano ha perdido el norte y va a arruinar su vida, magnífico.

Negó decepcionada con la cabeza y la fulminé con la mirada.

No había sido una decisión sencilla, maldita sea. Había sido una decisión práctica. La adecuada. Me gustaba tocar, cantar y componer. Era más yo mientras lo hacía. Pero también me gustaba comer, vestirme y tener vida social. Nuestros padres no se podían permitir mantenerme mientras corría detrás de mis ilusiones tocando en el metro con la funda abierta. Nuestros padres necesitaban que me independizase o colaborase en casa. Para lograrlo, había que tener pasta; para tener pasta, trabajo; para tener trabajo, posibilidades, y para tener posibilidades, estudiar una puñetera carrera con salidas. Una rueda de la que no podías escapar.

La música, como concepto, molaba.

La música, como realidad, suponía no llegar a fin de mes.

Convertirla en un *hobby* era una opción que había descartado. Sería enfermizo. Un quiero y no puedo que me obsesionaría.

—No lo entiendes, Carlota, es complicado.

—Por supuesto que no, Noah. —Arrugó la nariz—. No entiendo de decisiones porque a mí el único futuro que me espera es terminar en un programa de inserción laboral donde adapten el puesto de trabajo a mis «condiciones especiales» y reparta sonriente fotocopias por la oficina convirtiéndome en la popular y simpática compañera con síndrome de Down. Para qué planteármelo, ¿no?

—Yo no he dicho eso.

—Pero lo piensas. Es casi peor.

A Carlota la definían muchas cosas, que tuviese síndrome de Down solo era una más, y no la más relevante. Su rasgo predominante era su exasperante cabezonería que me sacaba de mis casillas. Cuando algo se le metía entre ceja y ceja era intensa, pasional, y no dudaba en hacer gala de una sinceridad aplastante que te dejaba tambaleando. Poseía la mirada más limpia con la que me había topado. Ah, y lo simplificaba todo, absolutamente todo. Los problemas, las necesidades, los sentimientos... Jamás la imaginé haciendo algo diferente de lo que se propusiese, y solo insinuarlo era insultante.

—Carlota...

—¿Sabes qué? Me niego, Noah, no. Algún día tendré la colección de joyas que quiero desde que hacía los colgantes de macarrones que me ayudabas a vender en el parque. Mientras tanto, tú te esforzarás en ser el mejor. El que más, el que más, el que más. Trabajo, deporte, familia. Y me darás pena porque no te motivan las ganas, sino que alguien te ha dicho que la vida funciona así, la misma persona que piensa que mi coeficiente intelectual es inferior al tuyo cuando yo le doy claramente un uso superior.

—¿Has terminado?

—No hasta que te regale mi primer colgante. —Descubrió una cadena de plata de la que pendía una esfera artesanal con su nombre grabado en la palma de la mano y me rodeó para ponérmela. Luego, volvió a colocarse delante y me miró con serenidad—. Eres un mundo, Noah, redondo, no sé por qué te empeñas en volverte plano. Equivócate y que sea tu error, no el de otros. Toca no solo hasta que te ganes la enemistad de medio patio de luces, toca hasta que te odie todo el vecindario y te adoren estadios enteros. Sé inteligente, hermanito. Sé tú —suavizó la expresión y sonrió—, solo tú. He rescatado la guitarra.

—Gracias, enana.

Desde aquel día, su colgante se convirtió en una especie de talismán del que absorber fuerzas si las mías me fallaban. Lo saqué de debajo de la camiseta y acaricié su desgastada superficie mientras Carlota nos alcanzaba.

—¡Perdón! ¡Perdón! ¡Perdón! —irrumpió como un tornado—. Soy lo peor, lo sé, no hace falta que hundáis el dedo en la herida.

Sin más, me abrazó.

A mi hermana no le iba a dar dos besos. En todo caso, uno, en raras ocasiones y sin disimular el enorme esfuerzo que le suponía. De pequeña, aseguraba que los tenía contados y no podía gastarlos. Cuando creció, simplemente dejó de dar explicaciones.

Era más menuda que yo, tanto que me llegaba a la altura del pecho (y con tacones) al apretarme. Pero tenía fuerza. Una fuerza descomunal con la que trituraba las costillas. Me estrechó con ímpetu y permaneció un rato así, segundos en los que solo pude ver la diadema de flores secas que llevaba y sonreír como un bobo porque ese tipo de contacto tan prolongado solo me lo dedicaba a mí.

—Llegas tarde —apunté al separarnos.

—Veinte minutitos de nada.

—Siempre llegas tarde.

—Si lo sabes y no le pones remedio, ¿de quién es la culpa, eh? Podrías mentirme en la hora. Además, hoy ha sido por una buena razón. He ultimado los diseños de la nueva colección. A lo mejor le pido a Leo que se haga unas fotos como modelo para anunciarla en las redes sociales.

—A Leo...

—No te hagas el ofendido. A ti no te van esos rollos y él estaría encantado si se imprimiesen sábanas con su cara y las vendiesen en Ikea.

Nos tenía calados a los dos.

Me alegró encontrarla tan ilusionada con el proyecto. Carlota había empezado vendiendo sus colgantes a familiares, amigos y conocidos que los compraban por compromiso. Después, había subido de nivel poniendo un puesto en los rastrillos benéficos de las distintas asociaciones a las que pertenecía, y su siguiente apuesta era montar su propia página web. Joder, no podía estar más orgulloso de la enana. Sabía que no se detendría nunca. Triunfaría.

Mi hermana era un puñetero cohete espacial que no había hecho más que despegar.

—¡Hola! —Carlota miró a mi lado y recordé que la chica de pelo negro y flequillo recto estaba allí—. Marina, ¿no? Carlota, encantada de ponerte cara.

—Lo mismo digo.

Me preparé para contemplar de nuevo a la solista. No era fácil. Siempre que estaba con mi hermana se activaba mi instinto protector, a pesar de que ella se había encargado de demostrarme perfectamente a lo largo de los años que sabía cuidarse solita.

Buscaba gestos en los demás. Puede que Carlota estuviese preparada para que tratasen de hacerle daño, pero yo no. No soportaba cuando otras personas, desde su desconocimiento, la reducían a ser una discapacitada mental, la «retrasada que sería una carga durante toda la vida para nuestros pobres padres», como dijeron una vez. Ella se daba cuenta, sonreía con sus ojos almendrados rasgados y esa lengua que tendía a salírsele de la boca, y me calmaba al son de «no pretendo que todo el mundo me comprenda, Noah, me basta contigo» mientras yo luchaba para no reventarles los dientes.

Marina no la miró de ese modo. Con pena. Marina la miró impresionada por el desparpajo y la vitalidad que la rubia desprendía.

Nunca vi a la princesa tan bonita como en aquella escena.

Jamás.

Dolió.

—Me han hablado mucho de ti. Vic está emocionadísima de que por fin Al Borde del Abismo deje de ser un... ¿Cómo lo llamaba? Ah, sí, campo de nabos. —Le sonó el teléfono e hizo un gesto para disculparse y atenderlo—. Es ella. Amenaza con acabar con todas las existencias de alitas a la barbacoa si tardamos más de sesenta segundos en entrar. No va de farol. Ha iniciado la cuenta atrás. ¿Pasamos?

Asentimos.

Marina fue la primera en echar a andar, me hice a un lado para dejarla pasar y, en el último instante, justo cuando su olor me atravesó las vértebras, no pude reprimir el impulso de envolver su muñeca entre mis dedos para retenerla y formular la pregunta que me escocía entre las sienes mientras mi hermana colgaba.

—Antes, cuando te has enterado de que entre Carlota y yo no había nada, ¿te ha gustado?

—¿Cómo?

—¿Que estuviese soltero te ha gustado?

Ella parpadeó confusa por mi disparo directo a quemarropa.

Miró mis dedos con detenimiento y ascendió lentamente hasta que sus ojos se posaron en los míos. Me fijé en la palidez de su piel, en el ligero tono rosado que cubría la zona de las mejillas y la nariz, en el modo en que su flequillo recto se le abría por el centro dejando a la vista sus finas cejas y aquellos labios entreabiertos en busca de la respuesta adecuada.

Aquellos labios…

—¿A qué viene esto, Noah?

—Viene a que… que… —Mi mirada viajó hasta su boca un segundo y olvidé cómo seguía la frase.

Resultaría tan sencillo agarrarla de la nuca y atraerla…

Sencillo e inconsciente. Egoísta. Con consecuencias que ella no merecía. Apreté la mandíbula con tanta fuerza para recuperar el control que temí habérmela fracturado.

—Viene a que si ha sucedido, si te ha gustado lo más mínimo, princesa, tienes que sacártelo de la cabeza.

—¿El qué?

—Todos los pensamientos que nos involucren a ambos. A ti y a mí. Tú y yo no puede ser.

—¿Estás…? —vaciló desubicada y molesta—. ¿Estás rompiendo conmigo, Noah?

—Estoy marcando ciertos límites convenientes. Nos irá mejor si no implicamos sentimientos.

—¿Qué pasa? ¿Has tenido un sueño premonitorio?

—Tengo la certeza, princesa, la puta certeza.

Lo hacía por ella y por mí.

No podía culparla por no entenderlo.

Marina se zafó de mis dedos dando un tirón, enderezó los hombros y me habló con frialdad.

—Malinterpreté algunos de tus comentarios respecto a Carlota. Asunto aclarado. Tema zanjado. Nunca hemos tenido nada, no lo tenemos y que no te quepa ninguna duda de que no lo vamos a tener. Posees una imaginación desbordante, Noah, empléala en algo más útil que tocarme los ovarios.

Nada más terminar, se fue.

Carlota vino a mi lado.

—¿Desde cuándo tomas tantas malas decisiones, hermanito?

—Desde que intento ser un buen chico.

—Los buenos chicos son sinceros. —Me rodeó la cintura—. Los buenos chicos asumen que las damas asustadizas, frágiles e indefensas son cosa del pasado y les dan la posibilidad de demostrar su fortaleza. —Apoyó la cabeza en mi brazo—. Los buenos chicos van a visitar a sus padres...

—Carlota, no.

—Mamá duerme cada noche en tu cama y papá se desvela, va al salón y pone tus vídeos infantiles en silencio con la luz apagada. —Se me formó un nudo en la garganta que me impedía tragar.

—Ellos nunca van a respetar mi decisión.

—Lo sé. Tendrás que aprender a quererlos aunque te lleven la contraria.

Verso 5

MARINA

Vic no tardó en desvelar el misterio que nos había conducido hasta allí. Con comida por delante pasaba de hacerse la interesante.

—J. nos ha conseguido una audición con Balazo al Corazón. Están preparando un nuevo disco y buscan teloneros para la gira de primavera-verano del año que viene. Lo mejor de todo es que los quieren con tanta antelación porque su idea es grabar un tema juntos, que el cierre de unos sea el inicio de los otros, o algo así le he entendido a nuestro representante. Están en plena fase altruista de dar a conocer nuevos talentos del panorama musical.

Tras su revelación mojando las patatas fritas en un lago de kétchup hubo tres cosas por las que cortocircuité y no en sentido figurado.

Balazo al Corazón no era una de esas bandas indies que me sonaban de pasada porque mis compañeros de Al Borde del Abismo las hubiesen mencionado, Balazo al Corazón era uno de los grupos de pop rock más famosos del país. Incluso Emma y yo habíamos ido a uno de sus conciertos en el palacio de Vistalegre cuando tocaron cuatro días seguidos porque no paraban de agotar las entradas con su disco *Raíces y alas.*

La posibilidad de tocar con ellos era impresionante.

Todos los presentes posaron los ojos automáticamente en Noah y él clavó sus pupilas dilatadas en las mías. Ahí vino el segundo contacto entre mis cables mentales. Advertí la mirada, y con «la mirada» me refiero a la forma que tuvo de observarme medio melancólico, medio torturado, con las cejas formando un doloroso arco, arrugas en la frente y expresión taciturna, sombría. Como si dejase de ser una fotografía en color para convertirse en una en blanco y negro.

Me enfureció.

Reconozco que me había herido que me «dejase» en la puerta del restaurante... ¡sin tener nada! Ni siquiera la confirmación de que yo quisiera algo con él. Pero, sobre todo, lo que peor me había sentado eran las misteriosas formas. Si me quería decir algo, que me lo dijese claramente, de un modo transparente y comprensible, y si no, mejor que se callara. Era mayorcita para escucharlo, era mayorcita para soportarlo y era mayorcita para saber que ese aire de protagonista sufridor y sacrificado de telenovela me sacaba de mis casillas.

No me tenía que proteger porque podía protegerme a mí misma.

Llevaba años haciéndolo y, aunque no siempre pudiese presumir de que se me había dado de sobresaliente, continuaba intentándolo.

¿Que era un profesional y no quería mezclar lo laboral con lo personal? Bien.

¿Que estaba en pleno proceso de superación de una ruptura o enamorado de otra persona? Genial.

¿Que intuía que no tendríamos futuro más allá de un polvo y prefería evitar complicaciones si uno de los dos caía y se pillaba más de la cuenta? Perfecto.

Cualquier teoría menos su indescifrable «tengo la certeza, princesa, la puta certeza».

¡La frase era una maldita cortina de humo!

Me dejaba sin visibilidad.

Por no mencionar que los jeroglíficos en plena época de exámenes, cuando tenía los compartimentos de información del cerebro a rebosar y necesitaba vaciar uno sobre el papel para meter nuevos conceptos dentro, eran una crueldad.

Así que no me dio lástima el pobre y atormentado Noah, me provocó una doble ración de mala leche que gestioné lo mejor que pude, es decir, ignorándolo y reprimiendo las ganas de clavarle un tenedor en la mano durante toda la cena cada vez que estiraba los dedos cerca de mi espacio vital mientras yo apretaba los hielos en mis rodillas. Y hablando de la cena... Ahí vino la avería número tres, concretamente cuando Vic malinterpretó mi cara de acelga y dijo:

—No te agobies, Marina, contamos contigo para la prueba y, si sale bien, siempre puedes abandonar tu vida de estudiante modelo y unirte. Eres una de los nuestros.

Una de los nuestros...

De los suyos...

De nuevo contaban conmigo y me elegían.

En esos momentos, la culpa, la traición y el agradecimiento atrancaron mi tráquea impidiéndome respirar, y ocurrió lo que siempre temía que pasase en ese tipo de circunstancias que me alteraban más de la cuenta. La pequeña bola de energía que se formaba en mi estómago y que se extendía por el resto de mis extremidades surgió.

No conocía los síntomas de la ansiedad, simplemente sabía que había veces en que me veía sobrepasada, me agitaba y sentía que estaba en plena caída libre interminable. Las venas pasaban a ser nervios, me ahogaba y las palpitaciones se disparaban al ritmo en que lo hacían mis pensamientos. Era un cúmulo de sensaciones desagradables y picos de dolor agudos de cabeza que nadie más podía ver, con los que apretaba los dientes deseando salir de mi propio cuerpo desajustado para regresar cuando todo volviese a estar en su sitio. En paz.

Podía durar cinco minutos u horas, y cuando su voraz malestar me dominaba tendía a hacer tonterías autodestructivas como atiborrarme angustiada de comida siendo consciente de que lanzaba una pelota al aire que me vendría de vuelta con el doble de grosor y tamaño.

Eso hice.

Comer, comer y comer con el runrún de la beca con la que dejaría tiradas a las personas que me acompañaban... Entrantes rebozados, hamburguesa con queso y bacón y *coulant* de chocolate.

Como era previsible, acabé la cena en el baño aferrándome al lavabo hinchada mientras intentaba contener a viejos demonios y sus cantos de sirena.

Era un aseo bonito, cada puesto tenía su espejo individual ovalado, con cálidas y tenues luces anaranjadas que le regalaban un aspecto íntimo y un estilo rústico que se veía reflejado en su mobiliario, sobre todo en la grifería *vintage*.

Observé mi demacrado reflejo y concentré todos mis esfuerzos en no girar la cabeza en dirección a los retretes. Sabía lo que me esperaba allí, la salida rápida, y hacía tiempo que había abandonado ese destino, a pesar de que mis fantasmas internos me susurrasen que lo hiciese una vez más, «solo una, Marina, una». No recaería. «¿Por qué no? —insistieron—, pondrás fin a la agonía y ya sí que sí se terminó para siempre.» Pero yo sabía que mentían, que si me agachaba de nuevo con el vómito ascendiendo por mi garganta corría el riesgo de repetir, y esa vez no habría nudillos enrojecidos o sangre que sobreviniese con la arcada que me detuviesen.

Me mordí el labio inferior con tanta fuerza que me hice daño.

Quise vaciar mis pulmones hasta que me oyesen en el cielo.

Deseé parar de fustigarme y de contar calorías.

Y lo que más anhelé fue llorar; llorar con rabia e impotencia porque pasaban los años y, cuando parecía que mis problemas estaban enterrados bajo tierra, resurgían mostrando la mano.

Detestaba llorar en general. En privado, en público y con la cara escondida en la almohada. Cuando advertía que alguien me estaba observando solía pedir disculpas. «Perdón, perdón, perdón.» Sin embargo, en ocasiones la presión de la humedad que se acumulaba detrás de mis ojos era superior a mi propia voluntad, provenía de debajo de las costillas, y daba igual el empeño que le pusiese o lo mucho que me lo negase, antes de darme cuenta estaba temblando, cuerpo, piel, boca, y la vista se me nublaba y los ojos me escocían.

Aquella noche sucedió.

Me preparé para aguantar la estocada del tsunami, lavarme la cara y encerrarme en el cubículo del váter hasta que cualquier rastro de su ola hubiese desaparecido. Entonces la puerta cedió desde fuera y entró Carlota.

Horror.

Inmediatamente, me apresuré a abrir el grifo desesperada para frotarme la cara y contener el llanto. Cualquier persona se habría dado cuenta de lo que ocurría allí y, tras poner cara de circunstancias, habría continuado su camino con un saludo débil y forzado evitando establecer contacto visual.

Cualquier persona habría sentido rechazo disfrazado de lástima ante el dolor ajeno.

A cualquiera le habría incomodado.

A cualquiera menos a Carlota, quiero decir. Ella lo normalizó situándose a mi lado con la misma expresión amable que había mantenido durante toda la cena y habló sin filtros. Con la naturalidad con la que deberían tratarse siempre los sentimientos enquistados.

—De pequeña yo también pensaba que llorar estaba mal. Mis padres se preocuparían y se pondrían tristes y los demás niños creerían que era todavía más delicada. Cuando quería llorar, cuando lo deseaba más que nada en el mundo, fingía que perdía el equilibrio y me caía.

—¿Te caías? —vacilé, y poco a poco alcé la mirada para contemplarla.

—Oh, sí, me tiraba al suelo de cara o de culo. Si te haces daño puedes llorar sin que nadie te juzgue... Hasta que Noah me pilló y se me acabó el chollo. Es muy observador.

—¿Qué hizo?

—Me sujetó antes de que me estampase y me llevó al otro lado del parque para explicarme exactamente qué es llorar.

—¿Explicarte qué es llorar?

—Sí, ya sabes, llorar es llover desde dentro. —Se encogió de hombros y lo imitó poniendo su voz—. «Las lágrimas son las gotas de lluvia del cuerpo, el agua, y el agua es vida. Si quieres llorar, llora, Carlota. Si quieres reírte, ríete. Y si quieres romper cosas..., que no sean las mías.» —Sonrió al recordarlo y el gesto se me contagió.

—Vaya, siempre ha sido intenso.

—Desde los cuatro a los trece. Luego pasó por un período insoportable. —Ambas reímos—. A Noah nunca le ha gustado que le tuviese miedo a sentir, aunque ahora sea él quien se contiene. —Suspiró y acto seguido negó con la cabeza para volver conmigo—. Siento haber cortado tu lluvia. Si algún día te apetece llorar en compañía, podemos quedar, sentarnos en un banco y hacerlo juntas en silencio. —La curvatura de sus labios se ensanchó por la oferta y noté que se me calentaba el corazón justo cuando reparé en que era la hermana de quien era.

—No se lo cuentes... No le cuentes lo que has estado a punto de ver, por favor.

—¿A Noah?

—A nadie.

—No lo haré, aunque le vendría bien.

—¿Saber que iba a llorar?

—Llover desde dentro antes de que la tormenta que acumula lo destroce.

Verso 6

MARINA

A la salida del restaurante nos dividimos.

Carlota se montó en el coche con Vic y Enzo para cotillear con la batería durante el trayecto (por lo visto había conocido a un chico y una chica, y estaba tan entusiasmada con la perspectiva de liarse con ambos que se planteaba sugerirles un trío) y Leo me propuso acercarme a Villaviciosa en moto, invitación que rechacé después de que la camarera me orientase hasta la parada de metro más cercana, a tan solo un par de manzanas.

Fuera, no había ni rastro de Noah, de sus ojos de animal herido ni de la tormenta interior a la que había hecho referencia su hermana y que no me interesaba en absoluto.

Nada.

Cero.

Mentira.

Les dije adiós con la mano a los mellizos, el rubio y Carlota, y saqué la chaquetilla de punto blanca que siempre llevaba en la mochila por si acaso. Me la puse por encima antes de encaminarme siguiendo las indicaciones que me acababan de dar en el local. Girar a la izquierda, ir hasta el final de la calle, derecha y chocar de frente con la boca de metro.

La temperatura a esas horas de la noche era agradable, pero una manga larga fina nunca estaba de más.

Ajusté las correas de la mochila y crucé la carretera.

Me gustaba la soledad, aunque nunca me había considerado una persona especialmente solitaria, no sé si eso tenía sentido. La cuestión era que experimentaba cierto placer al caminar sin compañía, no hablar con nadie, mirar y empaparme de lo que me rodeaba o difuminarlo hasta hacer que todo desapareciese, excepto mis pies moviéndose relajados uno detrás de otro. Recorrer kilómetros de noche entre desconocidos era uno de mis placeres culpables; sentarme en el borde de una fuente iluminada, leer los grabados en la piedra del suelo y detenerme a ver escaparates antiguos cerrados.

Decidido. Iría hasta Sol y desde allí bajaría andando a Príncipe Pío.

Al menos ese era el plan hasta que un coche se detuvo a mi lado... Un coche que conocía muy bien; no me hacía falta ver al piloto para saber quién iba a los mandos.

Madrid no estaba plagado de Chevrolet Impala estadounidenses...

Continué andando a mi ritmo y Noah me siguió reduciendo la velocidad.

Bajó la ventanilla.

—¿Qué quieres?

—Sube.

Lo examiné.

Tenía la vista clavada al frente, el cuerpo completamente en tensión, y las manos sujetaban con fuerza el volante.

—Se dice por favor, estas cosas hay que pedirlas con educación.

—Sube, por favor —masticó con la mandíbula apretada sin dignarse a mirarme un mísero segundo.

Íbamos hacia atrás como los cangrejos.

Sonreí.

—No.

—Marina, tengo coches detrás.

—Que te adelanten.

—Es una calle de una sola dirección.

Lo sabía de sobra. Había empezado a escuchar los primeros cláxones. Y sí, lo estaba torturando.

—Acelera.

—Cuando subas.

—Me apetece andar, se ha quedado buena noche. —Como respuesta, se estiró y abrió la puerta del copiloto.

Buena suerte. Por mí como si recorría toda la M-40 con la puerta de par en par.

—¡Joder, Marina!

—¡Joder, Noah! ¿Para qué quieres que suba, eh? Trato de ser consecuente. Se supone que cualquier cosa que nos involucre a ti y a mí es una idea pésima...

—Lo es —ratificó.

—¿Entonces? Dame un motivo, solo uno, para que lo haga.

Paré y él frenó en seco, ignorando los insistentes pitidos del resto de los exasperados conductores.

Ladeó el rostro.

Mantenía la expresión martirizada de la cena, puede que incrementada por el paso de las horas.

—¿Por qué parece que te cuesta un esfuerzo horrible encontrar un argumento?

—Será porque me cuesta. Porque no debería estar aquí. Porque me jode no haber tenido fuerza de voluntad para largarme cuando te he visto de lejos y haber girado el volante...

—Guau, van tres, aunque en sentido contrario. Te felicito.

—Marina, por favor, sube —me rogó.

—¿Para qué?

—Para hablar contigo y que no me estalle la puta cabeza esta noche.

—¿Vas a contarme qué pasa?

—No exactamente. Todavía no. Voy a darte la información necesaria para que comprendas que el límite de no implicar los sentimientos no es un capricho. No quiero que volvamos a tener una cena como la de esta noche. No quiero que volvamos a estar dos horas sin poder mirarnos a la cara.

Silencio.

—Por favor.

Entré en el coche, coloqué la mochila en el hueco entre mis pies y me retrepé en el asiento sin dirigirle la palabra.

Él soltó aire entre dientes, giró la llave de contacto y pisó el acelerador.

Deshicimos el entramado de calles del centro de Madrid sin hablar y nos internamos en la autovía. Continuamos sin establecer ningún tipo de contacto. El bajista no se mostraba muy comunicativo y persistía en su postura rígida con los labios sellados, y yo tampoco me digné a darle conversación. Es más, erguí la espalda y descansé las manos en las rodillas mientras leía los carteles que pasábamos tratando (inútilmente) de adivinar nuestro destino.

No parecía Villaviciosa.

Ni Vallecas.

Algún lugar de la zona norte.

¿Dónde?

Pasaron unos más que incómodos minutos hasta que tomó un desvío que nos condujo a un caminucho de cabras perdido de la mano de Dios repleto de baches en el que, para mi propia sorpresa, aparcó. Allí, en mitad de la nada, en una explanada sin iluminación y con la única compañía de otros dos vehículos bien alejados.

Apagó el motor y la luz de los faros se extinguió zambulléndonos en la más absoluta oscuridad.

Giré el cuerpo en su dirección.

¿Acabábamos de pinchar por la gravilla? ¿Había calculado mal la gasolina que quedaba en el depósito y nos tocaba llamar a la grúa?

—No me digas que vamos a tener que empujar para sacar el coche —protesté.

—¿Por qué?

—Estamos perdidos, ¿no?

—No. Estamos justo donde tenemos que estar.

—Ah.

Noah no se movió.

Permaneció con los brazos flexionados agarrando con fiereza el volante.

Reparé en lo que me rodeaba buscando algo que justificara nuestra presencia allí y arrugué la nariz. A simple vista se trataba de un descampado con vistas a Madrid que bien podría ser un...

—Porque te conozco, si no pensaría que me has traído a un cutre picadero. —Sonreí por mi descabellada ocurrencia.

—Es un cutre picadero, Marina, y con gusto te desnudaría ahora mismo en este coche. Fuera también. Para ser justos, te arrancaría la ropa en cualquier punto del planeta.

Resopló.

Eh... ¿Qué se decía en estos casos? ¿Gracias? ¿¡Cretino!?

Noté la garganta reseca. Me costaba tragar. Un arranque de sinceridad de Noah de ese tipo debía venir con preaviso. Con una receta y la farmacia cerca. Me miró con los ojos entornados y la mandíbula tensa. Las pulsaciones se me dispararon y el pecho se me encogió.

—Eso será si quiero.

—Quieres, princesa. He ahí el problema. —Tiró de la manecilla de su puerta con brusquedad y salió.

Aguardé dentro para poner la mente en orden.

Vale que pedía franqueza, pero esa franqueza estaba a otro nivel. Existía todo un continente entre dejar de hablar con una profundidad indescifrable a soltar que se desharía de mi ropa interior allí mismo. Álvaro jamás se habría dirigido a mí de ese modo. Vaya, que su expresión sensual más directa había sido un «me pones a mil, Ratona» restregando cebolleta en la cama.

Me mordí el carrillo y bajé.

La sensación de descoloque, los nervios y la chispa que prendía mis tripas no iban a desaparecer. Necesitaba aire fresco y encararlo. Inspiré profundamente, apreté los puños a ambos lados de mi cuerpo y me apoyé en el filo del capó de su Chevrolet. Noah no se inmutó. Continuó dándome la espalda contemplando los majestuosos rascacielos de Madrid. Sus famosas torres a nuestros pies.

La noche enmarcaba con sus sombras y las centelleantes luces de la ciudad su imponente silueta de hombros anchos torneados, cintura estrecha y piernas largas.

Era una visión que cortaba el aliento.

Estremecedora.

—¿Estás decepcionada?

—Descolocada.

—Querías la verdad. Te la he dado.

—¿Tu verdad es traerme a un picadero, poner voz ronca para decirme que me desnudarías y suponer que lo entiendo? Parece más una conversación con la libido del bulto de tu entrepierna que contigo, Noah. No es que sea decepcionante, es que es indignante.

Bajé las mangas de mi chaqueta hasta los nudillos y me crucé de brazos.

Él se giró y me examinó durante unos segundos antes de deshacer la distancia que nos separaba y dejarse caer a pocos centímetros de mi cuerpo. El coche se hundió por su peso y el viento me trajo su olor. Sacó la cadena de Carlota y la presionó con la yema de los dedos como si quisiera fundirla y crear regueros de plata que cayesen entre sus huellas dactilares.

—Hace dos años sucedió algo que lo cambió todo para siempre —rompió el silencio y la cadencia afligida de su voz provocó que me interesase.

—¿Grave?

—Dejé de ser yo. Me fui.

—¿Cómo eras?

—Despreocupado, inconsciente, un poco creído, normal.

—¿Cómo eres?

—Pienso constantemente en las consecuencias. —Dibujó una sonrisa triste en la que por fin lo reconocí—. El Noah de antes te habría caído mejor.

—¿Por qué estás tan seguro?

—Porque el Noah de hace dos años serpentearía con la mano hasta alcanzar la tuya y rozarte el dorso —lo hizo y me turbé ante su tacto—, te miraría a los ojos —alzó el mentón y clavó sus pupilas en las mías— y te enmarcaría la cara para besarte de todas las formas que ha imaginado, y créeme que tendría para rato. El Noah de hace dos años no te habría dicho que te desnudaría en su coche, lo habría hecho cuando tuvieses los labios hinchados, el pelo revuelto, y tu pulso acelerado se lo gritase. El Noah de hace dos años no habría marcado límites al verte sonreír por comprender que no tenía nada con Carlota, los habría roto en pedazos.

—¿Y el de ahora?

—El de ahora se ha acojonado en la puerta del bar, ha salido del coche antes de cometer una tontería y debería apartar la mano de la tuya en este preciso instante.

—¿Por qué no lo hace?

—Porque en el fondo no quiere, aunque debe, vaya si debe. —Observó nuestra unión sobre el capó—. Marina, si tú y yo quisiéramos solo sexo, tendríamos una oportunidad, pero podrías ser más. Podrías serlo todo. Si te dejo entrar, activarás aquellos rincones oscuros a los que tengo que renunciar y que había olvidado que echaba de menos. Los iluminarás. Marina, tú me recuerdas lo que es ser persona y no puedo permitírmelo.

—Doy fe de que lo eres. Te tengo delante.

—Lo que tienes delante son mis restos. Es todo lo que puedo ofrecer.

—¿Seguro que no hay más?

Verso 7

NOAH

«Las partes muertas que tu piel hace que revivan», pensé.

—No.

Verso 8

MARINA

—Es todo lo que queda de mí. Tendrás que conformarte. Confiar en que hago lo correcto al limitarnos a ser solo amigos. ¿Puedes?

«Demasiado tarde. Tu tacto ha empezado a despertarme.»

—Prometo intentarlo.

—Gracias. —Soltó el aire que contenía y chasqueó la lengua—. No te haces una ligera idea de lo que me duele escucharte, joder —«no apartes tu mano de la mía, Noah»—, pero tiene que ser así. Debe ser así.

La retiró.

CANCIÓN 7

—

EL PISO CON VISTAS A LA LUNA...

Verso 1

MARINA

El bajista me dejó una sudadera vieja que guardaba en el maletero y estuvimos hablando sobre el capó del Chevrolet Impala hasta bien pasadas las dos de la madrugada.

Me acercó a casa, a Villaviciosa de Odón, y comprendí la escena que tantas veces había observado en las películas y en la vida real como una escéptica espectadora con una ceja enarcada. El ligero vacile y el temblor de manos mientras atinaba a meter las llaves en la cerradura de entrada al jardín delantero con ganas de que sucediese un último giro inesperado, un broche diferente para el final de la noche. La llamada que desestabilizase mis siempre firmes dedos y me impidiese abrir.

Estaba en tensión, nerviosa, con una fuerza tirando de mi ombligo hacia arriba que desequilibraba mis pulsaciones.

Quería que Noah bajase la ventanilla y pronunciase en voz alta mi nombre u oír un portazo y el sonido firme de sus pisadas aproximándose aunque el corazón se me paralizase.

Pero no lo hizo.

Acerté a meter la resbaladiza llave en la cerradura y entré.

Me sujeté para no girarme en el último instante para mirarlo y apoyé la espalda en la puerta cuando se cerró detrás de mí. Contuve el aliento con la boca seca y aguardé unos segundos sin moverme hasta que escuché su motor en marcha y las ruedas del coche alejándose.

Tragué saliva y suspiré.

No sabía si sentirme orgullosa por respetar su decisión y ponerle las cosas fáciles o una cobarde por reprimirme en lugar de dar un paso al frente y permitir que todo volase por los aires. Aceptaba su escueta explicación, aceptaba que no hubiese entrado en detalles, pero eso no significaba que estuviese de acuerdo, que una parte bastante amplia de mí (y cada vez más grande) se resistiese a no indagar más sobre el misterioso acontecimiento que había sucedido hacía dos años y si era tan terrible como para que no hubiese solución y sus restos desperdigados formasen de nuevo una figura.

Las personas podíamos ser nuestros peores jueces. Lo sabía de sobra.

Eché a andar consciente de que esa noche teorizaría mientras me lavaba los dientes, me ponía el pijama y me metía en la cama.

Caminé con la lucidez suficiente como para saber que esa chica no era yo, al menos la yo de siempre. ¡Si estaba medio emocionada por llevar puesta su sudadera! Un trozo de tela que ni siquiera era suave y que me moría por abrazar y oler, Señor. Sin embargo, no podía detener el torrente de emociones. Tampoco le ponía el empeño adecuado. En el fondo, esa sensación desconcertante era lo más estimulante que me había pasado en años y no quería perderla. Prefería profundizar y...

—Buenas noches, Marina.

—¡La Virgen! —Casi pierdo el equilibrio y me caigo por la escalinata del porche.

—No, tu madre.

Me llevé la mano al pecho del susto.

No tenía muy claro qué impresionaba más a aquellas horas de la noche, una aparición divina o encontrarme a doña

Eloísa sentada en el sillón de fresno a oscuras. Bueno, sí, lo segundo ganaba por goleada. Encendió la luz. Llevaba la bata blanca de seda anudada por encima del camisón blanco, el pelo recién peinado de peluquería y la cara brillante y tersa por las cremas. A su lado, sobre la mesa a juego, descansaba una taza de té llena hasta el borde que se había enfriado sin que ni siquiera la hubiera probado.

—¿Qué haces aquí en vez de estar en la cama? Es tarde, mamá.

—Las migrañas no me dejaban dormir. —Se masajeó la sien, cansada.

Desvié la vista al garaje. Mentía. Mi madre no tenía migrañas, mi madre tenía un marido con la mala costumbre de volver a casa a horas intempestivas sin avisar.

—Se le habrá ido la noción del tiempo cenando con algún cliente...

—Por supuesto —zanjó. En casa no se hablaba del tema. Era impensable. Mi madre lo cortaba de raíz y yo colocaba velos de excusas poco creíbles por encima para no afrontar el hecho de que eran raras las ocasiones en que cenaba con nosotras y que, fuese por adicción al trabajo o por tener una amante, eso estaba mal. No lo debíamos consentir. Pero, en lugar de afrontar la realidad de nuestra desestructurada y poco idílica familia, pagábamos la frustración la una con la otra—. ¿De dónde vienes?

—De estudiar.

—¿A estas horas?

—La biblioteca tiene horario ininterrumpido en época de exámenes. Además, hemos picado un poco al salir. —Me encogí de hombros y retomé la marcha para desaparecer antes de que me pillase.

—¿Quién te ha traído?

¿Álvaro? No, no podía decirle Álvaro. Me preguntaría por qué nunca se pasaba a saludar, me atoraría con la respuesta y terminaría sonsacándome todos los inofensivos secretos que le guardaba desde mis tiernos tres años, así como las dos últimas bombas de relojería.

—Un amigo.

—¿El mismo amigo que te ha prestado ese trapo? —pronunció con desprecio, y no sé por qué salí en su defensa.

—Es una sudadera.

Entornó los ojos y me atravesó con los rayos X que tenía dentro.

—¿Álvaro es conocedor de este amigo tan entregado?

—No lo dudes. Álvaro hace un *casting* a cada persona nueva que entra en mi vida para darle el visto bueno —añadí con sarcasmo.

Ella me estudió con calma antes de determinar:

—Mañana le devolverás la sudadera a su dueño y no volverás a verlo.

Pegué un respingo y negué contrariada con la cabeza.

Mi madre era más entrometida que la media, me constaba (lo padecía), pero acababa de superar su propio récord.

—¿A partir de ahora vas a decidir con quién me relaciono?

—Hasta que recuperes el buen juicio que te caracterizaba, sí. —Hizo una pausa—. Me da igual si crees estar enamorada de él o es una revancha para pagar a Álvaro con la misma moneda. El amor o quedar por encima de un novio de universidad no importa en estos momentos, el único blanco para el que debes afinar tu puntería es la beca de la Unión Europea. Ninguna otra distracción tiene espacio.

Iba a rebatirle cuando...

—¿Has hablado con don Santiago de las Heras? —Definitivamente, yo no le había contado lo sucedido aquella tarde, lo que dejaba dos opciones: o lo conocía, o me había puesto micrófonos ocultos en el móvil.

—¿Don quién de qué?

—Mi profesor.

—Cariño, mamá apunta más alto que un simple profesor. Llevo meses moviendo hilos entre los contactos de tu padre en Bruselas y hoy han tenido la amabilidad de telefonearme para decirme que salía la convocatoria. Imagina la agradable sorpresa que me he llevado cuando me han informado de que te habían postulado. —Se llevó la mano al mentón, reflexiva—. Tendríamos que enviarle un obsequio al tal don Santiago. No quedaría bien no hacerlo. Jamón ibérico, del bueno, y vino. Un Pingus de mil doscientos euros.

Siempre había creído en la meritocracia, en ser la más preparada y en ganarme mis propios logros, pero no habría sido del todo sincera si hubiese asegurado que no estaba dispuesta a utilizar un enchufe. Lo estaba. Llegado el caso lo habría hecho para luego dejarme los intestinos demostrando que lo valía.

Por ese motivo, lo que me molestó de mamá no fue que tratase de ayudarme, es que lo hiciese a mi espalda y sin consultarme durante meses... Un segundo. Tuve una corazonada que, de nuevo, me zarandeó por dentro.

—¿Cuándo lo supiste?

—¿Qué?

—Lo de la beca, mamá.

—Ah, eso, inicios de año, ¿por? —Fue tan triste que ni siquiera tuve que calcular.

El frío me invadió y me caló en los huesos.

—Me prometiste que asistiría al curso de cocina después. Sabías que coincidiría y, aun así, dejaste que me hiciese ilusiones... —Torció la boca sin escapatoria. El silencio fue su peor aliado—. La cocina nunca tuvo ninguna oportunidad, ¿verdad? Lo dijiste para que dejase de insistir —solté tan llena de dolor que no pude enfadarme.

—Lo hice por tu bien. Lo hago por tu bien.

—¿Y cuál es mi bien, mamá?

—Tener una carrera brillante y prometedora.

—¿A qué precio?

—Al que sea.

—¿Incluida mi felicidad?

—Marina, las personas no vienen al mundo a ser felices, vienen al mundo a sobrevivir.

La contemplé y vislumbré mi futuro.

No quería ser una superviviente cargada de resentimiento que detestase cada segundo de su larga existencia, prefería vivir poco y apreciando cada momento.. Prefería arriesgarme a perderlo todo antes que contentarme con migajas.

—Mamá, no sé por qué eres como eres, lo que te pasó para estar cargada de rencor, pero no voy a cometer tus mismos errores y a vivir amargada —logré articular con pena, y apreté los puños a ambos lados de mi cuerpo—. No me voy a presentar a la beca. Voy a ir a Roma. Voy a hacer el curso.

—No mientras vivas bajo mi techo —amenazó, y me dejó sin salidas.

—Tendré que ponerle remedio.

—¿Insinúas que vas a independizarte?

—No lo insinúo. Voy a hacerlo esta misma noche.

Ella soltó una risotada seca.

—Buena suerte buscando un trabajo precario y pagando el alquiler de una habitación en un piso de un barrio marginal. —Se inclinó hacia delante alterada y, al darse cuenta, inspiró hondo para calmarse y retornar a su postura señorial inicial—. Marina...

—¿Sí?

—Mamá seguirá aquí cuando vuelvas arrepentida; y no te preocupes: se habrá asegurado de que una de esas becas lleve tu nombre. Le diré a Giuseppe que envíe el Pingus a don Santiago.

Verso 2

MARINA

Las lágrimas me impedían ver mientras preparaba la maleta a toda pastilla. Ni siquiera sabía lo que estaba metiendo, solo vaciaba el armario (perchas incluidas) y los cajones en el interior llorando descontrolada. Urgía irme de allí esa misma noche. Me limpié las lágrimas con rabia con el dorso de la mano y sorbí los mocos. Después, me senté encima de la maleta y cerré la cremallera.

Mamá continuaba en el mismo sitio cuando pasé por su lado arrastrando las ruedas.

No nos dirigimos la palabra ni nos dijimos adiós.

Papá todavía no había aparecido. Me pregunté cuántos días tardaría en notar mi ausencia, si es que lo hacía.

De camino por el jardín hice dos llamadas. A Emma, para que me acogiera, y a un taxi. La conductora me informó de que estaba cerca y le pedí que esperase fuera a que saliese. Había algo que tenía que hacer antes de irme de casa, algo que era imprescindible e inaplazable.

Nana y Giuseppe siempre trasnochaban. Giuseppe lo explicaba con su propia teoría de la naturaleza humana, que era muy sabia: «Cuando eres crío te queda toda la vida por delante y te puedes permitir pasar doce horas en la cama. Cuando envejeces, el tiempo cada vez se vuelve más limitado y tu propio organismo te obliga a aprovecharlo impidiéndote dormir más de lo justo y necesario».

Me alivió encontrarme con las luces del interior de su

casita aledaña encendidas. Dentro se oía un programa de televisión con risas enlatadas. Golpeé la puerta un par de veces con los nudillos y aguardé a que abrieran.

Nana fue la que lo hizo.

Al verme se le descompuso el gesto.

—¿Qué ha pasado, mi niña? Ven aquí. —Me acogió entre sus brazos.

La agarré tan fuerte que creo que le clavé los dedos en la espalda e hipé al hablar.

—Tengo que marcharme, Nana... No puedo estar aquí... Ella es tóxica... Es mala. —La mujer se apartó para poder mirarme a los ojos y me retiró el pelo de la cara con cariño.

—Marina, tu madre no es mala, tu madre es el resultado de muchas circunstancias, decisiones incorrectas y remordimientos, pero tú no tienes que soportar el peso de su culpa. Tú tienes que brillar más de lo que ya lo haces.

—Lo siento tanto...

—No pidas perdón nunca por hacer lo que crees que es bueno para ti. Yo estoy aquí —me rozó el pecho y llevó mi mano hasta el suyo— y tú estás aquí. Viajamos juntas, mi niña. —Sonrió—. ¿Puedes esperar un momento? Hay una cosa que me gustaría darte.

Asentí y ella se adentró en la vivienda para salir a los pocos segundos sosteniendo un tesoro.

—Tu cuaderno de recetas —apunté.

—Toma. Para ti. Es tuyo.

—¿Mío? —Abrí los ojos como platos sin dar crédito. Aquel objeto era tan especial...

—Sí.

—Yo... yo... yo no... —Se me formó un nudo en la garganta que me impedía hablar.

Conocía su contenido. Allí estaban escritas, de puño y letra de Nana en italiano, las recetas de toda una vida. ¿Cómo iba a aceptarlo? Era demasiado valioso.

—Llenarás las páginas en blanco con tus platos. Lo cuidarás. Te pertenece desde que eras una cría y te asomaste a los fogones conmigo para que te explicase cómo se cocinaban las cosas más ricas... —Rio al recordarlo—. No podría estar en mejores manos.

De nuevo me emocioné, aunque esa vez las lágrimas no supieron a sal, a mar. Eran de otro tipo, sabor y textura, lágrimas de sentirme querida. Llover desde dentro de un modo dulce.

—Esto también, *bambina.* —Giuseppe asomó por detrás y me habría arrancado una carcajada por su pijama de rayas a lo Pinocho con un gorro largo terminado en un pompón cayéndole por el hombro derecho si no hubiese advertido el bote de colacao que sujetaba.

—Me niego, Giuseppe, por ahí no paso.

—¿Vas a hacer que me ponga celoso de *la mia donna*? Quiero contribuir.

—¡Son vuestros ahorros!

—La gente ahorra para cosas importantes, y no hay nada más importante que asegurarme de que estarás bien. Marina, tu madre y tú sois nuestra familia. *Tutto quello che abbiamo.* —Sus palabras me estremecieron y los abracé. Me di cuenta de que convivir con una madre autoritaria y un padre ausente no había evitado que tuviese la mejor familia del mundo.

Giuseppe y Nana eran un regalo del universo para compensar el resto de las carencias.

—Os quiero.

—Y nosotros, *bambina.*

Aquella madrugada trascendental tomé una decisión vital. Dejé todo lo malo en el chalet y me llevé lo bueno, el abrazo a tres, un cuaderno que atesorar con la enorme responsabilidad de alimentarlo y el tarro que no pensaba utilizar y devolvería a sus dueños, pero que garantizaba que ellos se quedasen más tranquilos y era la prueba de que no estaba sola, de que tenía quien me protegiese y a quien proteger. Un tarro para vencer el miedo.

El taxi me dejó enfrente del portal de Emma a las cuatro y diez. Mi amiga me esperaba con sus cascos de hormiga atómica puestos en el descansillo cuando las puertas del ascensor se abrieron.

Miró el maletón, a mí y otra vez la enorme maleta.

—Joder, nena.

—He discutido con mi madre. —Me encogí de hombros agotada y superada.

—¿Debe preocuparme que lleves su cadáver dentro y convertirme en cómplice de asesinato?

—Nop.

—Entonces, ¡bienvenida a Villa Emma! —me invitó a entrar—. Lo he dispuesto todo para que te conviertas en un grano en el culo que no se quiere marchar. Hueco en el armario, balda en el baño y la irresistible posibilidad de practicar la cucharita con la menda compartiendo cama.

—Gracias. —Traté de levantar la comisura de mis labios todo lo que pude.

—Ey, que no decaiga el ánimo. Puedes quedarte todo el tiempo que necesites. Nos va a ir de cine, compi. ¡Todas las noches serán fiestas de pijamas!

Su ofrecimiento era sincero. La realidad era que no podía quedarme allí. Ambas lo sabíamos. Había quitado la anilla a una bomba sin pensar dónde me iba a esconder cuando estallase y ya no había marcha atrás. Sin embargo, Emma no tenía la culpa de mi falta de previsión. Hice acopio de toda la energía que me quedaba y esa vez sí que sí logré sonreír por ella.

—¡Yuju, fiesta de pijamas! —dije mientras la descarga de adrenalina abandonaba mi cuerpo y me preguntaba cuántos días aguantaría antes de regresar arrepentida como mi madre había vaticinado.

Verso 3

MARINA

Los padres de Emma les habían dado en vida a ella y a su hermano Gustavo lo que les correspondía del testamento. Una vez prejubilados, habían vendido todas sus propiedades, se habían asegurado una vejez más que digna y habían cogido el primer vuelo que salía del aeropuerto Adolfo Suárez para recorrer el mundo. En aquel momento, se encontraban en Australia aprendiendo a surfear y su siguiente destino era Nueva Zelanda en autocaravana. Hasta su propia hija los envidiaba...

A Gustavo le quemaba el dinero entre las manos. «Se va a arruinar como a los que les toca el Euromillón. Este no llega a los treinta sin dejar la cuenta a cero», decía mi amiga y hermana pequeña del susodicho, y parte de razón tenía. El chico había comprado un casoplón impresionante, no usaba tecnología que no proviniese de la marca Apple, era generoso hasta decir basta con sus colegas (copas y más copas en reservados) y su último antojo se trataba de una moto bastante cara y extravagante, a pesar de no tener intención de sacarse el carnet para poder conducirla.

Luego estaba Emma, algún capricho se había dado, era humana, pero en general actuaba con cierta cabeza. A los veinte años todavía no sabía dónde se establecería cuando se hiciese mayor (Silicon Valley, en Estados Unidos, sonaba con fuerza en las apuestas), mientras tanto se pagaba sus gastos, los estudios de Diseño Gráfico, y había alquilado una habitación en un piso compartido del centro.

Era la abeja reina de la casa y como buena abeja reina había impuesto una regla al enjambre. Solo una, que en su momento me hizo muchísima gracia cuando me la contó, y ahora me perjudicaba. La asignó después de que una visita puntual a uno de sus compañeros se prolongase durante seis meses sin que contribuyera con un mísero euro.

—Tenemos que impedir el paso de los chupópteros de luz, agua, gas y wifi. —Esto último era lo que realmente le importaba—. Los invitados, cinco días, y a la calle, ¿quién está conmigo? —Fue una votación a favor unánime...

... Una democrática votación unánime que me dejaba con un estrecho margen de dos días para encontrar un trabajo (sin experiencia previa), que a poder ser tuviese un horario compatible con la universidad (a Dios gracias que la matrícula estaba abonada) y con el que pagar un alquiler asequible y grandes lujos de la independencia como el abono del metro, comida y, con algo de suerte, productos de aseo del tipo pasta de dientes, desodorante y colonia. Bueno, si las cosas se ponían feas, de la colonia se podía prescindir con un buen gel.

Hasta entonces nunca me había enfrentado al mundo real. Era una privilegiada. De haberlo hecho, no habría malgastado el primer día vagueando con Emma en la cama aprendiendo a jugar a sus videojuegos favoritos. Me habría puesto las pilas. Ella nunca me echaría, antes se plantearía dejar el cuarto que adoraba y mantenerme como una «chupóptera de luz, agua, gas y wifi», pero yo no podía permitírselo. Evitarle el mal trago era mi responsabilidad y sentía la presión del taladro de la cuenta atrás clavándose en mi cerebro.

Ya no recordaba las solicitudes de empleo que había mandado desde los portales donde me había registrado, pero sí que me habían descartado de un total de todas y seleccionado en cero.

Una perspectiva laboral inmejorable.

¿Y los pisos? Al principio, los buscaba con buena ubicación, pequeños y coquetos, bonitos, de esos que los ves en la foto de la página web y no te importaría llamarlos hogar. Para mí sola. Pasada la línea de la desesperación me valía cualquier cueva situada en el rincón más remoto de Mordor con cinco uruk-hai (la influencia de Emma empezaba a ser palpable) en la que las paredes no se cayesen a pedazos y a poder ser pasasen una inspección de Sanidad sin necesidad de que esta fuese demasiado exhaustiva.

¡Los precios eran una puñalada en el hígado! Y en la mayoría de los casos exigían no uno, ¡dos meses de fianza antes de entrar! Aunque se produjese el milagro de que un alma caritativa me contratase, no podía exigir un adelanto el primer día. Con Al Borde del Abismo había tenido una suerte que no se repetiría dos veces.

Suspiré y eché la cabeza hacia atrás para observar el edificio antiguo que tenía enfrente.

Era mi última y única oportunidad, no había más. La pensión Loli estaba en Conde de Casal, en el tercero de un bloque con la fachada azul celeste situado al lado de uno color mostaza. Céntrica, con la parada de bus y metro al lado, un pequeño supermercado, bares (a los que no podría ir) y un obrador artesanal de dulces haciendo esquina.

La habitación costaba menos de quinientos euros al mes, cuatrocientos cincuenta para ser exactos, los baños, la cocina y el salón era comunes, y, lo más importante, tenían un cuarto libre que se pagaba a mes vencido, sin fianza y con entrada inmediata.

Apreté los dientes y aproveché que salía un vecino para colarme.

Había llegado con diez minutos de antelación. Subí los tres pisos en ascensor y, antes de pulsar el timbre, acaricié la tela del pañuelo rojo que llevaba anudado al cuello y complementaba mi conjunto de vaqueros y camiseta francesa de rayas azul marino.

Me abrió una anciana menuda, con las gafas empañadas y los rulos puestos.

—¿Loli?

—Su bisnieta Almudena. —Bien, genial, magnífico, el piso databa de la guerra civil—. ¿Qué vendes, bonita?

—¿Vender? No, no, soy Marina. —El nombre no le dijo nada—. Llamé ayer porque estaba interesada en alquilar la habitación libre del anuncio de internet.

—¿La chica que me hizo prometerle dos veces que lo de no cobrar fianza era cierto?

—La misma —admití. Oír mi patética súplica en su boca me hizo avergonzarme—. Lo siento, estaba un poco nerviosa, pero es que su piso me encanta. Amor a primera vista. —Fingí un entusiasmo desorbitado para camelármela—. Es tan... histórico.

—Tiene inquilino.

—¿Qué? —balbuceé con el jarro de agua fría extendiéndose por mi cara.

—Anoche vino un joven alemán y la cogió para tres meses.

—¿Tres?

—Eso me pareció entenderle. No sabe ni papa de castellano.

—Tres —repetí deshinchándome como un globo.

Ella entornó los ojos.

—No te angusties, mujer. Encontrarás otra cosa. Madrid es una ciudad muy grande y está llena de pensiones Loli.

«Caras, muy caras», pensé.

—¿Podría quedarse mi número de teléfono por si alguien le falla? —rogué, y Almudena tomó nota en el lateral de unas Páginas Amarillas obsoletas.

No cogí el ascensor para bajar. Lo hice por la escalera con los hombros hundidos y mirando al suelo, tan concentrada en regodearme en mi propia miseria que ni siquiera lo vi antes de chocar con él en el segundo.

—¿Dinamita? —Leo parpadeó como si tuviese delante un fantasma.

—Mi vida apesta. —Me dejé caer en el escalón y enterré la cara entre las manos.

Estaba tan deshecha que no me sorprendió encontrármelo.

El solista vaciló y finalmente se sentó a mi lado.

—Venga, va, cuéntamelo. Lo estás deseando. —Me dio con el brazo con suavidad—. Seguro que no es tan grave y solo quieres hacerte la interesante.

Lo miré. Con cualquier otra persona habría callado. Sin embargo, había algo en los ojos grises del rubio que me invitaba a confiar. Supongo que ya entonces era mi amigo, pero al no tener experiencia previa me costaba identificarlo.

—Hace tres días me fui de casa.

—Después de la cena —ató cabos.

—Exacto.

—¿Y qué haces aquí?

—Quemar mi último cartucho antes de tener que asumir que debo volver con el rabo entre las piernas.

—En cristiano, pequeña.

—Mi cuenta bancaria está en números rojos y un alemán mochilero me ha robado mi habitación en la pensión Loli.

—Alemán malo —bromeó, y al ver que no me reía se puso serio—. ¿Por qué querrías vivir en la pensión Loli? Es un asco.

—Es lo que me puedo permitir. Además, no la llames asco, la dueña es encantadora.

—Doy fe. Almudena es de lo mejorcito del barrio.

—¿La conoces?

—Claro, visité mucho sus instalaciones con «amigas especiales» durante mi adolescencia. —Levantó las cejas de un modo sugerente y bufé.

—¿Crees que alguna vez podré mantener una conversación contigo que no desemboque en sexo?

—Podemos hablar de barcos si lo prefieres. De pequeño hacía adorables maquetas en miniatura de madera.

Negué con la cabeza y la apoyé sobre mis rodillas dobladas. No estaba para cachondeos... No estaba para nada.

—Eh, tú, alegra esa cara —ordenó.

—No quiero volver a casa, Leo.

—Y no lo vas a hacer. —Palmeó el suelo y se impulsó para ponerse de pie. Alcé la barbilla y lo observé mientras hablaba—. Vas a mover el trasero, recoger tus cosas y venirte con nosotros.

—¿Vosotros?

—Con Noah y conmigo, a la habitación inutilizada a la que darás buen uso. —Lo tanteé. ¿Lo decía de verdad? Esto..., sí, guau, por surrealista que me resultase, lo hacía. Me contuve de cantar victoria antes de tiempo.

—No sé cuánto es el alquiler. No sé cuándo podré pagaros. ¡No tengo ni para la fianza!

—Marina, con que contribuyas con los gastos es suficiente. El resto lo iremos viendo.

«Prohibido hacerte ilusiones.»

«Prohibido hacerte ilusiones.»

«Prohibido hacerte ilusiones.»

—¿Y él? Noah tendrá una opinión.

—Si lo convencí de meter a D'Artacán, puedo hacerlo contigo.

—¿Quién es D'Artacán?

—Un gato naranja, viejo y gordo que abandonaron en la basura.

—Yo no soy un gato.

—Cierto, tú no ronroneas, pero le gustas más. —Sonrió—. Vamos, Dinamita, es hora de levantarse. —Extendió la mano, la miré y no supe por qué lo hice, pero la agarré enlazando mis dedos con los suyos de nuevo como en aquel ensayo en la sierra de Madrid.

—Por cierto, ¿qué hacías en el segundo? —pregunté al llegar a la entrada.

Leo me soltó y sujetó la puerta entornada hasta que pasé.

—No quieres saberlo.

—¿Por qué?

—Para que no me regañes porque todas nuestras conversaciones desembocan en sexo. —Me guiñó un ojo y de camino a su moto me distraje pensando en el nuevo giro del destino y en que iba a vivir con Noah y Leo hasta encontrar algo mejor.

Si hubiese estado atenta, me habría dado cuenta de que su gesto caballeresco no era más que una estratagema para tapar los telefonillos y evitar que viese que en el segundo no había viviendas, sino una consulta psicológica.

Si hubiese estado atenta, me habría dado cuenta de muchas cosas antes de que me estallasen en la cara... y habría repetido cada cosa que hice. Paso por paso. Latido a latido. Incluso conociendo el final de aquella historia de ángeles cayendo, ángeles caídos y alas que se estaba forjando a fuego lento.

Verso 4

LEO

Por una vez no fue por Noah.

Fue por ella. Al verla derrotada en aquella escalera algo en mi interior hizo clic. No lo soporté, y eso que tenía un umbral de aguante bastante alto. La tristeza de Marina me sobrepasaba y debía borrarla de su rostro al precio que fuera, incluso si ese precio era ofrecerle una habitación en la casa de la abuela de mi mejor amigo en Miguel Hernández sin hablarlo con él a sabiendas de que no era buena idea.

Aun así, lo hice sin remordimientos. Nunca me ha gustado castigarme por seguir mi instinto, fuese correcto o no.

La acompañé al piso de Emma a recoger su maleta, me reí con ganas por el drama que montó la *gamer* al asomarse al balcón y gritar cual Escarlata O'Hara en *Lo que el viento se llevó*: «¿Quién te va a robar las sábanas en mitad de la noche y a darte con los piececitos porque sabe que te mueres del repelús? ¿Quién?», y perseguí su taxi hasta Vallecas porque era imposible montar ese trasto melocotón en la moto.

Le di una calada al cigarro y expulsé el humo con medio cuerpo por fuera de la ventana de la cocina.

Desde que Noah había dejado de fumar (o estaba en proceso) se había convertido en todo un nazi del tabaco, un abanderado de los espacios sin humo, cosa que no dejaba de ser curiosa cuando yo mismo lo había visto fumarse las chustas hasta las yemas de los dedos. En fin... Apagué resignado el pitillo en el cenicero y miré en su dirección.

Dinamita continuaba en la misma posición en la que la había abandonado. Sentada en el borde del sofá del salón, con la espalda erguida, las manos descansando sobre las rodillas y examinando discreta lo que la rodeaba sin hacer caso a la televisión encendida. No estaba relajada, cómoda. Era un animal fuera de su hábitat, alerta con las orejas agachadas echadas para atrás, y debía hacer algo para restarle tensión a su expresión, a su cuerpo, a sus labios apretados en una línea recta que aprisionaban sus extraordinarios dientes.

Fui al baño a deshacerme de las pruebas del delito tirando de la cadena.

A la vuelta, me coloqué entre ella y la pantalla. Era de noche y Noah todavía no había regresado. Le había mandado un par de mensajes para informarlo de la situación, pero dudaba de que los hubiera leído. El muy capullo tenía la mala costumbre de desaparecer de la faz de la tierra apagando el puñetero móvil.

La contemplé.

D'Artacán serpenteaba entre sus piernas y sus dedos resbalaron para acariciarle el lomo. Ronroneó y se tumbó haciéndole carantoñas y girando sobre sí mismo.

—Judas —lo acusé, y Marina levantó una ceja—. Esos mimos me pertenecen. Es un vendido, pero ya vendrá pidiendo Whiskas, ya...

—Está muy gordo. En serio, jamás he visto un gato con este volumen. Tendríais que hacer que le mirasen el sobrepeso —fue su frase más larga en las dos horas que llevábamos allí. Un pequeño avance. Hasta entonces se había limitado al uso de monosílabos: sí, no, meh. ¿Quieres pizza para cenar? Sí. ¿Tienes más hambre? No. ¿Te gustan los *realities*? Meh. Aproveché la oportunidad.

—Queremos que guarde un buen recuerdo del tío Noah y del tío Leo en su memoria gatuna. Es un hecho que le consentiremos hasta que se vaya.

—¿Se va a ir?

Abrió mucho los ojos sorprendida y tragué saliva para forzar una sonrisa que camuflase el torrente de emociones encontradas que se desbordaba al pronunciar lo que estaba a punto de decir. El muy cabrón del gato se hacía querer, aunque me utilizase como colchón, mordiese mis dedos a horas intempestivas y tuviese el repugnante vicio de rebozarse en mis calcetines sudados. Sin embargo, era lo mejor para él, y por eso renunciaría a su presencia con gusto.

—D'Artacán está aquí de paso hasta que la protectora le encuentre un buen hogar. Nosotros somos una casa de acogida provisional.

—¿No habéis pensado en quedároslo? Le caes bien.

—Soy lo opuesto a un buen hogar, Dinamita.

—¿Y Noah?

—No puede comprometerse.

Observé la peca en la nariz del felino y negué con la cabeza. Marina se percató y dejó de hurgar en esa historia. Era una de las cosas que más me gustaban de ella, sabía cuándo frenar y guiar la conversación hacia otro lado.

—Ese pijama es de chica —apuntó.

—No hay ropa de chicos y de chicas.

—Pone «I am a girl in Hawaii». —Estiré la camiseta de tirantes y una carcajada brotó de mi garganta.

—¡Hostias, es verdad! Lo compré en Primark porque me fliparon los pantalones cortos naranja chillón y el estampado de palmeras.

—¿Eres de estampados?

—Pequeña, en Navidad me tienes que atar corto para que no compre los jerséis más horteras de los mercadillos navideños y los pijamas, todos los jodidos pijamas con árboles, muñecos de nieve, renos y bastoncillos de caramelo. —Ella rio y me di cuenta de que con su risa aquel piso parecía más cálido.

—¿Algo más que deba saber de mi compañero de piso... —comenzó y reculó— si Noah está de acuerdo?

—Es un tirano.

—¿Un dictador de la limpieza?

—El polvo no es su enemigo, le van más los trabajos forzados. Vamos, Dinamita, empieza tu tortura. No pensarías que te he traído aquí para que critiques mi suculenta cena...

—Era una pizza recalentada por tercera vez...

—... y te metas con mi fabuloso pijama femenino.

—Contra eso nada que objetar.

Me sentí un tanto traidor por llevarla a nuestro lugar sin él.

La fría galería acristalada con estupendas vistas al patio de luces y la ropa tendida era un espacio que nos pertenecía, el rincón donde trabajábamos en silencio, nos abríamos en canal con el otro cigarro en mano (Noah ya no) y acabábamos las noches de borrachera tirados como piojos que luchan por sobrevivir.

Habíamos pasado de puntillas por ella durante el *tour* privado por las instalaciones de nuestra «mansión vallecana», y había llegado el momento de que la conociera en profundidad. A la casa, a nuestras rutinas. Soy firme defensor de que es a lo pequeño y no a lo grande como unas paredes pasan de ser cemento y yeso para convertirse en el sitio en el que quieres estar. Lo sabía por mi propia experiencia. Fue mi regalo de bienvenida a Marina.

—Dinamita, toma nota. —Me situé detrás y extendí un brazo a su costado señalando al frente—. A las dos y cuarto.

—¿Qué ocurre a esa hora?

—La luna se cuela por la esquina superior izquierda y no desaparece hasta las cuatro. —Lo bajé y avancé para susurrarle al oído—. Shhh. No se lo puedes contar a nadie. Los de la Unesco tienen infiltrados en todos los sitios y nos joderán vivos al nombrarlo Patrimonio Mundial de la Humanidad.

—¿Patrimonio Mundial?

—¿Eso que percibo es escepticismo en tu voz? Espero

que no. Sería ofensivo. A cuántas personas conoces capaces de atrapar la luna y que les pertenezca casi dos horas cada noche, ¿eh? —Advertí que sonreía por la relajación de su cuerpo.

También advertí su delicioso olor a almendras y miel.

—Eres todo un sentimental, Leo. Tu romanticismo está desaprovechado.

—Se hace lo que se puede. —Me encogí de hombros con una sonrisa torcida y...

Se giró.

Con la puta curvatura de labios desplegada en su totalidad y el flequillo recto abierto en el medio.

Me di cuenta de que la tenía demasiado cerca. Pegada. No era un buen chico en las distancias cortas. Me envalentonaba, me dejaba llevar y provocaba desastres. Actué a tiempo y me retiré para que el espacio que nos separaba se incrementase.

Lo mejor para mantener la mente fría era ponerme manos a la obra. Al fin y al cabo, estábamos en la estancia más fría del piso para trabajar, aunque Marina todavía no lo supiera.

—¿Se puede saber qué diablos haces? —Abrió los ojos como platos al ver que me arrancaba la parte de arriba del pijama y la abandonaba en el respaldo de la silla con la boquita arrugada.

—Quitarme la camiseta.

—Eso ya lo veo, ¿por qué?

—Porque es muy bonita.

—No lo pillo.

—Me gustaría mantenerla limpia y, pequeña, tú y yo vamos a ensuciarnos. De hecho, te sugiero que hagas lo mismo. Prometo no ruborizarme. —Me puse todo lo serio que pude.

—Buen intento. Sea cual sea el plan, estoy segura de que prefiero seguir con la ropa puesta. Gracias.

—Allá tú. Luego no digas que no te he avisado.

Marina no respondió.

Deslizó su mirada verde por mi pecho, por el entramado de letras, y el vientre se me encogió como si tuviese el poder de rozarme a través de las pestañas.

—Vaya, sabía que tenías tatuajes, pero no... —balbuceó impactada, y tragó saliva— tantos. Estás lleno de tinta.

No lo dijo como un halago, lo dijo como si de algún modo inexplicable pudiese interpretar su significado y percibiese parte de su dolor. No me gustó. No me gustó en absoluto. Me sentí amenazado. Quise taparlos. Cubrirlos con las manos. Esconderlos de su perspicaz vista esmeralda. Cualquier cosa para evitar que los leyese y descubriese... quién era en realidad bajo el disfraz que llevaba tejido a la piel. Solo había un inconveniente. No podía moverme. Ella... me paralizaba.

—Cuentan una historia.

—¿La de quién?

—La mía.

—No siguen ningún orden.

—Es caótica. —Asintió y los observó con renovado interés. Fue a aproximarse y retrocedí asustado. Se detuvo.

—Hay un hueco en blanco a la altura del corazón.

—Algunos capítulos no merecen ser escritos.

—¿No te da miedo arrepentirte en el futuro? Incluso borrándolos con el láser quedará la marca.

Cogí una bocanada de aire y lo solté de golpe mientras hablaba con... sinceridad.

No era habitual en mí ser sincero.

—Pequeña, a mí lo que me aterra es llegar a viejo sin nuevas cicatrices. Estancarme y dejar de vivir. La piel impoluta.

—Me gusta mi piel impoluta.

—No te engañes, la piel impoluta no existe. El tiempo nos graba. Las heridas son inevitables. Y no te harán mejor persona, ni más fuerte o valiente, pero te convertirán en la

Marina de hoy, en la Marina de mañana. Y a esa Marina habrá que abrazarla y, si alguna vez no te ves con fuerzas, puedo hacerlo yo. Puedo ser tu amigo.

—¿Por qué?

—Porque conozco la sensación de estar solo en un mundo que se desmorona repleto de trampas, no saber cómo seguir adelante y el balón de oxígeno que supone que aparezca un Noah en tu camino.

—¿Qué hizo él por ti?

—Veamos... —sonreí y fingí llevar la cuenta con los dedos—, ser mi archienemigo durante la adolescencia, pedirme cosas sin puto sentido como que nadase y... acogerme en casa de su abuela para que montásemos juntos un jardín.

Llegamos al punto por el que estábamos en la galería. Los coloridos maceteros en los bordes de las ventanas, pendiendo de las paredes y sobre la mesa y el suelo.

—¿Eres una especie de amante de las flores?

—Soy roquero y jardinero, dos profesiones terriblemente sexis que juegan a mi favor. —Elevé la comisura de los labios engreído y poco a poco las bajé para apartar la máscara y añadir en voz más baja—: También soy alguien que no tiene ni puta idea de cuidar de sí mismo, pero que es capaz de mantenerlas con vida. Es reconfortante. Compensa todas las horas invertidas y el estoico ejercicio de paciencia.

—¿Eres impaciente?

—¿Que si soy impaciente? Ja. Soy una jodida bomba, Dinamita. Me gustan las cosas rápidas, inmediatas. Depósito lleno, pisar el acelerador e ir quemando ruedas. Existir al límite. Pero las flores no funcionan así. En las flores no mandas. Te dirigen. Y, por extraño que parezca, esa pérdida de control me aporta paz. Supongo que necesitamos encontrar lo opuesto para que nos equilibre. Personas. Cosas. En mi caso, disminuir la velocidad.

—Y en el mío elevarla... —reconoció.

El labio inferior le tembló por lo que imaginé que era un cúmulo de emociones, y no estaba preparado para verlo.

No estaba preparado para que Marina se mostrase de verdad porque tenía tantos matices que después me sería imposible apartar la vista.

—Elevarla y..., esto... —carraspeé—, decidir si vas a hacerlo con o sin guantes.

—¿El qué?

—Trabajar. ¿Para qué te crees que hemos venido? No vas a distraerme de nuestro cometido...

Iba a contestarme cuando Noah apareció.

El bajista llevaba su mítica libreta de componer en la mano y el pelo completamente revuelto, señal inequívoca de que no había logrado escribir una triste línea durante su retiro. Reparó en la presencia de la solista, la mía medio desnudo en pijama, y su mirada fluyó de uno a otro varias veces tratando de darle sentido al incomprensible cuadro que tenía enfrente.

—¿Me he perdido algo?

—Dinamita y yo acabamos de follar.

—¡Leo! —se quejó la aludida.

—¿Hecho el amor? Está bien, está bien —reculé antes de que me atacase—, fuera coñas. —Aclaré la garganta—. Querido Noah, si te hubieses dignado leer uno de mis múltiples whatsapps, sabrías que tienes delante a nuestra nueva compañera de piso y que la estoy educando en el noble arte de la jardinería.

—Provisional, compañera de piso provisional —se apresuró a aclarar ella—, hasta que encuentre algo, siempre y cuando a ti te parezca bien.

El mencionado no alteró su expresión. Estaba seguro de que cada partícula de su cuerpo le gritaba que se negase, del mismo modo que no tenía ninguna duda de que desobedecería dicha orden.

—Puedes quedarte el tiempo que necesites. —Acerté—. Voy a darme una ducha.

Desgraciadamente acerté demasiado.

Verso 5

NOAH

«Siete, dos y uno.»

Bufé.

Crucé los brazos por detrás de la nuca tumbado y repasé:

Siete pasos desde la cama.

Dos empezando a contar en la puerta.

Una finísima pared que podía tirar abajo.

«Siete, dos y uno...» eran los tres impedimentos que me apartaban de Marina y de la posibilidad de cumplir todo lo que estaba pensando.

Joder.

Puto Leo. ¿Por qué la había metido bajo nuestro techo?

Verso 6

MARINA

La primera noche en el piso de Vallecas no pude dormir.

A todos los cambios (y no eran pocos ni insignificantes) y a la nueva habitación había que sumar el hecho de que me hacía un pis mortal. Rodé sobre mí misma en la cama y me coloqué de lado, en posición fetal, hecha un ovillo y apretando bien los muslos para contener el torrente.

El reloj de los vecinos de abajo (o de arriba) marcó las cuatro de la madrugada.

Abrí los ojos y chasqueé la lengua.

«Mierda.»

Mi magnífico plan de aguantar hasta una hora decente sin salir para no molestar flaqueaba. Me lo haría encima e impregnar el colchón de orín no era exactamente la carta de presentación para una buena convivencia que tenía en mente. Urgía ir al baño. Se trataba de una cuestión de Estado. De pura supervivencia para mi vejiga.

Me froté los párpados con los puños y hundí los pies en las zapatillas de andar por casa con pompones. Luego, me levanté. Dejé la lamparita encendida, por eso de tener un faro que me llevase de vuelta al cuarto, y salí. Mi idea era deambular por el piso a oscuras y en silencio. Al fin y al cabo, desconocía si ellos, Noah y Leo, descansaban a puerta abierta o cerrada.

Siendo sincera, sabía poco de ambos componentes de Al Borde del Abismo y todavía me quedaba algún misterio más que añadir a la lista. Por lo menos, la respuesta a esa incógnita la obtuve enseguida.

Leo: cerrada.

Noah: cerrada.

D'Artacán: bien tumbadito todo lo que su cuerpo daba de sí en el sofá con una pose señorial idéntica a la figura de Anubis en una tumba egipcia.

Caminé a hurtadillas hasta el aseo (era una recta que no admitía pérdida) y eché el pestillo detrás de mí para evitar irrupciones indeseadas.

Al sentarme con las braguitas bajadas y empezar se me escapó un gemido ronco de placer.

«Señor, qué gusto», pensé antes de alzar la cabeza y cambiar a «madre mía, estoy viviendo con Noah y Leo, es real».

Ojeé lo que me rodeaba mientras, sí, seguía expulsando el litro de agua que había bebido con el rubio.

La decoración de la vivienda era... curiosa. Es decir, algunas estancias parecían sacadas del set de rodaje de *Cuéntame* como si allí viviese una ancianita adorable, y otras estaban completamente reformadas. Por ejemplo, el elegante y moderno baño. Los tonos blancos y grises cubrían las paredes y el suelo, mientras que en las estanterías y los muebles predominaban el negro y la madera. Por supuesto, había flores. Y, por supuesto también, era sencillo adivinar las baldas que pertenecían a uno o a otro.

El chico de pelo castaño y ojos chocolate la tenía perfectamente ordenada y la del rubio de la mirada gris era un desastre en el que destacaba un infantil patito de goma amarillo que no me quedó muy claro para qué utilizaba si lo que tenían era una ducha, no una bañera. En fin...

Leo me había dicho que a la mañana siguiente despejarían un hueco para dejar mis cosas (Noah, no, Noah se había limitado a darnos las buenas noches) y me pregunté si me cabría todo, que no, y si estaba preparada para compartir ciertos aspectos del día a día con ellos como hacer caca sabiendo que estaban al otro lado, que tampoco.

Iba a ser difícil.

Muy difícil.

No había marcha atrás.

Tiré de la cadena y me fui. Fue ahí cuando lo escuché. De la habitación del solista brotaban gritos, angustiosos gritos que me detuvieron al lado de su puerta. No estaba sola. D'Artacán aguardaba sentado esperando que alguien (yo) le abriera.

Me miró con sus penetrantes ojos felinos.

—No puedo. Sería invadir su intimidad. ¿Y si está desnudo? Seguro que es una pesadilla. Un mal sueño... —Leo chilló de nuevo con agonía y el felino arañó la madera sin quitarme la vista de encima como si me estuviese diciendo lo que debía hacer.

«Humana estúpida...»

Vacilé.

Evitar entrometerme en asuntos ajenos que no me concernían en absoluto era una de las máximas de la fría personalidad que me había forjado durante años para protegerme colocando un escudo en el que el resto resbalase. Una de las máximas... teóricas. Confieso que en la práctica no lo llevaba tan bien. Me resultaba complicado ignorar a alguien que sufría, abandonarlo en su dolor, y Leo y yo éramos amigos. ¿Y si le estaba dando un ataque epiléptico? ¿Y si se estaba ahogando? No podría cargar con algo así en mi conciencia.

Me erguí con determinación y agarré el pomo.

—Tú ganas —le dije a D'Artacán para acto seguido pronunciar conforme lo giraba—: Genial, ahora hablas con gatos. Estás fatal de lo tuyo, amiga.

Recuerdo muchas cosas de aquella primera vez en la que me interné en el cuarto del rubio. La mayoría son sensaciones. Densidad, frío, falta de oxígeno. Agobio. Sin embargo, había algo que destacaba sobre todo lo demás. Un koala. Sí, un koala. La luz infantil con esa forma para no tener miedo a la oscuridad y conciliar el sueño que iluminaba tenuemente la estancia y él abrazaba contra su pecho mientras se convulsionaba empapado de sudor.

La imagen que ofrecía era desoladora, de las que te retuercen las tripas. Parecía un niño..., un niño pequeño encogido, tembloroso y aterrorizado que mascullaba agitado:

—No..., por favor..., no..., Lucero, no...

Algo dentro de mí se estremeció y la piel se me erizó. Jamás había visto nada igual. Ni siquiera similar. Era el rostro de la desolación hasta el punto de que la propia mueca de su cara, sus facciones, se habían alterado y parecía otra persona.

Otro Leo.

Alguien vulnerable.

Alguien roto.

Acerqué la mano con cautela para despertarlo y lograr así rescatarlo de donde fuera que lo habían llevado sus tenebrosos sueños. Pensé en zarandearlo, era lo más lógico, pero merecía un trato más dulce, un gesto que tuviese más tacto de caricia que de golpe.

Le rocé la frente con los dedos para apartarle el pelo que tenía adherido, dibujé una sonrisa y susurré:

—Vamos, jardinero sexi, tranquilo, solo es una...

No me dio tiempo a terminar la frase.

Los ojos de Leo se abrieron de golpe por completo, pero no eran los suyos. No era la mirada en la que me había visto reflejada las últimas semanas. Eran unos ojos envueltos en sombras, rojos, idos. La mirada de una fiera herida que reaccionó ante mi intrusión cogiéndome del cuello para después alzarme y empujarme contra la pared.

—¡No me toques, cabrón! —dijo, a la par que me inmovilizaba y mi espalda rebotaba contra los duros muros.

—Leo...

—Voy a matarte, hijo de puta, voy a matarte.

—Soy yo, Mari... —intenté alzar la voz, pero no me lo permitió.

—Debí hacerlo hace mucho tiempo, la tarde que me invitaste a... El mundo será un lugar mejor sin ti. ¡Lo será, joder! Tú no deberías existir. Hay que ponerle remedio... —escupió desde la ira más profunda, y me fue imposible seguir sus palabras. A él. Al universo que me rodeaba. Sus dedos oprimían mi garganta como garras cada vez con más fuerza y notaba como poco a poco me ahogaba.

El solista estaba fuera de sí, evadido en una realidad que no era la nuestra. Experimenté una arcada abrasadora y sentí mis pulmones cerrándose. Una especie de cosquilleo desagradable se instaló en mis articulaciones y la vista se me empezó a nublar. No podía coger aire. Me rodeaban puntitos chispeantes. Iba a perder el conocimiento.

—Leo... —supliqué con los ojos húmedos tratando de que me soltase.

Desconozco cuál habría sido el desenlace si Noah no hubiese intervenido, pero lo hizo. Me salvó. Nos salvó.

Surgió como siempre, de la nada, y actuó con la rapidez que requería la situación. Con un movimiento grácil me liberó y sujetó a su amigo, bloqueándolo mientras este trataba inútilmente de zafarse de su firme contención.

Me alejé de la escena todo lo que pude tambaleándome con las piernas hechas gelatina y me doblé sobre mí misma mientras me invadía una horrible tos ronca proveniente de las entrañas y unas ganas de vomitar a cada bocanada de oxígeno desesperada que cogía a la vez que volvía a respirar, que revivía.

Noah retuvo al rubio apresándolo con el brazo y ladeó el rostro para observarme preocupado.

—¿Estás bien, Marina?

—Sí —logré articular palpándome el dolorido cuello.

Asintió con gesto serio y regresó con la bestia para traer de vuelta a la persona.

Dudo que alguien que no fuese él lo hubiese logrado.

Vestía solo unos calzoncillos cortos Calvin Klein negros con el ribete verde fosforito y blanco. Lo habíamos sacado de la cama. Nos había oído. Y gracias que lo había hecho, de otra manera... Un escalofrío me puso la piel de gallina.

Lo racional habría sido marcharme. Correr pasado el *shock* inicial y que no me volviesen a ver nunca. Ese habría sido mi consejo para Emma, lo que habría gritado a las páginas de un libro o a la televisión si la protagonista dudaba. Sin embargo, había algo hipnótico cuando Noah y Leo interactuaban, la incondicionalidad del modo en que se cuidaban siendo más que amigos o hermanos. Uno.

Dos piezas rotas y averiadas que juntas funcionaban.

—Mírame. —Concentró todos sus esfuerzos en el rubio y le habló con firmeza.

—¡Ya no te tengo miedo, desgraciado! —se removió— ¡Ya no...!

—Soy Noah, Noah, y estoy aquí. Contigo. Ahora tienes que nadar. Nada. Nada. Nada. Brazos. Pies. Controla la respiración. En línea recta. Sin detener el movimiento. El tiempo es lo de menos. ¡Hasta la orilla! —elevó la voz y, de algún modo, aquella nota atravesó la oscuridad en la que Leo estaba atrapado y lo iluminó.

Los párpados le vibraron y las violentas sacudidas del pecho menguaron. El velo de sombras y fantasmas no cubría sus ojos cuando los abrió de nuevo. En su lugar había confusión, arrepentimiento y culpa. Contempló la escena como si no hubiera estado presente y las rodillas le fallaron. Fue como si toda energía lo abandonase y quedase un cuerpo lánguido, desfallecido, derrotado.

Un cascarón vacío.

Ambos brazos le cayeron inertes a los costados y Noah tiró de él hasta la cama. Fue entonces, sentado y con los hombros hundidos, cuando se atrevió a mirarme.

—Yo..., lo siento muchísimo, pequeña —espiró como si fuera su último aliento, pero no le di oportunidad de continuar disculpándose. Roté sobre mis propios tobillos y me fui, aunque antes lo vi.

Vi el tatuaje de dos pozos profundos en sus omóplatos.

Vi el tatuaje de sus alas arrancadas.

Verso 7

NOAH

Fue una jodida pesadilla.

Leo se puso la ropa que tenía tirada en el respaldo de la silla del día anterior y salió. Probablemente regresaría a lo largo de la mañana siguiente con un tatuaje nuevo o pasaría una temporada (breve) con su padre inventando cualquier excusa que lo alejara del lugar de los hechos.

Había sufrido episodios similares al de esa noche con anterioridad, algunos incluso más *heavies*, siempre conmigo y D'Artacán como únicos testigos. La diferencia era que yo sabía de qué iba el asunto, yo y la terapeuta a la que había accedido a ver a regañadientes una vez cada quince días y que le daba herramientas para superar una etapa que nunca dejaría de arrastrar en su equipaje.

Debió de pensarlo mucho antes de invitar a Marina a quedarse en nuestro piso. Según había leído en los mensajes que me había ido enviando, se la había encontrado allí, en el edificio donde soltaba parte de su carga. Si hubiera sido listo, atento, lo habría interpretado como una señal clara, un neón en letras rojas con el texto «NO LO HAGAS Y, SI LO HACES, AVISA DE LOS EFECTOS SECUNDARIOS ANTES DE COMPARTIR TECHO CON VOSOTROS, CABRÓN».

Una cosa era conocernos a la luz del día. Bajo el sol ambos éramos capaces de fingir ser dos chicos normales y que el nombre de la banda Al Borde del Abismo no recogía exactamente la realidad de que estábamos a punto de caer y podíamos llevarte con nosotros si no tenías cuidado.

Durante la noche... La noche no era piadosa. Con su silencio, su inactividad y sus sueños te lanzaba a rincones de las mazmorras de tu subconsciente y para defenderte de los monstruos allí encerrados abandonabas las apariencias. Algo así le ocurrió a Leo: no sintió los dedos de la solista, sintió los de su fantasma.

Fui al cuarto de la chica para ver cómo estaba y explicarle que no la quería allí precisamente porque me importaba.

Teníamos que encontrar alguna alternativa. Cualquiera sería mejor que la que manejábamos. Leo le había mostrado que era una recortada, un arma con el dedo en el gatillo que a la mínima disparaba, pero es que yo... yo era un puñetero campo de minas. Lo mío no se veía, estaba enterrado bajo tierra y con maleza encima para ser más letal. No despertaba una sensación de peligro en las tripas. Por eso era peor. A un balazo se podía sobrevivir con secuelas... A una bomba... Una bomba estallaba al posar el pie, y ella parecía dispuesta a entrar, y yo parecía dispuesto a permitir que lo hiciera.

Cada segundo que pasaba aumentaban mis ganas.

Cada segundo que pasaba me alejaba de una promesa que me había hecho hacía mucho tiempo.

Recordé la conversación con Carlota cuando se lo conté poco después del... suceso.

—Recapitulando, si te he entendido bien, vas a aislarte.

—Voy a reducir mi círculo social y a hacerlo impenetrable.

—Pero eso es... es... No puedes controlar no volver a querer, Noah.

—Te equivocas. Sí que puedo.

—No puedes controlar que aparezca alguien y te quiera.

—También te confundes. Puedo. Y lo haré. Es cuestión de calibrar las dosis que entregas.

—¿Dosis?

—Fragmentos de ti. Suficientes para un colega, escasos para un amigo o, bueno, lo otro.

—¿Novia?

—No habrá novias.

—¿Y si...?

—Y si nada, Carlota. El amor no es un absurdo flechazo. El amor es una inversión de tiempo, todo lo que no estoy dispuesto a dar.

—¿Estás seguro de que no hay nada que pueda hacerte cambiar de opinión, Noah?

—Completamente. ¿Por qué te ríes? Es una conversación jodidamente seria. Las personas normales estarían sacando cajas de clínex.

—Yo no quiero ser una persona normal, y no te creo. Creo que confías en lo que dices, pero que es mentira.

—¿Mentira?

—Sí, mentira. Algún día llegará alguien, chico, chica, amigo, pareja, y te trastornará hasta el punto de que le dirás que se vaya mientras sales detrás para impedírselo... Algún día comprenderás que es inútil, los corazones laten hasta el final. Es lo último que se apaga. El sonido del «hasta pronto, te espero al otro lado del puente».

La rememoré al notar el eco sordo de mis propias pulsaciones nerviosas rebotando en el interior de mis tímpanos al descubrir que la princesa no estaba allí. Ni ella ni su maleta. Y, a pesar de que se suponía que era lo que deseaba desde que la había encontrado en la galería con Leo, lo correcto, acerté a ponerme a toda prisa una camiseta gris, una sudadera granate y unos pantalones de chándal por encima antes de bajar los escalones de dos en dos a su encuentro igual que la tarde del *casting*, como la noche de nuestra actuación en Ruido.

Había algo que no me permitía perderla.

Algo poderoso e inmenso impulsándome en su dirección.

Una fuerza irracional.

Querer volver a verla y que esa necesidad se repitiese todos los días.

Fuera, la calle peatonal de adoquines rosas donde había

pasado gran parte de mi infancia estaba vacía. Saqué el único cigarro que conservaba en un paquete de tabaco arrugado de mi etapa de fumador y me lo colgué en los labios mientras me giraba rumbo al metro cuando...

—Ni se te ocurra, Noah, o se caerá un mito. Detente antes de que cientos de chupachups lamenten haber perecido en tu boca para nada.

—¿Marina?

—¿A cuántas chicas conoces a las que se les puede apagar el móvil justo al salir de la casa y tienen que esperar en pijama en un barrio desconocido a que un buen samaritano se despierte y las oriente hasta el metro, a poder ser sin desvalijarlas?

Sopló y me di la vuelta.

Estaba sentada en el suelo, en un lateral al lado del muro de una de las jardineras que se internaban hasta el bloque de edificios, con las piernas flexionadas y la cabeza apoyada en las rodillas.

—Tengo que hablar con el guía espiritual de Emma para que evalúe si me han echado un mal de ojo.

—¿Emma tiene...? ¿Qué mierdas es un guía espiritual?

—No lo sé, pero en el videojuego en el que vive hay toda clase de bichos místicos. ¿Por qué no uno que me sea útil?

—¿Estás convencida de que son los que lo quitan?

—De lo único que estoy convencida ahora mismo es de que tengo frío.

—No soy un poderoso guía espiritual, pero eso puedo solucionarlo. —Me quité la sudadera y se la tendí—. Por cierto, en algún instante futuro tendremos que darle una vuelta al hecho de que me hayas llamado mito.

Enarqué una ceja muy serio con la mandíbula apretada. Sonreí, sonrió y... clic.

Carlota llevaba razón. Los corazones perduran hasta el final...

... con sus latidos y las personas que los potencian.

Joder con la morena de ojos verdes.

Verso 8

MARINA

Nunca había sido supersticiosa, pero un ente maligno superior se me antojaba la única explicación posible para la serie de catastróficas desdichas que estaba experimentando en un intervalo corto de tiempo, y me veía dispuesta a replantearme ciertos cimientos de mis creencias.

Vale, quizá pasaba demasiado tiempo con Emma.

Ahora en serio, en un mes y pico había pasado de tenerlo todo atado, presente y futuro, a que ambas perspectivas estuviesen dentro de una nebulosa en ruinas. Al drama amoroso le seguía el drama familiar (sin noticias de mamá o papá), el desliz académico de rechazar participar en una beca tan importante que daría para toda una temporada de una serie de la CW (que yo vería) y lo que fuera que había ocurrido en el piso de la abuela de Noah con la posesión infernal.

Echaba de menos la estabilidad emocional y que mis pensamientos no fuesen una coctelera en constante agitación en manos de un camarero novato.

Despertador, levantarme, estirar los músculos, ducha caliente, armario, piquito de Álvaro de buenos días, café solo en la uni y soporíferas clases. La seguridad de la monotonía en lugar de los picos de dudosa consistencia de perseguir tus sueños, y no quería lamentarme, pero es que, vaya, tirada en la calle en zapatillas de andar por casa al lado del moñigo descomunal de un perro con complejo de caballo era complicado no deprimirse, más cuando ni siquiera tenía del todo claro cuál era mi sueño.

Es decir, en la ficción lo sabían desde pequeños, con el primer llanto los bebés ya visualizaban para qué habían venido al mundo. Y mis amigos, en concreto Emma, también. Siempre le había sido fiel al diseño gráfico, aunque de niña lo llamase dibujos, fotos y letras chulis.

Por mi parte, tenía claro que me gustaba cocinar, pasar la tarjeta y ver efectivo en el banco, y el olor que desprendía la sudadera de Noah al ponérmela por encima, pero ninguna de las tres cosas poseía la consistencia de gran sueño para dejar a la gente sin aliento.

—¿Qué diablos me pasa? Yo antes tomaba buenas decisiones —pronuncié en voz alta y enterré todavía más mi cara abatida entre las piernas.

Él sonrió, y me di cuenta de que tenía varias sonrisas y todas me gustaban un once en una escala en la que el máximo era el diez. Luego, se dejó caer a mi lado (a Dios gracias en el extremo opuesto a la descomunal caca) y suspiró antes de soltar, el muy cretino:

—Esto..., lo que dices no es del todo cierto. Recuerda que conocí a tu ex, princesa. —Apretó los labios y asintió con cadencia teatral. Yo traté de asesinarlo mentalmente—. ¿Sabes qué? Me gusta verte cuando te enfurruñas.

—¿Insinúas que la indignación me sienta bien?

—Insinúo que tú le sientas bien a ella. —Ladeó el rostro, deslizó los dedos por mi mejilla y me colocó un mechón detrás de la oreja—. ¿Estabas enamorada?

—¿De Álvaro?

—Sí. En el fondo le tengo aprecio. Fue quien te trajo a nosotros. A la banda, al piso. —¿A mí? «Marina, no pienses cosas absurdas.»

—Noah, tú no quieres que compartamos techo. El «voy a darme una ducha» y hacer una bomba de humo ha sido bastante esclarecedor.

—Marina... —se pasó la mano por la nuca—, yo no quiero quererlo, igual que no quiero que los días cojonudos pasen y los aburridos se dilaten, pero no puedo manejarlo, ni al tiempo ni al insomnio que sé que sufriré por tenerte tan cerca, y me cabrea.

—¿El insomnio es por si Leo —tragué saliva— lo repite?

—El insomnio es porque al oírte mi imaginación y mi cuerpo me juegan malas pasadas.

—¿Qué clase de malas pasadas? —¿Quería que me dijese que lo excitaba? Rotundamente, sí. ¿Qué diablos me ocurría?

—Del tipo que terminan con tus tobillos enlazados a mi cintura gimiéndome en la boca.

Me ruboricé y a la vez experimenté un más que interesante cosquilleo en la tripa.

—¿He sido demasiado explícito, princesa?

—Quizá. —Aunque no le habría hecho ascos a un poco más de descripción.

—En cuanto a Leo —me tensé—, no es una persona agresiva. Lo que ha pasado esta noche... Está jodido, lo admito. Y no pretendo justificarlo, eso no, el muy cabrón me ha dado un susto de muerte cuando os he visto, pero creo que es justo que sepas que hubo alguien que le hizo un daño inimaginable en el pasado y te ha confundido con él. A ti... A ti jamás te habría rozado. Las personas en las que confía se pueden contar con los dedos de una mano y está sacando la siguiente para incluirte.

Lo siento mucho, pero su discurso no me conmovió. Al menos, no lo suficiente para perdonar al rubio. Lo que había visto, lo que había sentido, lo que todavía sentía, era demencial. Contener tanta ira dentro no podía ser sano...

—¿Siempre os protegéis bajo un irritante halo de misterio?

—Somos la sujeción del otro desde hace dos años. Antes nos pasábamos las horas deseando darnos de hostias a la salida del instituto.

—¿Qué cambió?

—Un puente.

Lo observé de reojo.

Noah estaba sentado al abrigo de la luz de una farola negra, con las largas piernas flexionadas, los hombros relajados y la barbilla ligeramente inclinada hacia atrás, como si estuviese mirando al cielo sin hacerlo.

—No vas a darme más detalles, ¿verdad?

—Verdad.

—¿Y ahora, qué?

—Ahora podemos pillar mi coche y acercarte a donde me digas o dejar la maleta arriba y que me acompañes a un sitio.

—¿A las cinco de la mañana? —Arqueé una ceja.

—¿Tienes algo mejor que hacer?

Supongo que me pudo la curiosidad y el hecho de no tener muy claro adónde ir si me subía al Chevrolet.

Pasamos por el piso y aproveché para cambiarme bajo la atenta mirada de D'Artacán, que no disimuló y siguió cada uno de mis movimientos desde mi cama. Corrijo. Desde mi excama. Era un gato muy cotilla con claras tendencias al hurto (solo había que ver cómo miraba la goma del pelo cada vez que me la sacaba de la muñeca y la apoyaba en cualquier superficie accesible).

Como no tenía ni idea del destino, me decanté por un *look* universal válido para todo tipo de situaciones, desde un sutil recorrido por los picaderos de Madrid a desayunar. Coleta, vaqueros, zapatillas, camiseta de tirantes y sudadera. Era la única que tenía. Sudadera, digo. Regalo del dulce Giuseppe, con capucha, cremallera delantera y colorines estampados.

Normalmente, solo me la ponía en fechas señaladas para que él la viera y en la más estricta intimidad de mi cuarto. No me llevaba bien con las sudaderas. No me llevaba bien con la ropa deportiva en general. No si no respondía a su uso deportivo, y el ejercicio y yo estábamos felizmente divorciados.

No entendía a la gente a la que ese estilismo tirado le resultaba sexi...

No la comprendía hasta que la persona que lució el estilismo tirado fue Noah.

Él no necesitaba quitarse la parte de arriba y bajarse la cintura de los pantalones para resaltar sus oblicuos en forma de V y resultar irresistible como los modelos. Él lo era y punto. Al natural. Despreocupado. Esperándome en el pasillo con aquella altura más propia de un jugador de la NBA que de un mero mortal y el pecho ancho donde apoyarse sobre la maldita (y suave) sudadera granate que me había prestado.

Recordé sus palabras hablando de «tobillos enlazados a su cintura» y sufrí una descarga, al mismo tiempo que rememoré aquel «nos irá mejor si no implicamos sentimientos» que la neutralizó.

—¿Vamos? —dije indiferente al pasar por su lado.

—Vamos.

•

Verso 9

MARINA

No llegamos demasiado lejos. De hecho, no nos alejamos más allá de un par de manzanas de su barrio.

Nos tumbamos en el suelo cerca de la parada de metro de Miguel Hernández, escena que me hizo evocar a Noah y Allie tirados en la carretera en *El diario de Noa* y al pobre Jack en un banco admirando la belleza de las estrellas segundos antes de que Rose irrumpiese y lo privase de la única escapatoria del hundimiento del *Titanic*, la tabla. Todo con la salvedad de que allí no había estrellas (contaminación lumínica de la capital) y, en lugar de temer los faros de un coche, estaba rodeada de grafitis.

La zona en cuestión, con el centro de salud detrás y un parque de asfalto con mesas de *ping-pong* y cuestas de poco relieve para hacer *skate*, tenía un muro, una construcción de hormigón que los vecinos habían utilizado para dejar fluir su vena artística.

Algunos dibujos eran francamente buenos, evocadores, pero otros... Torcí el gesto y Noah pareció apreciarlo desde su posición con los brazos cruzados en la nuca y los ojos cerrados.

Increíble.

—¿Qué te chirría, princesa?

—Nada.

—Marina... —¿Emitía un ruidito característico cuando algo me fastidiaba? ¿Por eso lo había averiguado? Chasqueé la lengua y confesé resignada.

—Es por el «Laia x Jonathan». —Noah se colocó de lado, sobre su costado, para ver de qué hablaba. La pintada en letras negras que tenía a la altura de los ojos.

—¿Tienes algo en contra de las declaraciones adolescentes?

—Tengo algo en contra de los ciudadanos incívicos. A nadie le importa que... —ojeé la fecha que venía debajo y el símbolo de infinito— lleven menos de un mes prometiéndose amor eterno entre morreos.

—A ellos les importa.

—Que se lo tatúen. —Sonreí y soltó una carcajada—. ¿Qué?

—Joder, eres una insensible.

—Gracias.

—Venga, va, atrévete a decirme que nunca has sentido la irrefrenable necesidad de dejar algo grabado para la posteridad.

—Me atrevo y no, nunca lo he sentido.

—¿Nada de corazones en las agendas?

—¿Y estropearlas?

—¿Pósters en los armarios?

—Habrían tapado el espejo de cuerpo entero.

—¿Notitas en clase?

—El profesor o, peor, un compañero podía interceptarlas.

—¿Hundir las llaves en la madera de...?

—Soy amiga de la naturaleza —lo interrumpí—. ¿Y tú? ¿Alguna vez has sentido esa irrefrenable necesidad?

—Compongo canciones. Vivo por y para la posteridad.

Lo escudriñé. Se había calado la capucha y las puntas de su pelo desordenado se le salían por los laterales. No iba de farol, vivía por y para la posteridad. Por y para la eternidad.

—Ni siquiera comprendo del todo la equis de separación —volví a la carga.

—Es el símbolo «por» —me corrigió.

—¿Cuál es su función?

—Supongo que cuando dos personas se quieren se multiplican. Son más.

—Lo único que me cuadra con esa teoría... —tamborileé con los dedos en la barbilla mientras reflexionaba— es tener hijos, ser uno más, y no creo que Laia y Jonathan, con el friolero récord de un mes juntos, estén dispuestos a ponerse a traer bebés al mundo.

Esa vez fue él quien me examinó con sus penetrantes ojos chocolate.

—¿Estabas enamorada de Álvaro, Marina? —repitió la pregunta que me había planteado en la puerta de su casa.

—Le dije que lo quería. —Me encogí de hombros.

—Pero ¿lo hacías?

He ahí la cuestión.

¿Había estado enamorada de mi perfecto ex?

Era complejo, primero porque partía de la base de no saber qué se debía sentir, identificar la emoción concreta, cómo era el puñetero amor del que todo el mundo hablaba y aseguraba cosas extraordinarias como que se adueñaba de ti, que te elevaba por encima de las nubes como en *Bola de dragón*, y bla, bla, bla.

Lo segundo, y no por ello menos importante, era porque admitir que posiblemente no, no había estado enamorada de Álvaro, era deprimente. Confesarme a mí misma que había pasado un año conformándome y así seguiría siendo si no me hubiese dado un argumento auditivo imposible de ignorar sin tomar medidas. Me convertiría en, tragué saliva, el tipo de persona que está por estar y se hunde en una relación sin afecto, igual que... mamá.

Negué con la cabeza, pero los pensamientos no desaparecieron.

Entre Álvaro y yo había cariño, respeto (o eso creía) y metas a largo plazo. Sin embargo, no había chispa, detalles, y con detalles no me refería a ostentosos regalos. De esos teníamos muchos. Nunca nos faltó una tarjeta de crédito... Faltó tocarnos a manos llenas e interés real, esa clase de detalles. Preguntar y escuchar. Besos y sexo. Conocer las inquietudes, pulsaciones y piel de las que estaba hecho el otro. Él no sabía cuál era la receta que me moría por poner en práctica y yo desconocía si debajo de todo lo que pretendía aparentar existía una versión más completa y auténtica en la que sí habría escarbado.

Solíamos decir que éramos tan compatibles que nunca discutíamos. Nuestros conocidos nos nombraron la pareja perfecta cuando la cruda realidad es que no lo hacíamos porque nos daba pereza. Juntos estábamos aletargados. Nadie lucha ni malgasta fuerzas por algo que no le importa. Puede que estuviese con él porque representaba todo a lo que debía aspirar, y también puede que lo ideal no fuera suficiente.

No era real.

Lo había echado de menos y al principio escocía verlo por los pasillos de la universidad. Sin embargo, había sido una sensación pasajera, demasiado pasajera. Ya no me afectaba encontrármelo de camino a un examen, su actitud distante y ofendida o que casualmente elevase la voz varios decibelios para llamar Ratona a Malena cuando pasaba por su lado. Es más, me resultaba tan ridículo que a veces me compadecía un poquito de ella.

Álvaro era el pasado y el amor duraba para siempre. Podía ser mi conclusión, ¿no?

—Mi último cigarro por tus pensamientos, princesa. —Volvió a sacar el pitillo del paquete del bolsillo de los pantalones con la diferencia de que en vez de colgárselo entre los labios me lo ofreció con una sugerente sonrisa torcida.

—Creía que lo habías dejado.

—Y lo he hecho, lo que no significa que no me muera por darle una calada. No hacer una cosa y desearla con toda tu alma son conceptos complementarios. Esto es un recordatorio.

—¿De que no hace mucho tu boca se liberó del sabor a cenicero?

—De que puedo tener lo que más deseo enfrente, a un

irrisorio movimiento de dedos, y quedarme quieto. No caer. Sirve para ejercitar el autocontrol... —La curvatura trepó hasta sus ojos, me sostuvo la mirada y... Un segundo. Me zafé de su embrujo frunciendo el ceño. ¿Eso era yo? ¿Una tentación? ¿Me había llevado allí para demostrarse algo, para entrenar?—. Desde luego que no —me leyó la mente, y su expresión se tornó grave—, no va con segundas. Jamás se me ocurriría compararte con un absurdo cigarro. Tú eres más, joder, mucho más. Incluso me atrevería a decir que hay días que lo eres todo.

Mi coraza, esa a la que no hacía falta dar una orden para que me protegiese ante la aparición de determinadas sensaciones que podían desbordarme, suplicó a gritos que soltase algún comentario frívolo con un toque burlón que anulase la magia de lo que había dicho el bajista, pero un nudo en la garganta y un órgano que había subido hasta allí abandonando el pecho me impedían hablar...

Ah, y el gesto rotundo e inquebrantable de Noah, que no apartó su mirada hasta que asimilé que lo que había pronunciado era cierto, al menos para él.

Para él... había días en que lo era todo. Guau.

—No estaba enamorada de Álvaro —me salió solo—, no como en las películas.

—¿Cómo se quiere como en las películas?

—Con intensidad, supongo. Escribiendo vuestros estúpidos nombres en cualquier superficie que admita tinta y coleccionando vuestros recuerdos en un pequeño baúl que guardas debajo de la cama con la entrada de la primera película que fuisteis a ver juntos al cine, un pétalo de la flor que te regaló... Da igual, yo no sé querer de ese modo.

Suspiré y observé el firmamento sin estrellas.

Noah me imitó y deslizó la mano por el suelo hasta que quedó tan cerca de la mía que pude sentirla sin necesidad de que nos rozásemos.

—Sí que sabes querer, princesa, solo que todavía no lo has hecho. —Ladeé el rostro y fui testigo de cómo apretaba los labios con fuerza antes de hablar—. El tío que lo consiga será el rey del puto universo, y así te lo debe hacer sentir, no te conformes con menos.

«Podrías ser tú», pensé, y la piel se me puso de gallina.

—Antes, cuando Leo ha sufrido el episodio, ¿a qué venía la clase de natación? —Aproveché nuestro instante de confidencias para resolver la duda.

—Marina..., a mí no me va el rollo de héroe salvador, pero me desenvuelvo bien recordando a los demás que pueden salvarse por ellos mismos. Nadar.

Nunca un verbo me había parecido tan inspirador, bonito. Nadar...

Lo observé. Su mandíbula cuadrada, el pendiente que de nuevo era un aro, el perfil de su nariz, el hoyuelo en la barbilla, la boca, sus cejas espesas, el lunar de la mejilla, las puntas de su pelo castaño disparado... Quise incorporarme y acariciarlo todo con los ojos cerrados para empaparme de él. Llevarlo en las yemas. Pero no sabía cómo reaccionaría. Por no mencionar que yo jamás había dado un paso así, nunca me había lanzado al vacío.

Con Noah todo fue novedoso.

Apasionante.

—Ten mucho cuidado con a quién se lo cuentas. Dory de *Buscando a Nemo* podría demandarte —le dije.

—¿Qué?

—«Sigue nadando...» ¿No has visto la peli? —Asintió.

—Tendrás que guardarme el secreto para que no acabe embargado y en la cárcel.

—Solo si me explicas a qué estamos esperando.

—A que se enciendan las luces de, como mínimo, seis pisos.

—¿Y después?

—Crearemos el paseo de la fama vallecano.

Verso 10

NOAH

La sudadera de Marina parecía un chubasquero sobre el que habían derramado brochazos de pintura. Le quedaba larga, por la mitad del muslo, y, joder, estaba preciosa. Aquella noche y siempre, digo, aunque debo confesar que sentía cierta debilidad por la princesa cuando me observaba crispada como si quisiese que mi especie se extinguiese, con la boca fruncida y los enormes ojos verdes muy abiertos dispuestos a tragarse el mundo y a mí con él.

Le acababa de contar nuestro plan para fundar el paseo de la fama vallecano.

—Ja.

—Esto... —bajé el volumen y me incliné a su altura, irritándola un poco más—, eso ya lo has dicho... unas diez veces.

—Ja —me desafió.

—Once. De aquí sale el ritmo de un pegadizo estribillo.

Me aparté y tuve que esforzarme para sostenerle la mirada sin reírme.

Su aspecto desde que nos habíamos puesto de pie era realmente cómico. Atisbaba la señal de obra y la cinta amarilla que la delimitaba, el cemento húmedo, y me miraba con las pupilas dilatadas, pálida y con las mejillas encendidas, todo al mismo tiempo, solo en ella podían darse esa clase de fenómenos naturales opuestos.

—¿Qué te impide hacerlo?

—¿¡Qué!? Por ejemplo, que tengo más de quince años.

—Diecinueve para ser exactos, los superas por cuatro, puedes tomarte algunas licencias...

—... y mi expediente delictivo está impoluto.

—Con más razón deberíamos ponerle remedio.

—¿Deliras? Si te has fumado algo, dímelo y aviso al Samur.

—Al Samur vamos a tener que llamar si no te relajas. Es una gilipollez, Marina, dejar nuestras huellas en el cemento.

—Una gilipollez que no pienso llevar a cabo. —Reforzó su argumento negando con la cabeza de un lado a otro—. No, no y por supuesto que no.

—Está bien. Por lo menos, ¿podrías avisarme si aparece la policía? —exageré las consecuencias y su tensión aumentó. De nuevo, tuve que controlarme para no curvar los labios. Joder, si pasaba la pasma ni siquiera se detendría al ver a un par de desgraciados de rodillas.

—Si viene, fingiré no conocerte. —Dibujó una sonrisa y, satisfecha, se estiró la coleta.

—Entre tú y yo, es una coartada muy poco consistente. Tocamos en la misma banda.

—Declararé en tu contra en el juicio. —¿Juicio? La que se había fumado algo era ella.

—¿Eres consciente de que acabas de romperme el corazón?

—Lo haría si tuvieras.

—Qué ataque más gratuito.

—Si tuvieras corazón y, lo más fundamental, cerebro, no estarías sugiriendo invadir una obra y plantar nuestras manazas.

—¿Qué tiene que ver el corazón?

—No sé, algo. El mío ha trepado por el pecho y está a punto de salírseme por la boca.

—Marina, lo que describes se llama adrenalina y significa que te mueres de ganas de grabar nuestras huellas juntas para la posteridad. Negártelo no ayudará a que mejoren los síntomas.

Apretó todavía más los labios.

Vaya, se lo estaba planteando. Con eso sí que no contaba.

Lo cierto es que no la había llevado a ese punto de la avenida de la Albufera con ningún fin concreto. Era un lugar que me traía buenos recuerdos de la infancia y últimamente me había dado por refugiarme en ellos. Supongo que quise mostrarle mi cobijo, parte de mi yo de hace muchos años, sin que ni siquiera lo supiera.

Cuando era pequeño pasaba muchas tardes allí con la yaya mientras mamá fregaba los suelos y las escaleras del ministerio y papá servía cervezas. Ella acudía a recogerme al colegio y me dejaba jugando «donde pueda verte, ¿vale, Noah?, no te alejes» mientras atendía su negocio Chuches Pepa. Pasaba las tardes con los chavales y, un tiempo después, cuando crecí, me dieron permiso para cruzar el puente de la M-40 y echar unas canastas en el Centro Deportivo Municipal de Palomeras.

Recuerdo que me sentí un dios.

Invencible.

Mayor.

Y lo hice.

Crucé pegado a la barandilla azul con los coches navegando debajo y a mi lado, en la mano uno de los flashes de limón que la yaya siempre reservaba para mí sin importar la estación en la que estuviésemos y que me llevó a asociarla a ese sabor tras su pérdida. Desde entonces no imaginaba mejor manera de que te inmortalizasen que como un sabor agradable. Sensaciones. Para mí las personas que se iban lo eran. Las vistas sobre los hombros del abuelo cuando bajábamos al Alcampo a hacer la compra grande los fines de semana y el limón del hielo de la yaya. Lo que inevitablemente me llevaba a preguntarme cuál sería la mía, si lograría convertirme en una canción como anhelaba, el tema sin nombre, solo música, que un desconocido tarareaba en el metro. «Eres un rayado de la hostia», habría dicho Leo, y llevaría razón, sobre todo desde que la inspiración se había esfumado y me había obsesionado de más.

A lo largo de las últimas semanas había acabado muchas noches allí, solo, nostálgico y frustrado, en busca de la maldita letra épica. También la había perseguido en el parque de las Siete Tetas, en las inmediaciones del campo del Rayo Vallecano y en la puerta del garaje donde una tía me metió mano por primera vez. Las canciones que hablaban de juventud perdida y de expectativas incumplidas vendían. A la peña le iba lamentar cualquier tiempo pasado y recrearse en la miseria. Pero nada. Ni una cochina frase.

Era como si no tuviese nada que contar hasta que la veía a ella, a Marina, y sentía que aún quedaba historia.

—Venga, va, hay seis, ocho pisos con las luces encendidas, el éxtasis del riesgo de que nos pillen está cubierto. Voy a hacerlo, princesa, Vallecas tendrá su paseo de la fama —anuncié. El pasatiempo se había alargado demasiado. Pronto las calles se llenarían de gente rumbo al metro para ir a trabajar. Era entonces o nunca, y estaba decidido.

Me puse de rodillas, estiré los brazos... y ella se agachó a mi lado. Caló la capucha y tiró de las cuerdas con fuerza anudándolas al cuello para que su rostro permaneciese oculto.

Parpadeé confundido.

—Por si hay cámaras de seguridad —aclaró—. ¿Qué? Si estoy condenada a ser tu cómplice, como mínimo que sea por, ¿cómo lo has llamado?, ah, sí, la posteridad, aunque no tenga la menor idea de a qué te refieres. —Se me adelantó y hundió las manos en el cemento. Sonrió sorprendida al presionar—. Vaya, está frío, pero es suave, me recuerda a la masa de galletas.

En aquel instante comprendí que los momentos no se buscan, se presentan. Parecido a cuando sales una noche de fiesta dispuesto a darlo todo y termina siendo mediocre en contraposición a esa en la que te juraste «una cerveza y a casa» y acabaste atracando la nevera a las ocho de la mañana con un pedo de narices y anécdotas capaces de sobrevivir al paso de los años.

Enterré las palmas a su lado, tan cerca que nuestros dedos meñiques se rozaron, y la miré. Supe que no olvidaría nunca ese minuto, que nunca la olvidaría a ella. Llegaba demasiado tarde para hacerlo.

—¿Cuánto tiempo hay que estar en esta postura? Si nos descubren, es probable que te maldiga, Noah.

Rio.

Por fin, me rendí.

—Marina..., quédate en el piso. Quédate conmigo. Quédate en mi vida. Te necesito.

CANCIÓN 8

—

LA VERDAD

Verso 1

MARINA

La prueba para ser teloneros de Balazo al Corazón era en La Riviera. La banda tocaba cuatro noches seguidas y les prestaron el local. Coincidió con el fin de mis exámenes, así que estaba menos agobiada y esa vez sí me preparé la audición. Conseguirlo era importante para Al Borde del Abismo y se traducía en que también era importante para mí.

Cómo habían cambiado las cosas.

Poco a poco me había integrado... Había encontrado mi espacio.

Ya no le pedía ropa a Vic ni simulaba ser quien no era. En cambio, me gustaba pintarme los labios de rojo antes de subir al escenario, ponerme unos pantalones pitillo bien ajustados y enrollarme uno de mis pañuelos de lunares a la muñeca. Iba cogiendo experiencia y manías. Iba sintiéndome cómoda. Ruido había pasado a ser como un segundo hogar, una casita de campo. Por el contrario, aquel imponente sitio...

Titití.

Enzo, a mi derecha y visiblemente conmocionado por lo que tenía delante (babeaba), pegó un respingo ante el sonido del mensaje de mi móvil. Los mellizos se habían escapado conmigo para echar un vistazo rápido a la sala.

Vacía y silenciosa era todavía más impresionante que llena.

—*Sorry*, es Emma —me disculpé.

—¿Se unirá más tarde? —preguntó Vic.

Era una de las cosas que más valoraba de nuestra relación, que la hubieran incluido como una más.

—Qué va. Tiene visita familiar. Me está poniendo deberes —releí el mensaje, la imaginé escribiéndolo a hurtadillas sentada entre sus padres y puse los ojos en blanco a la vez que sonreía, expresión que interesó a Enzo.

—Hum..., ¿qué tipo de tareas, Dinamita? —preguntó con tonito sugerente. Últimamente todo el mundo había comenzado a llamarme así, Dinamita, excepto la persona que me bautizó con ese nombre y no hablaba... y Noah.

—Quiere que simule tropezarme, le toque el culo al cantante con un dedito de refilón y no me lo lave hasta que me lo lama.

—Típico de ella —apreció la chica.

—Una solicitud muy acertada —se sumó su hermano.

—A la que me tengo que negar. —Cogí el teléfono y tecleé: «No pienso tocar ningún trasero adrede... o por accidente». Ella me contestó con el emoticono de los ojos saltones llorosos.

Lo guardé de nuevo en el bolsillo de los pantalones vaqueros negros y presté atención a los mellizos y a sus planes descabellados. Enzo se acababa de subir de un salto a las tablas y posaba mientras su hermana le hacía fotos con el teléfono en todas las poses posibles.

—¡Una sacando culo! ¡Ahora pecho! ¡Con morritos! ¡Que parezca duro! ¡E interesante! ¡Sexi! ¡Muy gay! ¡Una con la que todos los tíos quieran arrancarme la ropa! —El amante del cuero iba dándole instrucciones y ella se limitaba a apuntar y disparar sin cesar.

Observé el entorno.

La sala ubicada a los pies del Manzanares era más profesional que Ruido, de eso no había ninguna duda. Tenía un amplio escenario en forma de semicírculo sobre el que caería un impresionante torrente de luz morada, palmeras, y podía congregar la friolera de dos mil quinientas personas dando brincos, cosa que, con Balazo al Corazón, sucedía cada noche con total seguridad.

Sin embargo, no estaba inquieta (o al menos no era la que estaba más inquieta de los cinco) básicamente por tres razones: la audición era para ser teloneros de la gira de primavera-verano del año siguiente, cuando previsiblemente ya no formaría parte de la banda; no sentía la presión añadida de conocer a la competencia y, por lo tanto, no sabía si eran «¡joder, los Bolas Chinas me flipan!», como le había pasado a Enzo; y para poder cantar tan solo necesitaba contar con la presencia de Noah...

El mismo Noah al que había visto lavarse los dientes al salir de la ducha con una toalla enrollada a la cintura y gotas recorriendo su pecho, que me había traído en el Chevrolet Impala y que continuaba sin darme el beso que teníamos pendiente. Solo él podía hacerlo y no se trataba de cabezonería, dignidad ni ninguna clase de tontería de esas; se trataba de que yo ya me había arriesgado más allá de todo límite y merecía reciprocidad por su parte. Que se arriesgase.

Me mordí el labio y Enzo bajó y le quitó el móvil de las manos a su hermana.

—Déjame ver... —Empezó a pasarlas una por una con la yema del dedo—. No, no, no, no... ¡Dios, destruye esta y quema el objetivo! No, no, no, no. ¿De verdad tengo esta cara? Mátame. Tampoco, menos, no... Es que no se salva ni una. —Le dedicó a Vic un aleteo de pestañas—. ¿Podrías hacerme un par más para que se me quite el regusto amargo?

—Claro, tengo memoria en el teléfono y tiempo.

—¡Eres la mejor! —Ascendió de nuevo y reflexioné. Era una de las cosas que agradezco de Al Borde del Abismo. Que me sacaran de mi burbuja, de mi zona de confort, que me hicieran ampliar miras y me mostrasen personas diferentes, nuevas perspectivas.

Es decir, aunque Emma era adorable, su paciencia habría culminado en la foto número cien y de ahí no habría pasado, pero Vic no, Vic llegaría a la número quinientos, a la mil o a la que Enzo necesitase, porque Vic hacía varias cosas que admiraba. Escuchar al que tenía enfrente, hacerlo sentir importante y contribuir con pequeñas acciones que aumentaban tu felicidad. Era la definición de persona vitamina y decidí que quería rodearme de ellas, ser una de ellas.

La sesión se alargó hasta que aparecieron los técnicos de iluminación y sonido, y nos relegaron al *backstage*.

En nuestra ausencia había llegado mucha gente, grupos y más grupos de rock, pero nuestro solista destacaba (y con diferencia) por encima del resto. Leo estaba en un rincón con Carlota trapicheando con algo diminuto que no alcancé a distinguir e iba vestido... ¿Cómo explicarlo? De Leo siendo Leo copiando el estilismo de las cortinas de la casa de la abuela de Noah para usarlas como capa larga, con el pecho al descubierto, pantalones negros ceñidos, unas acentuadas sombras negras de maquillaje en los ojos y los labios rojos. ¿Acaso había cogido prestado mi pintalabios? Por la cuenta que le traía, esperaba que no.

Aquel *look* extravagante habría resultado grotesco en cualquier ser humano, una burla al sentido de la moda que en él casi se podía decir que era atractiva gracias a la seguridad y a la personalidad que desprendía. Su esencia.

—Vamos con ellos —propuso Vic.

—Adelantaos vosotros. Yo... —balbuceé, «piensa algo convincente, maldita sea»— tengo que refrescarme la nuca. Hace un calor criminal dentro. —Me abaniqué haciéndome la sofocada.

—Seguís enfadados —adivinó la batería.

Vaya, no había colado.

—Es complicado —reconocí.

Era un buen símil. «Es complicado» como alternativa de «llevamos ignorándonos desde que me atacó por la noche en mitad de una pesadilla cuando acudí a socorrerlo con D'Artacán». Y es que así actuábamos. Leo llegaba tarde a casa y se encerraba en su cuarto hasta que me marchaba a la universidad, y en los ensayos practicaba sus temas y salía a fumar en el preciso instante en el que yo agarraba el micrófono para no regresar hasta que nos despedíamos.

En las últimas semanas no habíamos cruzado ninguna palabra ni establecido contacto visual y, aunque al principio me reventó (como una patada en el bazo) no recibir la disculpa que creía que merecía, había llegado a un punto en el que la indiferencia se extendía y no echaba de menos a mi amigo.

Vic y Enzo acudieron con Carlota y Leo.

Desvié la vista y... arqueé las cejas.

Noah.

Con él tampoco iba mejor.

Hacíamos la cena juntos (o más bien la hacía yo ante su atenta mirada para no perder detalle), hablábamos sobre qué tal nos había ido el día, veíamos alguna serie y habíamos tenido algún encuentro digno de ser catalogado como subido de tono, al menos mis hormonas así habían celebrado la noche que comimos natillas de chocolate y la punta de su lengua se deslizó lenta por la comisura del labio y por la cuchara para paladearlo superando el erotismo de los chupachups.

Pero no avanzábamos. Tampoco retrocedíamos. Y estar estáticos era una mierda. La tensión no resuelta se incrementaba y había empezado a hacer algo que no debía: googlear su nombre y apellidos y ojear periódicos de la fecha en busca de un terrible acontecimiento que justificase su fijación en renunciar a ciertas porciones (íntimas) de su vida.

Estaba sentado, encorvado hacia delante afinando las cuerdas de la guitarra, ignorando por completo a las cuatro, se añadió una más, cinco mujeres que revoloteaban a su alrededor descaradamente para captar su atención.

—Noah está muy follable con esa pose de artista torturado. Deberás hacerte a la idea ahora que vas camino de convertirte en su chica, Dinamita.

Era Leo. Se había tomado la molestia de venir a mi lado..., de acudir junto a mí solo. Siguiendo nuestra dinámica habitual, llegaba mi turno para decirle «no soy la chica de nadie» y que él contestase con algún comentario descarado e irritante. Lástima que no me naciese comportarme como si las cosas estuviesen bien entre ambos.

Me giré y colisioné con su provocadora sonrisa insolente, aunque la expresión no le trepaba hasta aquellos ojos grises que parecían... indefensos y vulnerables.

—Así que has decidido que volvemos a ser amigos. Qué honor. Agradezco tu generosidad, pero no hace falta que te tomes la molestia. Estamos perfectamente como estamos, gracias.

—Dinamita...

—Dinamita, no. Vivimos bajo el mismo techo, bajo el mismo maldito techo, Leonardo. Has tenido oportunidades de sobra para proponerme tomar un café y hablar del tema como adultos.

—Odio el café. —Trató de forzarse a estirar la curvatura de labios, pero no funcionó. Mientras, su mirada se apagó un poquito más.

—Pues una cerveza, tequila, Jägermeister..., lo que fuera. Ahora no es el momento.

—No me lo vas a poner sencillo, ¿eh?

—No te lo voy a poner de ninguna manera. Me largo. —Fui a moverme y me retuvo enroscando sus dedos alrededor de mi muñeca.

—Marina, por favor, escúchame —suplicó con voz ronca.

Observé su mano envolviendo la mía con las uñas mordidas y alcé la vista. Todo rastro de socarronería lo había abandonado para dar paso a una inusual fragilidad que me desestabilizó el alma.

—Tienes cinco minutos.

—Sobran cuatro.

Me soltó.

Crucé los brazos y él se rascó la nuca buscando la forma de empezar. Contemplándolo de cerca, descubrí que bajo aquella aura estrafalaria de roquero desenfadado existía un niño, un niño indefenso y desamparado al que extrañamente tuve la necesidad de cuidar.

—Esto se me da de culo, joder. —Chasqueó la lengua.

—Podemos posponerlo...

—No, Dinamita. Quiero hacerlo. Solo te advierto que no va a ser lo que te esperas y que te defraudaré, que se me da mal. Pero voy a intentarlo. Voy a intentarlo por ti, ¿vale? Porque lo vales.

Me dejó sin palabras.

—Cuando la cago, y la cago a todas horas con las personas que me importan, me emborracho, tatúo mi cuerpo y me distancio un período de tiempo prudencial para volver y actuar como si nada. Soy un cobarde, un puto cobarde que rehúye este tipo de situaciones. —Nos señaló a él y a mí—. La noche en que me fui del piso no fue distinta. Me bebí hasta las gotas de los cubatas que habían resbalado en la barra y acabé tambaleándome en la puerta de mi estudio de confianza aguardando a que abrieran, pero algo cambió. Ningún diseño me convencía. No quería que una aguja grabase LO SIENTO en mi cuerpo —bajó el volumen y entendí que pronunciar lo que fuese a pronunciar le costaba un enorme esfuerzo—, quería decírtelo y abrazarte para que dejases de tenerme miedo, y el que se asustó fui yo, Marina. Para mí es aterrador desear que otra persona me toque de ese modo, con delicadeza y cariño. Follar se me da de lujo, en el resto de las intimidades soy un desastre. Pero no te miento si te digo que quiero aprender a hacerlo contigo, igual que en su momento aprendí con Noah, y que no te fallaré nunca. Jamás. Mientras este pecho sin corazón siga latiendo.

No supe qué contestar.

Él tembló.

Reaccioné de manera involuntaria, me puse de puntillas, envolví su cuello y lo estreché. Apoyó la cabeza en el hueco de mi hombro y emitió un gemido ronco.

—Te perdono, Leo.

—Gracias, gota de lluvia.

—¿Qué?

—Encargué un colgante a Carlota para pedirte una disculpa oficial y me dijo que era lo que te representaba. Está en el bolsillo trasero de mis pantalones, ¿puedo ponértelo? —vaciló. Asentí y me rodeó. Con mimo, me apartó el pelo de la nuca y lo enganchó por detrás. Noté la cadena con la pequeña gota cayendo—. Ahora lo entiendo —susurró a mi espalda—. Eres nuestra gota de lluvia, Dinamita, tú vas a hacer que la tierra infértil florezca.

Verso 2

MARINA

La competencia para ser los teloneros de Balazo al Corazón era feroz y francamente buena.

Algunas bandas superaban (y con creces) la calidad de los componentes del grupo principal, que estaban tirados en primera fila medio groguis a consecuencia de los porros que no dejaban de fumar y no ocultaban su nulo interés por el *casting*, como si este fuese más una elaborada estrategia de su *manager* para blanquear su imagen y que la prensa dejase de hablar de cierta pelea a la salida de una discoteca que se les fue de las manos que una prueba formal para ayudar a despuntar a una banda desconocida.

Una completa decepción que compensaba con los brutales conciertos gratuitos de nuestros rivales que teníamos el placer de presenciar.

—Tú..., tú..., tú...

—Sí, Enzo, sí, a mí también se me han caído los huevos al escucharlos —dijo Leo cortando el balbuceo del guitarrista, y chasqueó la lengua ofuscado. Luego frunció tanto el ceño que las cejas se le unieron formando un arco.

—Son un KO asegurado para la banda que suba detrás y da la casualidad de que somos nosotros. Estamos vendidos.

—Cállate.

—No puedo. Cuando me pongo nervioso se me sueltan la tripa y la lengua. —Vic asintió—. Joder, ni en pelotas y haciendo círculos con la polla lograríamos que los olvidasen. Lo menos humillante es retirarse.

—Nadie va a retirarse —siseó el rubio, y añadió menos tenso—: En contra de sacarnos la polla y hacer círculos no tengo nada.

El resto los observábamos como a una pelota moviéndose en mitad de un partido de tenis de lado a lado. Dragones y Magnolias eran de lo bueno lo mejor, como había dicho Enzo, pero no los veía insuperables, quizá porque confiaba más en las cuatro personas que me acompañaban y en su talento que ellos mismos. Por una vez, la rueda de la inseguridad viraba de dirección.

Miré a Noah. Me sorprendía que no hablase y al contemplarlo creí adivinar el motivo. Leo, el desligado y poco comprometido Leo, había tomado las riendas de la situación y parecía realmente involucrado en solventarla. Quería dejarlo hacer. Darle alas.

—Nosotros éramos mejores, el problema es que nos hemos acomodado. Hacemos siempre lo mismo, finde tras finde, y el público lo nota. Nos falta magia y es hora de recuperarla.

—¿Qué propones? He oído maravillas de unas setas alucinógenas que...

—Propongo improvisar, Enzo, hacer algo que nadie, ni siquiera nosotros, esperemos. Así, a las bravas, espontáneos, jodiéndola descomunalmente o reactivando la chispa. Pasárnoslo de puta madre arriba. —Carraspeó—. Noah, Dinamita, propongo que vosotros dos interpretéis a dúo *Desnúdame con la lengua.*

Se me desencajó la mandíbula.

La emoción del discurso motivacional dio paso a la más absoluta perplejidad. ¿Cómo...? *Desnúdame con la lengua* era un tema que no habíamos ensayado, bastante subidito de tono y... ¿Nadie iba a decirle nada? ¿Poner el grito en el cielo? ¿Oponerse?

Por lo visto, no, las personas no se indignaban cuando a mí me convenía. Me tocaba hacerlo con las mejillas ardiendo.

—Es tu canción. Nunca cedes ni un acorde de protagonismo con ella. Estaría feo por nuestra parte adueñárnosla —traté de sonar sincera, hacerlo entrar en razón.

—Es una canción sexi, morbosa, y vosotros dos juntos dejándoos llevar y liberando química podéis transformaros en sexo. Si tenemos alguna oportunidad, este es el camino. Que la gente os oiga follar, os vea follar y se sumen al polvo masturbándose extasiados.

—¿Perdón? —Abrí los ojos como platos. ¿Estaba sugiriendo hacer una bacanal en directo?

—No es literal, Dinamita, es... Una buena canción debe ser como un orgasmo. Si Balazo al Corazón se corre, serán nuestros, ¿verdad, Noah? —buscó su apoyo. El bajista lo examinó con detenimiento y afirmó con la cabeza.

—Los tendremos en el bolsillo.

«Sucio traidor.»

—¿Lo veis? Cuando pongo la neurona a trabajar soy de lo más útil. —Leo sonrió satisfecho de sí mismo y comenzó a reprogramar la escaleta alterando el orden de los temas que habíamos seleccionado para que *Desnúdame con la lengua* fuese el último, rompiendo así con la tradición de cerrar con la *cover* de *What's Up*, de 4 Non Blondes.

Aguardé a que Leo, Vic y Enzo nos adelantasen para retener a Noah contra su voluntad y asesinarlo, que no fulminarlo (eso era de aficionados), con la mirada. Pero él no había hecho ningún amago de moverse del sitio y tenía sus pupilas de chocolate dilatadas y clavadas en las mías.

Expresión serena, el colgante del mundo de Carlota sobresaliendo por encima de su camiseta blanca, vaqueros desgastados que le sentaban de vicio y las puntas castañas de su pelo desordenadas sobre la frente como si acabase de salir de la ducha y se hubiese pasado la toalla para quitar la humedad.

El bajista estaba arrollador, pero no me iba a despistar.

—Solo es una canción, ¿qué te preocupa, Marina?

—La letra es... —Atrapé el labio inferior entre mis dientes. Joder, estaba sofocada. ¿Cómo exponerle mis objeciones sin cerrarme en banda o que me entrase la risa floja y resultar una mojigata?

—Porno, dilo. La escribí después de echar un polvo muy bueno. Con el deseo recorriéndome las venas.

—¿Y te parece bien? —vacilé.

—Estoy muy a favor del sexo, la lengua y la saliva.

—No, idiota, ¿te parece bien que lo hagamos tú y yo?

—¿Por qué no me lo iba a parecer? Eres una diosa al micrófono. Me gustaría que reinterpretases todas mis canciones y redescubrirlas a través de tu voz.

Bufé.

Él frunció el ceño.

No pillaba por dónde iban los tiros. Debía ser un poquito más explícita, a pesar de conocer de antemano que sufriría un aneurisma cerebral por la vergüenza.

—Tú y yo hablando de todo eso... Tú y yo, con nuestra relación prohibida, la tensión... ¿Es buena idea?

Una sonrisa torcida serpenteó hasta su boca.

—No vamos a montárnoslo. —Carraspeó—. Somos profesionales. Buenos profesionales. Representaremos una fantasía de tres minutos, solo una fantasía, Marina.

Accedí a regañadientes, más que nada porque nos llamaron para salir a escena.

Participaba en una de las cuatro canciones de la prueba, la última, así que permanecí el resto del concierto entre bambalinas, viéndolos oculta a un lado del escenario rodeada de cables y *atrezzo*.

La banda cumplió, disfrutó y ofreció una de las mejores versiones de sí misma, la mejor desde que me había unido a Al Borde del Abismo, tanto que entre el público surgieron algunas mentes malintencionadas (y envidiosas a rabiar) que lo tacharon de falso directo. A decir verdad, no me extrañó que dudasen. Eran genios, puñeteros dioses de la música.

Vic golpeaba la batería con destreza, moviendo la cabeza arriba y abajo, poseída. Enzo resbaló al suelo y se tumbó pataleando sin dejar de tocar. Mientras, Leo ladeaba el rostro insolente cerca del micro, mirando fijamente a los ojos de todos los oyentes con los músculos de la cara contrayéndose y expandiéndose, y la capa ondeando a su alrededor revelando su torso desnudo lleno de tatuajes. En cuanto a Noah... A Noah no le interesaba llamar la atención, pasaba de los focos, y eso, en lugar de cumplir con su propósito, lo tornaba alguien fuera de todo límite e inaccesible, el más deseable.

Reconozco que escuchándolos me sentí inferior, porque de hecho mi calidad lo era, pero estaba tan nerviosa por el cambio en el guion de última hora y el tiempo pasó tan deprisa que no me dio tiempo a regodearme en la miseria.

—... ella es Dinamita y sube dispuesta a perforaros los tímpanos —me dio paso Leo.

Salí a escena. No sé si dispuesta a perforar tímpanos, como había sugerido Leo. Sí a llevar a cabo una actuación decente que no bajase (mucho) la media de matrícula de honor de lo que acababan de hacer.

El rubio se hizo a un lado, cediéndonos el protagonismo y el centro de la pista al bajista y a mí, y se sentó en un altavoz donde abrió la botella de agua que le pasaron desde el *backstage*. La sorpresa vino cuando, ejem, ¿por qué diablos se iban?, Vic y Enzo lo imitaron, abandonándonos solos a nuestra suerte, algo que no estaba previsto.

—¿De qué va esto, Noah? —Sonreí tirante formando una críptica línea recta con los labios para que nadie pudiese leerlos.

—No lo sé.

—Míralos, qué monos, se están riendo, cuando terminemos voy a contratar un sicario que los matará lenta y dolorosamente. —Continué con el falso gesto de felicidad y los dientes rechinando.

—Marina... —me rozó el dorso de la mano con la suya para infundirme tranquilidad—, no los necesitamos. Va a salir bien. Tú concéntrate en mí y yo haré lo mismo. Canta como si nadie nos estuviera mirando. ¿Podrás?

«Puedo soñar con que esos tres se atraganten con el agua, el resto es una incógnita.»

—¿Marina? —insistió—. Como si nadie nos estuviera mirando.

—Es lo que hago siempre —confesé.

Abandoné a los tres impresentables que colmaban todo mi foco de odio y... el nudo que atenazaba mi garganta aflojó cuando nuestros ojos impactaron. Con él nada iría mal. Superaríamos la canción. Superaríamos el fin del mundo.

—Durante tres minutos y medio solo existiremos tú y yo, ¿vale?

El tiempo se ralentizó y nos sostuvimos la mirada suspendidos en el instante hasta que le dije:

—Solo nosotros, Noah.

Acarició las cuerdas y me enfrenté a mi micrófono.

El tema, tal y como nos lo habíamos distribuido en cinco segundos a toda pastilla, empezaba con él, yo me unía en el estribillo, en la siguiente estrofa era la solista y repetíamos estructura. Sencillo.

Lo observé de reojo. Aunque la parte instrumental era notable, el que se lucía en *Desnúdame con la lengua* era el cantante, de ahí que le apasionase al egocéntrico de Leo. Noah se dedicó en exclusiva con mimo a su guitarra hasta que abrió la boca, entonces concentró toda su atención en mí y su voz fluyó rota, como si acabase de meterse media botella de orujo entre pecho y espalda.

Su manera de cantar era... Cuando lo hacía daba la sensación de que había pasado un ángel. La gente se callaba, contenía el aliento y se agarraba el pecho, y es que daba igual que lo hubieses escuchado cien mil veces o una, en cada ocasión sonaba diferente y se colaba por un hueco distinto.

Con Noah no tenías escapatoria.

En esa parte de la canción pedía a la chica, me pedía a mí, que caminase a su lado con el pelo suelto, descalza, sin ropa, y que me dejase arrastrar por su saliva hasta donde nos llevase.

Cerré los ojos aturdida y... a mi mente vino Álvaro. La memoria del tacto de sus dedos en mi sexo separándome los labios y la punta de su lengua unas veces hundiéndose y otras trazando circunferencias. Mi palma enrollando las sábanas mientras mi cerebro se preguntaba si lo estaría haciendo bien, gemir, retorcerme, fingir.

Experimenté un escalofrío desagradable y sustituí su imagen por la de Noah. De repente era su coronilla la que asomaba entre mis piernas y no tenía que cuestionarme si hundir las manos en su pelo y empujarlo estaba bien, lo hacía y punto, porque lo necesitaba, porque lo necesitaba más dentro, más profundo, devorándome más mientras me arqueaba, con los pezones duros y los dientes apretados conteniendo un torrente de ruidos agudos.

Despegué los párpados con la respiración acelerada justo cuando él finalizaba un solo de guitarra estratosférico que tenía al público de pie con la piel de gallina.

—Desnúdame —canté soltando todo el aire de mis pulmones de golpe—, por favor, acaríciame desde la boca hasta el ombligo, desde el ombligo hasta... —Detuve la frase y mis dedos se enroscaron insinuantes en la cinturilla de los pantalones, cosa que habría estado bien si no fuera porque mi turno no había llegado, no se trataba de escenificación y Noah lo sabía. Jadeé con el corazón bombeando con violencia y lo miré contundente, intensa, excitada—. Hazlo —dije antes de dejar caer el micrófono a un lado de mi cuerpo.

Me quedé plantada, vulnerable, con los brazos inertes, las piernas flojeando y el pecho a punto de reventar en mil pedazos. Entonces el solista emitió un gruñido desgarrador, de redención, soltó la guitarra, se arrancó la referencia auditiva del oído y avanzó en mi dirección.

—¿Por qué me haces esto, Marina? —preguntó torturado.

—¿El qué?

—Ponérmelo tan difícil. No está bien. Nos arrepentiremos y... —Entreabrí la boca y sus ojos se anclaron en el gesto. Apretó la mandíbula y sus músculos se tensaron.

—Joder.

—Dime.

—Quería hacer las cosas bien.

—¿Ya no quieres?

—Ya no puedo. Estoy harto de nadar a contracorriente, de desearte tanto que duele.

Gruñó.

Sin mediar palabra, me agarró del trasero de un modo animal y enrosqué mis tobillos en su cintura. Luego, me cargó a pulso hasta que dejamos atrás el escenario y rugió al apretarme contra la pared del *backstage*. Podía notar cada centímetro de su cuerpo y distinguir las flameantes llamas de sus ojos.

—Lo siento en el alma, Marina, pero si no te beso ahora mismo voy a reventar.

—Hazlo.

—Eres mi perdición, mi puta perdición, princesa, cielo e infierno en uno.

Noah gimió atormentado contra mi boca antes de estampar sus labios en ella con dureza. Su lengua me invadió y emití un jadeo ahogado. Coloqué una mano en su nuca y lo atraje más cerca con gesto exigente mientras las yemas de la otra se le clavaban en el hombro excitadas.

—Hasta la médula, Marina, te has colado hasta la médula —dijo sin despegarse.

En ese preciso instante noté la dureza de su sexo y me pegué para frotarme despertando millones de terminaciones nerviosas que se derramaron por mi organismo. Besar al bajista era como sumergirte debajo de una cascada. Algo inmenso y complejo que te empapaba, sin hueco para pensar, dejando que el corazón saliese disparado por la boca en busca de su saliva.

Verso 3

NOAH

Sus labios hinchados vibraban sobre los míos cuando la vista se me nubló y me fallaron las piernas.

Tuve el tiempo justo para dejarla en el suelo.

Después el mundo se fundió a negro...

Verso 4

MARINA

Ocurrió demasiado deprisa.

Recuerdo las imágenes como una sucesión de coloridos y borrosos fotogramas encadenados. Noah abatido en el suelo. Leo abalanzándose junto a él para colocarlo de lado y gritar a cualquiera que pudiera escucharlo «¡que alguien llame a una puta ambulancia!» con el rostro desencajado. Gente acumulándose. Y yo sin saber cómo reaccionar, confusa, con el cuerpo entumecido y destemplado tiritando de la impresión, de la incomprensión.

Percibía el sonido como algo lejano, ajeno, voces distorsionadas que se colaban por mi oído y se mezclaban con un zumbido ininteligible.

No comprendía la desproporcionada reacción del rubio. Noah se había mareado, había perdido la conciencia. No era tan grave, ¿no? ¿Por qué actuaba como si lo fuera? Me estaba asustando, instalando una sensación de vértigo en las entrañas que provocaba que el *backstage* diese vueltas y que tuviese ganas de vomitar. Un taladro en la cabeza y vacío.

Alguien enlazó sus dedos con los míos y presionó con fuerza para traerme de vuelta.

Miré.

Era Carlota, su hermana, quieta junto a mí, serena, como transmisor de paz.

—¿Qué le pasa a Leo? —mascullé.

—Tiene miedo.

—¿De qué?

—De que Noah se esté muriendo. Piensa que la cuenta atrás ya ha empezado.

Verso 5

NOAH

—¿Cuánto, doctora?

—No hay una forma exacta de saberlo.

—¿Más o menos?

—Nuestra experiencia en casos similares nos dice que un periodo corto. Está muy extendido, algunos órganos empiezan a fallar...

—Cuánto tiempo.

—Tres meses, puede que cuatro.

—Entiendo.

—Noah, sé que te opones, pero existen tratamientos para paliar las futuras molestias que vendrán. Tenemos los medios y la ciencia para acompañarte a lo largo del proceso y hacértelo más fácil. No tienes que pasarlo solo...

—Tres meses, cuatro como mucho, ¿verdad?

—Es lo previsible, sí.

—Gracias, doctora.

Verso 6

LEO

Noah nunca me ocultó el desenlace de esta historia. Fue sincero desde el inicio. Desde la madrugada que nos encontramos en el puente de la M-40 supe que le habían diagnosticado una enfermedad terminal. Por si no me había quedado bastante claro, a las pocas semanas, concretamente el día que me mudé a vivir con él al piso de su abuela, presencié una discusión bestial con su familia. Mejor dicho, con su madre.

La cosa se puso muy fea casi en el acto y yo no tenía confianza con ellos, así que me piré a la galería acristalada con las ventanas abiertas para fumar sin parar hasta que se largasen, pero los chillidos enfurecidos de la mujer traspasaban suelos, techos, tabiques y concienzudas barreras mentales.

—Escucha bien lo que voy a decirte porque no pienso repetirlo, hijo mío. Esta familia va a probar todos los tratamientos oficiales y experimentales que hay en el mercado. Empeñaremos las joyas, venderemos la casa, el coche y todo lo que haga falta hasta la indigencia con tal de viajar a Houston, Londres o dondequiera que estén los mejores médicos y solucionarlo. Tú vas a curarte y no, no es negociable.

—Mamá, sé que te niegas a ver la realidad porque me quieres y, joder, te lo agradezco, te lo agradezco en el alma, pero no voy a participar en algo que no lleva a ningún sitio. Arañar unos meses no compensará los palos de perder la esperanza una y otra vez.

—Pero tú, tú, ¿tú quién te crees que eres? No me retes, Noah, por las malas no. Estoy dispuesta a hacer lo que sea, ¡lo que sea, me oyes! Si me obligas, moveré cielo y tierra para declararte una persona que no está en pleno uso de sus facultades mentales y convertirme en tu tutora legal.

—¿En serio es lo que te gustaría? ¿Pasar los últimos años entre abogados y jueces peleando en los tribunales?

—¡Lo que me gustaría es que mi hijo le eche cojones, no se rinda y luche con uñas y dientes para salir adelante!

—Mamá..., no estoy en la guerra, estoy enfermo, y los expertos dicen que no tiene solución. Contra eso no puedo hacer nada más que elegir cómo quiero vivir, y prefiero que las horas de calle superen las de hospital, la música...

—¿Qué hay de cuando llegue el sufrimiento? Yo seré la que tendrá que... la que verá como mi pequeño...

—El sufrimiento no llegará.

—¿Qué insinúas?

—Que no os haré ni me haré pasar por eso.

Nunca olvidaré la cara que puso su padre en ese momento, pude distinguirla a través del cristal. El hombre se dio la vuelta, en apariencia entero, y se mordió los nudillos con la mandíbula tan dislocada que le podría haber cabido el puño entero. Luego, lloró manteniéndose erguido y evitando convulsionarse para que el resto no se percatase.

Decidí apagar el pitillo e irme.

Tanto drama me incomodaba. Además, la pelea no iba conmigo. Tenía mi propia basura y no estaba dispuesto a añadir más a la rebosante bolsa de mierda. Saldría, pillaría unas cuantas litronas con los colegas en el chino y volvería tan doblado que me encerraría directamente en el cuarto. Nada podía salir mal, nada excepto una chica rubia de ojos almendrados rasgados que se coló en la galería con una trenza cayéndole por el hombro y una diadema amarilla.

—Soy Carlota, su hermana, y no me gustan los besos. —Estiró la mano en mi dirección.

—Eh..., Leo. —La estreché dubitativo.

—Así que tú eres el nuevo amigo de Noah.

—No diría tanto.

—¿Te ibas?

—Pinto poco aquí. —Me encogí de hombros.

—A mí tampoco me van las broncas, sobre todo las que no conducen a ningún destino. Qué pereza. —Me traspasó con la mirada y reparó en la galería—. Deberíais reformarla. Darle vuestro toque personal como pareja.

—Espera, Noah y yo no... no somos pareja.

—Sois amigos, los amigos también son pareja.

—La cuestión es que no somos exactamente amigos, somos conocidos —suavicé, porque decirle «me estoy aprovechando de tu hermano enfermo para tener un techo bajo el que dormir» sonaba un poco brusco.

—Pero vivís juntos.

—Es circunstancial...

—Y os haréis grandes amigos, hermanos, no tengo ninguna duda. —Parecía ilusionada y opté por no romper su delirio explicándole que llevábamos años en la misma clase y el máximo progreso en nuestra relación había sido contener, que no exterminar por completo, las ganas de partirnos la cara—. Es un gesto muy valiente, Leo, de veras que lo pienso.

—¿Qué?

—Entrar en su vida a estas alturas sabiendo que se muere y que no podrás hacer nada para remediarlo. Regalarle la oportunidad de que alguien lo quiera ahora que está empeñado en apartar a toda la gente de su lado para que nadie sufra.

—Carlota..., nunca voy a quererlo. Él me ha escogido como compañero..., vivo aquí..., porque sabe que la masa enfermiza que tengo dentro del pecho es incapaz de amar.

—Lo siento mucho.

—No tienes por qué. Llevo conviviendo con ella desde crío. Nos toleramos.

—No siento eso, siento que te lo creas, porque sí que lo vas a querer. —Cogió aire y me observó con una pena inmensa, como si fuese capaz de vaticinar el futuro—. Leo, vas a querer a Noah más que a ti mismo, a rabiar.

Pensé que Carlota era una cría entrometida que no tenía ni puta idea de mis circunstancias especiales, de mi vacío. Una niña ingenua que anhelaba que le diesen amor a su hermano mayor moribundo. Lástima que se hubiese equivocado de objetivo, de persona. Mi capacidad de amar estaba muerta y enterrada. Si ni siquiera me tenía cariño a mí mismo, ¿cómo...?

Si alguien me hubiese dicho que dos años después volvería a sentir las pulsaciones de mi corazón, le habría contestado que le devolviesen el importe del curso de vidente. Pero lo hacía. Lo sentía. De nuevo. Brotando del agujero negro que lo absorbió y sufriendo las consecuencias de resurgir después de tanto tiempo.

Bramaba, joder.

Antes de la mudanza, Noah marcó las condiciones. Bueno, la condición.

Estábamos en un banco de los soportales y yo me partía el culo mientras él tosía al dar su primera calada a un piti.

—Eres un blando de cojones —le dije, y en lugar de seguirme el rollo e insultarme se apartó el pelo castaño que le caía sobre los ojos y me miró fijamente.

—Tenemos que hablar.

—¿Vas a confesarme que llevas años secretamente enamorado de mí? Porque algo sospechaba...

—Leo, es en serio. —Chasqueó la lengua y apretó la mandíbula. Nunca le gustó sacar el tema—. Cuando esto se complique, cuando la enfermedad se acelere y yo me deteriore, tú no me pedirás que sea fuerte, valiente, un ejemplo de lucha y superación. No dirás nada. No me exigirás algo que no puedo darte. Serás mi respiro. ¿Lo comprendes? Es vital que lo hagas.

¿Lo entendía? Sí, no era tan imbécil para no descifrar el castellano. Noah se moría por una enfermedad a la que no quería nombrar y llegado el momento, antes de que ella acabase con él, le pondría fin como le diese la gana.

Ahora bien, ¿entendía lo que implicaba? No, de hacerlo jamás habría accedido a convivir con él. Nunca le habría dejado colarse por mis grietas como pequeños rayos de luz que me enfocaron y me trajeron de vuelta.

—Vaya —di una calada larga—, y yo que pensaba forrarme con un libro de autoayuda contando tu historia —contesté accediendo.

—Leo..., tú no sabes escribir.

—Capullo. —Nos reímos... Fue la primera vez que lo hicimos juntos.

Nuestra primera vez...

Salí del trance y retorné al presente. A la fracción espacio-tiempo en la que la cuenta atrás se había activado y el desenlace extendía sus garras sobre nosotros para atraparnos.

Nuestro reloj, su reloj, se quedaba sin granos de arena.

A lo largo de los últimos dos años le había dado muchas vueltas a cómo sería cuando, pues eso, el final fuese tan inminente como irremediable. Al principio, no es que me la sudase, joder, no, tampoco era un insensible. Pero no me desestabilizaba. Me veía fuerte. Capaz. Era innegable el halo de tristeza que envolvía la situación por el hecho de ser tan joven; sin embargo, no hundiría mi barco. Asistiría al funeral, me iría del piso de su abuela, durante días pensaría que lo que había sucedido era una putada y mi vida seguiría sin él.

Avanzando.

Ni siquiera necesitaría tiempo para curar una herida inexistente.

Noah no era indispensable.

Luego, conforme la convivencia prosperó, le cogí cariño. Fue tan lento y gradual, a cuentagotas, que tardé en ser plenamente consciente de ello. Ocurrió una tarde mientras trasplantaba un cactus de la maceta de la floristería a una más grande de la galería. Hasta que mi amigo no se aclaró la garganta no me di cuenta de que estaba detrás, tirado en nuestro sofá con gesto reflexivo y una mano en la cadena, componiendo.

No sabía cuántos minutos llevaba allí, sí que durante ese tiempo mi instinto protector no se había activado. No había vigilado mi espalda con recelo. Arqueé una ceja y fruncí el ceño. Mi falta de reacción era tan sorprendente como rara. Yo siempre, siempre sin excepción, estaba alerta, pero con él mis defensas ya no sentían la necesidad de alzarse. A su lado, me encontraba tranquilo, cómodo, en calma, y puede que la gente soliese buscar emociones fuertes, bestias, épicas e inolvidables, pero es que en mi caso necesitaba un bálsamo, un resquicio de paz, y él lo era.

Era ese rincón donde podía relajar el cuerpo y abandonar las preocupaciones.

Un silencio reconfortante.

Noah era mi amigo, tragué saliva, mi primer amigo de verdad.

—¿Qué miras? —me preguntó extrañado al ver mi expresión.

Tardé en responder. Tardé en reponerme del impacto de lo que había averiguado y en actuar con normalidad.

—Te toca hacer la cena.

—Son las siete.

—Para que no lo olvides.

Esa misma noche preparé la maleta y estuve a punto de largarme. Tan a punto que tenía el pomo en la mano y lo estaba girando. Y en el último instante eché la vista atrás y no pude. Mierda, no. Algo tiró de mí hacia dentro. Algo que me gritaba que no fuera estúpido, al otro lado no me esperaba nada y allí tenía un hogar. Un hogar que no estaba compuesto de paredes, suelos y techos. Un hogar a base de absurdas rutinas, reparticiones de tareas que no cumplíamos y nos llevaban a discutir y... y... y... solo él conocía la verdad.

Solo con Noah podía retirar la máscara que vestía bajo el techo de papá y que tanto pesaba.

Con el bajista podía ser yo mismo.

El mayor regalo.

Adiviné entonces, regresando a mi habitación sigiloso para que no me oyera, que dolería, que su muerte no sería como al inicio, cuando me resultaba indiferente. Arañaría tripas e instalaría una presión en el pecho que podría durar meses. Aun así, la preveía tolerable. Soportable. La opresión en las costillas y que su corazón se parase. Podría cumplir con su deseo y dejarlo ir. Además, contaba con la ventaja de saberlo anticipadamente, y eso me permitiría hacerme a la idea y estar preparado para cuando llegase el momento.

Lo tenía controlado.

Solo debía ir con cautela, no entregarme hasta los huesos y mentalizarme acerca del futuro.

Fallé en las tres cosas.

Y una mierda un diagnóstico te prepara. Da igual si te lo dice un médico en una sala con cara de circunstancias o el propio protagonista. No importa si utilizan un lenguaje repleto de tecnicismos incomprensibles o si te lo anuncian con claridad. Te aferras al error humano. A la excepcionalidad. Te aferras a la vida. Llegas a agarrarte a los putos milagros que encuentras googleando, situaciones similares con desenlaces felices que nadie se explica y dices: «Joder, Noah es un claro candidato para salir en el próximo artículo».

Te entregas a la esperanza, o eso fue lo que hice yo, egoísta, sabiendo que traicionaba lo único que me pidió, y la esperanza acabó conmigo. Pero es que cuando acepté su absurda oferta nunca, ni por asomo, vaticiné la sensación infernal de ahogo que me invadiría al oír salir despedido de su boca «me quedan tres meses, Leo, puede que cuatro. Esto se acaba. Han sido unos buenos años juntos, ¿no crees?».

A veces pienso que lo que hice a continuación fue más por mí que por él. Por mi propia supervivencia. El jodido

Noah había pasado de enemigo a conocido, de conocido a amigo, de amigo a familia y de familia a la pieza que daba cuerda a mi alma. Si se iba, mi corazón se paralizaría y volvería a estar vacío, hueco y apagado, volvería a dejar de existir.

No podía permitirlo.

Debía faltar a mi palabra.

«Cómo me la jugaste, capullo», repiqueteó en mi mente.

Tiré el cigarro consumido hasta el filtro y lo aplasté con la bota. Con esa eran ya dos las noches que llevaba sin pasar por casa y sin dormir. No sabía qué imagen ofrecía con exactitud, pero desde luego no se correspondía con la de invitado oficial que esperaba el portero del selecto edificio de Pacífico donde mi hermano don Íñigo vivía con su novia, y por eso trató de frenarme.

—¿Sería tan amable de indicarme a quién va a visitar, señor? —Salió de su garita y ladeé el rostro ensombrecido. Durante un segundo dudé si responderle o no. Luego pasé de largo y comencé a subir por la escalera a toda pastilla—. ¿Acaso no me ha escuchado? ¡Señor! ¡Señor! ¡Señor...!

Aumenté el ritmo de las zancadas y su voz se perdió en la lejanía al ritmo de un amenazante «¡si no para, voy a avisar a la policía!». Ni por esas obedecí. No podía interrumpir mi misión. No podía contenerme. Me hallaba en tal estado de desesperación que estaba dispuesto a hacer, más bien a entregar, lo que nunca creí posible. El interior de mis vísceras. Abrirme las tripas y darle al hombre con el que compartía sangre aquello que tanto deseaba a cambio de que actuase como mi puto hermano mayor y solucionase lo que me estaba asfixiando.

Una confesión.

La verdad que manchó mis puños de sangre.

Aporreé la puerta a la vez que fundía el timbre del piso de Íñigo. Él abrió bostezando al mismo tiempo que el portero me alcanzaba con la respiración agitada, a punto de echar los pulmones por la boca.

—Disculpe, me ha sido imposible detenerlo...

—¿Leo? —Mi hermano vaciló y se frotó los ojos adormilado para asegurarse de que no se trataba de una alucinación o de una pesadilla. Consulté el reloj de pared que pendía detrás de él. Joder, eran las cuatro de la madrugada. Probablemente había despertado a medio bloque y se pondría de mal humor, estado de ánimo que no me importaría si no fuese porque lo necesitaba receptivo y de mi lado.

—¿Lo conoce?

—Es... —Apretó la mandíbula. Por supuesto que iba a evitar mencionar nuestro parentesco. Allí tenía un nombre. Una fama ejemplar que no enturbiaría—. Yo me encargo, Luis. Gracias.

En otras circunstancias, su actitud renegando de mí en lugar de preocuparse por que apareciese a esas horas con unas ojeras moradas hasta el culo y aspecto demacrado me habría cabreado; sin embargo, no estaba en su piso para discutir. Estaba para...

—Tienes que salvar a Noah, Íñigo.

—¿De qué coño vas puesto?

—¿Quién es, cariño? —gritó su novia desde la habitación.

—¡Nadie, sigue durmiendo, Nadia, que ahora mismo voy! —El gesto amable mutó a uno de desprecio en cuanto terminó de hablar—. ¿Qué mierda es? ¿Éxtasis? ¿Coca? ¿Heroína...?

—Tienes que salvarlo —balbuceé de nuevo como si tuviese cinco años, se me hubiese atrancado la frase y no fuese capaz de pronunciar otra.

—¿A ti esto te parece normal? ¿Vienes a mi casa puesto de mierda hasta el culo con qué fin? ¿A qué? ¿Qué pretendes, Leo? ¿Avergonzarme? ¿Que te compadezca? Sé lo que intentas y no lo vas a conseguir. No me arrastrarás al fondo del pozo contigo...

—El tío de la pelea —le corté, y vomité la verdad que durante tantos años había guardado para protegerlos—, el catequista de la clase de al lado al que reventé hasta casi matarlo y nos arruinó. —Tragué saliva y apreté los puños. Iba a hacerlo. Iba a regresar al hombre que me susurraba «Lucero del Alba» mientras sus manos se hundían en mi piel por la vida de Noah—. Siempre has querido saber por qué. Pues bien, estás de suerte. Se acabó el tormento, hermanito. Ese tío... Si enloquecí al oír su risa en aquel bar, si me lancé encima fue porque... porque... porque le gustaba decirme cosas, ¿sabes? Como que era una criatura bella y que nadie me querría igual. Tocarme, acariciarme, desnudarme... Abusar de mí. Creo que la palabra es esa, aunque entonces era demasiado crío y él lo llamaba amor. —Mi pecho sangró al recordar. Amor, ese fue el nombre que le dio. Taponé la herida para no perder perspectiva—. Ahora que ya tienes tu maldito interrogante resuelto, ahora, por favor, te lo suplico, habla con tus colegas y que te digan quién es el mejor en su especialidad. El médico capaz de desbancar al puto Dios y salvar a Noah. Es todo cuanto te pediré en esta vida. Te lo prometo, Íñigo.

—¿De qué estás hablando, Leo?

—Noah está enfermo y necesito que me eches una mano y tires de contactos...

—No.

—¿Te niegas? —Fruncí el ceño.

—No, yo, no me refiero a eso, ¿vale? Es... —Calló. Lo miré sin comprender.

Íñigo iba ataviado con unos elegantes calzoncillos blancos largos y una camiseta del mismo tono, las piernas repletas de suave vello, los rizos despeinados y una palidez que poco a poco invadía la expresión de su rostro contraído en una mueca al borde del colapso.

—¿Desde cuándo te...? —No pudo decir la palabra.

—¿Qué más da?

—Cuándo, por favor —rogó con un hilo de voz.

—Segunda semana.

—¿Te...?

—Íñigo, confía en mí, no quieras conocer determinados detalles.

Sonreí para restarle hierro. Noah. Estaba allí por Noah. Lo mío ya no tenía solución.

La sujeción de las piernas le falló y trastabilló hasta resbalar por la pared para sentarse cabizbajo y derrumbado de golpe en el suelo. Me situé a su lado con las rodillas dobladas y la espalda apoyada.

—Ey, no te martirices —le di suave con el hombro—, ha pasado mucho tiempo. Ya casi ni me acuerdo...

—¿Por qué no nos lo contaste?

«Porque al principio, cuando era inofensivo, ser el elegido, su favorito, no me horrorizaba. Es más, me gustaba. Me hacía sentir importante. El mejor. Y después, cuando la relación evolucionó, me sentí culpable por permitirlo, sucio, parte del problema, y decidí apartarlo de la cabeza y actuar como si nunca hubiese ocurrido.»

—Cuando me di cuenta de lo que pasaba era demasiado tarde y... El pozo negro del que has hablado antes, nunca he querido compartirlo con vosotros. Prefería hundirme solo.

—Voy a cargármelo.

—No te lo aconsejo. Lo intenté y no salió bien, aunque me aseguré de que no volviese a ejercer. —Bajé el volumen y añadí—: Tampoco te aconsejo que se lo cuentes a papá. La verdad lo destrozaría y ya ha sufrido bastante. Se merece ser feliz.

—Pero tú...

—Yo solo quiero cumplir su sueño y llevarlo alguna vez de viaje a las Canarias.

—¿Noah lo sabe?

—Noah es el motivo por el que sigo respirando.

Me contempló de reojo con los ojos húmedos y pronunció con un nudo en la garganta:

—¿Podrás perdonarme?

—Íñigo, a veces no te soporto, pero nunca he podido estar enfadado contigo más de dos horas consecutivas. Eres mi hermano, mi hermano mayor... —dije, y sucedió lo nunca visto, don Íñigo rompió a llorar y no apartó la mirada, permitiéndome ver sus lágrimas, su arrepentimiento, lo mucho que me quería debajo de todas las fachadas que vestía. Y, después de mucho tiempo, lo abracé para consolarlo. Los dos nos fundimos.

Fue así como buscando salvar a Noah recuperé a mi hermano.

Él me devolvió el oxígeno y a mi familia.

El bajista no me salvó la vida, me dio una nueva.

CANCIÓN 9

—

ELEGIR UN CAMINO

Verso 1

MARINA

Noah estuvo ingresado en el hospital dos días después del *casting* en el que Al Borde del Abismo no resultó seleccionado como telonero de Balazo al Corazón.

Antes de salir de casa, Leo me había dicho que le daban el alta. Iba descalzo, desnudo de cintura para arriba y con una nueva planta con flores entre las manos. Un geranio, creo. Poco a poco conseguía descifrarlo. Cuando el rubio de ojos grises se alteraba, templaba los nervios acudiendo a la floristería del barrio y en las últimas cuarenta y ocho horas debía de haberse convertido en el mejor cliente de la década, porque había vuelto de su desaparición voluntaria cargado de macetas, arena y semillas. No sabía dónde había estado, pero regresaba con energía renovada, la mirada brillante y un nombre: Íñigo.

«Él nos ayudará, pequeña. Todo irá bien», había dicho.

No tenía ni idea de quién era Íñigo. Tampoco indagué. Asentí y me fui. Por una vez había decidido colocarme en el centro y priorizar poner en orden mis contradictorios pensamientos. Entre todos los escenarios que había barajado nunca me planteé el real. Apostaba por una exrelación tóxica de la que le costaba salir y que marcaba su carácter y la forma de relacionarse.

Nada tan trágico.

Nada tan definitivo.

Me pilló desprevenida, con las armas bajadas, como un depredador que lleva acechándote kilómetros y no ves hasta que te muestra las garras. Siempre ha estado ahí, pero ignorabas el peligro.

Era consciente de que existían enfermedades terminales y gente muy joven que las padecía y, aun con toda la información al alcance de mi mano, reconozco que jamás pensé que me tocaría vivirlo de cerca. Además, Noah aparentaba estar sano. Lleno de vida. ¿Cómo iba a sospechar que...?

La revelación me vino grande.

Mucho.

Demasiado.

No pude ir a visitarlo al hospital.

No sabía cómo gestionarlo y recurrí a la persona más emocional y a la mente más racional para conocer su opinión y tratar de generar una propia.

Emma fue la primera parada.

Quedamos en una cafetería de Ciudad Universitaria. Su elección me sorprendió. Ella era más de bares con ofertas dos por uno en cerveza escritas a mano en pizarras, pero tras mi breve adelanto dictaminó que no podíamos hablar de algo así en la terraza de un bar entre pinchos de tortilla.

«El tema merece que nos hagamos pasar por adultas, nena», apuntó por teléfono. Accedí. Me daba igual el sitio. Por mí como si era andando por la calle. Solo necesitaba que me escuchase y, a poder ser, que me aconsejase.

Nos encontramos en la puerta del local a las cuatro de la tarde y apareció... Esa no era mi mejor amiga.

—¿Tienes alguna *Survival Zombie* esta tarde? —consulté perpleja al verla.

A veces ella y sus amigos frikis acudían a eventos en los que convertían una ciudad en el escenario de una película postapocalíptica y los participantes caracterizados tenían que sobrevivir al ataque de unos actores disfrazados de zombis.

—¿Lo dices por las pintas de profesora cachonda?

¿De eso iba disfrazada?

Repasé su atuendo.

Podía ser.

Vestía una falda negra de tubo ceñida, camisa blanca y un moño alto estirado mientras que yo iba en vaqueros, zapatillas blancas y la misma camiseta de rayas azules marineras con la que había dormido.

—Es el *look* más maduro de mi fondo de armario. Parezco lista y todo —repuso nerviosa—. Me he tirado una hora hasta dar con él. Ahora mi cuarto parece un campo de batalla.

—Emma..., no necesito a una persona diferente de la que ya eres con tus estampados de series que no conozco y los cascos de hormiga atómica.

—Lo sé, lo sé, pero la presión me puede y..., esto..., hago tonterías sin sentido.

—¿Por qué sientes presión?

—Joder, el tío que te mola, el primer tío que te mola en serio se... —No pudo decir la palabra. A mucha gente le ocurría. Casi nadie era capaz de pronunciarla—. Es una putada y no tengo ni pajolera idea de cómo puedo ayudarte.

—Siendo tú, tonta. Te necesito a ti. A la auténtica Emma. Necesito a mi amiga, la que no tiene ni pajolera idea pero me ayuda a desenredar nudos que no sabemos adónde llevan.

—Y me tienes, nena, me tienes siempre... —Suspiró—. Incluso cuando aparezco como una lunática cuando lo que en realidad debería haber hecho es algo tan sencillo como un gesto. —Abrió los brazos al máximo—. Ven aquí. Deja que te abrace —pronunció, y me acurruqué en ellos, en su reconfortante calor.

No recuerdo cuánto tiempo permanecimos así antes de pasar al interior de la cafetería. Hacía esquina y era chiquitita, coqueta, como si la hubiesen sacado de cualquier barrio de Montmartre para ponerla allí. La terraza, con tan solo tres mesas pegadas al escaparate en una acera estrecha, estaba cubierta por un toldo granate y dentro predominaban los colores vivos, olía a los dulces recién hechos que exhibían en el mostrador y sonaba un hilo musical francés suave.

Me encantó.

Podría trabajar en un sitio como ese. Es más, podría montar uno similar, con aire hogareño y cuidado. Pero no estaba allí para reflexionar sobre mi futuro laboral, estaba allí para hablar de la verdad que me había congelado el corazón en el pecho dos días atrás.

Nos atendieron nada más tomar asiento. Emma pidió un descafeinado con dos sobres de azúcar y un cruasán bañado en chocolate blanco y negro, y yo me decanté por un café solo.

—Dime —me alentó en cuanto el camarero trajo la comanda, y hablé mientras ella me escuchaba en silencio con la mirada fija en la mía dando vueltas con la cucharilla a una bebida que no probó.

Me mordí el labio. No había mucho más que contar de lo que ya sabía. A Noah le quedaban meses y sus advertencias sobre pensar en las consecuencias y no implicar sentimientos cobraban sentido. Lo que venía por delante daba miedo solo de imaginarlo. No estaba preparada para afrontarlo. Podía notar las grietas que el bajista me dejaría y estas continuarían aumentando, serpenteando y alargándose por mi piel si no ponía distancia. Estaba convencida de que crecerían tanto que un insignificante soplido sería capaz de partirme y no sabría resurgir de mis propias cenizas o reconstruirme. Me quedaría rota. En pequeñas porciones.

Cristales.

Por más vueltas que le daba, no encontraba la manera de salir indemne de Noah, y desde hacía muchos años mi máxima era protegerme del sufrimiento, del sentimiento enquistado en mi infancia que me había enjaulado durante mucho tiempo.

Pero...

Siempre hay un pero.

«Marina..., podrías serlo todo. Y si te dejo entrar, activarás aquellos rincones a los que tengo que renunciar y que había olvidado que echaba de menos.»

Pero no quería protegerme de él.

A Noah se lo aceptaba a pecho descubierto o no se lo aceptaba.

Y mi pecho había comenzado a hacerle hueco.

Quizá era una masoca insensata. Una kamikaze que deseaba activar uno por uno esos rincones y que el bajista iluminase los míos.

Quería volver a besarlo.

Quería arriesgarme.

Que el vértigo instalado en mis tripas no desapareciese nunca.

Sí y no.

Terminé y me quedé mirando a Emma. Mi amiga torció el morro. No había pegado bocado a su bollo y tenía una expresión apagada que no le había visto antes.

—¿No vas a decir nada?

—Estoy encajando que después de lo que voy a decir nadie me salvará de convertirme en una zorra despiadada sin sentimientos. Tengo que mentalizarme. Es una metamorfosis grande.

—¿De qué hablas?

—¿Tú le quieres, Marina?

—Me gusta mucho, muchísimo.

—Eso me temía.

—¿Qué?

—Cariño..., vosotros no vais directos y de cabeza a un polvo salvaje. Vosotros os vais a enamorar.

—¿Por qué suena como si fuera algo malo?

—Porque lo es. En estas circunstancias, sí. —Extendió las manos por encima de la mesa y acarició las mías—. ¿Sabes lo que pasará cuando...? El dolor será tan profundo y desgarrador que querrás arrancarte los órganos. Y el tiempo no lo curará, no, porque esa frase es una chorrada. Cuando amas mueres con la persona, y luego renaces, pero eres otro ser humano, y yo no quiero perderte. Marina... —tragó saliva—, lo que voy a decirte es con total probabilidad lo más cruel que he pronunciado en toda mi vida, contrario a mis principios y a lo que defiendo. Pero te elijo a ti por encima de lo correcto y, nena, a lo mejor deberías hacer caso a Noah. Alejarte. Construir un muro entre vosotros. Es injusto. Es jodido. Es anteponerte. Si no, empezará siendo un círculo pequeñito, un cosquilleo, que se expandirá y se expandirá conforme más adentro llegue, y al irse se transformará en un violento agujero negro que te tragará. La pena engulle sin retorno.

Confieso que escuchar a Emma fue descorazonador. Contaba con que ella, la emoción, se pondría de su parte. Quedaba pues la mente racional. Quedaba mi fría y calculadora madre.

No la avisé.

Me presenté en Villaviciosa inmediatamente después de acabar el café.

Eloísa estaba en el salón. Sola, por supuesto que sola. Sentada recta en el sofá con la ventana abierta mientras Giuseppe cuidaba el jardín ojeando desganada una revista del corazón. A mamá no le gustaba ese tipo de prensa, la rosa, pero la compraba religiosamente todas las semanas y la leía para no quedarse atrás en las conversaciones con sus conocidas sobre la decoración de las mansiones de las famosas. Le encantaba opinar. Criticar. Y el horóscopo, aunque a eso le echaba un vistazo a escondidas. Era chocante la cantidad de cosas a las que se forzaba por encajar y cómo renunciaba a las que le gustaban si intuía que podía estar mal visto, priorizando la opinión de su círculo social por encima de ella misma. En fin...

Tuvo que escucharme al llegar.

Permaneció con la vista clavada en la prensa y no la despegó hasta que me deslicé en la silla que tenía enfrente y hablé.

—Soy la cantante de Al Borde del Abismo, un grupo de rock —dije yendo directa al grano.

—¿Vienes a invitarme al concierto que ponga de manifiesto que mi hija requiere terapia? Qué encantadora y considerada.

Ignoré su sarcasmo y continué.

—Hay un componente... El bajista, que a veces también canta. Bueno, eso no es del todo cierto. En realidad, solo canta conmigo porque yo solo puedo hacerlo con él y... —desvarié. «Marina, reconduce la conversación y fija el objetivo.»—. Se llama Noah y con él... Con él siento, mamá.

Suspiré.

—Lo que sientes se llama lujuria. Muy antiguo y común. Uno de los siete pecados capitales, aunque a estas alturas de decepción tras decepción doy por hecho que también te habrás excomulgado para llevarme la contraria. Lo dicho, encantadora. La episiotomía del parto mereció la pena. —La comisura de sus labios se elevó en una mueca de asco.

Inundé mis pulmones de aire para cargarme de energía e insistí.

—Siento cosas que no creía posibles. Cosas... buenas. Y no estoy acostumbrada.

—Con Álvaro...

—Con Álvaro sentía que nuestra relación era perfecta; con él, que es real.

—Supongo que de conocer a ese tal Noah lo desaprobaría.

—Tú desapruebas a todo el mundo.

—¿Qué quieres de mí, Marina? Si echas de menos nuestras discusiones, tendrás que esperar. Estoy ocupada.

—Mamá..., él..., Noah... tiene una enfermedad grave.

—¿Ha probado a ir al médico? Suele ser más efectivo que

recurrir a la suegra con la que todavía no ha coincidido y ya no lo soporta.

Sonrió con desdén.

—Es..., no va a superarlo. Le dan meses. —Su expresión cambió dentro de las limitaciones que le permitía su piel tersa y estirada por el bisturí. No dibujó un gesto compungido como el de Emma, pero sí el más empático que había observado en ese rostro. Aunque duró poco, claro. Exactamente lo que tardó en cerrar la revista, colocarla con delicadeza sobre el reposabrazos y volver a examinarme fijamente.

—¿Qué me estás pidiendo? Para de dar rodeos y dilo. No he educado a una mujer incapaz de expresar sus deseos de la manera oportuna en los momentos adecuados.

Retorcí las manos en el regazo y bajé el volumen de mi voz hasta que fue un susurro.

No se me daba bien pedir auxilio. Admitir que necesitaba que me socorrieran. Era por la experiencia. Jugaba en mi contra. No siempre que lo había precisado unos brazos se habían estirado en mi dirección para acogerme.

—Gestiono mal las emociones que no domino. —Eso era algo que ella ya sabía, pero añadí—: Y esta es tan inmensa que me da vértigo. —Tragué saliva, alcé la barbilla y le sostuve la mirada. Hay pocas cosas más sinceras en una cara que unos ojos desnudos—. Vértigo de agarrarla. Vértigo de soltarla. Vértigo de permanecer a su lado. Vértigo de apartarme. —Dibujé una media sonrisa que no llegaba a serlo y elevé el tono—. Me gustaría tener una máquina del tiempo y viajar a dos realidades futuras alternativas en las que se desarrollen ambos escenarios y ver cuál me hizo más bien. Si en alguno después de Noah fui feliz. Pero, como no es posible y estoy bloqueada, necesito que trates de visualizarlo conmigo, ¿en cuál me arrepiento menos, mamá? ¿Protegiéndolo —coloqué la palma de la mano en el pecho a la altura del corazón— o dejando que vuele tan arriba que la caída lo destruya?

Eloísa ladeó el rostro y me contempló suspicaz como cuando trataba de determinar si un bolso de marca era verdadero o una falsificación.

—¿Por qué yo, Marina? Me consta que la mayoría de mis opiniones no son de tu agrado.

¿Por qué ella si estaba enfadada y teníamos una relación envenenada? Muy sencillo, mi madre era la única persona que poseía una capacidad.

—Porque puedes paralizar los sentimientos y que no interfieran en tus decisiones. Relegarlos a un plano secundario. Yo lo he intentado y al final siempre fallo. Oigo lo que me susurran y vacilo.

Eloísa me mantuvo la mirada un rato largo de idéntica forma a cuando era niña y lloraba cuando alguien me había insultado.

Luego, se levantó sin dirigirme la palabra y seleccionó un libro de la estantería. Concretamente, un ejemplar antiguo y desgastado de *Veinte poemas de amor y una canción desesperada*, de Neruda. Lo sostuvo entre sus delicados y largos dedos, y me lo tendió justo antes de darme la espalda y hablar.

—La dedicatoria.

—¿Qué?

—Léela.

Abrí el libro y descubrí un grabado de perfecta letra redonda con los bordes curvados.

En las letras mi corazón,
En tus manos mis latidos.
Con estos poemas te pido,
Quiéreme siempre, amor mío.

Tuyo, Abraham.

—¿Quién es?

—La persona que me enseñó a aislarlos. —Hizo una pausa y a través de sus hombros noté como cogía aire—. Tenía cinco años más que yo y era profesor de Literatura en la Complutense. Lo conocí dando una vuelta por la facultad sin que mis padres lo supiesen. Por aquel entonces quería estudiar... Quería hacer muchas cosas estúpidas e inadecuadas. Estaba tan ensimismada empapándome de todo lo que me rodeaba que tropecé con una de las bicicletas aparcadas y él me sujetó de la cintura. Abraham... no era guapo. Al contrario, tenía los rasgos exagerados y desproporcionados. Pero era interesante, inteligente, decidido. Lo opuesto a los chicos con los que me relacionaba. En lugar de llevarme a restaurantes elegantes, me citaba cada día en una biblioteca diferente y me leía poemas, libros y agradecimientos. Le encantaba esto último. Y me enamoré. Lo amé con la locura de la juventud. Lo quise desde lo más profundo de las entrañas... y lo seguiría haciendo si no fuera porque un día me presenté sin avisar para darle una sorpresa y lo encontré leyendo Neruda a una estudiante que lo miraba tan embelesada como yo.

Se hizo el silencio.

—Lo siento mucho, mamá.

—No lo sientas. —Se dio la vuelta con los labios apretados impidiendo que el dolor del recuerdo resurgiera—. La moraleja es que el amor no merece la pena si te sobrepasa, si tú no estás por encima y lo controlas. Hay que relacionarse con la clase de chicos con los que conservas el poder. Los que no te descentran. Hombres neutros, los llaman. Álvaro era un buen candidato. —Asintió e hizo una pausa antes de volver a la carga—. Lo que me preocupa de Noah no es la enfermedad, es el brillo que desprendes toda tú. Noah es peligroso. —Deslizó la vista hasta el libro y percibí un escalofrío en su cuerpo—. Noah te hará sentir cosas que guardarás dentro de ti cuando él se vaya y que echarás eternamente de menos. Sentimientos asociados a personas concretas. Sentimientos irrepetibles. ¿Qué haría yo? Si estuviese en tu piel, no dejaría que fuera a más. Si pudiese hablar con mi yo del pasado, le diría que saliese corriendo en cuanto un hombre le recitase el primer verso de Neruda.

Tomé una decisión.

Elegí un camino.

Elegí quién quería ser y, sobre todo, quién no.

Verso 2

NOAH

La muerte no es bonita. Ni poética. Tampoco romántica. No te hace mejor persona. Santo o mártir. Y, desde luego, saberlo no te empuja a vivir intensamente aprovechando cada bocanada de aire como si fuera la última hasta que el contador llegue a cero. Saberlo es una agonía instalada en la boca del estómago. Sentir el tacto de la soga al cuello y aguardar a que retiren la silla que te sujeta y se interpone entre tú y el suelo. Entre respirar y no hacerlo.

Saberlo es una putada, maldita sea. Como morirse.

Yo no quería hacerlo, joder, pero pronto aprendí que nadie iba a consultarme.

El día que me enteré de que sufría una enfermedad terminal a la que no me da la gana mencionar iba acompañado de mi familia. Mi madre tenía la máxima de que entre nosotros nunca, jamás de los jamases, habría mentiras. En casa éramos adultos razonables capaces de encajar cualquier golpe, afirmaba. Creo que pasado el tiempo se arrepintió de no haber hecho una excepción cuando fuimos a recoger los resultados del examen médico y los sanitarios le sugirieron mantener una conversación privada con mi padre y con ella.

A veces yo sí lo lamentaba.

Muchas personas interpretaban que enterarte de algo así te convertía en el acto en alguien más sabio y profundo por lo que habían visto en múltiples películas y entrevistas revestidas de sentimentales bandas sonoras y frases prefabricadas para tocarte la fibra que te ponían la piel de gallina y te humedecían los ojos. De repente, el bondadoso afectado tenía la visión con la que descubría el auténtico valor de la vida, llamaba a sus seres queridos y les decía aquello que había callado, elaboraba una lista con sus asuntos pendientes y... Mentira. Eso es exactamente lo que quería el afectado, que fuese mentira, una puta equivocación. Cualquier cosa que le quitase el peso de encima.

Lo bueno de la vida es no conocer cuándo llegará a su fin. Es esa ignorancia la que te permite ser libre. Tener paréntesis, descansar, no andar siempre agobiado con que debes hacer algo memorable cada puto segundo o de lo contrario lo estarás malgastando. Ser feliz veinticuatro horas los siete días de la semana. Lo bueno de no conocer cómo, cuándo y dónde se apagarán tus pulsaciones es que tienes el beneficio de vivir de verdad, con tus días grises, tardes tiradas a la basura y noches quejándote con tus amigos del curro precario que has pillado para comprarte el coche.

Cada miembro de mi casa reaccionó ante la bomba informativa de distinta manera.

Papá se encerró en el baño para llorar y cuando salió hablaba acelerado como si fuera de éxtasis hasta el culo, fingiendo que todo iba bien y exagerando la sonrisa de su expresión.

—¿Y si pedimos una pizza para cenar? He oído que hay un dos por uno en medianas —dijo.

Mamá, por el contrario, montó en cólera. No lo admitió y se puso a revolver los papeles y las agendas que guardaba en el primer cajón del mueble de madera del salón como una desquiciada.

—Tino, ¿cuál era el nombre del médico ese de tu pueblo que era una eminencia y vive en Valencia?

—Rodolfo.

—¿Tenemos su teléfono?

—Podría averiguarlo. ¿Para qué lo quieres, Asun?

—¿No es obvio? En el hospital al que hemos llevado a Noah no tienen ni idea. La mayoría son críos universitarios en prácticas que se están formando. Necesitamos profesionales robustos y con experiencia. No pienso confiar la salud de mi hijo a adolescentes imberbes.

Mi padre abrió la boca y la cerró.

Cogí las llaves.

—¿Adónde te crees que vas? Son más de las nueve y media —preguntó ella.

—A las pistas de las Tetas. Hay partido. —Me encogí de hombros. Mi madre paró de rebuscar y me observó fijamente como solo pueden hacer ellas, las madres, leyendo mi código de barras interno. Le gustó lo que vio. Negación. Cualquier cosa menos aceptar lo que nos habían dicho en una íntima sala con tono suave.

—Está bien, pero que no se te haga muy tarde. No puedo dormirme hasta que no entras por la puerta sano, salvo y manteniendo el equilibrio.

—No puedo prometerte lo último... —bromeé para destensar el ambiente.

—Y yo no puedo prometerte que no te castigaré hasta que cumplas los treinta —«No lo haré. No llegaré a esa década.» El pensamiento se coló en mi cerebro y apreté la mandíbula con fiereza. Mamá se dio cuenta de que la expresión se me ensombrecía, cruzó la estancia y me abrazó con determinación animal—. Ni se te ocurra volver a pensarlo o desearás no haber nacido, ¿me oyes? Vamos a celebrar tus treinta, tus cuarenta y tus cincuenta en esta casa, y dará igual que tengas canas y mi piel esté arrugada como una pasa, te esperaré despierta hasta que vuelvas por la noche. Ya me lo decía mi abuela, los hijos no son más que preocupaciones desde que salen por los bajos. «Una vez fuera no volverás a dormir del tirón, Asun.» Y llevaba razón, claro que sí, igual que la llevo yo con la corazonada de que Rodolfo marcará la diferencia, nos asesorará y lo de hoy quedará solo en un mal recuerdo

—zanjó, y asentí. Era peor llevarle la contraria. Además, aquella vez la creí. Quise creerla. Rechacé la idea de resignarme y dejé mi salvación en sus manos como había hecho desde que tenía uso de razón.

Asun hallaría la fórmula.

Mis amigos estaban en las pistas de baloncesto frente al cerro del Tío Pío cuando aparecí. Estoy seguro de que ninguno de ellos notó que estaba diferente. Jugué, bebí calimocho tirado en el césped y me enrollé con Gloria, que movía las caderas como los putos ángeles al frotarse con mi entrepierna y me tiraba con los dientes del labio inferior.

Regresé a casa de madrugada sobre dos patas y fui directo a la ducha para arrancarme el sudor de la piel. Al terminar, anduve a mi cuarto desnudo con la toalla enrollada en la cintura y el pelo mojado. La idea era ponerme los calzoncillos y dejarme caer desfallecido en la cama, pero había alguien con quien no contaba. Carlota y su pijama de medias lunas.

—¿Qué haces en mi cama? —Me apoyé contra la pared con los brazos cruzados y ella bajó el libro que estaba leyendo... ¿La Biblia?

—Leer qué pasa después de la muerte en las distintas religiones para saber cómo vamos a reencontrarnos.

Sus palabras fueron como un disparo que tuve que asimilar practicando un inexperto torniquete para no desangrarme.

—¿No puedes hacerlo en tu habitación? —Caminé con indiferencia hasta el armario, me deshice de la toalla y me subí los calzoncillos negros.

—Ah, sí, leo mejor en mi cama, pero he venido aquí porque estoy triste. —Curvó los labios.

—Entonces, ¿por qué sonríes?

—Porque siempre que te miro me apetece hacerlo. ¿Te parece mal, Noah? ¿Te sentirías mejor si llorase?

Sentí que me deshacía por dentro.

—No —logré articular con la emoción ascendiendo por mi garganta. Carlota me hizo hueco y me tumbé a su lado—. ¿Alguna forma te convence? —Señalé el libro con la barbilla y negó con la cabeza.

—Tengo que seguir investigando. —Descansó su mejilla en mi pecho desnudo y le acaricié el pelo rubio como cuando era pequeña—. Noah...

—¿Sí?

—Lo sabrás, ¿verdad?

—¿Qué?

—Seas alma, espíritu o fantasma, cada vez que me veas sonreír sabrás que es porque te echo de menos, ¿verdad? —Tragué saliva. Joder, si la enfermedad no me mataba lo haría Carlota aquella noche.

—Lo sabré, enana.

—Uy, qué alivio, porque sin ti voy a ser feliz, pero nunca tanto como lo era contigo.

Carlota fue la primera persona en hablarme con sinceridad y simpleza de lo que venía y de cómo la afectaría. No intentó adornarlo o decir lo que creía que yo quería oír o me convenía, simplemente habló con franqueza, y me activó.

A la mañana siguiente fui al hospital Y a la otra y a la otra. No fui como paciente ni como visita. Fui a documentarme. Lo bueno que tienen los hospitales es que nadie te pregunta si te ven solo deambulando. La gente da por hecho que esperas a que terminen una cura para volver a entrar con el paciente o que necesitas despejar la cabeza. Nadie te interrumpe. Nadie te habla. Solo hay miradas, y a veces ni eso. En cierto modo, eres invisible.

La cuestión es que acudí religiosamente a la misma hora a la puerta de entrada del módulo de la unidad de cuidados intensivos, a la sala de espera de la UCI, y allí me dedicaba a contemplar a los familiares hasta que una auxiliar o una enfermera los llamaba. Ponerme en la piel de los que estaban dentro me resultaba relativamente sencillo, eran los de fuera los que me inquietaban. Al fin y al cabo, ¿qué sentirían los enfermos? Pues que no querían estarlo, cansancio, ganas de mejorar y largarse a su puta casa, impotencia y dependencia de las drogas con prescripción médica para aplacar el dolor, de las personas que los cuidaban, de los tubos adheridos a sus venas y de las máquinas que emitían molestos pitidos incomprensibles.

Pero ¿ellos? ¿Qué pasaba con los que les sujetaban la mano?

No todos respondían a un patrón, joder, no. Sin embargo, observando aprecié ciertas similitudes. El espacio para llorar y consolarse estaba fuera, dentro los únicos gestos permitidos eran caras limpias y labios curvados. Los pasos lentos y los hombros hundidos desaparecían al cruzar el umbral y estaba terminantemente prohibido hundirse por muy mal aspecto que presentase el enfermo.

Todo cuanto entraba de ellos era una proyección sin tristeza, dolor y miedo, pero es que todo lo que eran ellos era tristeza, dolor, miedo y un cansancio terrible que les estrangulaba los huesos. Es decir, todo lo que veía la persona que estaba ingresada era una proyección falsa de un ser querido, y lo debía de saber. Tenía que darse cuenta, aunque disimulara.

También eran mentira muchas de las conversaciones que se desarrollaban. Los planes futuros y los «dentro de nada te pondrás bien y estarás dando guerra», mostrar fotos y vídeos del mundo exterior fingiendo que con el alta los enfermos formarían parte de él, aparentar que el único que estaba agotado era el enfermo cuando se trataba de un estado que rebotaba e iba en ambas direcciones.

En la cara de las visitas podía ver la agonía y un rastro de culpa trepando por sus facciones al desear que aquello que no tenía solución acabase pronto para que el ser querido dejase de sufrir mientras, a su vez, le exigían con anhelo que lo superase susurrándoselo al dormir, pidiéndole que aguantase y que abriese los ojos una vez más, y así en un bucle infinito e insaciable.

Daba igual que supieran de antemano que se iba a morir, en el último segundo trataban de impedirlo. Y yo no quería marcharme sintiendo que le había fallado a alguien. No quería consumir las últimas horas entre expresiones falsas y conversaciones de mentira haciéndome el tonto. Quería dejar el mínimo de heridos posible, sí, y que los que quedasen no me lastimasen. Quería ser yo hasta el final y, cuando notase mi cuerpo languideciendo y el dolor apropiándose de mis articulaciones, ponerme fin.

Quería que me recordasen como «el Noah de siempre» y no «el Noah tan consumido que no parecía él mismo, que estaba irreconocible».

La muerte no es bonita. Ni poética. Tampoco romántica. Por la muerte renuncié a muchas cosas y a más personas. Por mí. Por ellos. Y lo llevaba bien. Relativamente asumido. Desaprendí mi vida pasada para habituarme a la nueva. Y no la extrañaba. Me había hecho a la idea. Hasta ella.

Hasta Marina y mi hambre de ser normal y poder dárselo todo sin pensar que cada fracción que entregaba era una bala de efecto retardado que se dispararía en mi ausencia y la haría sangrar.

Iba a encenderme el cigarro...

Iba a encenderme el puto cigarro y que le diesen a dejar de fumar. Que le diesen a todo. Al mundo. Por mí, podía arder. No me importaba nada. Nadie. Estaba cegado de ira y la frustración me quemaba en las venas. Había sido un ingenuo al creer que podría salir ileso de aquellos labios mullidos que al abrirse lanzaban descargas eléctricas que solían aterrizar en mi pecho como un potente rayo desfibrilador.

Gruñí.

Definitivamente iba a fumarme ese cigarro y después iría al estanco más cercano a comprar un puñetero cartón y...

—Hola.

Ella.

Su voz.

Su jodida voz a mi espalda.

Y mis violentas pulsaciones embaladas al encontrarla con el pelo suelto y el flequillo despeinado al lado de las huellas de nuestras manos en la obra.

—Leo me ha dicho que habías ido al paseo de la fama. Cree que estás cogiendo un avión con destino a Los Ángeles. Lo has confundido. Te felicito. —Sonrió. Fue una de esas sonrisas en las que apenas mostraba los dientes para camuflar el nerviosismo.

Me gustaba esa sonrisa.

Me gustaba cualquiera si estaba dibujada en su cara.

Daba igual que Marina echase el freno, no había vuelta atrás para lo que sentía.

—¿A qué has venido?

—A verte —pronunció sin llegar a mirarme. Luego, poco a poco alzó la mirada hasta que sus ojos verdes impactaron con los míos y pronunció con un hilo de voz—: Echaba de menos hacerlo. Han sido largos... Los días sin ti duran demasiado.

Suspiró.

Su sinceridad me desarmó.

La solista no era de expresar sus sentimientos y cuando lo hacía te los arrojaba como lanzas de puntas afiladas. Atravesando piel, nervios y huesos.

—Marina... —fui a advertirla, pero no me lo permitió.

—¿Qué? No estoy mintiendo, Noah. Es la verdad, te la diga en voz alta o me la calle. Tan cierto como que no fui al hospital por temor a lo que iba a encontrarme y a cambio has estado revoloteando sin pedir permiso por mi cabeza a cada instante. Molestando a todas horas. Sin dejarme en paz ni en sueños... Y me he dado cuenta de que no me gusta recordarte, pensarte o imaginarte, me gusta verte. Me gusta tenerte enfrente. Y me gustan tus labios desde que nos conocimos —pronunció con determinación erguida.

—Marina... —Me masajeé la sien. Estaba diciendo exactamente lo que yo quería escuchar y no podía luchar más. Ya no más...—. Todavía estás a tiempo de escapar de este lío. Lo que me ocurre no es ninguna broma ni tiene un sorprendente final feliz. Es una sentencia. Cuando todo se ponga feo... desapareceré. Debes entender que ocurrirá y que será devastador. Triste. Piénsalo. Hazlo, joder, hazlo. Tú no tienes que pasar por esto. Estás a tiempo. De lo contrario...

—¿Qué? —Levantó retadora la barbilla y me rendí.

—De lo contrario voy a perder la puta cabeza por ti y haré todo lo posible para que te suceda lo mismo.

—¿Es una amenaza?

—¿Enamorarnos? Por supuesto que sí.

La solista me examinó con las pupilas dilatadas y sus pies se deslizaron hasta alcanzarme. Seguidamente, levantó un dedo acusador con el que me señaló seria.

—Voy a decírtelo solo una vez. Una. Y escúchame bien, porque no tengo intención de repetirlo. —Se retiró unos metros, sacó algo del bolsillo trasero y se puso en cuclillas para llevar a cabo una acción que no alcancé a distinguir. No tardó mucho. A los pocos segundos volvió a estar de pie y me habló escondiendo su obra—. No vuelvas a pedirme que me vaya. No voy a marcharme a ningún lado. No puedo. No quiero. Ahora lo sé todo y elijo estar. Verte todos los segundos que sea posible porque... porque... —Tragó saliva y susurró—: Estoy por ti, Noah.

En aquel instante, conforme sus palabras brotaban de sus mullidos labios y se colaban por el orificio de mi oreja, se apartó y descubrió el Marina x Noah trazado en la pared de las declaraciones adolescentes con rotulador negro.

—¿Qué has hecho?

—También hay un ridículo corazón dibujado al lado de tu nombre en mi agenda. Y puedo mandarte notitas durante los ensayos. Lo de los árboles no, por ahí no paso...

Continuó.

Mi pecho tembló.

Desbordó.

Y antes de deshacer la distancia que se interponía entre nosotros, enmarcar su cara con mis manos y besarla con una desesperación casi febril, justo cuando ella se encogió de hombros, en ese nanosegundo fue cuando quise a Marina por primera vez.

CANCIÓN 10

—

ESPEJOS Y PIEL

Verso 1

MARINA

Tenía poco que hacer aquel domingo caluroso de junio.

La gira de bolos de Al Borde del Abismo comenzaba al cabo de una semana y había aprobado todas las asignaturas de las que habían subido la nota a la plataforma online, a falta de una en la que tenía más que claro que sacaría, como mínimo, un notable alto o iría a reclamar mis puntos robados. Oh, sí, era así de repelente y podía ir a peor. Nunca fui de las personas con falsa modestia que mostraban una inseguridad que para nada sentían a la salida del examen y decían entre pucheros «lo he hecho fatal, voy a suspender» para luego dar el campanazo con un sobresaliente.

Si lo había bordado, ¿por qué no reconocerme el mérito? Era fruto de mi trabajo.

En fin, con los exámenes superados y tras haber decidido que pediría la beca al año siguiente, cuando mi nivel de conocimientos y preparación fuese superior (fue la elaborada y responsable excusa con la que me presenté en el despacho de don Santiago de las Heras y pareció creerme), quedaba pensar en las actuaciones que teníamos por delante.

¿Estaba nerviosa? La primera parada era un festival en una playa de la costa valenciana y por extraño que resultase no me encontraba inquieta. Aquello, teniendo en cuenta que viajaría por primera vez en una caravana, dormiría en una tienda de campaña y cantaría delante de miles de personas, era una proeza del tamaño de un asteroide o la señal inequívoca de que me había poseído un espíritu y tenía que hacérmelo mirar por un exorcista cualificado.

En serio, supongo que todo se reducía a Noah. El truco para que el exterior no me afectase. Sabía que en el escenario estaría él con la guitarra colgando y el pelo cayéndole por la frente, y sabía que mi mirada se fijaría en la suya y el resto dejaría de existir. Nos encerraríamos en una burbuja inaccesible, que nadie podía penetrar. Era lo que hacíamos siempre...

Y, si fallaba, todavía quedaba la opción de echar a correr y camuflarme entre la multitud.

Hasta entonces... Leo me había echado un pulso y era mi deber responder y superarlo. Lo había hecho un par de tardes atrás sentado en el suelo frente a la lavadora en marcha. La anterior acababa de morir y él y Noah habían comprado una de segunda mano en perfectas condiciones (o eso nos dijo el de la tienda). El rubio miraba embobado la espuma rebotando contra el tambor durante su primer lavado. A veces hacía cosas como esa. Cosas raras. Interesarse por detalles tontos y cotidianos y ser tremendamente feliz.

—¿Vas a estar durante todo el lavado? —pregunté, y asintió.

—Y el centrifugado. A lo loco. —Fruncí el ceño y sonrió de lado como si me estuviera viendo—. Dinamita, tienes que empezar a cuidar la piel. Te saldrán líneas de tanto arrugar el entrecejo en mi presencia.

—Qué va. Podré sortearlas. Tengo un máster en cosmética gracias a mi madre.

—Si tú lo dices... —Mantuvo la curvatura de labios y pasó su mano por los omóplatos, por el hueco donde estaban los dos enormes agujeros de alas arrancadas tatuados. El estómago se me encogió. No entendía la razón, pero siempre que imaginaba esa porción de tinta en su cuerpo ocurría—. Siéntate a mi lado.

—¿Para hacer qué?

—Nada.

—¿Nada?

—Sí, nada. —Ladeó el rostro y me analizó—. A menos que seas esa clase de gente —lanzó el dardo y piqué.

Caí en su juego.

—¿Qué clase de gente?

—La que es incapaz de no estar ocupada. Existen, pequeña, y cada vez son una raza más extendida. Personas que se sienten culpables por descansar, improductivas. No caigas en sus redes.

—Deja de temer por mí. Soy francamente buena vagueando.

—¿Ah, sí? ¿Cuándo fue la última vez que te levantaste sin despertador y en tu planificador de tareas ponía yo? Antes de sucumbir a la tentación de ser una chica mala y mentirme, recuerda que las paredes son muy finas, de papel, y escucho el pitido infernal de tu móvil. —Me mordí el labio. «¿Nunca?» no era una buena respuesta.

—Últimamente tenía muchos asuntos pendientes.

—El asunto pendiente que debes priorizar eres tú. Hagamos una apuesta. Apuesto la limpieza de los baños de todo un mes a que eres incapaz de silenciar la alarma, estar en la cama hasta que el cuerpo te lo pida y, ojo que vienen curvas, desayunar cómoda en pijama y dedicarte un día a ti. A mimarte y a cuidarte.

—El escenario que planteas es de una simpleza desconcertante.

—Entonces no tendrás inconveniente en aceptar. —Extendió la mano y se la estreché con determinación.

—Leo..., lo siento mucho por ti. Vas a tener muuuuuchas citas con el retrete.

—Ojalá, Dinamita, ojalá —pronunció, y volvió a posar sus ojos grises en el tambor de la lavadora deslumbrado.

La apuesta era fácil. Lo difícil era ganarla..., esto..., siendo yo.

Al cabo de menos de quince minutos supe que iba a perder.

Chasqueé la lengua.

La noche anterior había cumplido fielmente con la premisa de no poner la alarma del despertador y a las nueve y media de la mañana estaba con los ojos abiertos como un búho hiperactivo que ha bebido agua adulterada con metanfetaminas y debe permanecer esposado en una cama repleta de pulgas.

Soplé y rodé sobre el colchón.

No levantarme picaba, pero quería darle una oportunidad a dedicarme un día, una oportunidad sincera.

«¿Qué hace la gente cuando no hace nada?», me pregunté.

«Relajarse», respondí.

Bostezar sin taparse la boca, desentumecer el cuerpo desperezándose lentamente y mirar al techo o a la hermosa claridad que se cuela por la ventana activando el modo zen con la mente en blanco.

Probé.

Aflojé el ritmo de mi respiración y mis pulsaciones, me froté los párpados y concentré todas mis energías en las nubes flotantes que recorrían el cielo. Adivinar sus formas de un modo sensible y profundo debía valer, ¿no? Una dulce distracción que me sirvió, pues eso, menos de quince minutos. En resumen, antes de que el cuarto de hora se completara ya estaba haciendo un repaso mental de todo lo postergado por la cabezonería de vencer al solista y me flagelaba pensando en cómo incluirlo en mi agenda la siguiente semana antes de irnos.

Era lo peor.

El relax no estaba hecho para mí.

Aun con los exámenes finiquitados y sin ensayo a la vista a

lo largo del día, siempre tenía algo que hacer. La actividad no se detenía nunca. Y no eran obligaciones ineludibles de una persona ocupada, era mi propia presión sometiéndome sin piedad cual tirana. A lo mejor, solo a lo mejor, que si no se lo creería, Leo estaba en lo cierto al suponer que cuando me quedaba quieta trepaba cierta sensación de improductividad mezclada con ansiedad por mi garganta que no era del todo sana. Como si estuviese tan absorbida por la cultura del esfuerzo y el trabajo que hubiese olvidado que en la vida no todo eran aspas al lado de listas completadas.

Había mundo más allá del estrés.

Tenía que haberlo.

Y yo solo debía conquistarlo.

Me incorporé en la cama y atrapé el labio inferior entre mis dientes. Asentí. Quizá lo de no hacer nada no era tan literal como se lo había tomado mi mente cuadriculada. Puede que dedicarse tiempo no significase apuntarse a yoga y meditar, sino hacer algo que te gustara. Y a mí no me gustaba ver pajarillos volando a contraluz, salir a pasear y oler flores silvestres o remolonear en la cama hasta mediodía, a mí me gustaba cocinar.

Me puse de pie y fui directa al cajón del escritorio donde tenía el cuaderno de Nana. Todavía no me había atrevido a abrirlo y podía ser un buen momento para que eso cambiase. Era muy pronto para profanar un folio incluyendo una de mis recetas, pero sí podía intentar reproducir una de las suyas.

Sonreí satisfecha. Tenía plan. Chúpate esa, Leo. Salí de mi cuarto muy decidida en pijama y sin sujetador. Nada, absolutamente nada, ni un meteorito a punto de impactar contra la tierra sin Bruce Willis para salvarnos podría distraerme de mi cometido..., nada excepto la puerta de la habitación de Noah entornada con unas perfectas (y muy estimulantes) vistas al interior, mierda.

Quise pasar de largo. Prometo que luché largo y tendido

contra las ganas de frenar al distinguirlo. Pero me dominaron. Una ardua batalla de la que lamento decir que no salí victoriosa.

Me asomé por el hueco cual acosadora en potencia.

Noah estaba tirado en el suelo recostado sobre unos cojines debajo de la ventana que mantenía abierta de par en par. Vestía sus irresistibles pantalones negros, camiseta blanca y gafas de sol que le resbalaban por el puente de la nariz para evitar los rayos que se colaban. Su postura era despreocupada, indiferente, sexi, con la espalda pegada a la pared, las grandes manos sobre sus muslos y las piernas ligeramente flexionadas. A su lado, descansaban D'Artacán, la guitarra y el cuaderno en el que componía.

No me extrañó que se hubiese quedado frito. Una ola de calor azotaba Madrid esa semana, lo que se traducía en que del asfalto brotaba vapor y por las noches entraban lenguas de fuego en lugar de la agradable brisa. A las condiciones meteorológicas había que sumar que nuestro piso carecía de aire acondicionado y que el único escudo que poseíamos para librarnos de las altas temperaturas era un ventilador que Leo acaparaba mientras Noah y yo nos deshidratábamos en el sofá.

Lo miré de nuevo y pegué un respingo.

Había vuelto a suceder.

A veces observarlo me asustaba. Era como si se me metiese algo dentro. Algo que me recorría la columna vertebral, lamía cada átomo y producía un ligero cosquilleo que iba desde las palmas de mis manos al vello de la nuca erizado, desde el arco del pie a la punta del dedo. Con él... notaba las partes de mi cuerpo que estaban debajo de la piel e impresionaba tanto que me costaba recuperar el aliento. Pero es que lo deseaba. Lo deseaba como nunca había deseado a nadie, como no lo haría después. A rabiar. Con la víscera.

Su esencia sobrevolaba los espacios y al respirarla sentía la irrefrenable necesidad de tocarlo, de memorizarlo con los cinco sentidos y que me envolviese hasta cubrirme por completo.

Noah me excitaba.

Un gemido ronco brotó de mi garganta.

Él torció la boca sin moverse.

Entorné los ojos suspicaz.

—¿Estás despierto?

—Puedo fingir que no y que tú sigas con. . Sea lo que sea, no te cortes. Adoro que me miren y jadeen. —Así que lo había oído. El muy maldito lo había sabido todo el tiempo. Apreté los puños y escupí digna:

—Te odio.

—Pero te gustan mis labios. —Levantó las cejas. Aquella situación le divertía.

—¿Nunca vas a dejar de recordármelo? —Colocó un dedo en la barbilla y simuló planteárselo.

—Nop.

—Eres una persona horrible.

—Anda, ven a mi lado. —Bajó las gafas hasta que se le vieron los ojos chocolate.

—Ni lo sueñes.

—Corre el aire.

—Mientes.

—Compruébalo.

Fui a decir que no, pero ¿a quién pretendía engañar? Quería hacerlo.

—Es por el calor. —Resbalé a su lado—. Mi odio continúa intacto. —Él rio y, aunque mantuve la compostura, noté el hormigueo de mi boca intentando seguirlo.

Reparé en su habitación. Era tal y como la imaginaba. Ordenada, con un tocadiscos, muchos vinilos, pilas de casetes, CD y cuadernos y más cuadernos esparcidos por todas partes.

Hasta entonces no había entrado. Solía evitarla conscientemente desde mi declaración porque... me intimidaba la idea de que los dos estuviésemos solos allí. Podían suceder cosas, cosas que me moría por que pasasen, pero el *muñeca hinchable* de Álvaro y lo mala que era en el plano sexual regresaban y me oprimían. Me agarrotaban.

Negué con la cabeza.

Aproveché que D'Artacán se estiraba para hacerle una pregunta a la que llevaba días dándole vueltas.

—¿No le encuentran hogar? En la protectora, digo.

—¿Hogar? Él está en su hogar. Leo es su hogar —afirmó rotundo extrañado por mi comentario y vacilé antes de hablar.

—Me dijo que erais una casa de acogida provisional. Él...

—No confía en sí mismo y a veces hay que darle un empujoncito. Impedir que cometa errores como desprenderse de lo que lo llena por temor a no ser suficiente.

Conocía esa sensación.

—¿Tú lo haces? ¿Confías en él?

—Le confiaría mi propia vida, Marina. —Ladeó el rostro y me miró fijamente—. Leo no es suficiente, Leo es superior. Estaría bien que más gente lo sepa para recordárselo. —¿Era una indirecta? ¿Me estaba pidiendo algo? ¿Algo para cuando...? Preferí no pensarlo y cambiar de conversación. Ignorar la realidad y reconducirla a una idílica fantasía se me daba muy bien.

—Componías, ¿verdad?

—Sí, ¿por?

—Cuando lo haces hablas bonito... e incomprensible para mentes insensibles como la mía. —Sonreí y señalé la libreta—. ¿Puedo?

—Claro.

Se quitó las gafas de sol y las colgó del borde de la camiseta cerca del colgante de Carlota. Acto seguido, inclinó su monumental cuerpo sobre el mío para que leyésemos el contenido juntos. Su olor inundó mis pulmones, que sintieron la falta y el exceso de aire, todo al mismo tiempo. Completamente irracional.

El aroma de Noah..., propio e intransferible, era... suyo. No existía otra manera de definirlo. Droga natural para el organismo que activó ciertas reacciones químicas a las que se añadieron las físicas cuando su hombro me rozó, cuando su larga y dura pierna flexionada descansó pegada a la mía.

La carne se me puso de gallina.

Contuve el aliento y lo observé de reojo.

El bajista tenía la mandíbula cuadrada muy marcada y un hoyuelo casi imperceptible en la barbilla, pobladas patillas castañas y su expresión era enigmática. Profunda y cautivadora. No poseía una «cara hecha para el pecado» o de «fruta prohibida» como Leo. Pero sus facciones masculinas, el rollo atormentado y la mirada perdida le daban ese algo que solo poseen algunos y no se puede imitar. El seductor andar de Gary Cooper. La atracción irresistible de Marlon Brando. Contemplarlo era atisbar una fotografía en blanco y negro digna de pasar a la posteridad. De hacer historia.

Abrí el cuaderno que me había dejado y arrugué el entrecejo.

—Una línea... —murmuré.

—Hay noches más fructíferas que otras.

—¿Compones por la noche?

—Compongo a todas horas y cuando no lo hago pienso en ello —pronunció, pero no lo hizo como alguien orgulloso, sino como alguien atrapado.

Lo miré. Tenía los ojos enrojecidos, sombras debajo y un gesto de decepción consigo mismo que no logró borrar a pesar de su pobre intento de camuflarlo.

—¿Has dormido algo?

—Cabezadas intermitentes. Siestas.

—¿De cuánto?

—Quince minutos, media hora.

—¿Llevas mucho descansando a base de minisiestas?

—Meses —articuló mostrando cierto rechazo al rumbo que tomaba nuestra charla.

—Ah.

Me mordí el labio y miré al frente. No debía inmiscuirme. Yo menos que nadie. Era la primera que detestaba que se metieran en mis asuntos. Sin embargo..., él me importaba. Me importaba demasiado para dejar pasar por alto algo que consideré que le podía estar lastimando. Así que lo hice. Tomé partido y me involucré.

—Estás obsesionado con esta canción, Noah.

El bajista permaneció un rato callado hasta que lo reconoció.

—Dime algo que no sepa.

—Las obsesiones nunca traen nada bueno. No ayudan. Pero eso ya lo sabes. Eres inteligente. ¿Por qué...? ¿Por qué no te tomas unos días libres?

—Porque quiero completar el círculo y falta el tema principal del disco.

—Tenemos repertorio de sobra para nuestros huecos en los bolos. Los chicos no te culparán porque falte una canción. Tómate un paréntesis para recargar pilas. Escucha nuevos grupos, clásicos, ve al cine, a exposiciones, siéntate en un banco y observa a la gente sin parecer un asesino en serie que toma anotaciones al acecho de su próxima víctima... Lo que sea que os inspire a los artistas. Pero con calma. Llevar a tu cuerpo al límite y tener las neuronas extenuadas no hará que las letras broten por arte de magia. Es más, te pasará factura, maltratarte siempre lo hace.

—Marina..., suena bien. Muy bien. Pero no puedo. —Su expresión se tornó grave, torturada por lo que debía decirme y él tenía asumido—. Voy justo de tiempo, Marina. Se agota.

No necesitó añadir nada más.

El gesto se me congeló al recibir aquel dardo paralizante.

Prefería un millón de veces cuando actuábamos como si no pasase nada, aunque pasase. Colocar una tirita sobre la herida y sumirnos en una falsa sensación de seguridad al dejar de verla. Cada uno de nosotros había creado su propia burbuja protectora con acceso directo a un mundo paralelo en el que la perspectiva de lo que iba a ocurrir al cabo de pocos meses quedaba fuera y no generaba ansiedad. Todos menos Noah. No podría decir que el bajista lo aceptaba y estaba en paz con ello, pero miraba a los ojos al monstruo que los demás arrinconábamos. ¿Eso era lo que necesitaba de mí? ¿Que escudriñase la oscuridad y lo ayudase a vigilar su tamaño?

—¿Quieres que hablemos del tema? Nunca sé si te apetece o prefieres aparcarlo —confesé.

—Quiero que entre nosotros no haya tabús, y que hablemos de todo, incluido esto, incluido lo molesto, sin caer en la trampa de que se convierta en lo único.

Asentí y cogí una bocanada de aire. Bien, allá íbamos.

—Completar el círculo, terminar la canción, ¿tiene algo que ver con la eternidad? ¿Con ser recordado para siempre porque las personas somos efímeras y la música perdura?

—Vaya, para ser una mente insensible te ha salido una frase profunda cojonuda. —Torció la boca y sonrió. Fue una de sus mejores sonrisas—. Sí y no. Va de recuerdos, pero la motivación es más visceral. Oscura. —Se rascó la nuca y se tomó unos segundos para poner la mente en orden—. Existen frases para cuando se muere alguien como yo. «Pobrecito, tan joven», «una pena, tenía tanto por delante», «al menos ha dejado de sufrir, descanse en paz». Y la peor: «Dios lo tenga en su gloria». Ninguna me representa. No persigo que me glorifiquen, que me tengan lástima o que me sitúen al lado de una jodida divinidad en una pradera verde e iluminada. Quiero ser yo. Seguir siendo yo cuando todo acabe. Y los músicos... Todo el mundo sabe que Kurt Cobain se suicidó de un balazo, que Michael Jackson se intoxicó con Propofol y benzodiazepina y que Nino Bravo tuvo un accidente de tráfico, pero cuando escuchan su música no hay suicidios, ni intoxicaciones o coches destrozados, solo canciones. La gente olvida las frases malditas, la gente tararea, y cuando pasen los años los que no los conozcan no dirán: «Oye, ¿de qué murió...?». Dirán: «Hostias, qué bueno el tema, ¿de quién era?». Es la manera de lograr que lo que me venció no sea más de lo que fui, que lo que impulsó la caída del telón no tenga ninguna posibilidad frente a mi legado.

—No hay nada visceral u oscuro en tu motivación.

—Lo hay cuando le dedico todos mis esfuerzos de un modo enfermizo. —Aclaró la garganta y golpeó el cuaderno con el dedo—. Pero eso va a cambiar. Tiene que hacerlo.

Leí la única frase que llevaba compuesta y mi corazón se estremeció bajo las costillas.

«Piensa en cuántas calles de Madrid tuvieron que alinearse para que tú y yo coincidiéramos aquella noche en un callejón y algún día pudiésemos besarnos.»

—Es... —mascullé con la emoción atravesándome el estómago—. La canción va sobre...

—Sobre nosotros, Marina, dilo, no pasa nada.

—¿Por qué yo?

—La pregunta correcta sería: «¿Cómo no ibas a ser tú?». Me gusta ir dejando nuestro rastro por el mundo. Miguitas de pan como en el cuento. Te imagino en el escenario uniendo las pistas e interpretándolas... Será brutal.

—Porque estarás conmigo.

—Porque estaré contigo.

—Prométemelo.

—Prometo intentarlo.

Sentí el agujero negro del que me había hablado Emma absorberme la punta del pie.

Verso 2

MARINA

Al final cociné un plato típico de Nápoles, *spaghetti alle vongole*, y la tarta favorita de Leo, la de zanahoria, para compartirla con él cuando regresase al día siguiente de casa de su padre. El rubio nos había dejado solos a Noah y a mí intencionadamente, no sin antes mandarme un mensaje bastante explícito de lo que pretendía que se hiciese en su ausencia mientras salía por la puerta.

—Dinamita, te dejo al mando. Mancillad cada rincón de este piso follando como animales.

Puse los ojos en blanco y proseguí a lo mío. Actitud ante la que él soltó una carcajada y dijo:

—Ese gesto tan tuyo, pequeña. Si sigues dedicándomelo, no vas a dejarme más opción que pensar en ti cada vez que se lo vea en cualquier persona...

A continuación, se marchó con una insolente curvatura de labios.

No le di importancia y seguí bicheando las recetas de Nana. Faltaba mucho para que me atreviese a añadir una propia en su cuaderno sagrado. Puede que después de Roma si el curso no resultaba ser un fiasco y creaba algo original, comestible y que superase todos los controles de sanidad.

Por el momento, me conformaba con replicar las suyas dándoles un arriesgado toque personal. Y había superado la primera prueba de fuego. Los *spaghetti* me salieron ricos. No tanto como a ella, tal nivel de perfección estaba completamente fuera de mi alcance, pero el bajista había rebañado el plato con pan y gruñido de placer. Era buena señal. Una señal que me habría motivado de no ser por el runrún de mi cabeza desde que Noah me había acompañado al mercado a comprar los ingredientes que faltaban y cosas para la casa.

¿Existía algo más erótico que un hombre entre verduras frescas, hortalizas y fruta? Descubrí que no. Puede que a otras personas les excitase verlos sudados, en calzoncillos y recién salidos de la ducha. A mí, por el contrario, me gustó más contemplarlo así, con las manos hundidas en los bolsillos y el pelo cayendo en la frente, observando con curiosidad los colores que lo rodeaban a la vez que atendía a mis explicaciones y memorizaba los detalles que le desvelaban como, por ejemplo, que prefería las naranjas amarillas, ácidas, de las que te hacen llorar los ojos.

Torcí el morro en mi habitación y llamé a mi mejor amiga para un gabinete de crisis.

A este paso tendría que ponerla en nómina por los favores.

—Consultorio Colucci, le atiende Emma, ¿en qué podemos ayudarle?

—¿Consultorio Colucci? ¿No estás en casa?

—Sí, lo estoy. Pero me meto en el papel de las series que veo. Voy a hacer maratón de clásicos juveniles y he empezado por *Rebelde Way*. Quiero sus diecisiete años, Marina. En comparación, nosotras no tuvimos juventud. Algún día nuestro último año de instituto nos plantará una denuncia.

Emma estaba fatal.

—¿Hay alguien contigo?

—¿Tú me oyes? Nos enfrentamos a una demanda por haber sido tan poco emocionantes.

—Es importante —repliqué, y chasqueó la lengua.

—Cortarrollos. —Suspiró y dijo—: Me hallo tirada en la alfombra del salón cual Rose antes de que la pinten con sus pechitos al aire, con un Red Bull y mis compañeros mirándome mal. No hay quien los saque de la fantasía...

—Sabes que pueden oírte...

—Es mi intención. Para que perciban que no me acobardan. Tenemos la custodia del mando repartida y hoy me toca a mí ser mami.

—Emma, sabes que me encantan tus desvaríos...

—No te encantan, los detestas más que un plan improvisado. —Empecé a perder la paciencia.

—¿Podrías irte a tu cuarto o algún lugar en el que no estés rodeada de gente y protejas mi intimidad? Quiero hablarte de un tema serio para el que necesito tu sabiduría y experiencia.

—¿Serio en plan va a ser tan soporífero que necesitas una lata más de Red Bull para no caer en trance?

—Serio..., picante.

—Uy, nena, con ese simple matiz tienes toda mi atención. —La escuché despedirse de sus compañeros de piso al son de un amenazante para sus compañeros y humillante para mí: «Me voy a la habitación a que mi mejor amiga me cuente las guarradas que le han hecho para quitarle las telarañas de abajo. Como vuelva y en la pantalla haya un brujo, elfo, dios o cualquier ser que escape a las características humanas tradicionales, guardo los juegos de rol bajo llave y me la trago para que tengáis que esperar a que la cague»—. A veces hay que ponerse en plan dictador para que te respeten —aclaró, e inició el interrogatorio en el pasillo—. Te han dado por el cacas y el churro ha salido manchado. Con chocolate. ¿Caliente o frío?

—No me han dado por el cacas.

—¿Estás segura?

—Al cien por cien.

—¿Incómodo lefazo en el ojo?

—¿Perdón?

—No te ofendas. Muchas de las cremas de los revolucionarios tratamientos faciales para rejuvenecer la piel que usáis tu madre y tú están hechas a base de las proteínas y los nutrientes que contiene el semen. Se me ha ocurrido que podrías haber decidido exprimir a Noah y ahorrarte una pasta. Protejo tu economía.

—¿Cómo sabes esas cosas?

—Presumo de ser una mujer bien informada. —La imaginé levantando la barbilla orgullosa y partiéndose de risa—. ¿Y...?

—No, tampoco ha habido lefazo en el ojo.

—¿En la comisura...?

—No ha habido lefazo en general.

—Qué decepción. —Advertí que se dejaba caer en el colchón rebotando—. He puesto el listón demasiado alto. Nada de lo que puedas decir lo superará.

Superarlo..., no sabía.

Sorprenderla, sí.

Me aclaré la garganta y solté la inquietud del tirón.

—Emma, tengo un problema.

—Yo diría que varios. Adelante.

—No soy buena... en la cama. Tienes que ayudarme a mejorar. Quiero aprender.

—¿De qué narices estás hablando?

—De sexo. Saco un dos raspado en provocar orgasmos, siendo generosa.

La confesión no fue agradable. En primer lugar, porque no era de tratar mi vida personal e intimidades ni en público, ni en privado ni conmigo misma. En segundo, porque admitirlo, que lo pensaba, que lo creía, me hacía sentir... mal. Defectuosa. Inferior al resto de los seres humanos capaces de hacer por instinto algo tan animal y primitivo como dar placer, recibirlo y disfrutar del proceso. Incluso en las cavernas lo hacían. Es más, antes de tener lenguaje ya había personas fornicando o nos habríamos extinguido.

¿Qué fallaba conmigo? ¿Por qué no sabía desenvolverme en ese plano y me volvía torpe y vulnerable? Analizándolos,

los movimientos no eran complicados. Aptos para todos los públicos. ¿Qué me ocurría?

—Cariño, ante todo, me halaga que me veas como una diosa sexual, pero haces que me preocupe... El sexo no es una asignatura con créditos, evaluaciones continuas, exámenes trimestrales y TFG. ¿Qué tontería es esa de que sacas un dos raspado en provocar orgasmos?

—No sé poner a otros cachondos... Hacer que terminen.

—¿De dónde has sacado eso? ¿Sabes qué? Mejor no me lo digas. Intuyo que tiene que ver con Álvaro, y si confirmas mis sospechas le clavaré un hacha en la entrepierna y me haré un colgante con sus pelotas.

—No son solo sus comentarios... Yo también lo noto. Tampoco... disfruto. El dos raspado en provocar orgasmos también se aplica a mí. Durante mis dos experiencias, en lugar de dejar la mente en blanco y que fluya, pienso. Estoy todo el rato pensando en que tengo que sentir algo que no llega. Quiero hacerlo con ellos, hay humedad entre mis piernas y... aparece una sensación. Pero no puede ser solo eso. Debe de existir más.

—Nena, ¿tienes un Manolo en tu mesilla de noche?

—¿Manolo?

—Pene a pilas con modo vibración.

—No.

—¿Qué le hace bailar la conga a tu chin las noches de juerga?

—¿Qué?

—¿Te masturbas?

—Por supuesto.

—Ahora prueba a no decir lo que consideras que te hace quedar bien.

—No —reconocí.

—Ahí está. Tenemos un problema de base. La cuestión no es que Álvaro se corra. Me importa una mierda que lo haga, es más, por mí que se le cuajen los espermatozoides en los testículos y se le gangrenen. El punto aquí es que tienes que conocerte, Marina. Quererte. Tú. Mucho. Luego ya vendrán los otros. Tu placer no puede depender de alguien diferente. Eres su dueña. Tienes el poder. Úsalo. Ámate con fiereza, solo así podrás guiar a quien decidas para que lo haga.

—¿Qué hay de ellos? El sexo es cosa de dos...

—De dos, tres, uno o la capacidad de convocatoria de la orgía. Ahora bien, ¿qué hay de Noah? —Suspiró—. Cuando te encuentres preparada lo descubrirás. Pero acostarte con él, dar la talla porque te has hecho la paja mental de que es un fornicador nato, no debe ser el estímulo para que te reconozcas, aunque estoy convencida de que después os beneficiará. Nena, quiérete porque sí, no por agradar a nadie.

Verso 3

MARINA

Apliqué su consejo esa misma noche para evitar procrastinar.

No es que nunca hubiese intentado masturbarme, es que nunca le había dado prioridad frente a las otras tareas del día y las veces que lo había probado por curiosidad había resultado ser una decepción absoluta. Nada de gemidos roncos ahogados en la almohada, manos aferradas a las sábanas deshechas y ojos del revés.

Ni siquiera apretaba los muslos para contener el deseo y que no se escapase. Básicamente, el ritual hasta la fecha había sido tumbarme, introducir la mano por debajo de las braguitas y meter el dedo y sacarlo con ritmo unas cuantas veces hasta que decidía (bien seca) que era una pérdida de tiempo, volvía a subírmelas, me duchaba y me ponía a hacer cualquier cosa más interesante.

Si lo pensaba objetivamente, le había dedicado más tiempo a ojear la nueva colección de Zara que a explorarme. Tenía que reconocer que no me había esforzado para que funcionara. Y eso debía cambiar. Quería alcanzar el clímax. Escalar esa montaña al menos una vez y luego ver si repetía. E iba a aplicarme en conseguirlo.

Eché un vistazo a internet y... Demasiada información.

Me quedé con lo básico que se repetía en la mayoría de las webs y me puse vídeos. No porno, el porno no me excitaba. Sin embargo, con algunas escenas eróticas de series y películas notaba algo, sobre todo cuando conocía la trama y sabía el bagaje y lo que sentían sus protagonistas. Era un hormigueo pequeño, calambres y ligera presión. Me gustaba la sensación. Por fin, encontré una cuerda de la que tirar. Descubrí mi debilidad por los reencuentros pasionales con planos en los que ambos estaban desnudos y sudados y la cámara enfocaba la boca de ella entreabierta, con los ojos cerrados y el pelo pegado a la frente mientras él estaba encima sostenido sobre sus brazos y empujando. La expresión de delirio mezclada con amor me resultaba profundamente sexi. Al terminar, mi pecho subía y bajaba más atropellado de lo normal.

Preparé un ambiente propicio en la habitación. Sábanas recién lavadas con olor a suavizante, velas aromáticas, luz tenue y la música de Miley Cyrus de fondo. Luego, trabajé en mi cuerpo. Me solté el pelo por encima de los hombros, me embadurné de crema y me puse el conjunto de lencería fina que había comprado para Álvaro con la intención de estrenarlo conmigo.

Me hundí en el colchón.

Estaba nerviosa.

Mi primer impulso fue repetir lo que había hecho antes. Serpentear con los dedos hasta la tela de encaje. Meter. Sacar. Pero rechacé la idea. Cogí una bocanada de aire y... cerré los ojos entregada.

Acaricié mi frente y tracé un camino descendente por el arco de mi nariz que continuó por mi boca abierta arrastrando la humedad de la lengua. Luego, bajé por la barbilla y el cuello y me detuve al llegar a la altura del pecho. Rocé mis tetas con cierta timidez y llené las manos de ellas, masajeándolas y apretando mientras los pezones se endurecían. Un sonido ahogado brotó de mi garganta y mis piernas se retorcieron. Desconocía la sensibilidad de esa zona de mi cuerpo, pero el baile de descargas eléctricas lanzado en todas las direcciones no admitía réplica.

Atrapé el labio inferior entre los dientes.

Dejé una de mis manos allí y con la otra resbalé por un vientre que se encogía a su paso. Contuve el aliento. La sensación que estaba viviendo iba de menos a más y era adictiva, de las que merece la pena alargar. Enterré mis dedos debajo de la ropa interior y mis yemas mimaron de forma pausada el centro de la vagina, el clítoris, los labios... Movimientos circulares que me llevaron a arquear la espalda y convirtieron mi respiración en jadeos irregulares.

Abandoné mi pecho y la otra mano acabó también debajo de mi ombligo. La humedad que descubrí me hizo sonreír. Estaba lubricada, húmeda. Cachonda. Introduje mi dedo y coordiné ambos movimientos, el del clítoris y el de mi interior, dejándome guiar por la intensidad y rapidez que me pedía el cuerpo. Al principio, más lenta, para ir acelerando poco a poco hasta que lo logré.

Perdí el control y viví la experiencia con total libertad. Sin estar alerta o pensando. Y cuando noté que la explosión venía fui a taparme la boca, pero en el último instante la liberé y grité en voz alta. Feliz. Plena. Gimiendo y riendo. Conociendo mi cuerpo en el orgasmo.

Extendí los brazos extasiada y me concentré en las chispas de placer que brotaban frente a mí. Todavía con las descargas nerviosas del tacto de mi propia piel pensé en aquella niña que se cubría con sudaderas anchas y que odiaba mirarse en el espejo, y le hablé:

—Algún día darás el primer paso para empezar a quererte y descubrirás que nunca necesitaste a nadie que te llevase a las estrellas. Podías propulsarte sola, Sansón.

Verso 4

MARINA

Recogí la melena oscura en un sencillo moño con un lápiz y salí de la habitación. Llevaba puesto el pijama nuevo. Ese que era suave y respondía al tacto como una caricia. Me lo había comprado en una tienda del barrio aquella misma semana. Era un dos piezas. Pantalones cortos naranja chillón (parecido al de Leo, quien me había acusado de plagiarlo) y camiseta de tirantes con el monstruo de las galletas en el centro.

Recuerdo perfectamente lo que vestía y la sensación al pisar el suelo del pasillo descalza y darme cuenta de que ni siquiera las baldosas cuadradas actuaban de revulsivo y templaban la cálida temperatura. A lo largo de los años he descubierto que he desarrollado cierta memoria, más sensorial que fotográfica, para los instantes que deseo atesorar, y estaba ante uno que cumpliría las características.

Hallé a Noah en el cuarto de la lavadora.

Tenía los brazos cruzados y estaba apoyado en el mueble en el que guardábamos el papel higiénico y los productos de limpieza. Las ventanas se encontraban abiertas, aunque esa noche no entraba ni una gota de aire. En algún momento, presionado por el calor, el bajista se había quitado la parte de arriba y su torso lucía desnudo, firme, rígido, con un lunar entre los marcados abdominales. El colgante le caía igual que los pantalones grises claros y estaba ensimismado con la vibración de nuestro nuevo electrodoméstico, en marcha a aquellas horas para ahorrar en la factura.

—Llego tarde. —Chasqueé la lengua teatralmente y pasé—. Leo te ha absorbido. Ahora formas parte de su secta prolavado. No tienes escapatoria.

—El lujo del pobre, Marina. Los ricos sacan pecho ante su nuevo yate y nosotros... —Movió la cabeza—. No me negarás que las jodidas lavadoras tienen algo hipnótico. Atrayente. El ruido, la espuma chocando, algo. Además, nuestro amigo es bastante convincente cuando un tema lo apasiona y quiere metértelo por los ojos. —Sonrió—. Es uno de sus grandes rasgos poco conocidos. Simular ser un capullo extravagante, egoísta y caprichoso al que le va la grandilocuencia y las situaciones que lo llevan al límite cuando en realidad lo pierden los detalles más simples e insignificantes de la vida, como regar el jardín o poner la lavadora y aguardar a que el programa seleccionado termine. Y hay más, rasgos desconocidos, digo, solo que para encontrarlos es necesario levantar sus losas y fijar la vista hasta descubrir que debajo crecen flores. Pequeñas, sí, pero de raíces fuertes.

—Siempre que habláis del otro cuando no puede oíros... parece que Leo y tú estáis enamorados —aprecié.

—Existe la clase de amor que no es el romántico y que tiene la fuerza para doblarlo.

Asentí.

En ellos lo veía.

En ellos lo palpaba.

—Me gusta el concepto. El de ir apartando losas de cemento para rescatar flores. Hace un rato he retirado una... Imagino que lo has escuchado.

—¿El glorioso orgasmo que me ha desvelado y que podría servir de base para todas mis canciones? Qué va. No sé de qué me hablas. —Sus labios se curvaron acentuando la sonrisa.

Debería haber sentido vergüenza. Notar las mejillas arder y bajar la mirada en el acto. Irme. Así era yo. Sin embargo, se la sostuve. Y me di cuenta de que estaba cambiando. Removiendo cimientos.

—Ha sido mi primera vez —agregué. Él vaciló.

—¿En nuestra casa?

—De mi historia. —Guardé silencio por si añadía algo, pero Noah no dijo nada. Permaneció callado en la misma posición hasta que me di cuenta de que siempre había tenido ganas de hablar y lo que me faltaba eran esos pequeños segundos de reflexión, de impulso para el salto, que normalmente se veían interrumpidos por la intervención de la otra parte. Tomé la palabra—. Durante el ensayo en la casa de la sierra dijiste algo... Cuando me vendaste los ojos, aseguraste que me daba pánico que me viesen.

—Lo siento si dio la impresión de que pretendía arreglarte, Marina. No tenía derecho a jugar a ser un jodido psicólogo. Ellos existen y lo hacen bastante mejor que yo.

—Tu afirmación necesitaba un matiz —lo corté—. A mí lo que me daba pánico era verme y descubrir que no lo había conseguido, que después de todo seguía sin ser... perfecta, y por eso no quería que ningunos ojos lo hicieran. Excepto los tuyos. En los tuyos he confiado desde el inicio, Noah, y he tardado en averiguar por qué. —Aclaré la garganta—. De niña me repitieron tantas veces mis defectos que llegué a creer que era un puñado de insultos. Le di al físico una importancia que jamás debió tener. Lo antepuse a todo, a cualquier pensamiento o acción en otra dirección. A mi salud.

Inspiré profundamente.

—Vestía ropa ancha para esconder las curvas de mi cuerpo, me borré de natación por el ceñido bañador y lo que dejaba a la vista, e hice cosas que perjudicaban mi cuerpo, pero con un fin que me interesaba. El fin lo era todo. To-do. Bajar peso. Alcanzar el mito de las proporciones griegas. Dejar de temer el sonido de la risa. Y lo lograba. Conseguía una meta, casi respiraba, y el implacable espejo me mostraba un fallo. Siempre había una tara que ocultar. Siempre. —Cerré los ojos y conté hasta diez para calmarme. Volví a abrirlos—. No estoy curada. Nunca lo estaré del todo. Será un susurro que ignorar con herramientas profesionales. —Contuve el aliento y lo solté de golpe—. No te pido que me salves, solo quiero que veas mi piel. Noah, confié en tus ojos desde el inicio porque eres el mejor espejo en el que puedo reflejarme. Deja que me mire una vez más, que me vea... del todo. Mírame.

Verso 5

NOAH

Retiró el lápiz y el pelo le cayó como una cascada oscura.

El tirante le resbalaba por el hombro cuando agarró el bajo de la tela de la parte de arriba del pijama y se lo sacó por la cabeza. El flequillo se le revolvió. No llevaba sujetador. Tampoco se cubrió. Me sostuvo la mirada con las pupilas dilatadas y noté la garganta seca. Sus tetas eran pequeñas, redondas y firmes, con la delicada piel blanquecina y unos adorables pezones rosas.

Mi entrepierna creció.

Deseé avanzar y envolverlos con las palmas de mis manos. Experimentar su contacto. Entonces ella deslizó los dedos por su vientre hasta la cintura de los pantalones. La cogió y la retorció. Contuve el aliento. No tenía ni idea de qué iba todo aquello, pero me gustaba. Me gustaba mucho. Adoraba a la Marina que me confundía tanto como a la que entendía.

La solista no dejó de mirarme fijamente mientras levantaba una pierna y luego la otra para quitárselo. La prenda aterrizó en el suelo. Joder, sus braguitas eran de encaje negro transparente. La observé. Parecía una diosa. Un puñetero ángel de ojos verdes y pestañas largas que dejó caer los brazos a ambos lados del cuerpo.

Las putas rodillas me flojearon.

—Abrázame, Noah —dijo—. Quiero sentir tu piel.

Creí entenderla, y si no era así, estaríamos en igualdad de condiciones.

Me deshice de los pantalones y sonrió. Bingo.

—Tienes unas piernas bonitas. Podrían convertirse en mi parte de tu cuerpo favorita. Apuesto a que nadie las ha elegido antes.

«No ha habido nadie antes de ti, y si lo hubo no importa», pensé.

—Yo no podría quedarme con una parte tuya. Eres tú, Marina, tú al completo —pronuncié con voz ronca, y la atrapé entre mis brazos.

La solista descansó relajada la mejilla en mi pecho. Suspiró. Advertí el calor de su respiración escapando, la curva de su espalda hasta la cadera y mechones sueltos haciéndome cosquillas en el cuello.

Advertí su cuerpo fusionándose con el mío y fue como alcanzar el jodido nirvana. Qué injusto había sido hasta entonces. Qué manera de cagarla en canciones. Cómo lo había despreciado. Ninguna letra de las que había compuesto se asemejaba a rozar el paraíso y sostenerlo entre tus manos. A tocarla a ella e inundarte del olor de su piel.

Marina alzó la barbilla, dudó un instante y se puso de puntillas para besarme.

—Soy consciente de que esto no es comparable al sexo, pero es lo que necesito. Desnudarme con la luz encendida sin meter tripa, arriesgarme a que navegues demasiado y localices mis estrías. Abrazarte. Me quedaría así toda la noche. Viendo terminar la lavadora en esta postura. Quietos. Pegados.

—¿Qué no lo impide? Hagámoslo, princesa.

—Si lo piensas fríamente, visto desde fuera, resulta absurdo. Una pérdida de tiempo y... —«Se agota», completé mentalmente lo que ella no se atrevió a decir.

Sentí impotencia. Ira. Un cúmulo de sensaciones que hacía mucho que no experimentaba porque había olvidado lo que era desear cambiar las circunstancias y saber que no podría, querer algo que estaba fuera de mi alcance y aun así hacerlo a rabiar, anhelar vivir y echar de menos las cosas que nunca haría. Cosas como estar con Marina. Estar más. Poder abrazarnos, tumbarnos o repasarnos el contorno con la yema del dedo sin que pareciese que malgastábamos minutos destinados para otros momentos importantes. Pero ¿qué era más importante aquella noche que sostenerla? Nada, absolutamente nada.

—Te equivocas. Es ganarlo —hablé—. Estoy convencido de que cuando menos lo esperemos, estando juntos, seremos capaces de parar el mundo.

Verso 6

NOAH

No nos soltamos hasta que la vibración de la lavadora cesó. Tendimos, escuchamos vinilos en la galería durante la hora de la luna y terminamos acostados en mi cama enredados para dormir. Solo dormir. Ya estaba amaneciendo cuando me levanté a hurtadillas para hacer una locura de la que me sentía extrañamente orgulloso.

Marina... Habría hecho cualquier cosa por ella.

Cualquiera.

Incluso bajarle las putas estrellas y subirla a ella.

Verso 7

MARINA

Lo dejé durmiendo y corrí al baño para lavarme los dientes y evitar que la pestilencia de mi aliento mañanero lo espantase. Pretendía ser rápida para que no se enterase y... lo vi.

Noah había arrancado el espejo y en su lugar había un mensaje escrito con rotulador negro: «Te ves bien, princesa». Cogí mi lápiz de ojos y le contesté: «Gracias». Al lado, dibujé un símbolo del infinito.

CANCIÓN 11

—

UN SEGUNDO

Verso 1

MARINA

Mis compañeros de la Rey Juan Carlos organizaron una quedada en el Cien Montaditos de Vicálvaro para celebrar el inicio del verano dos días antes de que comenzase la «gira». Informaron del evento en el grupo de WhatsApp de clase. Ese que supuestamente se había creado para hablar de temas académicos importantes y actualmente era territorio gif, el mismo del que había intentado salirme y Emma me lo había impedido.

—¿Irte? Repite conmigo, Marina: *el salseo es bien.* Nadie que se precie quiere perderse cómo sus compañeros se ponen a parir, y más cuando no tiene que intervenir. Piénsalo. Activarás el modo *voyeur* y lo leerás en tu casa con risa de villana de Disney. Pero estarás dentro. De lo contrario, no te enterarás de nada, serás como una pobre y marginada marciana.

Le hice caso. Por eso me enteré y fui a hacer un poco de vida social.

Todo el mundo estaba invitado. Aun así, a la gente le extrañó verme aparecer y no lo disimularon. Supongo que nunca fui muy discreta a la hora de esconder que estaba a disgusto de fiesta, y la mayoría de la gente daba por hecho que las noches puntuales en las que me había sumado a un plan era por Álvaro, cosa que no podía negar.

No tenía nada en contra de salir. Me gustaba la música, bailar, y alcanzar el puntillo tenía su gracia. El puntillo, no el pedal monumental que enganché durante mi primera incursión en Ruido, cuando le robé el micrófono a Noah. Contra la resaca sí que tenía algo, igual que lo tenía en que desfasar se convirtiera en nuestro único plan. Viernes: pub. Sábado: discoteca. Domingo: comentar la jugada y planificar la siguiente.

Había más universo ahí fuera. Más cosas que hacer.

Ese era el problema. El amplio abanico de opciones y lo poco que las manoseaba. A veces sentía que mi vida estaba compuesta por cinco ingredientes y sus posibles combinaciones. Pero aquello estaba cambiando. Poco a poco sumaba alimentos. Con Al Borde del Abismo me había subido a un escenario y visto más lejos y más dentro de mí. Quería conservar algunos sabores y añadir nuevos. Quería probar.

El que continuaba tal y como lo dejé era mi ex, quien al toparse conmigo se acercó sigiloso con su sonrisa enlatada y dijo:

—Vamos a darnos dos besos por las apariencias, Marina. Finjamos ser adultos razonables. No podemos poner a los demás en el aprieto de tener que decidir si te prefieren a ti o a mí.

Casi me da la risa. A los demás nuestro drama amoroso les resbalaba. Estaban allí por la oferta de la cerveza, no para presenciar un posible intercambio de reproches o una reconciliación. Pero el chico del pelo rizado seguía pensando que el sol giraba alrededor de su trasero y yo no era la persona que iba a sacarlo de su error.

—Finjamos. No queremos ponerlos en un apuro.

—¿Ves? Todavía podemos entendernos.

Puso su mejor expresión seductora y me giré antes de que me viniese la arcada y vomitara. Si tenía alguna duda acerca de si algún día podríamos ser amigos (cuando formatease el cerebro y olvidase lo que había hecho y dicho), mi exnovio tuvo el detalle de despejármela esa misma tarde. Álvaro no solo era infiel y tenía lengua de víbora. Álvaro no solo era mala persona o actuaba como las malas personas, que en el fondo es lo mismo.

Álvaro era gilipollas.

Al principio, se mostró amable, galante conmigo, convencido de que en cuanto desplegase sus limitados encantos (sujetarme las puertas abiertas y poner morritos) caería rendida a sus pies de rodillas con un aleteo de pestañas suplicando arrepentida que me perdonase por cada segundo distanciados. Su actitud varió al darse cuenta de que no había dónde rascar.

No le gustó que me sentase en el primer sitio libre que pillé en lugar del extremo opuesto, como buena despechada, o buscando un ángulo estratégico desde el que lanzarle lastimeras miradas furtivas. Vamos, no le gustó mi indiferencia. Y, sobre todo, no le gustó que esta fuese real en lugar de una táctica, que hablase con la gente que me rodeaba sin subir el volumen para que él me escuchase, riese y estuviese mejor sola que cuando su mano agarraba la mía por debajo.

Contratacó. No esperaba menos.

Se tragó un megáfono y repitió cien mil veces el pedazo de viaje que le esperaba por Tailandia y Maldivas en el que quedaba una plaza libre para... ¿invitarme? ¿Darme envidia? Era la sensación que daba y me demostraba una vez más que nunca llegó a conocerme. No rascó para apartar el polvo de la superficie. A mí no había que comprarme, había que quererme.

Al percatarse de que no me afectaba aumentó el nivel. Subió el peldaño a un juego más cruel y sucio. Utilizó a una persona. Malena no era de mi agrado. Sin embargo, apreciar cómo la manoseaba y la llamaba Ratona solo con la intención de herirme era ofensivo como mujer. Como persona. No doloroso. Parecía no darse cuenta de que hacía tiempo que había perdido ese poder.

Ella tenía que ser consciente de que la trataba como si fuese un cacho de carne con patas y una cien de sujetador que no valía nada, aunque no dio señales de hacerlo. Bromeó exageradamente, se apartó coqueta el pelo de la cara y probó los montaditos del cerdo que la humillaba sin cesar. Llegué a creer que estaba tan ciega que lo aceptaba, y entonces salí para irme y me choqué con la que un día fue mi amiga y la realidad de sus ojos empañados.

Mi orgullo me susurró que pasase de largo.

Frené.

Maldita empatía.

—¿Qué miras?

—Nada.

Malena tiró el cigarro, se encendió uno nuevo con ansiedad y me observó. Sus ojos enrojecidos eran una invitación a marcharme y... no lo hice. Siempre se me ha dado mal abandonar a alguien que se ahoga, a pesar de que no lo merezca.

—¿Vas a consolarme? ¿Tú? —Rio en voz alta—. Soy afortunada. La elegante, delicada y recta Marina viniendo en mi auxilio. Ella, que se considera superior al resto. ¿Te cuento un secreto? Ser la reprimida de clase que no folla no te hace especial.

—Nunca lo he dicho.

—Pero lo pensabas. Oh, vivo en el siglo XXI y tengo la entrepierna reseca, admiradme, guarras.

—¿Eso creías? —Durante una fracción de segundo permanecí noqueada. Si no me había acostado con Álvaro había sido porque no me nacía, no para crearme ninguna fama.

—Pensaba que eras un lobo con piel de cordero. Te tenía calada, amiga. La mosquita muerta que estaba con el tío que me molaba para formar así la pareja perfecta de la que mamá estuviese orgullosa.

Ignoré los insultos y le pregunté:

—¿Álvaro te gustaba?

—Álvaro me flipaba, me quemaba, y te habrías dado

cuenta si tuvieses sentimientos, pero, como no los tienes, no eres capaz de distinguirlos en los demás.

—Malena..., es injusto que me eches la culpa. Pudiste contármelo.

—¿Habría cambiado algo?

—No lo sé —confesé. En aquel instante, yo también estaba segura de que le quería—. Pero tomaste la decisión de no hacerlo y actuar por la espalda. Ahora nunca lo sabremos.

Ella se quedó en silencio. Abrió la boca, la cerró, dudó y...

—Debe de ser agotador ser santa Marina, ¿eh?

—¿Por qué me tienes tanto rencor? Lo lograste. Tienes un rollo con Álvaro. ¿Cuál es el problema?

—¡El problema eres tú! Ni siquiera me ve si no estás cerca.

Pude decirle que el problema eran sus sentimientos envenenados y que tenían una relación tóxica, e increparla por el daño que me habían hecho, pero en cierta manera daba las gracias por esa cicatriz; sin su dolor no habría despertado para nadar contracorriente.

—Malena, un tío que te hace salir de una cena con vuestros amigos para llorar a escondidas no merece la pena.

—¿Cobras por consejo? ¿En efectivo o tarjeta? Para preparar la cartera... —Chasqueó la lengua. Su rabia buscaba provocarme y no lo iba a conseguir. Ese era mi triunfo. Suspiré lista para irme.

—Te digo lo que me gustaría que me dijesen a mí en tu lugar.

Nos quedamos en silencio.

—¿Ahora quieres que seamos amigas?

—Nunca lo fuimos.

Me marché.

Creía que me alegraría si las cosas les iban mal y me sentí feliz de que no fuera así. Aliviada. Malena no volvería a ser mi amiga, nunca lo había sido, y no tenerle resentimiento era la prueba de que me había sacado su espina de dentro.

Los había superado y había rellenado sus huecos. Cerré el capítulo. Puse punto final a mi etapa con ella y con Álvaro, y caminé más liviana al metro.

Aprendí la importancia de soltar. En la vida hay personas que llegan y personas que se van, y está bien. Gente que dura un instante fugaz y gente que...

—¿Noah? —fruncí el ceño confundida.

El bajista alzó la cabeza y sus labios se curvaron dibujando una irresistible sonrisa torcida.

Estaba en la escalera de la boca del metro de Vicálvaro con sus vaqueros oscuros apretados ceñidos a sus firmes muslos, la camiseta blanca que dejaba a la vista la voluptuosidad de unos brazos que eran acero, gafas de sol y, maldita sea, el palo blanco de un chupachups asomándole. Sabía cómo desestabilizar a un ser humano.

Descendí los peldaños que nos separaban.

—¿Qué haces aquí?

El dulce bailó por su boca y al sacárselo descubrí que era de cereza, su sabor preferido. El chino debía de haberlos repuesto. Sonreí.

—¿Qué te hace tanta gracia, Marina? —Ladeó curioso el rostro para tratar de leerme.

—Que te conozco, Noah, y me gusta. Pero no me distraigas. ¿A qué has venido? Uno no coge la línea uno, el cercanías y la ocho por casualidad.

—A preguntarle a mi chica si tiene algún plan o puede acompañarme a un sitio.

—¿Tu chica? ¿Quién es? ¿Puedo ayudarte a localizarla?

Avanzó un paso y me rozó la zona del hombro por la que caía el tirante de mi vestido blanco de flores.

—Tiene la piel suave.

Temblé.

—Un rasgo muy común. Tendrás que aportarme datos extra para acotar su búsqueda.

—Ojos verdes enormes. Joder, inmensos. Un bosque.

—Lamentablemente, la tonalidad no es exclusiva y el tamaño es relativo. Mantenemos el espectro amplio.

—¿Y si te digo que cuando se recoge el pelo se le sueltan los mechones más próximos a la cara, canta como los putos ángeles y cuando me besa durante una fracción de segundo olvido cómo respirar?

—Te contestaría que existen las horquillas y es un complemento maravilloso para sujetarlos, los ángeles no existen y deberías dejar de besarla.

—¿Debería?

—Oh, desde luego. Con efecto inmediato. Olvidar cómo se respira es peligroso.

—Soy valiente.

—Eres un mentiroso... Nadie olvida cómo se respira por un beso. —Negué con la cabeza, divertida—. Está bien. ¿Adónde vamos?

—¿Vamos? —Arqueó una ceja—. ¿Qué te hace creer que tú eres mi chica?

—Fácil, que tú eres el mío. Mi chico, Noah.

Verso 2

NOAH

Estábamos en el último escalón de la boca de metro cuando hablé:

—¡Mierda! Por poco se me pasa...

—¿Qué?

—Hacer esto.

Enmarqué su cara con mis manos, aplasté el cuerpo de la solista bajo el mío y la besé contra la pared de acceso al túnel. Al apartarme, parpadeó confusa y boqueó como un adorable pececillo para captar oxígeno disuelto en el agua con sus branquias.

La comisura de mis labios se elevó.

—Un segundo, Marina, has olvidado cómo se respira un segundo.

Verso 3

MARINA

Recuerdo que casi perdemos el metro. Tuvimos que correr por el pasillo para alcanzarlo y subimos justo cuando las puertas se cerraban a nuestra espalda. El vagón iba lleno. El bajista se agarró a la única anilla libre que pendía de la barra del techo y dijo:

—Agárrate a mí, Marina. Te sostengo.

El tren se puso en movimiento y noté su traqueteo bajo mis pies. Mi pecho subía y bajaba precipitadamente. Me aferré a su cintura con los dedos y, sin pensarlo, choqué mi boca con la suya para luego susurrarle:

—Dos segundos, Noah. Tus pulmones han estado sin recibir aire dos segundos.

Él no contestó, solo se rio y volví a hacerlo. Sumé segundos a nuestra apnea con un nuevo beso. Así medíamos el tiempo juntos. En pequeños instantes. Segundo a segundo. Granos de arena que un día se convertirían en una historia tan fugaz como una estrella..., tan eterna como el universo.

Verso 4

MARINA

Bajamos en Sol y los rayos me explotaron en la cara.

El centro de Madrid estaba eufórico, palpitante. Daba igual cuánto apretase el calor (que era una barbaridad), cientos de personas recorrían su suelo en llamas ataviados con pantalones cortos, vestidos vaporosos y sandalias. Había turistas inmortalizando la propia plaza, el reloj de la torre y la popular estatua del Oso y el Madroño mientras otros apuntaban con sus móviles y cámaras a rincones inadvertidos, artistas callejeros disfrazados haciendo números y músicos ofreciendo conciertos, y madrileños sentados en el borde de la fuente y de pie que habían quedado para ir de compras por la calle Preciados, ver atardecer desde el césped del Templo de Debod, descender la Gran Vía, pasearse por las tiendas *vintage* de Malasaña o cruzar la plaza Mayor rumbo al tinto de verano con hielo que los esperaba en una terraza en La Latina.

Arrugué la nariz.

Apenas habíamos abandonado el aire acondicionado y ya tenía la nuca empapada en sudor. El verano madrileño era un paseo por los nueve círculos del infierno. Me recogí el pelo en una coleta con una cinta verde que anudé en forma de lazo y observé a Noah para ver si él también quería esconderse bajo tierra hasta septiembre.

Tragué saliva.

Acababa de colocarse las gafas de sol y... estaba insuperable. Vamos, que llamaba la atención a un par de kilómetros a la redonda y el rango era ampliable a la estación rusa espacial. Además, ojo al dato, provocaba ese efecto sin pretenderlo, lo que sin duda tenía más mérito. Leo también habría conseguido que personas de ambos sexos lo mirasen impactados, pero es que Leo habría actuado como Leo y se habría presentado en el corazón de la ciudad con la tela de su glorioso trasero arrancada con tal de exhibirlo y partir cuellos.

En cambio, Noah...

Intenté identificar qué era lo que tenía para ser tan... él. La composición de su cara, su expresión marcada, aquella altura que lo hacía sobresalir unos centímetros por encima de la masa, su fuerza al andar, el sonido grave y profundo de su voz... ¿El talento se podía intuir? ¿Conocían la sensación al abrazarlo desnuda y percibir sus pulsaciones relajadas? Nada, no fui capaz de aislar un rasgo en particular que resolviese el interrogante. Era Noah, en conjunto, todo Noah, y yo lo tenía al alcance de la mano. Podía estirarla y me la agarraría, darle con el hombro y que me lo rodease, podía... Un escalofrío me sacudió de arriba abajo. Por primera vez fui consciente de lo afortunada que era por sentirlo y de la devastación que vendría al perderlo y dejar de hacerlo.

Sacudí la cabeza.

Prefería no pensarlo y acomodarme en la sensación de que el tiempo nos respetaría y se ralentizaría para que lo pudiésemos consumir en pequeñas dosis. Estirarlo. Mientras hubiese vida quedaba esperanza, ¿verdad?

Evité contestarme porque no me gustaba la respuesta.

—¿Nos movemos, Marina?

—Vale.

Atravesamos la Puerta del Sol. El ruido y el ajetreo nos persiguieron hasta que cogimos una de sus calles secundarias y unos metros después nos desviamos por otra. A esa le siguió una nueva y... no tenía ni idea de en qué punto exacto del laberinto de callejuelas nos encontrábamos cuando alcanzamos nuestro destino. Me quedé petrificada. Su escaparate admitía poca interpretación.

—Un estudio... —murmuré.

—Sí.

—De tatuajes.

—También hacen *piercings*. —Se encogió de hombros indiferente—. ¿Pasamos?

«Ja. Ni de coña.»

Una cosa era iniciarme en el vandalismo plantando mis huellas en cemento húmedo o escribiendo nuestros nombres en una pared, pero de ahí a marcarme la piel hasta el fin de los tiempos existía un abismo. Un precipicio al que no estaba dispuesta a saltar. Faltaba averiguar cómo decírselo con tacto, porque «si vas a hacer lo que creo que vas a hacer me horroriza» no sonaba del todo bien, sobre todo si a él le parecía un... ¿símbolo de nuestro amor? Señor, me salían ronchones solo con rumiarlo.

—Esto..., ¿qué te vas a tatuar? —Traté de ocultar mi estado de pánico.

Noah entornó los ojos.

—¿Qué piensas tú que voy a tatuarme?

—¿Algo relacionado con nosotros? —Noté la boca seca.

—Nuestros nombres, con medio corazón cada uno que se complete cuando juntemos los brazos. —Vale, iba a vomitar. El *pack* del tatuaje hortera me incluía—. ¿Qué me dices? Por el mismo precio podemos añadir una flecha que empiece traspasando mi extremo con la punta saliendo por el tuyo.

—¿Tamaño? —balbuceé con un hilo de voz para calibrar el nivel de locura.

—Grande, que ocupe todo el antebrazo —respondió.

Mierda, mierda y más mierda. Estaba serio.

—Eh..., no te lo tomes a mal..., yo... tengo ciertos límites infranqueables y...

—¿No te parece romántico?

«Me parece de chonis menores de edad que han falsificado las firmas de sus padres y dentro de unos años gastarán su primera nómina para vérselas con el láser», pensé.

—Me parece de chonis menores de edad que han falsificado las firmas de sus padres y dentro de unos años gastarán su primera nómina para vérselas con el láser —dije también, aunque añadí—: Por favor, no te ofendas, seguro que tu intención era buena...

—Auch, duele.

—Propongo que nos lo hagamos de henna. Todavía más, propongo que nos hagamos una fotografía y la subamos a mis redes sociales para estrenarlas. Créeme, Noah, es la apuesta más alta que puedo soportar.

Él me miró fijamente y... se echó a reír. A carcajadas. Como nunca lo había visto.

Me entraron ganas de abofetearlo y besarlo.

—Lo realmente doloroso es que... ¿Tu nombre y el mío, medio corazón y una flecha? ¿En serio, Marina?

—No sé qué te hace tanta gracia. —Mira por dónde la ofendida pasé a ser yo.

—Si alguna vez quiero decirte que te quiero, no será gritándoselo al mundo con un tatuaje cutre, te lo grabaré en la boca con mi saliva, joder, con mi puta saliva.

Negó con la cabeza divertido y no se dio cuenta de que a mí se me encogía el estómago.

—Quiero que me acompañes, nada más. Siempre hago las cosas solo y he pensado que podría ser estimulante probar a que eso cambiase. Compartir contigo.

—Así que técnicamente... —hablé con el corazón rebosando en el pecho— soy una especie de conejillo de Indias.

—Uno de los tiernos. Comprobar que estabas dispuesta a sacrificarte si el tamaño era pequeño me ha tocado la fibra sensible.

—Cállate.

—Habría sido interesante estirar la coña y ver lo lejos que llegabas.

—Tu integridad física peligra como sigas mofándote por mi lapsus.

—Mientes. No serías capaz de hacerme daño, Marina. —Me miró fijamente y no tuve más remedio que admitirlo.

—Llevas razón. Nunca lo haría —dije sin saber que al cabo de unos días esa afirmación sería falsa.

El interior del estudio era... sombrío. Claustrofóbico. Peor de lo que imaginaba. Suelo de madera, mobiliario negro y paredes azules de las que pendían cuadros de trabajos anteriores por las que se colaba el sonido de las agujas como si fuesen zumbidos de un enjambre de abejas.

—El colega de Leo, ¿no? Noah —preguntó la recepcionista, una chica con un gorro negro de lana... en junio, flequillo recto oscuro, labios pintados de rojo y tinta hasta las orejas.

—El mismo.

—¿Primer tatuaje?

—Sí.

—¿Mantenemos el diseño que me has enviado por WhatsApp?

—Lo mantenemos.

—¿Dónde?

—En la muñeca, justo encima de las venas.

—Vale, bien —asintió—. Pedro está acabando un trabajo y enseguida se pone contigo.

—Sin prisa.

Vino a mi lado. Me había quedado apartada junto a la mesa alta sobre la que había libros con distintos bocetos para coger ideas.

—Vaya, vaya, te estrenas...

—Leo dejará de llamarme roquero de pacotilla. —Hundió las manos en los bolsillos de sus vaqueros y se encogió de hombros.

—¿Lo hace mucho?

—Bastante a menudo.

—Mi madre te diría que es una mala influencia.

—Probablemente tendría razón. La mayoría de sus ideas no son buenas, pero lucha contra ellas. Su vida es una constante batalla. —Alzó la barbilla y señaló un punto en la pared—. Ese es suyo.

Seguí la dirección que marcaba con mis ojos.

Si no me lo hubiese desvelado, jamás habría adivinado que aquel trozo de piel que colgaba perfectamente enmarcado pertenecía al solista. Piel, sí, porque no había rastro de su cara o algún detalle que desvelase a qué parte de su cuerpo correspondía la fotografía en blanco y negro.

Como siempre, se trataba de una frase: «Sueña, joder, hazlo. Despierta». Y, como siempre también, había algo enrevesado en ella. Doloroso. En esa ocasión, se trataba de espinas. Puntiagudos pinchos en los acabados de las letras. Me froté los brazos para alejar la sensación de angustia.

—¿Cómo os hicisteis amigos? —Recordé que no siempre lo fueron.

—Nos reencontramos en nuestro peor momento y nos reconocimos como iguales.

Nada más.

Silencio.

De nuevo, el misterio de su unión.

—¿Y el resto de la banda? ¿Cuál es el nacimiento oficial de Al Borde del Abismo? —tiré por otro lado.

—Coincidimos en la sala de espera de terapia.

—¿Terapia?

—Misma psicóloga. Leo, Vic y yo. Fui por mi movida, él por la suya y ella nos habló. Creo que empezó diciendo que hacíamos una buena pareja y terminó proponiéndonos ser parte de un grupo de rock con su hermano y un trío. Encajamos.

—Esto..., yo... lo... —tartamudeé.

—No lo sientas, Marina. No es un tema incómodo que nos avergüence. Tenemos mierdas profundas y tratamos de ponerles solución. Hacemos bien. ¿Nunca te has preguntado de dónde viene el nombre de la banda?

Negué con la cabeza y confesé:

—No.

—Viene de que todos los integrantes estamos a un paso de volar por los aires, pero nos mantenemos en tierra. Hacemos equilibrios para no caer al vacío. Estamos al borde...

—Del abismo —completé por él, y todo cobró sentido. Mi pertenencia y por qué con ellos me sentía a gusto, en casa, en mi hogar. Yo también tenía, ¿cómo lo había llamado?, mierdas profundas.

Mierdas profundas que cargaba desde niña y no se solucionarían tratando de correr más rápido que ellas para que no me alcanzasen, ignorándolas o por amor. Noah no era el encargado de curar mis grietas. Ni siquiera yo podía... sola. Llevaba años subsanando las fisuras a base de chapuzas que cedían una y otra vez. Siendo un edificio con la fachada cuidada y bonita y el interior en ruinas.

A mamá no le gustaban los profesionales.

—¿Qué van a opinar nuestros conocidos de nosotros si vas, qué van a opinar de ti? —decía.

—No tienen que enterarse. Podemos ser discretos. Llevarlo en secreto.

—Marina, las miserias familiares siempre escapan a nuestro control y luego vienen los arrepentimientos. Lo harán. Lo sabrán. Nosotros pasaremos a ser los malos padres de la comunidad y tú la loca. Empeorarás la situación y echarás de menos ser solo la gorda.

Nunca volví a sugerir asistir a terapia.

La manera en la que Noah lo normalizó deshizo un nudo en mi garganta del que ni siquiera era consciente. No fui yo la que se equivocó al proponerlo en casa, fue ella al negármelo por una colección de prejuicios que la llevaron a pensar que estaba mal cuidar de la salud mental. Pero ahora era libre y podía remediarlo. Antes, necesitaba saber una cosa.

—¿Me aceptasteis porque estaba rota?

—¿Qué? No. Te aceptamos porque tienes alas, princesa.

Ahí. Fue ahí. En ese preciso instante, en un estudio de tatuajes.

Dicen que es imposible reconocer el segundo exacto en el que te enamoras de una persona. Al fin y al cabo, querer es un cúmulo de momentos. Se ama poco a poco. Lento. Alimentando con mimo a la oruga para que un día se convierta en mariposa. Un proceso tan gradual que un día sencillamente lo notas en tu corazón al despertarte y el cuándo y cómo entró es una pregunta sin respuesta. Pero yo lo hice allí. Sentí las compuertas abiertas y el pie de Noah al traspasarlas.

Sentí que lo amaba... y se lo habría dicho si Pedro, el tatuador, no hubiese salido para llamarlo interrumpiéndonos.

No pasé con él. Me quedé fuera y, como no tenía nada mejor que hacer y la recepcionista no parecía muy dispuesta a darme conversación, ojeé el libro de diseños de la entrada. Solo con la portada, contraportada y primera página me quedé horrorizada. Los tatuajes estaban diferenciados por temáticas, y menudos temas. Al final, el boceto hortera descrito por el bajista iba a ser una maldita obra de arte.

Pasé páginas y más páginas por si aquello mejoraba, pero no. Era igualito a recorrer el averno del mal gusto. Saldría con secuelas, eso seguro. Ni hechos aposta podían ser tan... Me detuve en uno y ladeé la cabeza. No era gran cosa. Sencillito y muy tonto. Sin embargo, los labios se me curvaron en una estúpida sonrisa. Tenía algo, no podía negarlo. Me susurraba...

—Listo —anunció Noah a mi espalda, y pegué un respingo—. ¿Qué mirabas? —Curioseó desde su posición. Cerré el libro de golpe y me giré con cara de culpable.

—Nada. —Entornó los ojos intrigado.

—Si no fuera porque sé que es imposible, pensaría que le estabas haciendo ojitos a un tatuaje.

—Tú lo has dicho. Imposible. —Me puse rígida.

—A Pedro se le ha caído un cliente mientras me tatuaba. Tiene hueco en su agenda y no tendrás que recurrir a los favores de Leo. Por si te interesa.

¿Deliraba?

—La tinta te ha debido de afectar al cerebro. Ni de coña. —Apreté los labios. Perforarme la piel para siempre no entraba entre mis planes más inmediatos. Tampoco a largo plazo. Era un no rotundo, aunque no me pudiese sacar el estúpido dibujo de la mente. Inspiré profundamente—. ¿Vas a enseñarme el tuyo o tengo que adivinarlo? Si es que te lo has hecho, porque habéis tardado poquísimo.

—Veinte minutos —apuntó—. Es pequeño y fino, tanto que el capullo de Leo se ha descojonado por teléfono cuando me ha llamado para darme su opinión de la foto que le he mandado para que tuviese la primicia. Ahora me llama el roquero... —calló—, una gilipollez en su línea. Nunca ha sido muy original.

—Pobrecito, ¿vamos pidiendo cita para el láser?

—Depende. Mantengo la esperanza de que tú seas más compasiva.

—Me estás asustando... Dime que no te has puesto «inserte moneda» en la raja del..., como si fuera una hucha, vamos —bromeé.

—¿De dónde has sacado esa ocurrencia?

—Del libro. Hay varios modelos.

—No, Marina, no me he puesto «inserte moneda» en la raja del culo.

—Es una pena. Con tu trasero habríamos hecho una pequeña fortuna. —Me reí—. En serio, ¿qué es?

—Solo un símbolo —reconoció—, un símbolo que me representa.

Giró la muñeca para descubrirlo, me asomé y el corazón me golpeó con violencia en el pecho. Cabalgó y se atrancó en la garganta.

—Es... —balbuceé.

—El infinito.

Sí, eso ya lo sabía. Era el infinito, pero no uno cualquiera. Se trataba de mi infinito. El que había dibujado debajo de su mensaje en el hueco vacío del espejo reproducido fielmente en su articulación.

—¿Por qué?

Se pasó la mano por el cabello despeinándoselo... más. Fue la primera vez que lo vi nervioso, expectante.

—Si me preguntas si me lo he hecho exclusivamente por ti, la respuesta es no. Todo lo que tiene que ver con la eternidad me atrae, lo sabes. Pero mientras lo miraba, en el segundo en el que he decidido que lo quería, no pensaba en existir más allá de la muerte cuando mi cuerpo sea polvo. Pensaba en ti, en mí y en lo irremediables que hemos sido. En que siempre ha dado igual la dirección que cogiese, todas me habrían conducido a tu lado. Como las líneas del infinito. Como si lo eterno fuéramos a ser tú y yo y no una pintada en el hueco del espejo.

Pude decirle muchas cosas bonitas en aquel instante, las sentía recorriéndome el cuerpo, pero la que me salió fue:

—¿Duele tatuarse?

—Lo normal, ¿por?

—Voy a buscar a Pedro. Tiene trabajo.

Fue lo más irracional, impulsivo e irresponsable que hice en mis diecinueve años. La locura más perpetua que conservo. Y no me arrepiento. Me lleva a él... y a la persona que era a su lado.

Verso 5

NOAH

Pensándolo bien hubo pocas cosas que no le conté a Marina. Un secreto que no me pertenecía, otro que le habría restado importancia a su apertura de alas y lo que había ocurrido esa misma mañana minutos después de que ella saliese por la puerta con la melena suelta y aquel vestido de flores que amenazaba mi cordura.

Llamaron al timbre. Una vez. Dos. Tres. De manera insistente.

Tardé en llegar y llamaron una cuarta. Estaba limpiando los azulejos de la cocina en pijama con la música a tope. Creía que era ella. Quién si no. Que la solista había olvidado las llaves y volvía de la calle refunfuñando por lo bajo para recuperarlas. Le pasaba bastante a menudo. Guardaba en el bolso la de casa de sus padres por costumbre, olvidaba las nuestras, salía y regresaba al rato ofuscada.

—No digas nada, Noah —advertía al entrar, y mis labios se curvaban.

—No lo hago.

—Más te vale. —Las recogía y se ponía de puntillas para besarme.

Me besaba... bufando, joder. Marina odiaba los despistes, pero los despistes le sentaban tan bien... Estaba adorable, preciosa. Con la boca fruncida, dejando de preocuparse por controlarlo absolutamente todo y actuando. Me volaba el pecho. Cuando no tenía tiempo para planificar era la auténtica

Marina. En aquellos besos apresurados y urgentes desprendía un fogonazo de luz con el que cegar al jodido universo.

Fui a la puerta contento por verla y me apoyé en el quicio con los brazos cruzados despreocupado y una sonrisa burlona bailándome en la boca para recibirla. Pero hubo un pequeño inconveniente. Y con pequeño inconveniente quiero decir que la persona que estaba al otro lado no era la solista. Se trataba de una elegante mujer con tez morena que me examinó de arriba abajo antes de hablar.

—¿Noah? —dudó.

—Sí.

—Eloísa, la madre de Marina.

En lugar de mi chica, era su madre.

Me puse erguido. Por alguna extraña razón quería impresionarla. Caerle bien. Resultar agradable. Válido. Pronto me daría cuenta de que no era tarea fácil.

—Marina acaba de salir. Tiene una comida con los compañeros de universidad.

—Lo sé. La he visto irse. Por eso he subido. Tengo que hablar a solas contigo. Una conversación privada. ¿Crees que sería posible?

Asentí extrañado y me hice a un lado para que pasase.

Ella repasó mi pijama con desdén.

—¿Acostumbras a que llegue el mediodía sin vestirte? —articuló una pregunta para la que no esperaba respuesta sin ocultar lo mucho que le desagradaba.

La conduje al salón sin pronunciar palabra. Una vez allí, sus suspicaces ojos inspeccionaron todo lo que la rodeaba deteniéndose en el pequeño cúmulo de ropa apilada en el respaldo de las sillas.

«Mierda.»

—Es de Leo —justifiqué, y al ver su reacción enarcando una altiva ceja inquisidora empecé a lamentar haberlo hecho. No tenía que darle explicaciones, y menos cuando estaba poniendo empeño en que quedase bien claro que me detestaba a mí y todo lo que tuviese que ver conmigo. Sin embargo, era su madre, joder, su madre. Inspiré profundamente.

—¿Convivís con una tercera persona?

—Sí, con Leo.

—Un... chico —articuló con la boca fruncida y tono desaprobatorio.

¿La solista no se lo había contado? ¿Qué se suponía que tenía que hacer yo? ¿Mentirle? Odiaba ese tipo de situaciones y sobre todo odiaba que me importasen. Traté de sonar simpático.

—Hasta que no se demuestre lo contrario, sí.

—¿También hay una cuarta? ¿Una quinta? ¿Es una comuna? —Lo que más me sorprendió es que no elevó el volumen. Eloísa era capaz de expresar disgusto con tono uniforme.

—No, estamos los tres y D'Artacán, el gato.

La situación era incómoda de narices y todavía podía ponerse más turbia.

—Marina no deja de asombrarme en esta nueva etapa inconformista y rebelde suya. Sois... ¿cómo lo llamáis los jóvenes modernos para que no resulte depravado? ¿Un trío poliamoroso?

La mujer empezaba a pasarse con tanto desprecio gratuito. No obstante, era mi suegra, así que me vi en la obligación de estirar mi paciencia un poco más. Nunca me había planteado cómo sería conocer a la mía (ni tenerla), pero desde luego la escena no se asemejaba ni por asomo a la que estaba viviendo.

—Leo es amigo de ambos.

—Que se traviste con la ropa de mi hija. —Señaló las prendas arrugadas con el mentón alzado—. Al menos, tiene buen gusto.

Se acabó.

—La ropa está ahí para plancharla. La gente de por aquí

lo suele hacer una vez a la semana y a veces incluso les pagan para que se lo hagan a otros. Es la tarea de Leo, pero se ha escaqueado. Es un vago... ¿Que usa la ropa de Marina? Tiempo al tiempo. Es probable. Nuestro solista tiene un estilo transgresor muy peculiar, aunque creo que no coinciden en la talla. —Aguardé un segundo antes de seguir—. Hechas las presentaciones pertinentes y si no tienes ninguna duda más sobre nuestro pecaminoso estilo de vida, ¿quieres un café, un té o un vaso de agua? He oído que juzgarnos reseca la garganta.

—Agua del tiempo estaría bien. —Sonrió tirante—. Gracias.

Le serví un vaso del grifo y me cogí un Aquarius de limón de la nevera. ¡La leche! Eloísa era capaz de sacar lo peor de cada persona. Una villana de manual, joder. Tan estereotipada que parecía un personaje de ficción. No me extrañaba que al conocernos las alas de Marina estuviesen tan encogidas, pero las estaba desplegando poco a poco y algún día la vería volar. Lo sabía. Sentía el pálpito.

Permanecí en la cocina hasta que me encontré un poco más calmado, lo suficiente para soportar su soberbia y que me observase por encima del hombro como un asqueroso insecto al que aplastar.

Al regresar al salón, la madre de Marina permanecía en la misma posición en la que la había dejado, taladrando nuestra modesta existencia con la mirada.

—Puedes sentarte.

Ojeó el tapizado del sofá como si fuese a pillar una enfermedad venérea si sus elegantes posaderas lo tocaban. Aun así, a pesar de sus evidentes prejuicios, lo hizo. Inspiró profundamente resignada, se dejó caer con suavidad y tomó la bebida que le ofrecía. Lo que fuera que la traía era importante si se había tomado la molestia de aguardar hasta que su hija no estuviese y sentarse conmigo.

En lugar de apoyar el vaso en la madera, lo sostuvo entre

sus manos. Me fijé en ellas. Tenía los dedos finos y las uñas cortas y cuidadas. Venas marcadas y muñecas estrechas con un reloj dorado y una pulsera de oro blanco brillante. Parecían las de Marina. Y no era la única similitud entre ambas. Las dos vigilaban el mensaje que lanzaba su lenguaje corporal calculando al milímetro cada movimiento. Espalda recta, cabeza erguida, semblante agradable.

Al menos así había sido la Marina que conocí en el callejón y que se limpiaba las lágrimas para que nadie viese que lloraba; la de ahora cada vez reprimía menos el carácter en la expresión de su cara. En lugar de buscar la perfección, se buscaba a sí misma.

—¿En qué puedo ayudarte, Eloísa? Deduzco que no has venido hasta Vallecas para interesarte por mi estado de salud. —Fue una frase hecha.

Dicha sin más con sarcasmo mientras me situaba en el sofá de enfrente con D'Artacán serpenteando entre mis piernas. Como cuando entras en el ascensor y hablas con tus vecinos del tiempo para matar el rato aunque no te importe una mierda que llueva o salga el sol. Algo impersonal e inofensivo. Olvidé que conmigo no existía. El rictus de su rostro cambió. Osciló mostrando un destello de algo nuevo. Suavidad. Un lapsus en su actitud que no le pegaba. Aparentaba sentimiento. Y el cliché de malvada se tambaleó. Pero le duró poco, más o menos una intervención y un silencio.

—No soy un monstruo, Noah. Con toda la dureza de lo que vengo a decirte, no lo soy. Lamento tu situación personal. Es demasiado pronto para que este mundo cruel y despiadado te muestre su verdadera cara. La escalera de color con la que siempre nos gana la jugada. —Desprendía tanto rencor que estuve tentado de preguntarle qué le había pasado. Recuperó su talante distante antes de que me diese tiempo—. Iré directa al grano.

Rebuscó en su bolso Saint Laurent hasta hallar algo que me hizo fruncir el ceño.

—¿Vas a extender cheques?

—Uno. A tu nombre y por el importe que negociemos en este salón. —Se encogió de hombros y a mí se me ocurrieron dos alternativas para su motivación: mi enfermedad o insultarme—. Quiero recuperar a Marina, a la antigua Marina. Estoy cansada de ver sin poder hacer nada cómo tira por la borda todo lo que hemos construido. Es hora de entrar en acción.

—Y acción se traduce en...

—Tienes que dejarla, Noah. Es algo que tarde o temprano sucederá, solo te pido que lo adelantemos en el tiempo. A cambio, estoy dispuesta a compensarte más que generosamente.

Fue tan jodidamente ofensivo que me hizo gracia. Como broma macabra tenía su punto.

—Habla con ella. Pídele que me deje.

—No lo hará.

—¿Qué te hace pensar que yo sí?

—Toda la gente quiere un final de infarto y con mi colaboración tú puedes tenerlo.

—Con dinero.

—Con mucho dinero —me corrigió.

Permanecí callado asimilando.

—¿Por qué crees que distanciarnos influirá en vuestra reconciliación?

—He ahí la cuestión, querido. No quiero reconciliarme con ella y convertirme en la madre *groupie*, quiero que mi hija vuelva a ser la de antes, la de siempre, y está poco receptiva. Soñadora. Necesito un golpe de efecto que la haga bajar de la nube. Que se dé cuenta de lo frágil, volátil y efímera que es la fantasía que está persiguiendo. En ese sentido, tú eres el idóneo. Representas el rostro de esa ilusión. —Chasqueé la lengua.

—Hablas como si hubiese varias Marinas. La de ahora. La de antes...

—Porque las hay. Está la que tiene cerebro y hace un uso responsable de él, y la que ayer se creía chef, hoy cantante y mañana querrá ser escritora de novelas románticas. —Resopló indignada ante la perspectiva.

—Pues yo creo que Marina solo hay una y no es la que nadie pretenda que sea. Es ella. Solo ella. Excepcional, joder.

Eloísa aguardó un instante mirándome fijamente sin parpadear.

—¿Intentas conmoverme con tus sentimientos?

—Intento que veas lo jodidamente afortunada que eres por haber criado a esa hija y que des gracias al puto cielo por tenerla.

Soplé.

Nadie me había sacado así de mis casillas. Nadie.

—¿Aplaudo o tienes alguna frase más que compartir de ese optimismo tóxico tan a la orden del día? —Negó exasperada con la cabeza—. Eres demasiado joven para entenderlo. Aun así, me tomaré el esfuerzo de explicártelo. La vida, querido, la vida no es como la idealizamos, es como es, viene como viene. Hiriente, feroz, salvaje. Una sobredosis de optimismo y el *merchandising* de la felicidad no te ayudan a encararla, te anestesian para que te coma. Solo con actitud no vas a conseguir lo que te propongas, las oportunidades no son iguales para todos, hay momentos malos inevitables y el amor no dura para siempre. No te puedes bajar de la rueda del sistema porque el suelo es un campo de minas. Conmigo Marina estaba a salvo. Siguiendo mis consejos tenía futuro. Critican a las mentes frías y calculadoras, pero son las que sobreviven a este calvario intactas. No me culpes por querer proteger a mi hija. Darle lo mejor. No me juzgues por pedir al chico que le partirá el corazón y lo sabe que la deje ir. Mi papel como madre es ver más allá de donde sus ojos llegan. Darle días grises menos apasionantes pero sin secuelas. Seguros. Dime, ¿quién recogerá sus pedazos y alimentará sus ilusiones cuando te vayas?

La respuesta era sencilla.

—Eloísa, el mayor error que has cometido hoy no es presentarte en mi casa y chantajearme. Y, joder, ese es colosal. De los que valen por veinte. Tu mayor error es presuponer que Marina depende de mí. Marina es suya. ¿Los pedazos? Los pedazos los recogerá con sus propias manos y creará nuevas ilusiones. Estoy seguro de que puede y de que lo hará. Confío en ella. —Hice una pausa—. No voy a dejarla. Es más, voy a disfrutar de cada uno de sus jodidos detalles hasta que me muera.

—No hay más que hablar entonces.

—No.

—Doy por sentado que trasladarás el contenido de esta conversación que tanto te beneficia a mi hija.

—Das por sentado mal. ¿Podría? Sí. ¿Lo mereces? También. Pero no quiero ser el chico que destruyó la relación con su madre, quiero ser el que le dio a la mujer que la trajo al mundo la oportunidad de reflexionar y recuperarla.

—¿Sin apuntarte el tanto?

—El único tanto que quiero en mi marcador es que sea feliz. Mientras esté... y cuando me vaya.

Antes de la enfermedad tenía la percepción de que la vida se medía en grandes momentos. Viajes de la hostia a destinos remotos, conciertos épicos, polvos memorables. Cuantos más acumulase, mejor la estaba aprovechando. No sé si habría aceptado la oferta de Eloísa, pero me habría mantenido en silencio hasta escuchar la cifra.

Sin embargo, la enfermedad llegó y con ella nuevos e ineludibles interrogantes. Si solo merecía la pena todo lo catalogable como alucinante, ¿cuánto habría vivido en total? ¿Un mes al año? ¿Medio? ¿El puente que pasé en Irlanda? Si era lo único que contaba, me quedaba vacío, escaso, y empecé a apreciar los otros. A temer a los rutinarios. Esos eran los que iba a perder. Visitar México por miles de desvaríos de Carlota. La balanza caía sola.

Averigüé que vivir no son solo los segundos que te cortan la respiración, también son los que la mantienen constante. Por ese motivo, después de contraer la enfermedad no tuve ninguna duda de que había tomado la decisión correcta y gracias a saberlo descubrí que la alegría de otra persona se te puede meter en los huesos y calentarlos más que el papel de los billetes.

La alegría de ella.

La risa floja de Marina mirando embobada su tatuaje me trajo de vuelta al presente.

Acabábamos de abandonar el estudio y todavía no me había dejado verlo. Me recosté contra la fachada con la pierna doblada y la observé.

—Guau. Parece de verdad. Es increíble. —Sonrió y determinó—: Muy absurdo e increíble.

—Miedo me da descubrir lo que te has hecho. —Arrugué el ceño siguiéndole el rollo y su sonrisa se ensanchó.

Alzó sus ojos verdes para que se encontrasen con los míos.

—Haces bien en temerlo. Provoca colapsos en la arteria coronaria.

—¿Tan horrible es?

—¿Cómo de horribles te parecerían unas llamas con tu nombre?

—¿Llamas?

—Upps, se me ha escapado. —Se tapó la boca teatralmente y dio el primer paso en mi dirección—. Es coña. Mi tatuaje es bastante peor.

—¿Tanto?

—Te sentirás tan mal por no haberlo impedido que pagarás el láser de inmediato. —Avanzó uno más hasta quedar pegada a mi cuerpo—. ¿He despertado tu curiosidad?

Me encogí de hombros y confesé:

—No sé qué decirte, Marina. Estás demasiado guapa haciéndote la interesante.

—Ensalzar mis cualidades no te librará de verlo. Es el peaje que debes pagar por convertirte en mi cómplice en esta locura.

—Un peaje caro —bromeé.

Entreabrí las piernas y ella se colocó en medio.

Pude percibir su respiración irregular, como sus labios vacilaban y la forma en que sus muslos me rodeaban.

—De los que arruinan, Noah.

Sonrió nerviosa.

Ella también se lo había hecho en la muñeca. La giró lentamente sin apartar sus ojos de los míos y la tinta del infinito bulló sobre mis venas.

—Joder.

La imagen me desestabilizó.

Fulminó el suelo bajo mis pies como un rayo, y es que eso fue siempre Marina para mí. Un puñetero fenómeno natural. La potente descarga de electricidad que hallaba la grieta para ir directa al pecho y revolucionarlo.

No pude hablar.

Me faltaban las palabras.

Ella malinterpretó mi silencio.

—Esto..., yo... lo siento. Pensaba que sería bonito y...

—Te has tatuado un chupachups.

—El obsceno movimiento de un chupachups por tu boca fue lo que me llamó la atención cuando nos conocimos. Dicen que los inicios son lo primero que se borra. Quiero... recordarlo. Quiero recordarte para siempre, Noah.

—Para siempre es mucho tiempo.

—Para siempre es el tiempo que nos van a robar.

—Joder.

—Eso ya lo has dicho.

Me contempló suplicante.

Junté mi frente con la suya y la besé.

—Estoy por ti, Marina.

CANCIÓN 12

LA GIRA

Verso 1

LEO

El festival duraba tres días y actuábamos el último. Llegamos la semana de antes para ensayar y disfrutar de las vacaciones pagadas. Al final, la caravana que nos había prometido nuestro representante resultó ser la antigua furgoneta blanca de reparto de su tío con tres tiendas de campaña fáciles de montar, colchonetas, esterillas y mantas en su maletero.

No nos quejamos del cambio. Todos menos la pobre Dinamita, que confiaba en la palabra de la gente, sabíamos que era un vendehúmos, pero nos conseguía contratos, cheques restaurante, y se había tomado la molestia de asegurarse de que Al Borde del Abismo aparecía bien escrito en el cartel promocional. Una vez pusieron Al Borde del Avismo, con uve, una tragedia...

El caso es que teníamos techo, comida y la predicción meteorológica (que Enzo miraba en el móvil religiosamente cada dos minutos y medio como un maníaco) auguraba que las nubes no descargarían. ¿Qué más podíamos pedir? Que el ser humano que había utilizado las cabinas de baño portátiles antes que yo para echar las tripas por el culo tirase de la cadena, por ejemplo.

Apreté la mandíbula. Putos cerdos, joder.

Era la noche previa al inicio del espectáculo, esa en la que el camping colgaba el aviso de completo y la norma de respetar a tus vecinos y dejarlos descansar se borraba del mapa, la misma en la que todos los asistentes habían decidido vaciar el intestino a la misma hora por el retrete, el suelo y pintando las paredes. Menos mal que lo mío era una meada rápida. Solo tenía que apuntar.

Procuré no respirar más de lo estrictamente necesario. Al terminar, me subí los calzoncillos, me abroché los pantalones y salí. La temperatura nocturna templada que me recibió era perfecta. Habría ido directamente a nuestro «acogedor resort cinco estrellas» si no la hubiese distinguido.

No me equivoqué el día que dije que Marina era un unicornio, que se lo escribí. La solista desentonaba entre el resto de las personas, llamaba la atención, o así me lo pareció a mí. Había comprado el bono de servicio de duchas cubiertas durante veinticuatro horas con agua caliente por tres euros y le estaba sacando provecho. Era la segunda vez que lo usaba ese día.

Caminaba con el pelo oscuro mojado, chanclas y un conjunto de pantalones cortos vaqueros y camiseta de tirantes de Metallica por la que asomaba la parte de arriba de su biquini blanco empapado que humedecía la tela. Por supuesto, no se había desnudado del todo por si había un perturbado espiando (paranoias suyas) y, por supuesto también, la imagen de la solista sin ropa que se proyectó en mi cabeza me alteró.

Apretó la bolsa de aseo contra su pecho y... le chisté.

—¡Eh, tú, Dinamita, detente!

—¿Leo? —Entornó los ojos al reconocerme.

—No quieras cruzar esa puerta.

—Me hago pis. —Levantó la mano para desobedecerme.

—Hay mierda hasta en el pomo. —La bajó a medio camino de golpe. Luego, se deslizó a la cabina colindante.

—Tampoco.

—¿Más mierda?

—Corrida disparada en todas direcciones.

—Asco de tíos —rumió.

Fue uno por uno y en todos los baños negué con la cabeza, aunque la realidad es que no tenía ni puta idea de su estado. Supongo que quería que la morena terminase a mi lado. Los instantes que compartía con Marina solían ser los más refrescantes y divertidos del día y... Quería y punto, ¿vale?

—¿El tuyo?

—Apesta a cadáver en descomposición. Tendrías que ducharte... por tercera vez. Y hay que reducir el consumo de agua.

Apretó los muslos y se retorció de las ganas. La necesidad era extrema. Me crucé de brazos y le corté el paso. Hacerla rabiar me encantaba. Hacerla, en general.

—Oh, aparta, Leo, vivimos juntos. Conozco el olor que dejas. No es para tanto.

—Me ofendes. El tuyo sí que es digno de mención.

—Cállate. —Se le encendieron las mejillas. Podía estar más guapa... o no. La verdad es que no.

—¿Qué? Tómalo como un cumplido para tu flora intestinal. Su olor supera el medio frasco de perfume que empleas para camuflarlo. —Apretó los labios.

—Pareces un crío.

—Los borrachos y los niños no mienten. —Me deleité unos segundos más con su gesto de profunda irritación—. El de ahí está decente —señalé.

—¿Cuál es la tara?

—La puerta no cierra. Tendré que sujetártela como un caballero.

—Tú eres de todo menos un caballero, Leo.

—En eso llevas razón, pequeña.

Aguardé fuera hasta que acabó de hacer pis. Pis, joder, pis. Lo llamaba pis. ¿Era o no era adorable?

Cuando Marina salió después de, pues eso, hacer pis, estaba mosqueada. No le había gustado que pusiese sobre la mesa la verdad universal de que todos echamos barro por el culo, incluso las chicas de flequillo recto e incisivos grandes que a la luz de la luna, en plena naturaleza, cuando andan por un descampado, parecen jodidas hadas. Del tema de que había escuchado alguno de sus pedos mejor no hablar.

Accedió a que volviésemos juntos a la tienda de campaña. Habría sido una gilipollez no hacerlo. Las telas de nuestras paredes se tocaban. Vic y Enzo dormían en un extremo, Noah y yo en medio y ella tenía la suya propia. No entendía la distribución. Es más, muchas noches abría el ojo disimuladamente en plena madrugada con la esperanza de que el bajista se hubiese fugado con ella y me dejase la choza para mí solo. Yo lo habría hecho, pero en mi caso era un capullo predecible que pensaba con la punta del rabo. Noah en cambio... estaba esperando. No sé a qué, solo que lo hacía.

La mitad del trayecto con Marina fue un tanto incómoda. Son cosas que pasan cuando la otra parte no te dirige la palabra, a pesar de tus dos vagos intentos y del entorno que os acompaña. Cielo estrellado, murmullo del mar a lo lejos, música, gente... Iba a darme por vencido cuando un borracho con poco equilibrio y peligrosas arcadas más pálido que los Cullen se cruzó en nuestro camino.

La agarré por la cintura y la aparté atrayéndola contra mi cuerpo justo cuando un manantial nauseabundo amarillento brotaba de la boca del borracho bañando el sitio en el que segundos antes estaba la solista.

—Recuérdame que jamás vuelva a poner un pie en un camping si nadie me está apuntando con un revólver —dijo cuando el pedofas en cuestión se fue a continuar deshidratándose. Al ver que no contestaba, agregó—: ¿Leo? ¿Estás bien? ¿Tu frágil olfato no puede soportar la fragancia?

«Mi frágil olfato se ha llenado de ti y ahora, ¿cómo les explico a mis manos que deben soltarte?», pensé.

—Tomaba nota. Soy un asistente personal muy comprometido. —Aparté uno a uno los dedos de la parte baja de su espalda no sin esfuerzo—. ¿Nunca has ido de acampada?

—Mi madre no habría podido presumir del plan familiar. Nuestras vacaciones estaban seleccionadas minuciosamente para dar en las narices a sus amigas. ¿Y tú?

—Lo único que se podían permitir los míos era un táper de tortilla en la sierra de Guadarrama. —Su expresión se contrajo y me apresuré a aclarar—: Eh, Dinamita, cambia el gesto. Era un planazo cojonudo. Mi madre hacía las mejores tortillas de toda la puta ciudad. Además, cuando seamos ricos voy a llevar a mi padre a un hotel en Canarias de esos en los que la cartera tiembla con solo mirarlo donde pueda pedir gambas a la plancha a todas las jodidas horas.

—¿Eso es lo que vas a hacer con el dinero de los conciertos?

—Después de pagar algunas deudas, sí. Gambas a la plancha a todas las jodidas horas.

—Las apariencias engañan. —Sonrió. Sostuvo su mirada en la mía y algo que debía estar estático en mi interior se agitó. Urgía hablar y despistarlo.

—Y que lo digas... ¿Un chupachups, Dinamita? Pensaba que te había educado mejor. ¿Qué te tatuarás por D'Artacán? ¿Y por mí?

—Leo..., no me voy a tatuar por ti.

—Eso dices ahora, pero un día llegarás a casa, te subirás la camiseta y lo tendrás ahí, al lado del ombligo, a todo color. —Se rio y, oh, Dios, sí, puso los ojos en blanco.

—Por cierto, ¿cómo lo llamas?

—¿A tu ombligo? Todavía no lo he bautizado.

—A Noah. —Me dio un codazo suave en el costado. Volvíamos a llevarnos bien—. Me contó que después de mandarte la foto del tatuaje del infinito le habías cambiado el nombre de roquero de pacotilla a roquero...

—*Encoñao*, rollo flamenquito —la contemplé y el resto brotó solo, intenso—, pero en realidad lo que quise decir es que es un tío con suerte. Ha encontrado su trébol de cuatro hojas. Y, por si te asaltan las dudas, te lo confirmo. Eres tú, Dinamita, una planta silvestre muy resbaladiza que resiste bien las pisadas.

—Leo, enciclopedia de la flora.

—Marina, la chica con los ojos del color del que deberían ser todos los bosques del planeta.

La imité.

Mis labios se torcieron.

Los suyos también.

Esa sensación implacable y...

—¿Noah? —vaciló.

Al girarme distinguí a mi amigo. Estaba allí, a pocos metros, envuelto en las sombras como un sigiloso animal nocturno más. Tenía en la punta de la lengua alguna gilipollez de recibimiento cuando me di cuenta de que algo iba mal. Me puse alerta. El bajista no había contestado. No se movía del sitio. Permanecía de pie cuan largo era el cabrón tambaleándose para no desplomarse en el suelo.

—Me estoy mareando —dijo, y todo se disparó. Mis pulsaciones. Mi angustia.

Marina reaccionó veloz. Acudió a su lado y se echó uno de sus enormes brazos por encima del hombro para sostenerlo. Él se dobló sobre sí mismo sin poder mantener la cabeza, que le cayó hacia delante lánguida, y emitió un insoportable gemido de dolor que retumbó en mis tímpanos.

Noah y yo teníamos un conjunto de normas no establecidas que ambos respetábamos. Estaba prohibido que yo hiciese cualquier alusión al nombre de la enfermedad o le preguntase por su estado de salud, y a cambio mi amigo mantenía su sufrimiento en silencio. Era parte del trato. Vital para el teatro que representábamos, en el que fingíamos que el mayor depredador existente no nos estaba acechando.

Pero lo hacía.

El *atrezzo* se venía abajo.

Podía sentir su aliento en la nuca igual que desde mi posición veía que Marina sola no podía aguantarlo. Noah era un jodido toro fibrado de casi dos metros. Indignantemente fuerte. Necesitaba mi ayuda y juro con toda el alma que me quedaba que quería prestársela. Sin embargo, el impacto de la imagen me tenía anulado. No experimentaba algo así de potente desde que el monstruo me acariciaba la espalda excitado y decía: «Pareces cincelado en piedra, criatura bella, un ángel». En aquellos instantes abandonaba mi cuerpo y le dejaba un cascarón vacío al que adorar.

En aquel instante también lo hice.

Me derramé.

Fue como avistar un imponente rascacielos en los segundos previos a detonar una carga y que se venga abajo cuando el mundo se ralentiza y el sonido se detiene.

Lo peor es que las demoliciones no pillan por sorpresa. Están previstas. Controladas. Las horas previas se cortan calles, se evacua a las personas de los alrededores y se vigila el proceso al milímetro para que la estructura no presente ningún riesgo al desplomarse cuando se activen los explosivos. Él me había avisado en múltiples ocasiones de que era un edificio en ruinas y, aun así, no pude soportarlo al ver que ella cedía ante su peso y Noah no resistía más y caía de rodillas.

Me pilló el estruendo, la onda expansiva y el humo.

Habría permanecido sordo, arrasado y ciego de no ser por los gritos desesperados de Marina llamándome.

—¡Leo! ¡Leo! ¡¡¡Leo!!! —La solista estaba agobiada y temblaba en el suelo. La situación le venía grande, nos quedaba inmensa.

—Eh, sí, joder, perdona, Dinamita. Me he bloqueado.

Acto seguido me agaché con ellos.

Noah tenía los ojos cerrados y la respiración pausada. Marina lloraba sin hacer ruido. Conocía ese llanto. Cuando no sorbes los mocos ni te limpias las lágrimas para que la otra persona no se dé cuenta. Fue estremecedor.

—¿Llamo al 112?

—Sí —dije.

—No. —Noah me agarró del brazo.

—Estás mal, tío. Tienes que pasar por el taller. —Negó con la cabeza y con dificultad fijó su mirada de advertencia en la mía.

—Es la avería de siempre. Tú... llévame a la tienda a que descanse. —Le costaba hablar. Fui a oponerme y suplicó—: Por favor. No lo hagas más difícil.

Apreté los dientes y asentí.

—¿Qué...? No puedes hacerle caso, Leo. Delira.

—¿Te ves capaz de andar? —evité a Marina.

—Si me sujetas, sí.

Lo ayudé a levantarse. Como había hecho ella, coloqué un brazo sobre mis hombros y con el otro le rodeé la cintura aferrándolo con fuerza. Cargué su peso con los músculos tensionados.

—Sois unos inconscientes.

Verso 2

LEO

¿Lo éramos?

¿Lo era?

Dios, sí, desde el momento en el que acepté respetar el deseo de un demente que... A veces me cabreaba mucho con Noah por llegar a mi vida como un balón de oxígeno para que luego me lo arrebataran. ¡Al diablo con él! ¡Al diablo con la banda! ¡Que les dieran a todos y a todo! El universo era un puto tormento.

Lo dejé metido en el saco y abrí de nuevo la cremallera para fumar un cigarro fuera.

Íñigo continuaba sin encontrar la fórmula milagrosa. Le telefoneaba a diario a todas las malditas horas para conocer sus avances. Tanto que mi hermano había tomado la determinación de no saludarme con el típico «hola», «¿diga?» o «Leo...». Las muletillas de cordialidad habían sido sustituidas por un escalofriante:

—Las noticias no son buenas. Seguimos en la misma casilla. Lo siento.

Su voz era la de un hombre cansado. Lo estaba sometiendo a mucha presión. Aun así, no podía aflojar y respondía:

—¿Has probado con...?

—He hablado con todos los hospitales con la especialidad, con todos los expertos. He golpeado su puerta, su ventana, abordado a desconocidos en el pasillo y el otro día protagonicé una bochornosa escena al colarme en una consulta de la que me sacó el vigilante de seguridad. —Cogía aire—. El orgullo de mi jefe está herido por dudar de su criterio y ahora me asigna los peores turnos y... Leo, todos coinciden en que el diagnóstico es correcto y en ningún sitio tendrá mejor tratamiento del que podríamos darle en España gracias a nuestros medios. Tenemos una de las mejores sanidades públicas del mundo. Quizá es hora de...

—Insiste.

—No es cuestión de insistir. Tengo un máster en ser pesado...

—Es cuestión de pasta. Insiste. Si vendo la moto, puedo sacarle...

—El dinero en estas circunstancias no cambia nada.

—El dinero manda siempre.

—Por una vez, no. Frente a la muerte, no. Mejora las instalaciones y el menú, pero no varía el desenlace. Sé que lo que voy a decir es duro de escuchar... Tiene..., deberíais empezar a haceros a la idea para poder gestionarlo. La medicina no solo es el soporte de la vida, es la que ofrece alivio mientras esta se está agotando. Paz para el paciente... y para sus familiares. —Odiaba cuando Íñigo me hablaba así, con delicadeza y tacto como si me estuviese desvelando algo que yo no supiese. Lo hacía y no lo aceptaba. Era diferente.

—Insiste.

—Hay que tener herramientas frente al sufrimiento. Presenciar la agonía... Nadie está preparado para eso. Es una imagen que se te clava en el cerebro para siempre. Pensaréis en Noah y recordaréis su último aliento...

Ese era el problema. Ninguno lo haría. Nadie lo vería expirar. Mi amigo se iría antes solo. Y había que evitar a toda costa que se marchase. Sin túnel, nadie caminaría hacia la luz.

Los cuidados paliativos empezaban cuando los sanitarios determinaban que la persona en cuestión no iba a sobrevivir y suspendían el tratamiento, ¿no? Ahí estaba el punto en el que debíamos trabajar.

—Insiste —era siempre la palabra con la que finiquitaba la conversación, cada una de las veces con idéntica sensación.

La desesperación por salvarlo no era solo por Noah. Nunca fui tan altruista. Su destino me afectaba directamente. Estábamos ligados. Noah y yo, unidos. Tenía la certeza de que una parte de mí se iría con él y sería irrecuperable. Insustituible. Ya había perdido demasiadas fracciones a lo largo de mi corta e intensa trayectoria. No podía arriesgarme a renunciar a una más. Si lo hacía, si cedía, ¿quedaría lo suficiente de mí para seguir siendo una persona? No lo sabía, y era esa duda la que lo convertía en una carrera contrarreloj a vida o muerte.

Saqué el cigarro de la cajetilla y gruñí mientras me lo encendía.

Vic y Enzo consolaban a Marina a pocos metros. La solista debió quedarse con ellos y no acercarse, darme espacio para apaciguar la furia que me crecía por dentro como una bola de fuego, pero tenía la mala costumbre de hacer lo que no debía.

Vino a encararse conmigo.

Se situó enfrente con los brazos en jarras y los labios apretados formando una línea recta.

Cuando defendía lo que quería era una jodida e irritante diosa.

—¿Se puede saber en qué estabas pensando hace un rato?

—No es un buen momento, Dinamita. —Traté de sortearla y pirarme. Ella se interpuso en mi camino y me lo impidió—. Con toda la amabilidad que me caracteriza, déjame en paz y vete a discutir con tu novio. Si tienes que regañar a alguien es a él.

—Hay que llevarlo a un hospital.

—Convéncelo. Vía libre, pequeña. Lo engrilletas a la cama y le pones un candado en la boca para que no pida el alta voluntaria como de costumbre —bufé. A mí iba a venirme con ideas. Todas las que se le pasasen por esa cabecita orgullosa, cualquiera, por descabellada que fuera, ya la había valorado y hacía aguas. Fallaba. Puto terco.

—¡No está bien!

Joder con Marina. Estaba en el límite y no me daba tregua.

—¿En serio? No sé por qué lo dices... —Chasqueé la lengua con ironía y, por una vez, el que puse los ojos en blanco fui yo—. ¿Quizá porque he tenido que cargar su jodido peso muerto esquivando borrachos y peña de fiesta por todo el descampado, desnudarlo y meterlo en calzoncillos ardiendo dentro de un puto saco? —Di una calada honda al cigarro y lo aplasté en el suelo entero—. Ahora que lo mencionas, algo intuía.

—No tienes derecho a hablarme así. Solo intento ayudar.

—Si quieres ayudar, haz tu trabajo. Estás tardando.

—¿Cuál es mi trabajo?

«CIERRA LA JODIDA BOCAZA», me dije.

Demasiado tarde.

—Emplearte a fondo para que Noah cambie de opinión.

—¿Emplearme a fondo en qué exactamente?

—Eres su chica, ¿no? Haz que te quiera tanto que no pueda permitirse morir. Ese era el plan.

Zozobró y dio un paso atrás como si un contundente objeto la hubiese golpeado.

Al hablarme, tenía la mirada ensombrecida y le temblaban los labios.

—Eres despreciable, Leo.

«Estoy aterrado, Marina. Asustado como un niño pequeño. Por favor, olvida lo que he dicho y abrázame. Hazlo hasta que los monstruos desaparezcan.»

Me quedé callado y la dejé irse.

Verso 3

MARINA

Aquella noche apenas pegué ojo.

A la mañana siguiente, cuando todos se despertaron y Vic entró en mi tienda para anunciar que los primeros conciertos iban a comenzar (había actuaciones a todas horas), me hice la dormida. Salió sin hacer ruido para no molestarme y cerró la cremallera con cuidado. Mantuve los ojos cerrados. No me sentí culpable por haberle mentido.

No me apetecía tomar el café con estruendo de fondo.

No me apetecía escuchar a la batería diciéndole a su mellizo «la música me salpica la piel» como hacía en ocasiones, que este le respondiese algo similar a «¿vas puesta de LSD? Comparte», y tener que reírme y fingir que sabía si esa mierda se chupaba, se tragaba, se esnifaba o se pinchaba, y que en el caso de hacerlo la broma me haría gracia.

No me apetecía ver la cara del impresentable de Leo.

Y lo que menos me apetecía era encontrarme con Noah y tener que actuar como si mi maldita alma no estuviese en carne viva por su culpa. El bajista no era mejor que el rubio. Pedía algo del todo imposible, firmabas sin conocer su verdadero alcance y cuando el horizonte caía exigía que cumplieses tu parte.

Noah me advirtió de lo que implicaba perderlo, pero no de lo que implicaba quererlo.

Pasó por alto esas emociones que llegarían y se convirtieron en un depredador acechando al que no vi venir antes del salto. Una asombrosa sensación que se volvió en mi contra cuando sentirla me elevaba y me hundía. Me rompía y me cosía. A la vez. De un modo atropellado. Sin tiempo para asimilar el cambio y apreciar en qué etapa estaba. Así ocurrió que me encontré mirando el techo de tela mientras reflexionaba llorando en los instantes en los que se suponía que debía sonreír y sonriendo en los que debía llorar. Desajustada. Con nula estabilidad emocional.

Quizá Noah pensó que conmigo había hallado a la candidata ideal. Alguien racional, frío y calculador que huiría de milagros y podría soportarlo. Yo misma lo creí y me fallaron los cálculos. Deduje que mi pecho estaba helado como los Polos y que era imposible derretirlo. Nunca valoré que una persona pudiese ser el efecto invernadero de otra y el bajista se convirtió en mi particular cambio climático.

Me puse de rodillas y pegué la oreja a la pared de la tienda para asegurarme de que mis amigos se habían marchado. Nada. Silencio al otro lado. Tenía vía libre.

Iba vestida con la ropa del día anterior. Como no tenía ánimo para elegir un *outfit* entre los nueve que me había echado para los tres días de festival, anudé la riñonera de falso cuero alrededor de mi cintura y salí. Fuera, me recibió un cielo encapotado por el que se colaba la claridad cegadora del sol. Utilicé la mano como visera. Cogería el autobús, me iría al pueblo a una cafetería de ladrillo y cemento a desayunar y...

—Buenos días, princesa.

Noah estaba allí. Tendido en el césped del suelo tan insultantemente atractivo como de costumbre, con las manos hundidas en los bolsillos de los pantalones vaqueros, gafas de sol y una sudadera azul de cremallera abrochada hasta la barbilla.

¿Cuánto tiempo llevaba tumbado? Ya no hacía frío como de madrugada. ¿Él tenía?

De nuevo, el pinchazo en las tripas.

Lo disimulé.

—No lo uses para una de tus canciones. Es de una película —pronuncié.

—También hay un libro. —Curvó los labios—. Ven a mi lado.

Continuaba sin apetecerme. Quería soledad. Desembotar cabeza y cuerpo. Pero lo hice. Me senté con las piernas flexionadas y las contraje hacia mi pecho para protegerlo.

—Creía que estarías en la pista con los demás —confesé. El bajista se mantuvo en posición horizontal.

—Y yo que estarías dormida. —Me había pillado. ¿Me importó? No. En el fondo, era lo que quería—. Tenemos que hablar de lo que sucedió anoche, Marina.

—No hay nada que decir.

—Tus pronunciadas ojeras revelan lo contrario.

Noah se levantó.

Acaricié las finas hebras verdes con la punta de los dedos. Había restos de confeti granate esparcidos y un diente de león soplado por uno solo de sus laterales. Me pregunté si quien lo había hecho sabía que esos hilitos blancos suspendidos eran las semillas y que al arrojarlos en todas las direcciones con su aliento había creado un campo de flores amarillas. También me pregunté por qué sabía eso y la respuesta fue Leo, siempre Leo, el mismo Leo que desvelaba incógnitas nunca planteadas a la vez que instauraba incómodos interrogantes, porque eso es lo que había logrado y tanto me molestaba: hacerme dudar. Hacerme pensar.

—No quieres escuchar lo que tengo que decir.

—Prueba.

No necesité más invitación.

—Anoche te pasaste de la raya, Noah. No puedes pedirme que me quede quieta cuando... pudo pasarte algo.

—Pero no sucedió.

—Pero pudo. Y habríamos sido cómplices.

—Marina... —bajó el volumen de su voz y profirió con

intensidad—: no me va a ocurrir nada estando contigo. Te lo prometo.

Era una promesa bonita... E inocente.

—No lo sabes.

—Lo sé.

—No, no lo haces. Deja de fingir que tenemos el control de lo que nos está pasando. No lo tenemos, no lo tienes, o lo cambiaríamos.

—Estás cabreada —apreció.

—¡Estoy impotente! —elevé el tono y al darme cuenta volví a bajarlo. Inhalé y exhalé con fuerza para calmarme—. Y desde luego tu adorado Leo no lo mejora... —resoplé. Era mencionarlo y toda la mala leche me venía de golpe. Frunció el ceño. Mierda. Apreté los labios.

—¿Qué hay de él?

—Tiene comentarios desafortunados —le resté importancia.

—¿Como cuáles?

—Absurdeces.

—¿Qué absurdeces?

—De las suyas. Son tan estúpidas que mi mente no las retiene. Las expulsa.

—Haz memoria.

—Tampoco quieres escucharlas.

—Prueba —repitió.

Noah no lo iba a dejar pasar. Me di por vencida y agaché la cabeza apoyándola sobre mis rodillas. No le debía fidelidad al solista de ojos grises y, aun así, sentí que lo estaba traicionando. Con toda la rabia que bullía en mi interior por él, la sensación no me gustó, aunque jamás se lo confesaría.

—Absurdeces del tipo de... de... —balbuceé con las palabras atrancadas. No pretendía hacerle daño y no había manera de soltarlo sin arriesgarme— del tipo de que me emplee para que me quieras tanto que no puedas permitirte morir.

—Comprendo. —Retiró las gafas de sol y se masajeó la sien. Él también tenía pronunciadas bolsas oscuras debajo de los ojos y estaba pálido. Muy pálido.

—No, de nuevo no lo haces. —Suspiré y susurré—: Lo malo no es lo que dijo, lo malo es cómo me hizo sentir.

Él me miró.

Él me leyó.

Y trató de impedir que lo liberase.

—Marina, no...

—Deseé que Leo llevase razón y tener ese poder. Significar tanto para ti que intentes curarte.

Apretó la mandíbula.

—Tienes que sacártelo de la cabeza.

—No puedo manejarlo.

—Aprende.

—¿Por qué? ¿Tan malo sería probar?

—No puedo creerme que estemos manteniendo esta conversación.

—¿No la ves necesaria? Estamos...

—No lo digas.

—Estoy...

—No, por favor —rogó.

—Te quiero, Noah. Te quiero tanto que el corazón me falla al hacerlo.

Verso 4

NOAH

La garganta se me resecó. Nunca me habían dicho «te quiero» de ese modo y quizá por esa razón no me había preparado. No lo había previsto, menosprecié su energía y me pilló. Me atropelló. Sentí el azote de sus palabras y su devastador efecto ascendiendo por la columna vertebral para trasladarse al resto del cuerpo y enredarse. Me invadía. El amor de Marina me conquistaba sin dejar ningún átomo intacto a su paso. Estaba arrinconado.

—Deja de hacerlo —logré articular.

—¿Qué? ¿Quererte? —Enarcó una ceja y asentí. Emitió una sonora carcajada cargada de sarcasmo—. Hablas como si tuviese alternativa, Noah.

—La tienes. —Noté mis músculos convulsionar y mi corazón expandirse para alcanzarla—. Igual que ha empezado lo paras. Todos salimos beneficiados.

—Todos no. Yo, no. Es imposible que lo detenga. Está vivo... —Bajó la voz y después alzó sus preciosos ojos verdes tristes y me sostuvo la mirada. Brillaban. Resplandecían, joder. Como dos putos faros en mitad de una cordillera en busca de un barco navegando por tierra—. Me amenazaste con hacerme perder la cabeza y lo has cumplido.

—No...

—Es demasiado tarde —me interrumpió—. Tiene latidos. Lo que siento late, Noah.

Ella no podía...

Ella no debía...

Yo...

Nosotros...

La habíamos jodido.

Me rasqué la nuca nervioso. Tenía que arreglarlo. Era mi responsabilidad. Pero la observaba y no veía solución, solo experimentaba sus pulsaciones aceleradas recorriéndome la médula.

—¿Qué hemos hecho, Marina?

Hundió los hombros y dibujó una sonrisa débil que se me clavó en el costado.

—Hemos cometido el error más repetido a lo largo de la historia. Descubrir el sentimiento más maravilloso que existe en el peor momento. Nosotros... nos hemos enamorado.

—No —me negué a aceptarlo.

—Miéntete todo lo que necesites, yo ya me he cansado de engañarme a mí misma. De luchar.

Me puse de pie y trastabillé retrocediendo.

Comencé a andar embalado y la perdí de vista.

La cabeza me echaba humo. El pecho se me desangraba. Esta no era la historia de un chico hastiado de la vida que deseaba morir joven, esta era la historia de un chico que anhelaba vivir con uñas y dientes al que le habían arrebatado esa posibilidad. Una persona a la que las ganas de vivir le hacían agujeros por el cuerpo. Esta era mi historia, la mía, y como dueño de ella había decidido qué partes compartir y cuáles guardarme. Solo yo conocía el profundo dolor de levantarme cada mañana restando días hasta que el contador se quedase a cero, la cantidad exacta de lágrimas que había derramado por dentro mientras por fuera lamía un chupachups, y el miedo atroz que le tenía a apagarme, a la oscuridad eterna.

Solo yo había experimentado en mis carnes lo duro que era aceptar que debías renunciar a tu futuro a cambio de un presente escaso. Pero es que ahora ya no me bastaba con tener futuro, quería en él a la chica, un perro, gato, dos críos y la puta casa. Lo quería todo. Con ella. Todo con ella. Hasta agotar los recursos y que la vida se extinguiese. Y la sensación era idéntica a tener una metralleta disparando ráfagas en modo automático contra tu pecho sin tregua.

Recibir pólvora y más pólvora y tener la entereza de no venirme abajo mientras andaba sin rumbo por el festival, aunque eso no era del todo cierto. Sí lo llevaba. Rumbo, digo. Iba hacia él. Iba a por él. Maldito Leo.

Recordé nuestra primera actuación juntos seria. Profesional. Fue en el barrio. En Vallecas. Dentro del Pon de Beber, un garito colindante con el parque Azorín en la calle Arroyo del Olivar. Vic y Enzo ya formaban parte del grupo y todavía no teníamos representante. Conseguimos el «concierto» negociándolo directamente con la dueña, quien aceptó proveernos de macetas de calimocho y cerveza a cambio de que nosotros tocásemos un par de horas y le llevásemos clientela.

En resumen, todo corrió de nuestra cuenta.

Pusimos hasta el sonido. Un altavoz que nos regalaron los padres de los mellizos que apenas se oía por encima de las voces de la gente. Nos situaron en un discreto lateral sin escenario al lado del único baño, que además era mixto y nos obligó a responder en más de una decena de ocasiones: «No, no estamos a la cola para entrar». No nos perturbó. La adrenalina trotaba en nuestras venas. Íbamos allí a hacer rock. El resto era indiferente. Y lo hicimos, un rock cojonudo que empezó pasando desapercibido, fue creciendo y terminó levantando a las personas de sus asientos con la inestimable ayuda del alcohol.

Fue la hostia, o así nos lo pareció, porque no esperábamos nada y tuvimos algo.

Al acabar, la dueña se acercó a nosotros.

—Os espero la semana que viene a la misma hora. ¿Cuál es el nombre del grupo?

—Al Borde del Abismo —anuncié sintiendo el vértigo porque nos renovaran ensanchando mi pecho.

—Bien. Mandaré hacer unos cartelitos anunciándolo.

Poca cosa. Pero que todo Vallecas se entere de que los chicos de Al Borde del Abismo tocan aquí los viernes.

Tuvo que escuchar el vuelco de mi estómago. El pinchazo de ilusión. Al menos, estoy convencido de que él lo hizo, porque cuando me giré después de confirmar que allí estaríamos puntuales y darle las gracias, Leo ya tenía los labios curvados. Se me contagió su sonrisa torcida.

—¿Has oído? Oficialmente somos una banda de rock, tío, ¡una jodida banda de rock!

Reí.

Él no contestó de inmediato y se dio la vuelta. Era lo que hacía cuando algo lo emocionaba. Instauraba un muro construido con su espalda para que nadie lo viese. Para no dejar a nadie adentrarse en su interior.

—Echaré de menos nuestras peleas como rivales —dijo, y la voz le falló en la última sílaba.

Pues bien, que preparase los pañuelos. A lo mejor había llegado el momento del emotivo reencuentro de nuestros puños.

Lo localicé en la pista. Enzo, Vic y él estaban al fondo, en uno de los extremos más alejados del escenario, donde un grupo de rock se dejaba las vísceras para disimular que eran las puñeteras seis de la mañana y que calase entre el público, justo en la línea divisoria entre la gente apiñada y la gente dispersa sin decantarse por ninguno de los bandos.

El guitarrista, vestido de cuero y tirantes, agitaba su larga cabellera al son de la música, la batería se palmeaba el muslo por encima de las medias de rejilla marcando el ritmo, y Leo... Leo hacía de sí mismo con una morena de pelo rizado. Había cosas que nunca cambiarían, como que el rubio utilizase cualquier oportunidad para bajarse la bragueta. Como que fuese un maldito egoísta que creía que el mundo giraba a su alrededor. No sé por qué había pensado lo contrario.

Me encaminé hacia él con la adrenalina disparada.

Sin sospechar la que se le venía encima, Leo dedicó a la

desconocida su más que efectiva mirada sugerente para acto seguido deslizar la punta de los dedos por su mentón acariciándole la mejilla. Dejó la mano allí. Ella curvó los labios y los atrapó tentadora debajo de sus dientes. El solista leyó las señales. No necesitaba más. Tampoco era de los que perdían el tiempo. Comenzó a acercar su cara a la suya y...

—Tenemos que hablar.

No se apartó. Sus narices se rozaban. El cuerpo de ella convulsionaba estremecido. No era la primera vez que presenciaba signos de microorgasmos con el solista en la previa de un beso. Leo era química. En el escenario y fuera. Algunos hombres lo envidiaban. Yo no. Sabía el precio que le había costado y no hablo de los abusos. Hablo de que había potenciado su lado físico para que fuese suficiente y nadie se molestase en buscar su alma enterrada entre toneladas de arena. Para que nadie rozase el grosor de sus heridas. Él ponía cachonda a la peña para que deseasen vaciarse entre sus brazos y no llenarse con ellos.

—Tío —pronunció con voz ronca e irritada sin apartar los ojos grises de la hipnotizada chica—, por si no te has dado cuenta, estoy ocupado. Lo que sea que te haya hecho venir puede esperar a que Zoe y yo terminemos de conocernos.

—No. Tiene que ser ahora —remarqué al ver que me ignoraba—. Ahora, Leo.

El rubio tensó los músculos. Por un instante temí que me mandase a la mierda y no me dejase otra opción que partirle la cara, pero poco a poco sus articulaciones se relajaron.

—Este es Noah, nuestro inoportuno bajista. —Dejó caer la mano y la chica se quejó con un gemido. No hizo amago de venir a saludarme. En su lugar, aguardó a que él le diese alguna indicación de cómo continuaban. Con Leo las medias tintas sabían a poco, había que ir hasta el final—. ¿Pides un mini de cerveza en la barra? Enseguida te alcanzo, nena.

Zoe accedió con la piel de gallina por aquel nena. Si no

hubiese estado cabreado, habría sacudido la cabeza con los ojos en blanco. Sin embargo, lo estaba. Cabreado, indignado y dolido. Las tres cosas en una. No podía perder foco.

Permanecí en silencio mientras el solista contemplaba como se iba su ligue repasando sus curvas hasta que regresó a mí con las pupilas dilatadas.

—Más te vale que este sabotaje esté justificado, y no me sirven gilipolleces de ensayos o...

—Marina ha hablado conmigo.

—Es tu chica. Lo lógico es que hagáis algo más con la lengua que intercambiar fluidos.

—Me ha contado el contenido de vuestra inspiradora charla.

Abrió la boca, la cerró y apretó la mandíbula. Chasqueó la lengua. Cuando lo pillabas y sabía que no tenía razón, en lugar de hacer un ejercicio de autocrítica, asumir sus errores y disculparse, Leo se sentía atacado y se ponía a la defensiva. Actuaba como un jodido niño pequeño con una rabieta y me sacaba de quicio.

—¿No tienes nada que decir?

—Esperaba más de Dinamita que correr como una damisela en apuros... a chivarse a su novio para que venga a regañarme.

—¿Chivarse a su novio para que te regañe? ¿Eso crees que ha hecho? Me lo ha pedido, Leo... ¡Me ha pedido significar tanto para mí que intente curarme! —Su mirada centelleó. Sus labios se curvaron—. ¿Estás orgulloso? ¿Te gusta que me ponga contra las cuerdas?

—Debo admitir que tiene agallas.

Siempre que trataba con Leo de mi circunstancia lo hacía con tacto. Sabía que le afectaba más de lo que se atrevía a reconocer y lo tenía entre algodones, aunque rara vez él se diese cuenta. Por el contrario, Enzo lo veía. Carlota lo veía. Y Vic me reprendía los días en los que estaba roto de dolor en mitad de una actuación, mi amigo me preguntaba: «¿Cómo te encuentras?», y yo me sobreponía al malestar para poder coger la guitarra y contestarle: «Bien, ¿tocamos?».

—Lo malcrías, Noah, y es un adulto funcional.

—Ha sufrido mucho.

—El sufrimiento no nos da un cheque en blanco. Tienes que permitirle ver la realidad tal cual es o se chocará a cien por hora contra ella. Debes confiar en que le quedan costuras suficientes para superarte tras el accidente.

—¿Y si no lo hace?

—Ninguno seremos los mismos sin ti, pero aprenderemos a convivir con aquellos en quienes nos hayamos convertido.

Había llegado el momento de dejar de proteger al rubio que renació una noche en un puente, y ni siquiera tenía que ver con la intervención de Marina. Tenía que ver con nosotros. Con él. Conmigo. Con la romántica idea de pasar por la existencia del otro creando algo superior a nuestra suma individual. Con nuestra sinergia.

Tenía que ver con que el milagro no fuese respirar, sino haber creado una verdadera y sincera amistad en las condiciones más adversas con la persona más inesperada. Un hogar para la eternidad.

—Me muero.

El giro lo pilló por sorpresa.

Corrió a esquivarlo.

—Estamos de pedo en un festival. Dentro de dos días tenemos el concierto con el que llevamos años soñando...

—Me muero, Leo, y no puedo hacer nada para evitarlo.

El silencio se instauró entre nosotros. Leo fue el encargado de romperlo. Habló en ruinas, hecho trizas, pero con determinación. Ante las adversidades, él se convertía en fuego. En pasión.

—¿Y ya está? ¿Pretendes que lo consienta porque hace años dije que lo haría antes de querert...? —Dejó la frase a medias y se la tragó. Lo que había estado a punto de pronunciar era demasiado. Partía todos sus esquemas desde que un monstruo le hizo creer que el amor era una emoción viciada y turbia que jamás desearía alcanzar—. No somos tus marionetas —sentenció.

De haber sabido en lo que el solista se convertiría un día para mí, no me habría acercado esa noche a aquella valla a la que se aferraba ido con los nudillos enrojecidos. Pero lo hice. Y era hora de que él conociese los efectos de esa onda que se había prolongado con el paso de los años.

—Leo, yo no renuncio a la vida, escojo cómo despedirme de ella. No quiero decirle adiós postrado en la cama de un hospital adormilado, sin fuerzas, triste, suplicando a los médicos que le pongan fin porque no aguanto el calvario un segundo más. No quiero que un puño apriete el pecho de las personas que me han amado cuando digan sí a que me inyecten morfina por pura compasión. Lo que yo quiero es decirle adiós a la vida jodidamente enamorado de ella. De mi gente. De Marina. De ti. De mi familia. Quiero que al decirle adiós vibre en mi paladar más intensa que nunca.

Leo me estudió y sus hombros se desplomaron.

—Si me pidieses la luna, te la bajaría sin parpadear, ¿sabes? Con un misil. En pequeñas fracciones. Pero la puta luna, Noah. La destruiría para dártela, y ya no te serviría porque estaría hecha pedazos —escupió—. Siento hacerlo todo siempre del revés.

—Leo... No necesito la luna. Necesito un amigo y tengo el mejor. Te tengo a ti.

—Y yo a ti —pronunció con un hilo de voz.

Después se dio la vuelta afligido y su espalda se hundió y tembló. Creo que una porción de su alma enterrada resurgió a la superficie en esas sacudidas. Por si acaso, atrapé el instante debajo de mis costillas para llevármelo, para irme jodidamente enamorado de la vida y de momentos como ese en los que una pelea se transformaba en una declaración de amor.

Verso 5

MARINA

El cielo se abrió y se colaba algo de claridad, aunque las nubes densas y grises continuaban dominándolo.

Noah me había escrito al rato de irse enviándome una ubicación al móvil. El texto que la acompañaba en el mensaje y había releído un centenar de veces revelaba entre poco y nada de su estado de ánimo («¿nos vemos?») y me tenía devanándome los sesos conforme ascendía por la pequeña pendiente en cuyo fin se suponía que estaba él.

Nota mental: sugerirle la próxima vez que nos citásemos en llano.

Torcí el morro salpicada de nervios notando los primeros signos de sudor.

Estaba convencida de que lo que fuera que hubiera en esa cima, que no era el Everest sino una modesta colina, tendría su perfecta reproducción abajo, cerca del festival y de la civilización que cada vez dejaba más atrás. Pero a lo mejor esa era su intención, cansarme obligándome a hacer senderismo con una conciencia fustigadora como venganza por...

Era lógico que se encontrase molesto. Muy lógico. Yo lo estaría, ¿no? Aunque mi carácter era peor. Sin embargo..., no podía obviar la presión a la que estaba sometido el bajista, presión que seguramente se había incrementado con mi fatal intervención. Lo que me quedaba de conciencia explicaba lo sucedido de un modo muy sencillo. Al pedirle lo que había tenido ovarios de pedir había demostrado que mi empatía estaba a la altura de mis tobillos, porque...

¿Qué sabía yo de estar muriéndote? ¿Qué sabía del amor? Poco pero suficiente. El amor no curaba enfermedades, lo hacía la ciencia, y pedírselo en su nombre había sido injusto y retorcido sobre todo cuando era verdad que... lo quería.

Lo quería mucho.

—¿Sabes lo que anhela la gente, mi niña? ¿El deseo más profundo del ser humano? Que le dejen ser —solía decirme Nana cuando le pedía consejo para gustar a los demás niños, y no comprendí a qué se refería hasta esa mañana.

Hasta que yo no dejé ser a Noah y la culpabilidad trepó por mi garganta hasta situarse en el mismo punto donde tenía el nudo que se conectaba con el vacío del estómago y el escozor de los ojos.

Siempre había estado en contra de la incertidumbre, de los cabos sueltos y del abanico de posibilidades sin determinar. Me gustaba lo fijo, lo anclado. Y aprendí de la peor de las maneras que la seguridad, cuando no puedes hacer nada para cambiarla, es un puñal navegando a cámara lenta hacia tu corazón sin que puedas apartarte. No podía exigirle que emplease sus últimos meses, semanas tal vez, en perseguir un imposible para que yo pudiera moverme. El puñal seguiría viajando en mi dirección, era imparable, y lo único que conseguiría sería parar de verlo.

En cuanto al bajista... El bajista tampoco podía pedirme renunciar al sentimiento más auténtico que había experimentado en diecinueve años. A su lado... el suelo vibraba. Pequeños terremotos que desestabilizaban mis pies y a los que no temía. Daba igual que la tierra se abriese en dos, no caería, algo tiraría de mí hacia arriba.

—Lo lamento todo excepto quererte. Eso no lo siento, Noah —dije nada más pararme detrás de él.

Estaba en la cima. Como decía, no se trataba de una gran montaña en la que dejarse los pulmones y llegar sin aliento.

Era más bien chiquitita, una miniatura, casi te la podías guardar en el bolsillo y acariciarla como talismán de la buena suerte, y en la cima tenía una llanura en la que descansaban los escombros de una vieja casa derruida. Si mirabas abajo, podías contemplar desde la lejanía el festival cuyo manto de música se extendía más allá de sus fronteras. Sonaba una balada de rock. Dios, eran las mejores. Las baladas de rock son... declaraciones. Un grito rasgado escrito con sangre, sudor y lágrimas que te arranca el alma y te deja unos segundos agonizando para después tejer un abrigo con ella y calentarte.

La voz de Noah era algo así. Una balada profunda y grave.

—Hola, princesa —habló antes de girarse.

La tripa se me encogió. Sabía que Noah era guapo, no, más, atractivo a rabiar; aun así, cada vez que lo veía no podía evitar sorprenderme por su belleza melancólica. Anhelante. Como un suspiro. Creo que así lo definiría. Un brote de aire que se te escapa de la boca acompañado de un suave gemido durante un espacio de tiempo muy breve.

Tenía restos de chupachups rojo en los labios y motas doradas allí donde impactaba la luz que traspasaba las nubes en sus ojos chocolate. Seguí las líneas de su boca concentrada. Podían estirarse o curvarse. Ganó lo segundo y... su arrolladora sonrisa ladeada me aplastó el pecho.

—Está bien, Marina. La disculpa y... que me quieras. Ambas cosas.

Su respuesta fue un bálsamo y un jarro de agua fría. Debería alegrarme de que me perdonase... Pero no era suficiente. Quería mi «te quiero» de vuelta. Esperé y no llegó. Me vi forzada a cambiar de tema. No podía obligarlo a sentir lo mismo, aunque me doliera.

Carraspeé.

—Ahora que todo está aclarado, ¿no deberíamos bajar? No sé. ¿Ensayar? No quiero ponerme en plan sargento, que me encanta, pero os lo estáis tomando muy a la ligera y en la última prueba de sonido no brillamos precisamente.

Con tantas bandas, el tiempo para practicar los días previos había sido muy limitado, con un escrupuloso horario que cumplir. Si a eso le sumábamos que Leo hizo pleno en llegar tarde, Enzo inmortalizó cada centímetro de césped con una pose diferente, Vic era su cámara y Noah no se despegaba de su libreta, quedaba yo para dar las indicaciones al equipo. La cantante becaria. Se avecina tragedia. Necesitábamos ensayar, aunque no fuese en el escenario real.

—¿A qué te crees que has subido?

Dudé y él aprovechó mi confusión para preguntar:

—¿Te gustan las ruinas, princesa?

Si con ruinas se refería al Foro Romano o al Coliseo, de acuerdo. Si con ruinas iba más encaminado al conjunto de muros caídos, vigas partidas, grafitis y cristales de botellas rotos en el suelo que había a su espalda, pues como que no. Prefería las casas nuevas por estrenar, cuando todavía conservaban el olor a recién pintado, a ese... ¿cómo llamarlo?

—Es un meadero. Huele a pis. No pienso enrollarme contigo dentro —me adelanté a sus previsibles intenciones, él rompió a reír y la carne se me puso del revés para que el otro lado, el que rozaba mi interior y mis órganos, se empapase.

Era posible enamorarse de una risa. Es posible. Sobre todo si esa risa pertenece a Noah. Yo lo hice allí arriba. Amé cada carcajada, la cabeza echada para atrás y la perfecta panorámica de su hoyuelo. Todavía lo hago.

—Me ruborizas, Marina. Esto es una cita profesional. Por cierto, el plan sargento te favorece.

—Ajá. —Ignoré su comentario y el sugerente tono que me había provocado un cosquilleo—. ¿Y dónde está el bajo, el micrófono...?

—¿A ti quién te ha dicho que se necesitan instrumentos para hacer música? —Rodeó mi muñeca tatuada y me atrajo hacia él hasta que nuestros cuerpos quedaron pegados. Luego la giró y contempló la piel blanquecina de mi antebrazo surcada de venas—. ¿Alguna vez te he contado cómo me hice con mi primera guitarra?

—No.

—Fue la víspera de Reyes, la tarde de la cabalgata, y estaba realmente jodido. Todos los años hacía una lista...

—Soy muy fan de las listas —bromeé, y al ver que iba en serio reculé—. Perdón, continúa.

Se apartó el pelo que le caía sobre los ojos y cogió aire.

—Todos los años hacía una lista con los regalos antes de ponerlos en la carta para que no se me escapase ninguno. Revisándola me acababa de dar cuenta de que había olvidado incluir la guitarra. No un Lego cualquiera, la guitarra. Lo que más quería. Tendría que esperar un año entero para tenerla... y me llevé un buen disgusto.

»Mis pobres padres trataron de corregirlo sugiriendo que escribiese otra carta corriendo. Iríamos a Correos y la enviaríamos por paquetería urgente a Oriente pagando el extra. Me negué. Gaspar, Melchor y Baltasar ya estaban con los pajes y los camellos en la avenida de Buenos Aires listos para repartir caramelos. Lo había visto en la televisión. Era tarde. Me encerré en mi habitación con un buen berrinche. Entonces Carlota entró. Una mequetrefe ilusionada porque había heredado mi abrigo amarillo de plumas; sostenía un bolígrafo como quien conoce el secreto de la magia y puede emplearla. Descubrió su antebrazo, igual de blanco que el tuyo, y me mostró orgullosa cinco líneas surcándolo.

»—¿Qué es?

»—Una guitarra —explicó.

»—¿Para qué?

»—Para pedírsela a los Reyes, tonto.

»—A los Reyes hay que escribirles. No les valen dibujos.

»Se mordió el labio, asintió y trazó debajo: «Queridos Reyes Magos: mi regalo este año es una guitarra para mi hermano. Yo no necesito nada porque mi regalo es oírlo tocarla».

»—¿Ya?

»—¿Cómo la mandamos?

»—No es necesario. Ellos leen en todas partes solo con poner «Queridos Reyes Magos». Son mágicos. Lo detectan.

»—¿También en la piel?

»—Más en la piel. Pero no en la tuya. Si es para ti, tiene que ser en la de otro. Es la regla. El año pasado les pedí así que ganases muchos partidos de baloncesto y eres el que más canastas mete del equipo.

»Terminé por creerla. Carlota hacía muchas cosas extrañas, pero rara vez se equivocaba. Fui a la cabalgata, cogí caramelos, toqué las cuerdas que llevaba pintadas y a la mañana siguiente la guitarra estaba apoyada debajo del árbol de casa de mis abuelos perfectamente envuelta. Abrí los ojos como platos, miré a mi hermana jugando con su peluche de cerdito en el aire... y reparé en algo.

»—Carlota...

»—¿Sí?

»—¿Siempre pides los deseos para mí?

»—Claro —confesó con una sonrisa—. Verte contento es mejor regalo que los juguetes.

Tragó saliva emocionado y añadió:

—Me hice con mi primera guitarra gracias al antebrazo de mi hermana y durante años creí que los deseos se podían pedir en la piel de otra persona. Era la regla. —Hizo una pausa—. Todavía lo creo, princesa. Creo en los cuentos con desarrollo feliz.

—Dirás final feliz.

—No. Desarrollo. El final solo es un punto, durante el desarrollo pierdes la cuenta de las letras. —Carraspeó—. Iba a pintarte las rayas y a ensayar, pero prefiero probar otra cosa. Comprobar si la magia se extiende más allá de la infancia. ¿Me permitirías hacer una última carta a los Reyes Magos?

—Estamos en verano.

—Carlota te diría que sus majestades leen todo el año.

—¿Y tú qué me dirías? ¿Qué me dices?

—Que me dejes intentarlo.

Acerté a pronunciar un débil «sí».

Él sacó un bolígrafo del bolsillo trasero y empezó a escribir con delicadeza a la vez que leía en voz alta:

—Queridos Reyes Magos: deseo que Marina sepa que la quiero. Que estoy enamorado de ella hasta los huesos y, cuando los huesos se conviertan en ceniza, encontraré la manera de volver con otra forma para seguir queriéndola.

—Noah...

—Te quiero, Marina. —Un trueno rugió y alzó la mirada—. Deberíamos resguardarnos. Va a llover.

—Deja que llueva.

Lo agarré de la nuca y lo atraje para besarlo con cada partícula de mi ser, sintiendo las partes que conocía y las nuevas que brotaban al paso de su saliva, al compás de su lengua, allí donde su tacto presionaba para crear vida.

Llovió.

El cielo descargó una fugaz tormenta de verano que nos caló. Pero no nos escondimos de sus gotas. Continuamos besándonos como si esa tempestad anunciase el fin del mundo y pretendiésemos que nos pillase juntos y asfixiados en la boca del otro. Y a lo mejor lo fue. El fin del mundo y el nacimiento de uno diferente. Tal vez ese contacto de nuestros labios se convirtió en la flor que nace en un campo arrasado por las bombas en mitad de la guerra y en el fabuloso atardecer en el horizonte que acompaña a un naufragio. La pizca de belleza que surge en pleno desastre y que durante unos segundos eclipsa toda la destrucción. Fue un regalo que nos debía el cielo en forma de lágrimas.

Incliné la cabeza hacia atrás cuando nos separamos para recuperar el aliento y las gotas que impactaron en mi cara me supieron como él. Así que hablé. Lo dije.

Hallé la manera de reencontrarnos.

—Queridos Reyes Magos: quiero que la lluvia siempre conserve el sabor de Noah.

—¿Es lo que deseas que sea? ¿Lluvia, princesa?

—Sí.

—Pues lo seré para ti.

CANCIÓN 13

—

LA NOCHE QUE PARAMOS EL MUNDO

Verso 1

NOAH

Anuncié al resto de la banda mi intención de abandonar Al Borde del Abismo después de nuestra actuación en el festival la noche anterior a subirnos al escenario. Así tendrían tiempo de buscarme un sustituto para los siguientes conciertos. Allí mismo, por ejemplo, había buenos candidatos, bajistas que conocíamos del mundillo y que habían acudido a la fiesta anual por excelencia del rock.

A ninguno le sorprendió la noticia. En el fondo, desde mi desmayo todos sabían que ese momento se produciría, que no terminaría la gira, bastaba con despejar cuándo, y cuándo era ahora.

El dolor había aumentado exponencialmente en las últimas horas y era tan intenso que no podía disimularlo. Se me escapaba en la expresión de la cara y en las posturas encogidas tratando de proteger la energía que se escurría a chorros a través de mis poros. Pero era incontenible. No me llegaban las manos. Donde antes había grietas, encontraba ventanas, puertas abiertas, casas sin paredes. Como si la enfermedad fuese inteligente y hubiese ido poniendo diferentes cargas para detonarlas todas a la vez de un modo insoportable al terminar el recorrido por mi cuerpo. E iría a peor. Estaba ante el inicio del fin. Los médicos me habían prevenido y explicado el camino.

No podía ser un lastre para ellos, pero sobre todo no podía ser un lastre para mí.

Forzarme más allá de todo límite humano.

Por eso hablamos.

La banda decidió darse un descanso emocional. No separarse. Jamás lo habría admitido. Tomar aire y volver. Bueno, más bien Leo decidió por todos que necesitaba oxigenarse; lo dijo sin mirarme, con voz ronca, y a los demás no les quedó más remedio que concederle ese paréntesis. No nos engañemos. Como bajista yo era reemplazable. Como compositor quizá no, pero podía continuar escribiendo a mi ritmo y pasarles las canciones. En cambio, él...

Él era Al Borde del Abismo. Su cara, su voz, la imagen que acudía a la mente de las personas al pensar en nosotros. Ese fue siempre el plan. Puede que el resto le aportásemos estilo, identidad, calidad, sello, pero la gente veía a Leo, la gente oía a Leo, la gente se enamoraba de Leo y, joder, tenía un talento desbordante, aunque un ser le hubiese grabado a fuego que lo único que podía ofrecer era un rostro condenado por la belleza.

Leo era el alma y nosotros sus latidos.

No me arrepentía de haberle cedido el protagonismo negándome a cantar, a pesar de que me apasionase, para poder marcharme un día (ese) sin hacer demasiado ruido, sin perjudicarlos... más. Y es que al final tuve mi momento. La tuve a Ella. Marina y su capacidad de tumbar una por una mis normas y provocar no solo que cantase durante el breve período de tiempo que colisionamos, también que me enamorase de ella. De la vida. De los putos segundos. De lo fugaz.

La princesa hizo que amase los guiños de la manecilla del reloj a golpe de pecho.

Ella, tan jodidamente bonita aquella noche aproximándose con cautela al micrófono apagado.

Nos acabábamos de colar en el escenario después de que terminasen las actuaciones del día. Mientras todo el mundo dormía o pasaba la borrachera, con el telón bajado y los instrumentos cubiertos con una lona, nosotros lo invadimos.

Los cinco unidos para un último ensayo improvisado.

Fue entonces cuando Leo se acercó.

Sabía que lo haría desde que Marina había preguntado cómo devolver el anticipo al suspender el resto de los conciertos y su mirada suspicaz había atado cabos conforme le aclaraba a la solista que no hacía falta. La actuación en el festival lo valía.

Se detuvo a mi lado.

Vic tomaba asiento y Enzo afinaba las cuerdas.

—No vas a decírselo a Dinamita, ¿verdad? —susurró.

Negué con la cabeza.

—¿Estás seguro de que no quieres que sepa que fuiste tú desde el inicio? —Enarcó una ceja— ¿Que el adelanto para Roma salió de tu bolsillo? ¿Tus jodidos ahorros?

La observé.

Tenía los ojos medio cerrados y entonaba bajito para calentar con una sonrisa en la boca.

—Lo estoy.

—¿Por qué? Es un gesto jodidamente romántico. Le diste su gran oportunidad.

¿Cómo explicárselo?

Con alas.

—No, Leo, la gran oportunidad nos la dio ella a nosotros. Cuando Marina canta, vuela, mierda, vuela. Pero no es un vuelo solitario. Te arranca del suelo y te lleva con ella. A su lado he recorrido el puto universo. Estamos en paz.

Verso 2

MARINA

—Solo las fulanas se pintan los labios de rojo —dijo mamá.

Para mi decimotercer cumpleaños, Eloísa contrató una maquilladora («de las caras, cariño, de las caras») para que viniese a casa a darme unas lecciones básicas de estética.

—Es un regalo práctico, Marina —recalcó al percatarse de que su ocurrencia no me entusiasmaba—. El maquillaje es el mejor aliado femenino, menos cuando no lo sabes usar. Entonces se convierte en tu enemigo. Tienes que aprender a sacarte partido, cariño. Algún día me lo agradecerás. Cuando seas mayor y los chicos se peleen por ti.

La profesional extendió sus herramientas de trabajo.

Brochas, polvos, sombras, pintalabios.

—Escoge lo que más te guste —dijo, y fui directa al más colorido, el pintalabios rojo. Fue entonces cuando mi madre pronunció su contundente «solo las fulanas se pintan los labios de rojo» y me lo quitó de entre las manos.

Esa frase lo convirtió en mi color oficial cada vez que iba a salir al escenario con Al Borde del Abismo. Mi particular e infantil acto de rebeldía.

En el festival no fue diferente. Apliqué la barra *preppy red mate* que me había regalado Carlota al llegar al camping esa misma mañana primero en el labio superior haciendo los picos, luego en el inferior, los presioné y observé el resultado. Me gustó. No solo por darle en las narices a Eloísa siendo una «fulana», sino porque realmente me agradaba. Me sentía guapa. Poderosa por algo tan absurdo como un color, aunque si lo pienso bien creo que era más el atrevimiento, el descaro de lucirlo orgullosa.

Actuaríamos al ponerse el sol, en el intervalo entre el día y la noche, y, atención al dato, nos habían puesto nuestro propio camerino individual para cambiarnos, descansar y lo que fuera que hicieran los artistas de prestigio antes de enfrentarse al público. En mi caso, ojear embobada todo lo que me rodeaba. A ver, que no era mucho, un burro para la ropa, sofá, neverita con agua, silla y un tocador, pero lo flipante no era el lugar, claramente menos *cool* que el que tenía en mi mente, era haber llegado allí sin intenciones de salir corriendo.

Estar en mi sitio... De hoy. Mañana ya vería adónde querría ir.

Si algo había aprendido sobre mí misma es que era una persona cambiante, y estaba bien. Evolucionar. Contrariarme. Hacer cosas ilógicas. Tener que encontrarme a cada paso y perderme en el siguiente.

Mamá me habría definido como alguien difuso, sin foco. «Las personas que están tan perdidas no van a ninguna parte, Marina», sería su lapidaria sentencia, pero yo había descubierto que precisamente esas eran las que iban a todos lados. También le habría restado importancia al camerino al son de «es de segunda mano, cariño, todos los músicos anteriores han estado en él y seguro que el personal de limpieza ni siquiera lo ha desinfectado. Lávate las manos después de tocar las cosas», pero a mí me encantaba. La habitación y poco a poco, despacito y sin pausa, yo.

Mi salud mental no se había curado por masturbarme y tener a Noah al lado. Estaba en proceso. Con intención. Y le había pedido el teléfono de la psicóloga a Vic, quien me lo había dado feliz.

Lo había hecho.

Había llamado. Combinaría las sesiones presenciales con

videollamadas cuando viviese en Italia y... me puse en pie de un salto. Era tarde. Quedaba poco tiempo para salir y todavía me faltaba arreglarme y...

—¿Buscabas esto, Dinamita? —Leo había entrado sin hacer ruido. Sujetaba mi pañuelo de lunares entre los dedos con cara de niño bueno arrepentido. Se lo quité y me lo anudé en la muñeca.

—Sí. Gracias. Puedes irte.

—No me lo pongas difícil...

—Ni difícil ni fácil. No te lo pongo. Punto.

—Quiero pedirte perdón.

—Pero yo no quiero escucharlo. Otra vez no. Cuando la cagas reiteradamente con la misma persona una disculpa no basta.

—¿Y qué sirve?

—Actos, Leo, actos. Y pensar en los comentarios que hacen daño antes de decirlos, no después, después es tarde.

Silencio.

Un segundo.

Dos.

Tres.

Su tono hundido.

—Será un verdadero honor cantar esta noche contigo.

Noah nos lo había pedido. Interpretaríamos la canción de apertura a tres voces. Él, el rubio y yo. Nuestra primera vez...

—No sé si puedo decir lo mismo.

Chasqueó la lengua.

Su sonrisa amarga apagada.

La misma voz abatida.

—No lo hagas. No lo merezco, pequeña —murmuró, y se dio la vuelta.

«No mires.»

«No mires.»

«NO MIRES.»

Miré.

Al final siempre lo hacía, siempre veía a Leo. Era una constante incluso cuando mi mente gritaba a mis ojos que lo abandonasen a su suerte. Reparé en su inusual aspecto desaliñado. Ese no era él. Esa no era su actitud arrolladora. Le faltaba toda la ropa estrafalaria y la luz que había absorbido su sombra para fundirse con la oscuridad del pasillo. Apenas podía separarlos y... no le tuve lástima. Pensaba en cada una de las palabras que le había dicho. Aun así... Entendía lo complicados que iban a ser los próximos minutos para él. Los próximos días. La vida tras un torrente llamado Noah. Lo sentí pellizcándome las venas. A Leo y a su dolor, que era el mío. Creo que el primer secreto que compartí con el solista de ojos grises fue amar a la misma persona con tal intensidad que esta pudiese acabar con nosotros.

Corrí tras él.

No fue la única vez.

—¡Espera! —Se giró y sus pupilas dilatadas suplicaron algo que en aquel momento no descifré. Su anhelo de siempre. Un mísero abrazo, y es que a Leo se lo follaban, lo besaban, le lamían el cuerpo entero, pero nadie, absolutamente nadie, lo atrapaba entre sus brazos sin límite de tiempo. Solo Noah... e iba a perderlo. Su amigo del abrazo infinito—. Cuando estemos los tres arriba, si ves que no puedes... Tú... Tú... Tú solo coge mi mano y todo estará bien, ¿vale?

—¿Por qué querrías hacerlo? No me has perdonado.

Me encogí de hombros y lo supe sin saberlo. Conforme lo decía.

—Porque tú eres el inmaduro que me hace reír y yo la idiota que se preocupa por ti incluso cuando no nos hablamos.

Tragó saliva. Si lo hubiese observado con detenimiento, habría reparado en el temblor de la única parte de su cuerpo a la que temía. Entonces, tal vez, me habría dado cuenta de que el ser humano busca lo que rechaza en voz alta, y Leo deseaba que le quisie...

—¡Ole tu chocho moreno, nena! —chilló Emma desde la otra punta del pasillo y me desconcentró.

Solo alcancé a escuchar su:

—Un inmaduro y una idiota que se preocupan el uno por el otro. Suena bien. Me gusta demasiado, pequeña —articuló Leo con voz ronca antes de irse. Después mi mejor amiga requirió de toda mi atención.

—¿Mi chocho moreno? Involucionamos como especie —dije justo cuando Emma impactaba contra mí como un tren de alta velocidad y me apretujaba. La *gamer* estaba eléctrica. Sobredosis de entusiasmo por todos los lados. Si hubiese sido rencorosa, habría hallado el instante perfecto para devolvérsela y sugerirle un test antidopaje que detectase sustancias estupefacientes en el organismo, tal y como hizo ella conmigo durante el *casting*.

Lástima que estuviese fosilizada.

Chocho moreno, en serio, algo tan soez no debería existir.

—¡Te estaba dando la enhorabuena por el éxito!

—Con mi chocho moreno —insistí en el término.

—Es una expresión cariñosa, de confianza. Nadie habla del chocho de otra persona si no son grandes amigas, y nosotras lo somos. —Me liberó y prosiguió—. Nena, lo que voy a contarte a continuación es muy fuerte, fortísimo. ¿Estás preparada o te traigo una silla?

Exagerada...

—Trataré de soportarlo.

—Acabo de fardar de ti en la pista. ¡ACABO DE FARDAR DE TI EN LA PISTA! —gritó al repetirlo, y me pilló tan desprevenida que pegué un brinco. Los técnicos de sonido que pasaron por nuestro lado se rieron.

—¿Podrías bajar los decibelios?

Contesté por ella: no.

—¡Eres famosa, Marina! ¡FAMOSA! Hay varios grupos de personas esperando para estar en primera fila. Vale que la intención de la mayoría es tener una buena perspectiva del paquete de Noah y de Leo, que están buenísimos, joder, pero los he pillado hablando de ti. ¡De ti, Dinamita! Y no me ha quedado más remedio que unirme a la conversación. Tienes una comida programada con dos simpáticas burgalesas y cuatro tíos de Córdoba el... Tendría que mirarlo en tu agenda de actos sociales.

—Mi agenda de actos sociales...

—Sí.

—¿Tengo agenda de actos sociales?

—Por ahora es el calendario de mi móvil, pero me he quedado sin batería. Ya crearé un Excel.

Estaba como una auténtica cabra.

El mundo necesita más amigas que se ilusionen por tus logros más que tú misma y que pierdan la cabeza.

—También te he traído un regalo. —Emma se hizo a un lado con una sonrisilla traviesa y... exacto. Volvió a chillar—: ¡¡¡Ya!!! —Nada. No sucedió nada. Frunció los labios—. Nos falta un poquito de coordinación... ¡¡¡El conejo está en la madriguera!!!

Oficialmente, todo el equipo del festival que no me conocía ya sabía quién era yo a esas alturas. Iba a pedirle que fuese un pelín más discreta, a pesar de saber de antemano que no me haría ni caso, cuando ellos surgieron de la curva en la que aguardaban escondidos.

—¡Habéis venido! —Esa vez fui yo la que elevé la voz con el corazón encogido sin importar que nos estuvieran escuchando.

Nana y Giuseppe.

Giuseppe y Nana.

Mis personas favoritas.

Un hogar.

Mi hogar.

—No podíamos perdérnoslo, mi niña —dijo ella a la vez que yo avanzaba imantada por su presencia y los rodeaba para fundirnos los tres en una caricia grupal.

—Gracias —balbuceé llenándome de su contacto.

—No las des. Giuseppe y yo somos muy afortunados por verte crecer.

Alcé la vista conmovida al soltarlos y mis mejillas se ensancharon.

—Llevas cresta, Giuseppe.

—Mejor no preguntes. —Nana meneó divertida la cabeza.

—Muy moderno —aprecié, y él hinchó orgulloso el pecho.

—Tenía que estar a la altura como segundo miembro honorífico del club de fans de Marina Dinamita, *mia ragazza.*

—Décimo —puntualizó mi amiga—. Los *trolls* me debían algunos favores y me los he cobrado como Dios manda.

—Un segundo —articulé confusa—. ¿Club de fans? ¿Tengo de eso?

—Sip.

—Emma... ¿Podrías enumerarme todo lo que has maquinado en mi ausencia sin mi consentimiento, por favor?

—Club de fans, página web y foro. Ah, y *merchandising.* Por ahora solo consta de camisetas, pero en futuras entregas incrementaremos el *stock* con tacitas, llaveros, chapas, funkos... Cualquiera podrá llevarte en la ropa, ponerte en su estantería o utilizarte de trapo de cocina. ¿Somos o no somos geniales?

¿Lo eran? Lo eran.

No pude decírselo porque tuve un mal presentimiento...

Me enderecé y aclaré la garganta. Que no cundiese el pánico... todavía.

—¿Camisetas con una fotografía mía?

—Una fotografía icónica tuya.

—Oh, no.

—Oh, sí, nena, sí.

Mis peores sospechas se confirmaron cuando se levantaron los tres a la vez la camiseta que cubría la de mi club de fans para mostrármela. Allí estaba. El moco. Mi búsqueda más popular de petróleo inmortalizada y extendiéndose en dos L y una XL sobre tejido blanco. No sabía si echarme a reír, llorar o buscar el hacha de emergencia que siempre aparece en las películas, romper el cristal y atizarle.

Los dientes me rechinaron al hablar.

—Te pedí amablemente que la destruyeras.

—Y yo te contesté que por encima de mi cadáver. Venga, nena, no te pongas de morros. Es un icono de nuestra noche loca. No podía deshacerme de ella sin más...

—Puedes y lo vas a hacer.

—Te digo que no. He encargado treinta más a la imprenta. Había oferta, dos por uno, era un crimen dejarla pasar.

—¿¡Has impreso treinta más!?

—Tengo mucha fe en tus posibilidades de hacerme millonaria.

—Sabes que después de este concierto lo dejamos. Te envié un mensaje anoche.

—He creado el club de fans de Marina Dinamita, no de Al Borde del Abismo. Volverás a cantar y serás roquera, chef y diplomática internacional.

—¿Algo más?

—Lo que quieras. Nosotros tenemos el *outfit* de gala preparado para celebrarlo cuando te salga bien, regular... y cuando te salga mal.

—Con el moco.

—Larga vida al moco.

Bufé.

—¿Qué hago ahora? ¿Te mato o te quiero?

—Quiéreme, soy muy adorable. —Me dedicó un aleteo de pestañas y se partió—. Y dame de comer. Las tripas me rugen y he oído decir por ahí a Vic que si lo pides te traen unos canapés rellenos de jamón serrano y tortilla.

La quise. A Emma y sus idas de olla que me habían conducido hasta allí.

El ruido proveniente del escenario que hacía que las paredes se tambaleasen cesó anunciando que el grupo anterior había terminado. Era el turno de Al Borde del Abismo. Nos tocaba. Disponía de unos pocos minutos mientras adecentaban la tarima antes de que Vic y Enzo viniesen a buscarme para que me uniese al resto y subir los cinco juntos.

Me mordí el labio.

Tuve una idea.

Una idea malísima.

El círculo de esa locura se había iniciado con mi mejor amiga y con ella debía cerrarse.

Apreté los puños.

Asentí.

—¿Tienes más camisetas del moco, Emma?

—Treinta encargadas, ya te lo he dicho.

—¿Por casualidad no llevarás encima una de sobra que me valga?

Abrió mucho los ojos y habló atropellada.

—Una M en la mochila que he dejado en la esquina para venir corriendo a achucharte. ¡Lavada! ¡Planchada! ¡Perfumada! Y, oh, Dios, Marina, no seas cruel. No me hagas ilusiones para luego arrebatármelas. Mi pobre corazón no soportará la bestialidad de imaginarte con ella puesta cantando y que no cumplas sus expectativas.

—Dámela.

—¿Estás segura?

—Sí.

—Ay, nena, va a ser pura fantasía. ¡Épico! Quiero morrearte. Voy a morrearte.

Me plantó un sonoro beso en los morros y voló para traérmela.

Reí.

Entramos en el camerino y Giuseppe se dio la vuelta mientras me cambiaba la que llevaba y la sustituía por esa. Observé mi reflejo. Era un despropósito y me flipaba. Solo quedaba...

—Los pendientes, Nana. Están guardados en una cajita en el tocador. —Me los tendió y me puse las dos delicadas lágrimas.

—Son los nuestros, *amore*. —El italiano le dio un codazo a su mujer visiblemente emocionado y ella sonrió.

—*La nostra ragazza* siempre sabe cómo hacer que dos viejos se sientan importantes.

—Lo sois... Sois mis padres. Os elijo.

Giuseppe no ocultó su llanto y Nana dijo:

—*Ti vogliamo bene.* Te amamos, Marina.

Los tres se situaron a mi espalda.

Una vez leí que perteneces a todos los lugares a los que regresas cuando cierras los ojos, pero yo creo que tu verdadero sitio es aquel en el que quieres permanecer con ellos abiertos. Por esa razón, porque estaba resguardada y a salvo arropada por mi familia, cuando llegó la hora de enfrentarme al espejo lo hice con seguridad. No estaba sola, ni frente a mis fantasmas ni frente a la vida, y saberlo, descubrir la obviedad, me permitió respirar de otra manera. Respirar.

Vic llamó a la puerta.

—¡Vamos, Dinamita! ¡Ha llegado el momento de hacer historia!

Salí del camerino dispuesta a pasármelo bien con mis pendientes, la camiseta del moco y mi gente.

Verso 3

LEO

El tiempo no existe.

No es una gran expresión para que la gente piense que soy capaz de hacer reflexiones profundas. Sucede. Durante una fracción de segundo se congela. Todo a tu alrededor se ralentiza.

Los cinco estábamos subidos al escenario. Las luces apagadas y nuestras pulsaciones nerviosas mezclándose con las del expectante público congregado a nuestros pies aquel poderoso atardecer. Era muy importante. El inicio, me refiero. Los principios siempre son vitales. Puedes ganarte su atención o perderlos para el resto del concierto. Como cuando entras a una tía. En la primera frase te la juegas.

Rechazo, indiferencia o diversión.

Y yo quería diversión.

Mucha diversión arriba.

Putos fuegos artificiales.

La canción elegida por Noah para la apertura no era un tema fácil. Dijo que la había elegido por azar. Al imaginar nuestras tres voces empastadas en el estribillo y lo bien que sonarían con la batería de Vic arrojando puñeteras ondas expansivas y la guitarra de Enzo quebrando el viento. Y una mierda. La sobrecogedora frase y su aparente inocencia. Lo hizo para lanzarme un reto. Tenía *Vértigo* atragantada. Lo complicado no era la entonación, sus agudos y graves no destacaban por encima del resto, era transmitir la maldita letra.

Compuso *Vértigo* en el sofá de la galería la tarde que planté lavandas. Compartíamos un cigarro que descansaba en el cenicero y al terminarla me pasó el cuaderno. Lo cogí con las manos sucias por la arena y leí en voz alta mientras él le daba una calada al piti.

La canción hablaba de paredes de prisiones que se vienen abajo. Carreras contrarreloj y asomarse a un precipicio invadido por la niebla en el que no puedes ver el fondo. Una voz que surge y susurra que saltes y venzas al miedo. Tu instinto suplicándote que no lo hagas. Tu razón diciéndote lo mismo. El corazón asustadizo que se suma al ruego. Otra vez la voz. No la conoces..., pero confías en ella y lo que piensas no tiene jodido sentido. Si fuese juntos, saltarías. No te hace falta pedir el deseo. Su mano se cierne sobre la tuya y sin pronunciar ninguna palabra os precipitáis al vacío. Acojonado abres la boca ponderando que, si la vida escapa por ese orificio, estamparte dolerá menos. Aprietas sus dedos, cruzas la bruma y te atragantas. Agua salada con la que te arde la garganta. Te zambulles hondo, muy hondo, hasta lo más recóndito. Estás en el mar. Y sabes nadar. Subes. Subes. Subes. Alcanzas la superficie. Ruges con la bocanada y buscas a esa voz que ha bajado y ascendido contigo. Por fin le ves el rostro en el reflejo de las olas. Eras tú. Siempre fuiste tú. Era tu libertad.

Aquella tarde, Noah la tarareó y me preguntó:

—¿Te gusta?

«Me ha volado los sesos. Es una bestialidad.»

—Meh. El ritmo no está mal. La letra, enrevesada de la hostia.

—Tiene mensaje.

«A mi medida, cabrón, a mi medida. Pretendes que salte. ¿Y si no hay agua?»

—Prefiero cuando los mensajes hablan de colarse entre las piernas de una tía y correrse.

—Hay vida más allá del sexo.

—Pero no me interesa.

A lo largo de los años habíamos discutido tanto por la interpretación del tema en los ensayos que había terminado por aborrecerla.

Vértigo era mi talón de Aquiles.

—Tienes que parecer frágil, Leo, vulnerable.

«Y una mierda.»

—No hay nada frágil en mí, Noah.

Y ahí estaba de nuevo. Él, yo, la canción. El capullo me desafiaba lanzándome un órdago para nuestra última actuación juntos. Quería que empezásemos por todo lo alto. En la cresta de la ola. En un precipicio. Nuestro famoso y épico abismo. Nunca creí en la inocencia de las personas ni en las casualidades, y esa vez no fue diferente. Los tres unidos habríamos sonado de puta madre recitando la lista de la compra a la salida del súper. Había más. Debía haberlo. Una lección.

Fue su manera de demostrarme que era capaz de enfrentarme a una masa sin máscara ni disfraz, repleto de debilidades, y salir indemne. O eso fue lo que quise creer y creí, que siempre estaba en su pensamiento, acciones y decisiones. Que siempre lo estaría.

Recogí el guante.

La mayoría de la gente necesita quitarse la ropa para estar desnudo. No era mi caso. Yo necesitaba cascadas de tela cayéndome por encima para experimentar esa sensación de desnudez, exposición e ingravidez. Fragilidad, como él decía. Por eso no vestí ninguna de mis prendas estrafalarias, no me maquillé ni llevé el torso al descubierto. Dejé en el camerino todos mis elementos de distracción, hasta los movimientos, y salí limpio. Yo. Solo yo. Para que me viesen. Para que Noah me viera.

Aterrorizado.

Deshice pausado, cabizbajo y aletargado el camino hasta el micrófono, y al alcanzarlo y rozarlo con la yema de mis dedos un gemido ronco e irregular brotó de mi garganta y reverberó por todo el recinto amplificado.

Los asistentes mantuvieron el silencio.

¿Sería parte del espectáculo? ¿No? ¿Qué diablos estaba ocurriendo?

Lo que menos sospechaban es que el solista que tenían enfrente se les deshacía como un copo de nieve durante su descenso a tierra. No podía. No... Entonces ella. El inesperado dorso de su mano. Un soplido. Marina no tuvo que agarrarme para mantenerme flotando, solo acariciarme suave con los nudillos como recordatorio de que estaba ahí para mí, enfadada pero ahí, y que no me dejaría fundirme, que soplaría y soplaría para elevarme.

La observé contrariado y la quise.

Quise a Marina Roig aquel atardecer siendo un puto copo de nieve en caída libre.

Navegué hasta él. Con los ojos. Con el alma. Me atreví a mirar a Noah y que los sentimientos me traspasasen hasta dejarme en los huesos. Estaba allí, a mi izquierda, la derecha para el público, con un jodido palo de chupachups en la boca y sin saber a sus veintiún años cómo se cogía un peine. Estaba tan joven... Cogí aire. Pelo desordenado, ojos castaños y reluciente colgante. Como siempre. Como nunca más. Era nuestra última vez y recordé la primera. Cuando en ese puente le ladré:

—Pírate. Aquí no hay sitio para los dos.

Pero no me hizo caso. El muy imbécil desobedeció.

Aproximé mis labios al micrófono y susurré:

—Va por ti, Noah, por quedarte.

Él entendió. Él penetró en mi interior sin una espalda por barrera. Él lo descubrió. Aquella noche dos años atrás no solo me salvó la vida, instauró una semilla y me dio una razón para cuidarla. Noah fue la primera flor de mi jardín. Sus raíces se extendían por todo mi cuerpo. Comprendió que lo quería más que a mí mismo y que mientras yo tuviese una puta gota de oxígeno en los pulmones seguiría aquí.

La eternidad no era la música.

La eternidad no era una canción.

La eternidad era la casa que había construido en mi pecho y que pertenecía al mejor amigo que un hombre puede tener.

Levanté la camiseta para Noah, solo para él, y le enseñé el tatuaje que recorría la única porción de mi maltrecho cuerpo que siempre había estado vacía y que tres días antes había rellenado de tinta. El tatuaje sobre mi corazón.

«Nadaré hasta que volvamos a vernos.»

—Hasta que volvamos a vernos —repitió emocionado, y me aclaré la garganta.

Habíamos ido al festival a hacer rock. La gente quería oírnos y que les reventásemos los tímpanos. Y no íbamos a fallar. La meta no era alcanzar el jodido cielo, era hacerlo pedazos y que se lo guardasen en el bolsillo.

Canté con la voz quebrada y desesperada, Marina se unió con una armonía que me puso los pelos de punta y Noah colocó el lacito aullando como un puto lobo a la luna llena que heló la sangre en las venas de todos los asistentes.

Hubo silencio.

Respiraciones contenidas.

Entonces, la luz. Una batería. Guitarra. El bajo. Verdadero rock and roll. Los tres juntos en plena caída libre en el estribillo y nuestras risas al comprobar que la gente se la sabía, conocían la letra, bramaban el sonido de Al Borde del Abismo botando como jodidas olas de mar. Tsunamis.

Fueron agua.

Fueron magia.

Fueron libertad.

Para celebrarlo les regalamos fuego en las tablas, nuestras cuerdas vocales, los sueños de cinco chicos contenidos en una canción de tres minutos y medio y energía para abastecer a un país entero. Y al terminar él los vio. En primera fila, junto a Emma, Nana, Giuseppe y Carlota. Sus padres.

Saltó del escenario, sorteó a los miembros de seguridad postrados en las vallas y los abrazó con fiereza animal. No sé qué se dijeron al oído y prefiero no saberlo, imaginarlo en las lágrimas de felicidad que rodaban por las mejillas de los tres al separarse.

—¡Bienvenidos al concierto de Al Borde del Abismo! Preparaos para... ¡¡¡VOLAR, CABRONES!!! —grité.

El bajista me miró sin dar crédito y le sonreí. Puede que él no supiera qué contestar cuando le preguntaban «¿qué harías si mañana se acabase el mundo?», pero yo sí.

—Le daría a Noah la noche perfecta.

Después de tantas cagadas confié en haberlo conseguido.

Verso 4

NOAH

—Ponte un traje —dijo Leo con la sonrisa misteriosa que me producía escalofríos.

—¿Qué traje? Estamos en un festival. No he traído ningún traje.

—Anda, pruébate el mío. Usamos la misma talla.

—Mentira.

—Vale, está bien. Puede que haya metido uno tuyo casualmente en mi maleta.

—¿Qué tramas?

—Nada bueno.

Verso 5

MARINA

—¿En las ruinas de la montaña, Leo? ¿No hay otros sitios más accesibles?

—Los hay, pero no conducen a tu caballero de radiante armadura. Deja de perder el tiempo. Noah aguarda.

—¿Ahora sois nobles?

—Él sí, yo no paso de duque sin honor que trae a la corte de cabeza por sus escándalos. —Sonrió—. Vamos, Dinamita, gozarás de mi compañía durante todo el trayecto. Te acompaño hasta que lo veas.

Verso 6

NOAH

Me enamoré de Marina por pequeños detalles prácticamente imperceptibles de los que ella ni siquiera era consciente, como el modo en que echó a andar más rápido al distinguirme frente a las ruinas esperándola aquella noche estrellada, la manera en la que el aire le removió el pelo o el rubor que le cubría las mejillas al repasarme de arriba abajo cuando era más que evidente que a mí me gusta que lo hiciera, que me deseara.

—¿Esto es una cita, Noah?

—Eso parece, princesa. —Me encogí de hombros.

Marina iba impresionante con un vestido estampado anudado al cuello que le llegaba por encima de las rodillas, a la mitad de los muslos cuando le daba el viento y la tela volaba.

Esperaba dar la talla con el traje de dos piezas negro con la camiseta gris y... sus labios se curvaron al distinguir las zapatillas blancas que lo complementaban.

—¿De qué va todo esto? —preguntó, y durante un instante solo pude ver sus hombros desnudos, su clavícula y los sugerentes cinco lunares.

—No tengo la menor idea.

—¿Pasamos?

—No sé si me convence la idea. —Parpadeó confusa y se lo aclaré—: Me dijiste que no te enrollarías conmigo dentro.

Soltó una carcajada.

Una jodida carcajada con efecto sísmico.

Luego se puso muy seria con los morritos apretados para jugar conmigo con la cadencia de su voz.

—Puede que cambie de opinión. Dependerá de la que nos haya liado Leo.

—Es él. Nada bueno. Mis esperanzas se desvanecen. —Fingí que la revelación me mortificaba.

—Hombre de poca fe. Deberíamos darle el beneficio de la duda.

—El propio Leo me lo ha confirmado.

Negó divertida con la cabeza.

—Solo a Leo se le ocurriría admitir que ha organizado una chapuza de cita antes de tiempo.

—Conoce sus limitaciones.

—También te quiere. Sea lo que sea, es para ti. Le habrá salido de dentro. Quiero verlo.

Entró primero en las viejas ruinas. No había puerta, estaba arrancada, así que solo tuvo que levantar un pie y cruzar el umbral.

—Uno más —dije.

—¿Qué?

—Delito. —Me crucé de brazos—. Vandalismo, pintadas y ahora una previsible invasión de la propiedad privada. —Chasqueé la lengua y negué—. ¿Qué voy a hacer contigo?

Sus ojos brillaron en la oscuridad como una invitación.

—Besarme... Pero para eso tienes que seguirme y pasar. Arriesgarte.

Alcé las comisuras de mis labios.

—Sabes convencer a un hombre para que se salte las leyes, princesa.

La casa, como era lógico, estaba en penumbra. No tenía algunas paredes, menos un cuadro de electricidad para alumbrarnos. Lo poco que quedaba de la construcción original eran los tabiques dañados por el paso del tiempo que delimitaban las estancias, ladrillos rotos, restos de cemento por todas partes y paredes desconchadas maltratadas, meadas y con grafitis. Ni siquiera había techo, solo vigas de madera que cruzaban por encima de nuestras cabezas y parecían de todo menos seguras.

Era una chapuza.

Una maldita pirada de pinza de mi amigo que iba a terminar con uno de nosotros dos en urgencias con el tobillo doblado.

—Hay luz —señaló, y aceleró en dirección al parpadeo.

Al llegar, frenó.

La escena planteada por Leo era tan cutre que le entró la risa floja y me contagió, aunque la mía brotaba más del pecho. Ronca. Más de verla de espaldas con la silueta enmarcada y pensar que cada una de las líneas de su cuerpo era un jodido templo.

—Esta es la definición gráfica de una de las tres peores citas de la historia —bromeó.

Nuestro amigo, en un alarde de no sé muy bien qué, había colocado una toalla, una litrona caliente, dos velas con el envoltorio rojo, que a saber de dónde había sacado y un paquete de condones por estrenar con un pósit en el que se leía «de nada» y su firma.

Era dantesco.

Marina volvió a reírse, su rostro se giró y el aire que se concentraba en ese espacio que antaño debió de ser un salón trajo su olor y me pellizcó el pulmón.

—Te confundes. Estamos tú y yo —dije—. Es una de las tres mejores citas de la historia, si no la mejor.

Reparé en sus tentadores labios y tuve que tragar saliva.

—¿Quién crees que vivía aquí, Noah?

—No lo sé, pero tenían una chimenea. —Señalé los restos que ahora estaban repletos de basura—. Seguro que se emborrachaban con vino tinto todas las noches y hacían el amor en la alfombra frente a las llamas.

—¿Cómo estás tan seguro?

Me encogí de hombros.

—Es lo que yo habría hecho contigo.

—¿Emborracharte?

—Hacerte el amor, princesa. Hacértelo mucho.

Su cuerpo se estremeció y la piel se le puso de gallina.

—Pues yo los imagino más bailando, a los dueños, con una balada de rock.

—¿Es lo que te gustaría hacer?

—Si hubiese música y no tuviera la absoluta seguridad de que me sentiría ridícula, sí. Puede que sí.

Carraspeé.

—¿Qué nos lo impide?

—No hay música.

—Suerte que cuentas con un compositor que no tiene mala voz.

—El sentido del ridículo.

—Podemos trabajar en ello.

Me situé delante. Agarré sus manos y me las llevé al cuello, dejándolas enlazadas en la nuca mientras mis palmas descansaban en la parte baja de su espalda. Noté su agitación y me perdí en sus labios entreabiertos cuando me miró.

—¿Y ahora?

—Nuestra balada de rock.

Empezamos a balancearnos antes de que rompiera a cantar. Los escombros se clavaban en las suelas. Le aparté el pelo de la oreja frotándolo con la nariz y por mi garganta ascendió una melodía desconocida junto a una letra improvisada que le susurré directamente al oído.

—Es preciosa —gimió, y apoyó la mejilla en mi pecho—. ¿Por qué no la he escuchado antes?

—Porque la estoy componiendo en directo sobre tu piel, princesa.

Ella suspiró y jugó con los mechones desordenados que caían en mi nuca, luego poco a poco serpenteó con los dedos por mis hombros hasta que cogió las solapas de mi chaqueta, contuvo el aliento y me la quitó.

Cayó a nuestro lado.

Volvió a mirarme con las pupilas dilatadas y encendidas.

—Desnúdame, Noah, y... no dejes de cantar, por favor.

Lo hice.

Tiré del tirante que se le anudaba al cuello y el vestido se deslizó por sus piernas hasta que se desplomó arremolinado. Ella sacó un pie, después el otro y abandonó la tela. Llevaba unas braguitas blancas de encaje e iba sin sujetador. Contuve la respiración al reencontrarme con sus pezones rosáceos excitados.

—He dicho que no pares de cantar —me pidió con la voz tomada por el deseo, y continué inventando el tema a la vez que ella agarraba el bajo de mi camiseta y me la sacaba por la cabeza. Mi vientre se encogió al contacto durante el camino descendente de la punta de sus dedos hacia el botón de mis pantalones, se deshizo de él y me ayudó a quitármelo.

Me contempló sin pudor y se retiró las braguitas.

De mi voz brotó un gallo por la impresión.

—Los cantantes profesionales no se desconcentran por unas insignificantes braguitas —bromeó.

—A los cantantes profesionales no los tortura su chica en plena composición.

—Canta.

—Perdón.

Estaba alcanzando el estribillo cuando nos tumbamos desnudos sobre la toalla. Marina debajo, yo encima apoyado sobre mis codos, la voz que cada vez me fallaba más en la balada de rock por la puta excitación.

—Toma. —Me ofreció la caja de preservativos y detuve la canción.

—¿Estás segura?

—Te quiero dentro, Noah, en lo más profundo, donde nadie ha llegado.

Rasgué el plástico con los dientes y me lo coloqué. Ella no perdió detalle humedeciéndose la boca. Dejé de lado la canción y la besé, hundiéndome lentamente en su interior mientras disfrutaba de cada una de sus reacciones como un jodido adolescente. Cuando estuve dentro empujé. Marina emitió un jadeo ahogado.

Frené.

—Si has cambiado de opinión...

—Sigue, Noah, por favor, no pares.

Continué moviendo mis caderas. Primero, más despacio, y poco a poco cogiendo velocidad. Ella me clavó las uñas en la espalda y se arqueó para que la penetración fuera más honda. Creí que me correría allí mismo. Podría haberlo hecho. Marina era una jodida delicia y estaba dispuesta y húmeda para mí, atrapándome entre sus piernas con el puto pelo extendido en la toalla cutre de Leo, el flequillo revuelto y una cara que...

—Eres preciosa, joder, preciosa. —Elevé el tono y el ritmo al que entraba y salía de ella—. Nunca lo olvides, y si el espejo te engaña, recuerda mi voz hasta que lo partas en dos.

—Hasta que lo parta en dos. Lo haré, Noah, te recordaré.

Rodó y se colocó encima. Cuando creía que la princesa no podía hacer nada más para llevarme al límite, meció sus caderas buscando su propio placer y me derritió. Marina estaba increíblemente sexi y yo era el tío más afortunado del puñetero planeta. Joder, iba a acabar conmigo. Iba a... Echó la cabeza hacia atrás y con un gemido y los dientes perforando su labio inferior se corrió. La seguí embistiéndola un par de veces más y me fui con ella.

La solista se dejó caer exhausta contra mi pecho desnudo y sudado, y nos cubrió con la chaqueta del traje.

—Es increíble —dijo con mi sexo palpitante todavía dentro.

—¿Qué?

—Lo que hemos hecho. El orgasmo. Nosotros. Todo. Y pensar que la cita no prometía...

—Que algo no sea perfecto no significa que no sea jodidamente especial, y lo nuestro ha sido mágico desde el instante en que tropezamos en aquel callejón, princesa.

—Lo sé. Ahora lo sé.

Se deslizó hacia arriba y me dejó un beso salado en los labios.

Sus ojos verdes brillaban chispeantes por debajo de sus pestañas infinitas al apartarse.

—¿Crees que lo hemos logrado, Noah?

—¿El qué?

—Detener el tiempo.

Tuve clara la respuesta.

—Marina, esta noche hemos parado el mundo.

Verso 7

NOAH

La inspiración bullía por mis dedos. Plasmé algunas de las frases que le había cantado al oído y otras nuevas, y al terminar por fin la tuve. La jodida y perfecta canción. El disco finiquitado. Alcancé mi pico más alto. Todo lo que quedaba era caída. Imaginé que así se debían de sentir los escaladores al coronar la cima de una montaña imposible. No existe nada más que te supere. Todo está bajo tus pies. Por encima, solo el cielo.

No podía aspirar a más, tampoco conformarme con menos.

Había llegado el momento.

Dejé a Marina durmiendo en el saco que habíamos compartido en su tienda y fui a la de Leo. Leo estaba... hecho un piojo. Tirado desmadejado apestando a alcohol barato con una sonrisa burlona en la cara que desvelaba que su noche de celebración había sido épica y que tendría una resaca de cojones. El número de Zoe descansaba escrito en su mano.

Me reí por lo bajo para no despertarlo. Era un puto desastre. Un puto desastre que saldría adelante. Ahora sabía nadar y por muy hondo que cayera en el futuro, incluso aunque llegase a rozar el fondo, recordaría las brazadas para ascender. Subiría, y solo por esa certeza yo podía irme feliz. Tranquilo. En calma.

Me agaché junto a él y dejé el folio doblado con el tema, luego mis manos viajaron a mi nuca y desenganché la cadena que siempre me había acompañado. No podía ser para otro. Tenía que ser él. Cogí el bolígrafo y la vieja libreta de componer que descansaba a su lado y le arranqué una página: «Ahora tienes mi mundo, Leo. Cuídalo con cariño. Noah».

Ya estaba todo.

Salí con la sensación de que no me quedaba nada pendiente, pero el destino me tenía preparada una última parada. A ella, y menos mal, de lo contrario me habría arrepentido de no haber visto una vez más a la única mujer que me había robado el corazón antes siquiera de que el suyo palpitase. De existir. Mi hermana Carlota.

Estaba allí, en el inicio del amanecer, con su pijama de arcoíris, el pelo rubio suelto y una pregunta de las suyas en la boca.

—¿Crees en las almas gemelas, Noah?

—No lo sé. —Me acerqué a ella—. ¿Tú?

—Hasta hoy estaba segura de que no, pero he tenido el presentimiento de que te ibas, he salido y te marchas. Estamos conectados como hermanos, así que quizá es hora de replanteármelo. A lo mejor tú y yo somos almas gemelas. ¿Qué te parecería? ¿Te gustaría?

—Que tú seas mi alma gemela sería el regalo que les pediría a los Reyes Magos en todas las pieles que conozco.

Se me formó un nudo en la garganta.

Los dos nos quedamos en silencio.

La silueta del sol en la lejanía despuntó.

—No pensabas despedirte, ¿verdad?

—Sabes que nunca me ha gustado decir adiós.

—Entonces no lo digamos —resolvió alegre, y me miró—. ¿Puedo darte un beso?

—¿No los tenías contados? —bromeé con las costillas derramándose encima del corazón.

—Los tengo. Quedan pocos. Pero siempre he reservado el más grande para ti, tonto.

En lugar de rozarme con sus labios en la mejilla, se puso

de puntillas, me incliné para allanarle el camino y me besó en la frente. Me pareció más tierno. Más ella. Un contacto que comenzó en un extremo de mi cuerpo y se desplazó hasta cubrirlo por completo.

—¿Te decantaste por una, Carlota? —pregunté.

—¿Qué?

Recordé nuestra conversación de hacía dos años.

—Una religión para reencontrarnos.

Se encogió de hombros y arrugó la nariz.

—No sé, Noah, no me convencen. Todas son muy tristes. Oscuras.

Se me ocurrió algo.

—Marina me pidió que me convirtiese en lluvia.

Capté su atención.

—¿Qué le contestaste?

—Que sería lluvia para ella. —Hice una pausa y fijé mis ojos en los suyos—. Podría serlo también para ti.

Pareció meditarlo.

—Lluvia —paladeó—. Me gusta. En Madrid no llueve siempre, así cuando te vea será una agradable sorpresa —resolvió.

Sonrió.

Sentí que, si no me iba en ese preciso momento, no lo haría nunca. Por ella lo habría intentado. Si Carlota me lo hubiera pedido, me habría sometido a todos los putos tratamientos del país hasta acabar vegetal en la cama de un hospital. Por eso mismo no lo hizo. Porque lo sabía.

Algunas tiendas de campaña comenzaron a abrir sus cremalleras.

Las ojeé nervioso.

—Carlota, esto..., yo..., tengo que... —No pude decirlo. Me ayudó.

—Irte. La gente se despierta. Está bien.

—¿Cuidarás de mamá, de papá, de Leo, de Marina...?

—Cuidaré de todos. ¿Cuidarás tú de mí?

—Siempre.

Sonrió una última vez con una curvatura de labios más ancha, estirando los mofletes carnosos y mostrándome todos los dientes como cuando era niña y los tenía manchados de la Nocilla de la merienda.

Carlota, mi alma gemela.

—Hasta pronto, Noah.

—Hasta pronto, enana.

FIN DEL DISCO

BONUS TRACK

MARINA

Supe que Noah se había ido antes de salir de la tienda aquella mañana y no encontrarlo por ninguna parte. Lo sentí en los huesos. El resto solo fue la confirmación.

No lloré ese día.

Ni al siguiente.

Ni las dos semanas que pasaron sin noticias de él, de cómo se encontraba, de qué hacía y de cuándo le pondría fin.

Me dediqué a hacer otra cosa. Buscar trabajo en Roma y adelantar mi partida. Sin grupo ya no tenía sentido permanecer allí. Sin Noah ya nada tenía sentido en Madrid. Conseguí el puesto. Trastévere, un restaurante llamado Carlo Menta en la Via della Lungaretta y su necesidad urgente de una camarera con nociones de español que suplieran la falta de experiencia.

Me marchaba esa misma tarde, al cabo de unas escasas cuatro horas, pero no podía irme sin hacer algo antes...

Nana y Giuseppe llevaron mi maleta al aeropuerto y esperaron allí a que llegase. Quedé con ella en la parada de Miguel Hernández, concretamente en el banco de madera con vistas a nuestras huellas en el asfalto del paseo de la fama vallecano que habíamos creado en la obra que acababan de inaugurar unos días atrás.

Carlota ya estaba allí al subir la escalera de la boca del metro.

Me recibió con un abrazo corto y un:

—En el tiempo dicen que va a llover —lo dijo con tono ilusionado.

Noah se lo había contado. Noté un nudo de emoción en el vientre que no traté de deshacer. Para eso estábamos allí, para llorar juntas como una vez me ofreció en los lavabos de un baño. La gente debería compartir los momentos negros y grises y no solo los de color. Todo nos iría mejor. Seríamos auténticos.

Nos sentamos juntas.

—¿Cómo lo hacemos? —pregunté.

—Sintiendo y que salga —fue su escueta respuesta.

Pensaba que me daría alguna pista, que habría normas, ella tenía más experiencia. Pero no. No se trataba de hablar de lo que nos dolía y provocarlo. Se trataba solo de sentir. De dejar que todo fluyera. En eso los dos hermanos se parecían. Noah siempre me hizo derramarme.

Me concentré en no pensar y en notar las emociones de mi cuerpo.

Al principio fue un lamento lento que se escapó de entre mis labios. Un quejido breve que brotó de mi garganta, ligeras turbulencias en la tripa y la sensación de vacío abriéndose en el pecho. Un puño agarró mi corazón y lo apretó retorciéndolo. Como respuesta, la respiración se me aceleró y el aire salía ahogado por la boca y por la nariz. En pequeñas ráfagas, de golpe y muy rápidas. Los ojos me escocieron una barbaridad y noté el instante exacto en el que rompí a llorar. La liberación del tacto de las lágrimas calientes rodándome por la mejilla.

Noah había sido mi primer gran amor.

El único.

Noah había sido el amor.

No sabía si vendrían otros después, pero nunca serían como él. Nunca habría nadie igual. Una persona que a la vez fuese un espejo en el que te gustase mirarte. A ti. A lo que erais juntos. Me permití deshacerme en pequeñas gotas saladas de alegría, enfado, frustración y agradecimiento que me impedían tragar con facilidad, y temblé sin esconderme. Llorar estaba bien. Llover desde dentro. Noah lo habría querido así. «Siempre con las alas extendidas, princesa. Nada.» Daba igual que su paso por mi vida hubiese sido efímero, fugaz; la huella que había dejado permanecería intacta en mí durante la eternidad que dura una persona. Durante la eternidad que durase yo. Personas fugaces..., vínculos eternos.

Él había sido un tatuaje. No el del chupachups sobre las venas de mi muñeca. Distinto. Un conjunto de tinta impulsando mi autoestima. Creo que si lo amé fue porque él me enseñó a quererme, me mostró el camino, y si lo seguía amando era porque tenía intención de continuar en paz conmigo misma. De cuidarme.

—Lloras muy bien, Marina —me animó Carlota con los ojos hinchados.

Entonces vi una fina gota de agua en la punta exacta de su nariz.

Alcé la cabeza y sonreí.

Llovía.

Pude correr a la boca del metro para protegerme de la tormenta o meterme debajo del paraguas rojo que la rubia desplegó sin moverse del banco. Pero en lugar de eso me puse de pie, avancé unos pasos guiada por una fuerza invisible y extendí los brazos para que la descarga me calase. Para que me empapase. Tenía el pelo chorreando y la ropa pegada al cuerpo cuando lo percibí. Su olor. Estaba segura de que lo era. En la descarga. En el agua. En el aire. Allí vivía Noah, allí viviría, en cada gota de lluvia y en la que colgaba de mi cuello y Leo me regaló como si fuese una premonición de en lo que un día nos convertiríamos el bajista y yo.

Cerré los ojos y nos imaginé besándonos frente a las ruinas, grabando nuestras manos en cemento, marcando nuestra piel, junto a la lavadora, cantando en una casa de la sierra de Madrid y en un almacén a oscuras y haciendo el amor como aquella última noche. Lo hice tan minuciosamente, tan bien, la reproducción de nuestros momentos fue tan real, que al abrirlos llegué a pensar que de algún modo nos habíamos adueñado del tiempo y podía retroceder y traerlo conmigo al presente, porque eso fue lo que hice, durante una fracción de segundo lo tuve de nuevo enfrente con su pelo desordenado y sus ojos chocolate, y, por supuesto, olvidé cómo se respiraba.

LEO

Ocurrió cuando tenía diez años.

Mi padre se había pedido el día libre en el curro para llevarnos a mi hermano y a mí a ver a Papá Noel en el centro comercial de la Albufera. No me hacía ni puta gracia sentarme sobre las rodillas de un viejo, daba igual quién fuera, pero él estaba contento. Mucho. ¡Si había pedido a Lola, la vecina del segundo, la cámara de fotos digital y pensaba revelarlas, joder! Eran pocos los momentos de tregua que tenía. No podía robárselos.

No podía negarme, quitarle la ilusión, aunque esta me atrancase la tráquea y me asfixiase.

Hicimos cola junto al resto de las familias. Íñigo pasó primero con ese aire repipi de sabelotodo, habló con el hombre de Laponia y posó a su lado como si el que superase los cien años fuese él y no al revés. Mi padre lo inmortalizó; se lo veía feliz con la cámara en la mano y una sonrisa estampada en la cara. Llegó mi turno. Toda la bravuconería de la que hacía gala se me cortó en el estómago conforme avanzaba y el anciano curvaba los labios para recibirme. No me gustaba ese gesto en hombres mayores. Él me había aleccionado para temerlos, para anticiparme a sus posibles deseos ocultos y protegerme.

Quise huir.

Quise gritar.

Y vi a mi padre saludándome alegre desde la barrera con el ojo detrás del objetivo.

Me cargué de fuerza por el viejo.

Inspiré profundamente.

Tragué saliva, hice de tripas corazón y me enderecé.

—Que sea rápido —dije a Papá Noel apoyándome en el borde de sus rodillas.

—¡Jo, jo, jo! ¡Feliz Navidad, jovencito! ¿Has sido bueno?

«Un ángel», pensé, y me recorrió un escalofrío.

No contesté.

—¿Qué quieres pedirme?

—Nada —aparté de mi mente el recuerdo de unos dedos acariciándome con adoración que preguntaban lo mismo—, que termines pronto.

—¿No quieres ningún regalo?

—El mejor regalo es que cierres la boca y te calles —respondí como un crío arrogante.

Mi escudo ante el miedo siempre fue aparentar ser más valiente de lo que en realidad era.

—Veo que me ha tocado un niño difícil.

Alzó la voz divertido y la gente que nos rodeaba se rio. Genial. Me tomaban por el jodido Daniel el Travieso en mitad de una de sus fechorías y pensaban que iba a entretenerlos. Miré a mi padre. Había bajado la cámara. Parecía apurado, triste por que no me gustara su sorpresa. Engullí toda la desesperación que atenazaba mis músculos y sonreí con la boca torcida, tal y como se suponía que debía hacer. Mi expresión los engañó. Tomé nota.

—¿Cómo te llamas, jovencito?

—Leo. Mi nombre es Leo.

El hombre disfrazado suspiró. Menos mal que el crío tocapelotas se ablandaba.

—Dime, Leo, ¿qué quieres? A mí puedes pedirme cualquier cosa. Soy mágico.

«Cualquier cosa...»

Clic.

Mi cerebro se activó.

Se me encendió la bombilla.

—¿Puede ser algo... no material?

El Papá Noel de barrio deslizó los ojos hasta mi hermano y mi padre, un hombre de clase obrera con las manos llenas de callos, e interpretó que en casa no entraba mucho dinero, los regalos eran mínimos y de ahí venía mi mal carácter. Un niño frustrado.

—Lo que sea.

La esperanza se abrió paso en mi oscuridad.

Me acerqué a su oído y susurré para que nadie más pudiese oírnos:

—Lo que más deseo es dejar de sentir.

Supongo que fue la sugestión, pero sucedió. Al bajarme de sus rodillas, los sentimientos se bloquearon. Quedaron neutralizados. Ya no estaban. Ni lo malo... ni lo bueno. Era un precio que estaba dispuesto a pagar. Paré de sentir cuando el hombre que me hablaba de hermosos ángeles caídos me quitaba la parte de arriba y repasaba las hendiduras de mi columna vertebral sin dejar de emitir jadeos ahogados, y cuando en la adolescencia los sentimientos resurgieron, amortigüé su golpe con alcohol, drogas, chicas, sexo... Anulado hasta la noche que no pude más, reventé y me subí al puente de la M-40 del que Noah me rescató.

El bajista trajo las emociones de vuelta.

A mí.

Logró retirar una por una y con cuidado las capas de hielo que envolvían mi corazón magullado para no romperlo. Después lo fue insuflando poco a poco de vida, le provocó latidos débiles. Pero hubo porciones que continuaron anestesiadas. Por mi bien. Hasta que se marchó y se dispararon. Despertaron de golpe y, sin Noah, se alzaron en su búsqueda y las pulsaciones se tornaron brutales para que escuchara su grito, para que supiera que lo llamaban, que lo amaban, que lo lloraban, que sin él un corazón solo era una masa enterrada en el pecho.

Aquella agonía era peor que estar muerto. Estaba seguro. El dolor de todos los órganos aplastándose entre sí por un vacío que crecía y crecía y se llamaba echarlo de menos.

Corrí para escapar de la sensación.

Huyendo de mí.

Sabiendo que cualquier dirección que tomase no me conduciría a él.

Y terminé en el aeropuerto Adolfo Suárez calado por la lluvia, mirando desesperado a todas las chicas con el pelo negro por si alguna de ellas era Marina. Dinamita, mi pequeña de dientes de conejo. Nos habíamos despedido en la puerta de casa y... no era suficiente. Necesitaba verla una vez. Solo una vez más.

Reencontrarme con mi mejor amiga ahora que él se había ido.

El milagro se produjo.

Estaba con Emma, Giuseppe y Nana buscando en la pantalla cuál era su puerta de embarque.

Al distinguirme frunció el ceño.

—¿Qué haces aquí, Leo?

«Eso, ¿a qué has venido?»

Yo...

Yo...

Yo...

Me pasé la mano por la cabeza y la observé fijamente, con intensidad.

—¿Puedo abrazarte por primera vez, Marina?

—Ya nos hemos abrazado.

—No como lo hacía con él, sin tiempo.

Me quedé callado. Impresionado por que ese fuese mi deseo. Lo que más extrañaría de Noah. Un puto abrazo. Contacto físico. El poco cariño que mi cuerpo se podía permitir y era capaz de tolerar. Aquella presión, en ocasiones intensa, en ocasiones superficial, sobre mi piel para recordarme que bajo todo un manantial de tinta existía una persona. Eso es lo que quería, que me lo recordase y ser quien se lo recordara a ella.

Marina apoyó la mejilla en mi pecho y susurró:

—Voy a extrañarte, Leo.

Sus manos me envolvieron y la apreté con fuerza.

—No será para tanto, Dinamita.

—Al final haces que se te coja cariño.

Permanecimos juntos, unidos mientras los segundos pasaban y la gente a nuestro alrededor se movía.

—Entonces no te olvides de mí. Acuérdate del inmaduro que te hace reír cada vez que pongas los ojos en blanco.

—¿Y tú cuándo recordarás a la idiota que se preocupa por ti aunque no nos hablemos?

—Cada vez que respire, pequeña.

Pensé que era el final e inhalé directamente de Marina. Cogí una bocanada amplia que me llenase de aire, de ella, del jodido bosque de sus ojos y de oxígeno suficiente para que se instalase en todas mis células. Le dije adiós. No sospechaba que en mi cajón descansaba aquello que volvería a unirnos. La última canción de la mejor persona que se cruzó en nuestro camino y que daba título a nuestro primer disco juntos: *La noche que paramos el mundo.*

Continuará...

AGRADECIMIENTOS

Quiero empezar dando las gracias a mi editora, Lola, y al equipo de Planeta por el cariño, la profesionalidad y la ilusión que han puesto a la bilogía #FugacesPeroEternos.

Estos no van a ser unos agradecimientos al uso. *La noche que paramos el mundo* siempre será una novela muy importante para mí por tres motivos. El primero es que ha pasado una década desde la publicación de mi primera novela con una editorial chiquitita en coedición. Hace poco, mi pareja me recordaba que en la presentación de ese libro dije algo así como: «¿Quién sabe? Lo mismo dentro de diez años estoy publicando con Planeta». Lo veía inalcanzable. Pues bien, ha sucedido. Sueño desbloqueado.

El segundo es que durante su escritura he pasado por la recta final de un embarazo, un duelo, un parto y me he iniciado en el universo de la maternidad. Reconozco que han sido muchos los días que me veía superada por todo, por la vida, y pensaba: hasta aquí, estás muy cansada, deja de escribir la maldita novela, no merece la pena. Pero no podía. Teclear ha sido, es y será mi refugio, un lugar seguro en el que evadirme, y en esta ocasión, además, me sostenía. Escribiendo... respiraba. El corazón dejaba de doler unas horas. Ponerle punto final y que el resultado me gustase ha sido un verdadero desafío, y lo logré. Como diría Noah, nadé.

El tercer motivo y el más importante es ella. Mi mundo se paró un 22 de octubre cuando mi madre se fue la noche de la luna llena más impresionante, gigante y amarilla que he visto en mis treinta y cuatro años. Ella era siempre la primera en escuchar de qué iba mi próxima novela. Se sentaba conmigo, normalmente después de ducharme, mientras me secaba el pelo, y me pedía que le contase todos los detalles, que se la desgranase, para oír con atención cada una de mis palabras y decir: «Hija mía, qué imaginación tienes. De esta van a hacer una película. Haz caso a tu madre». La bilogía será la última. Se la conté en el hospital uno de los días buenos, le enseñé las fotos que me habían inspirado y le pregunté quién le gustaba más. «¿Noah o Leo, mamá?», y contestó: «Leo».

«¿Marina o Elena, mamá? Le voy a poner a la protagonista tu nombre.»

«Marina.»

Quien me conoce y me ha leído sabe que desde hace algunos libros termino los agradecimientos escribiendo una carta a los protagonistas de la historia, pero, como he dicho, estos no van a ser unos agradecimientos al uso. A mi uso. Estas van a ser unas pocas líneas para que tengáis la oportunidad de conocer y ver a través de mis ojos al ser humano más excepcional que ha pisado la faz de la Tierra. A mi madre. Para que la recordéis conmigo y la queráis, a pesar de que muchos nunca tendréis la oportunidad de escuchar su gritito ilusionado cada vez que descubría un rodal de níscalos en el monte. Esta era ella.

Querida mamá:

María Elena. Marina para Víllora, Elena en el Villar.

Tenías la cara repleta de pecas y la piel morena todos los días del año. Cejas finas, ojos castaños, nariz chata, labios gruesos y pelo negro media melena. Nunca olvidaré la época en la que utilizabas el rollo del papel del baño como rulo para hacerte el flequillo, del mismo modo que nunca olvidaré las noches en las que me tumbaba y me acariciabas la cabeza. A veces lo imagino, ¿sabes? Tus dedos, las uñas, tu tacto. A veces te imagino a ti en los huecos vacíos y, cuando miro por la ventana, me parece verte en el andar de otras personas. Ah, y en la luna. Hoy, como cuando dijiste adiós, está llena.

Te gustaban los miércoles con las amigas y Bustamante. Mucho. Demasiado. Hasta el punto de que durante años creo que sus discos fueron lo único que se escuchó en el coche de papá cuando viajábamos. También te gustaba cocinar. Al por mayor siempre. Recetas que pedías a la gente y que apuntabas con mimo a mano en tu libreta. Y se te daba bien, de lujo, todo rico y con amor. Nadie podrá igualar tus tortillas de patata, estoy segura.

Eras una mujer que vivía en la ciudad pero tenía su corazón en el campo. Si pienso en ti cuando estabas contenta, te imagino agachándote con los pantalones de chándal azules con rayas naranjas a por collejas, setas de cardo y tus adorados níscalos, que casi no comías y que repartías, porque a ti lo que te gustaba era cogerlos y emitías ese pequeño grito de ilusión para avisarnos de que se colaba entre los troncos de los árboles. Ah, y nada te hacía más ilusión que recoger la cosecha de tus huertos, especialmente los tomates cherry de la terraza, y cocinar, dar de comer y poner nombre a los gatos abandonados del pueblo. Fundamental lo último. Para ti no eran una masa, tú les dabas a cada uno una identidad y los hacías únicos, especiales, lo mismo que te ocurría con las personas.

Eras una mujer de carácter.

Tenías tus días buenos, regulares y malos. Más de los primeros. Y eras cariñosa, inteligente, alegre, viva, emprendedora, divertida, familiar, trabajadora, valiente, graciosa, arriesgada y, sobre todo, buena y feliz.

Ayer lo hablaba con papá. Si hay que extraer algo positivo, si es posible rescatarlo en esta situación injusta, es que fuiste feliz, desde el inicio y hasta el final. Vivías el presente. El aquí y el ahora, y lo hacías bonito. Claro que tenías ambiciones, sueños, expectativas, pero no permitías que eso te cegara como al resto, disfrutabas de lo que tenías delante y le sacabas brillo, a las cosas, a los momentos y a las personas. Contigo todo era especial, tú eras especial, porque ese era tu efecto, impulsar. Creer. Confiar. Ver el lado bueno y transmitirlo. Hacer lo pequeño grande y lo insignificante extraordinario. Escuchabas, te interesabas y desbordabas ilusión por los logros ajenos como si fueran propios, y en el fondo lo eran porque gracias a ti la gente se sentía capaz, importante, válida, y luchaba. Avanzaba. Crecía. Conseguían lo que se proponían o al menos lo intentaban solo porque tú se lo habías dicho. Eras magia, mamá, magia.

Te gustaba jugar al mus de pareja con Lara, hacer perritos de trapo con Rosana y Ana, y reírte con las anécdotas de José Luis.

Te gustaba papá.

Te gustaba yo.

Te gustaba saber que ibas a tener una nieta, sí, chica, y me decías que en verano le pondrías en el patio una piscina pequeñita de plástico y la consentirías.

Te gustaba que Mau, nuestra gata, se acurrucase en tu regazo por la noche y se durmiese acariciándote con la garra la mejilla.

Te gustaba el mundo.

Te gustaba la vida.

Y a todos nos gustabas tú.

Te echamos de menos. La abuela, papá, Pablo, la tía Amparo, el tío Jorge, Rubén, Nuria, el Titi... Mau... Julia... Yo. Todos. Los que te conocimos y los que han oído hablar de ti a través de las palabras de otros y piensan ojalá lo hubiera hecho, ojalá hubiera coincidido, aunque fuese una vez con la mujer de la cara repleta de pecas, con la mujer que dio tanto amor que es imposible que su huella se borre, con la mujer que puedo decir con orgullo que fue, es y será para siempre mi mamá. Marina. Elena. María Elena.

Te quiero mucho.

Eres la mejor mamá.

Ojalá pueda ser como tú.

Sandra

Y a ti, que has llegado hasta aquí, gracias por leerme, esta carta es lo más importante del libro que sostienes entre las manos. Por favor, recuérdala a ella, aunque solo la hayas visto durante un segundo en mis ojos, a través de mi alma.